KB191116

김탁환 장편소설

거짓말이다

북스피어

바다호랑이,
김관홍 잠수사를 기억하며.

사건: 업무상과실치사

피의자(피탄원인): 류창대

탄원인: 나경수

제목: 무죄판결을 위한 탄원

1부

나는
왜
갔을까

재판장님께.

잠수사는 입이 없습니다. 비밀유지 서약서를 쓰지 않더라도, 산업 잠수사는 작업 현장에서 겪은 일을 발설하지 않습니다. 워낙 좁은 판이라 어제 함께 일한 잠수사들을 내일 다시 만나니까요. 지난 작업을 왈가왈부하는 건 제 발목만 잡는 꼴입니다. 말이 적을수록, 차라리 벙어리 흉내를 내는 쪽이 잠수사로 먹고살기엔 유리합니다.

안녕하십니까. 저는 2014년 4월 21일부터 7월 10일까지 맹골수도에서 선체 수색과 실종자 수습에 참여한 잠수사 나경수(37세)* 입니다. 형법 제268조 업무상과실치사 혐의로 불구속 기소되어 재판을 받고 있는 류창대(60세) 잠수사를 위하여 탄원서를 씁니다.

지금부터 저는 입이 있는 잠수사가 되려고 합니다. 제가 잘났

* 등장인물의 나이는 2014년을 기준으로 한다.

거나 실력이 좋아서가 아닙니다. 맹골수도 바지선에서 함께 고생한 류창대 잠수사가 유죄 판결을 받도록 둘 수 없다는 절박함 때문입니다. 류창대가 죄인이면 나경수도 죄인입니다. 류창대가 과실치사를 저질렀다면 나경수도 과실치사를 저질렀고, 맹골수도에서 침몰한 배를 오가며 실종자를 수색하고 수습한 민간 잠수사 모두 과실치사를 저질렀습니다. 결론부터 밝히자면, 류창대 잠수사에겐 죄가 없습니다. 그에게 잘못이 있다면 속보를 듣자마자 맹골수도로 내려간 죄, 경험 많은 최연장자로 후배 잠수사들을 이끈 죄, 범대본(범정부사고대책본부)과 해경의 부족한 부분을 감싸며 묵묵히 일한 죄밖에 없습니다. 은혜를 원수로 갚는다, 물에 빠진 사람 구해 놓으니 보따리 내놓으라고 한다는 속담이 괜히 있는 게 아니었습니다.

탄원서를 어떻게 작성해야 하는지 걱정이라고, 어젯밤 송은택 (37세) 변호사에게 전화로 말했더니, 잘 쓴 탄원서 몇 장을 골라 새벽에 가져왔습니다. '존경하는 재판장님께'로 모두 시작하더군요. 저는 '존경하는'이라는 꾸밈말을 누군가의 이름이나 직책 앞에 죽을 때까지 붙이지 않을 겁니다. 재판장님을 존경하지 않아서가 아닙니다. 존경하더라도, 다른 단어를 골라 제 마음을 드러내려 합니다.

2014년 7월 9일, 태풍 너구리를 피해 목포로 잠시 나온 잠수사들의 휴대전화로 수색 작업을 중단하고 맹골수도에서 철수하란 문자가 일제히 날아들었습니다.

존경하는 나경수 님!

사고가 발생한 지 벌써 85일이 지났습니다. 사고 직후 현장에 한걸음에 달려와 어려운 여건 속에서 말 그대로 사투를 벌이며 실종자 수색에 혼신의 노력을 다해 주신 점에 머리 숙여 깊은 감사의 말씀을 드립니다.

아직 수색이 완전히 마무리되지 못한 상황에서 이번 수색 방식 변경으로 끝까지 우리와 함께하지 못한 점이 너무 아쉽기만 합니다.

하지만 여러분의 헌신적인 노력은 수색에 참여했던 우리뿐만 아니라 전 국민이 높게 평가해 줄 것입니다.

다시 한번 그동안의 노고에 감사드리며, 이제는 오랜 수색 작업에 지친 몸과 마음을 추스르시고 가정에도 행복이 가득하기를 기원합니다.

이 문자를 받은 잠수사들이 어찌한 줄 아십니까. 수심 40미터가 넘는 곳에서도 굳건하게 임무를 완수하던 차돌 같은 사내들이 손등으로 눈물을 훔치며 한참을 울었습니다. 슬퍼서 나온 눈물이 아닙니다. 억울해서, 화가 나서, 저절로 흘러내린 눈물입니다.

한자사전에서 '존경'이란 단어를 찾아보았습니다. 낯선 단어를 처음 만나거나 익숙한 단어라도 그 뜻을 분명히 알고 싶을 때, 사전부터 확인하는 것은 몸에 밴 습관입니다. 세상에 대한 폭넓은 지식까진 필요 없지만, 제게 중요한 단어나 숫자는 완전히 익힐 때까지 파고듭니다. 자꾸 소리 내어 읽으면 그 뜻이 납득되기도 했습니다. 심해 잠수에 필요한 단어와 숫자는 거의 다 외웁니다.

응급 상황에선 단어와 숫자가 곧장 튀어나와야 합니다. 사전을 찾았더니 '높을 존尊 공경 경敬, 존중尊重히 여겨 공경恭敬함'이라고 나와 있더군요.

정말 잠수사들을 존중히 여기고 공경했다면 철수하라고 문자만 덜렁 보냈을까요. 재판장님께서는 존경하는 사람의 노고를 칭찬할 때 문자만 보낸 적이 있으십니까. 대대적인 위로와 격려를 바라진 않습니다만, 정부를 대신하여 목숨을 걸고 일한 잠수사들에게 최소한의 예의는 갖춰야 하는 것 아닙니까. 7월 10일 잠수사들은 개인 장비와 짐을 챙기기 위해 바지선으로 들어갔습니다. 해수부 장관이든 해경청장이든 범대본을 대표하는 책임자가 바지선으로 직접 왔어야 한다고 봅니다. 자발적으로 실종자 수색과 수습에 임한 민간 잠수사들의 거친 손이라도 잡고 눈이라도 맞춰야지요. 따뜻한 국밥이라도 한 그릇 나눠 먹었어야지요. 이런 문자를 띄우라고 명령한 이가 누군지는 모르겠지만, 팽목항에서 맹골수도까지 올 여유도 없었을까요. 여러 섬을 거치는 여객선을 타도 2시간 30분이면 닿을 거리입니다. 고속정으로 내달리면 40분도 채 걸리지 않습니다. 잠수사들과는 마주 앉아 덕담을 나누기조차 싫었던 걸까요.

생이별을 난데없이 문자로 통보받은 연인처럼, 잠수사들은 울분을 삼키며 개인 장비를 챙기고 서둘러 바지선에서 나와야 했습니다. 저는 바지선을 떠나며 결심했습니다. 죽을 때까지 '존경하는'이란 네 글자를 사용하지 않겠다고. 누군가 저를 '존경하는 나경수 님'이라고 부르면, 그 자리에서 '나를 왜 존경합니까? 존경하는 이유가 뭡니까?'라고 따지겠습니다. 정말 존경한다면, 부탁인데 존경 대신 다른 단어로 고쳐 불러 달라고 할 겁니다. 제겐 '존경하는'이란 꾸밈말이 세상에서 가장 더럽고 텅 빈 깡통처럼 느껴집니다. 제가 꾸밈말 하나 정도 바꿔 달라 요청하는 것이 결례는 아니겠지요.

재판장님!

이것부터 분명히 말씀드리고 싶습니다. 우리는 끝까지 미수습자 수색을 포기하지 않았습니다. 가을이든 겨울이든 계속 잠수하려고 했는데, 철수하란 문자를 일방적으로 받은 겁니다. 내쫓기듯 바지선을 떠날 줄은 정말 몰랐습니다. 아직 열한 명이 우리가 매일 오르내리는 선내에 있는데, 어떻게 그만두겠단 마음을 먹겠습니까. 류창대 잠수사를 비롯한 민간 잠수사들은 하루 24시간 내내 실종자를 찾아 모시고 나올 생각뿐이었습니다. 4월과 5월과 6월을 보내고 7월로 접어드니 더욱 간절해졌습니다.

그 마음은 지금도 마찬가집니다. 집에서든 공원에서든 슈퍼마켓에서든 걷다가 갑자기 멈춰 섭니다. 눈을 감지 않아도 상세 도면이 떠오릅니다. 111개의 격실과 17개의 공용 공간을 빠르게 훑어 내립니다. 그러고는 다시 들어가 확인하고 싶은 격실을 향해 손을 뻗습니다. 열한 명을 포기하지 않았기에 똑같은 꿈을 꿉니다. 어젯밤에도 꿨습니다. 잠수복을 입고 풀페이스 마스크를 쓰고 물갈퀴를 신고 장갑을 끼고 웨이트를 허리에 두른 뒤 선내로 들어가는 잠수사, 나경수.

　벌써 어색합니다. 잠수기록부에 잠수사 성명과 사용 장비, 입수 시간과 출수 시간을 적는 기록수 역할엔 익숙하지만, 제가 직접 탄원서를 쓸 줄은 몰랐습니다. 고등학교를 졸업한 뒤론 짧은 편지 한 통 완성한 기억이 없습니다. 페이스북이나 트위터에 수중 사진을 올리고 댓글을 열심히 다는 동료도 있지만, 저는 휴대전화는 물론이고 노트북이나 텔레비전 화면도 갑갑하더군요. 사각 틀에 시선을 가두기 싫었습니다. 전후 좌우 상하를 맘대로 돌아다녀야 하는 인간이 바로 접니다. 제가 잠수를 좋아하는 이유이기도 합니다. 수면 아래로 내려가면, 쳐다보는 곳곳마다 새로운 풍경이 펼쳐집니다. 이미 만들어진 단 하나의 풍경을 주입받는 것이 아니라, 스스로 몸을 움직여 풍경을 발견하고 음미합니다. 제게 잠수는 '자유'입니다.

　탄원서가 '사정을 하소연하여 도와주기를 간절히 바라는 글'이란 걸 사전에서 확인한 뒤엔 더욱 자신이 없었습니다. 제가 아니더라도 동료 중 누군가가 나서 주리라 기대했습니다. 동료들을 원망하는 건 아닙니다. 전우애란 말도 있지만 잠수사의 우정은 전쟁터 병사보다 나았으면 나았지 못하진 않습니다. 부족한 제가 이 일을 맡은 것은, 업무상과실치사 혐의로 기소된 류창대 잠수사 본인이 권했기 때문입니다.

"경수야! 네가 써라."

왜 곧바로 거절하지 못했을까요. 탄원서를 쓰기 시작한 지금도 스스로에게 되묻습니다. 철수하란 문자를 받기까지, 80일 동안 창대 형님—사석에선 형·아우로 통합니다. 류창대 잠수사는 우리의 대형ᄎᄆ이지요—의 명령에 따랐습니다. 형님이 준비하라 하면 잠수복을 착용했고, 들어가라 하면 입수하였고, 쉬라고 하면 체임버Chamber기압 조절실로 들어가 감압했습니다. 선내 수색중에 날아오는 형님의 걸쭉한 욕설은 저를 비롯한 잠수사들에겐 마지막 동아줄과도 같았습니다. 형님 특유의 욕설에 관해선 나중에 더 자세히 적도록 하겠습니다.

창대 형님이 저를 지목한 이유를 어렴풋하게 짐작은 하지만, 제가 이 탄원서란 물건을 맡기엔 역부족이 아닌가 걱정입니다. 빛한 줌 없는 60미터 아래 심해로 떨어진 기분이라고나 할까요. 심해에서 어떻게 움직이고 무엇을 조심해야 하는지는 이론으로나 경험으로 알지만, 글은 정말 모르겠습니다. 단어 하나 적을 때마다 가슴이 쿵쿵 뜁니다. 창대 형님의 무죄 판결을 위한 탄원서가 아니라면 진작 포기했을 겁니다.

'사정을 하소연하려면' 그 사정이 무엇인지 알아야 하고, '도와주기를 간절히 바라려면' 피고의 억울함을 자기 일처럼 느끼는 사람이 필요하겠지요. 말 잘하고 글 잘 쓰는 담당 변호사도 이 두 가지만은 저보다 못할 겁니다. 그 사정이 무엇이며 제가 왜 류창대 잠수사 재판을 제 일처럼 여기는지를 적어 보기로 하겠습니다.

전라남도 맹골도와 거차도 사이의 바다 골짜기, 맹골수도의 악명은 진작부터 듣고 있었습니다. 맹골孟骨, 이름만 들어도 섬찟하지 않습니까. 그곳에서 2014년 봄과 여름을 보낼 줄은 꿈에도 몰랐습니다. 잠수사들끼린 억만금을 줘도 맹골수도와 울돌목에선 일하지 않겠다며 농담 아닌 농담을 합니다. 그만큼 물살이 맹수처럼 거칠고 빠르며 시야가 좋지 않은 바닷길입니다.

저는 2014년 2월 15일부터 여수 앞바다에 머물다가 4월 5일 상경했습니다. 전라남도 바다와는 제법 인연이 깊어 지금까지 다섯 차례 작업을 마쳤습니다. 상경 후엔 느슨하게 지냈습니다. 한 달간은 잠수를 쉴 예정이었고, 약혼녀와 4월 19일부터 20일까지 1박 2일로 강화도에 봄놀이 갈 계획까지 짰습니다. 늦잠은 기본이고, 못 만난 친구들과 커피숍에서 수다도 떨고, 약혼녀 손 꼭 잡고 동네 시장에도 가고, 헬스클럽에서 간단한 스트레칭과 유산소 운동으로 몸을 풀었습니다. 술은 한 모금도 마시지 않았습니다. 작업을 마치고 귀경하면 적어도 보름은 금주합니다. 잠수병에 걸리지 않으려면, 잠수 현장에선 물론이고 작업 전후에 충분히 쉬어야 합니다. 5월부터는 대천 앞바다로 가서 수중에 돌을 쌓아 해삼 양식장을 만들기로 구두 계약을 마쳤기에, 한 달 남짓한 휴식이 더더욱 꿀맛이었습니다.

4월 16일 수요일에도 늦잠을 잤습니다. 잠결에 휴대전화를 켜 시간과 발신자를 확인했습니다. 오전 10시 30분, 조치벽(32세). 경기도 파주가 고향이고 여수에서 함께 작업한 잠수사였습니다.

나이는 저보다 어리지만, 해외 수중 작업에 필요한 국제해양건설
구조협회IMCA 잠수자격증까지 갖춘 실력자입니다. 통화 버튼을
누르자마자 조 잠수사의 다급한 음성이 들렸습니다.

"형님! 뉴스 보셨습니까?"

"무슨 뉴스?"

모래사장을 종종종종 뛰는 갈매기처럼 빠르게 설명했습니다.

"맹골수도에서 배가 한 척 넘어갔습니다."

"넘어 가? 어떤 밴데?"

"인천에서 제주 가는 여객선이랍니다. 450명 넘게 탔답니다."

"사백오십? 큰 배네. 구조는 했고?"

얼마나 심각한 상황인지 몰랐습니다. 인천과 제주를 오가는 여
객선이라면 육천 톤은 넘는 대형선일 겁니다. 문제가 생겨 침몰한
다 쳐도 승객을 구조할 시간은 충분하다고 여겼습니다. 큰 배는
절대로 순식간에 넘어가진 않으니까요.

"그게 형님! 이백 명도 못 구했답니다. 승객이 절반 넘게 배 안
에 있다고 합니다."

"뭔 소리야? 배가 넘어갔다며? 그런데 배 안에 사람이 있으면
어떻게 해?"

휴대전화를 든 채 텔레비전을 켰습니다. 뉴스 속보가 연이어 나
오고 있었습니다. 여객선은 이미 뒤집혀 선수船首만 남긴 채 수면
아래에 잠겼더군요. 눈으로 보고도 믿기 힘든 상황이었습니다.

참담한 시간이 흐르기 시작했습니다. 재판장님도 아시겠지만,

4월 16일부턴 하루하루가 지옥이었습니다. 첫날 배에서 탈출한 172명의 생존자가 전부였습니다. 화면 상단 구석에 적힌 생존자 숫자는 영원히 바뀌지 않았습니다.

맹골수도로 곧장 내려가진 않았습니다. 마음은 아팠지만, 전국에서 잠수사들이 오백 명 넘게 모여들고 있다는 소식을 접했기 때문입니다. 처음부터 저는 그 오백여 명이 모두 심해에 익숙한 잠수사라고 믿질 않았습니다. 공기통을 들고 왔다 갔다 하는 잠수사들은 선체 수색에 전혀 도움이 안 됩니다. 맹골수도에서 작업하려면, 잠수에 필요한 개인 장비와 심해 경험이 있는 숙련된 잠수사들과 그 잠수사들이 로테이션하며 작업할 바지선이 필요했습니다. 그래도 뉴스에서 언급한 숫자의 10분의 1, 그러니까 최소한 오십 명 정도는 심해 잠수가 가능하리라 여겼습니다. 나라 전체가 실종자 구조에 관심을 쏟고 있으니, 정부의 명령에 따라 해경이나 해군에서도 유능한 잠수사들을 모았으리라 믿었던 겁니다. 72시간, 생존 가능 시간이라는 골든타임에 선내로 진입하여 실종자를 구조했다는 낭보를 저도 계속 기다렸습니다. 4월 18일까지, 그 귀중한 시간에 선내 진입조차 못 한 것은 지금도 납득이 되지 않습니다. 맹골수도의 난폭함은 저도 앞에서 지적했지만, 최소한 하루에 네 번 물살이 멈추는 정조기停潮期가 있습니다. 정조가 유지되는 1시간 정도는 잠수가 가능한 겁니다. 72시간이면 열두 번의 정조기가 있으니, 계산상으론 12시간 잠수하여 선내 진입을 시도할 수 있습니다. 그 시간에 선내 진입이 전혀 이뤄지지 않았다는 안타까운 이야기를 나중에 듣고 너무 마음이 아팠습니다. 이번 재판에서 다툴 문제는 아니지만, 구조 방기 문제를 다룰 때 반드시 이 부분을 검토해야 한다고 봅니다.

제가 맹골수도로 와 달란 연락을 받은 때는 21일 새벽입니다. 조치벽 잠수사가 다시 전화를 했더군요. 팀원들 다 데리고 빨리 오라고 했습니다. 산업 잠수사들은 인력 충원이 급할 때나 새 팀을 짜 작업에 들어갈 때 알음알음 사람을 모읍니다. 그에게 물었습니다.

"거기 인원도 넉넉할 텐데 왜 나한테까지 전화를 또 했어?"

"넉넉하다고요? 형님도 기레기들 기사를 믿는 겁니까? 지금 선내 진입이 가능한 잠수사가 여덟 명뿐입니다. 벌써 많이 지쳤습니다."

"여덟? 정말 여덟 명뿐이야?"

뉴스에 과장이 섞였다고 추측은 했지만, 오백 명과 여덟 명은 정말 차이가 큽니다. 여덟 명을 오백여 명이라고 속였다면, 이것은 우리 국민 모두에게 거짓말을 한 겁니다. 잠수사가 겨우 여덟 명뿐이라면 로테이션하는 구조 작업 자체가 어렵습니다. 도대체 이토록 터무니없는 거짓말을, 사고 후 닷새 동안이나 계속 천연덕스럽게 뉴스로 내보낼 수 있는 건가요. 하기야 이렇게 숫자가 부풀려져 '지상 최대의 구조 작전'이라는 기사까지 난 거겠지요.

일하자는 연락이 왔다고 전부 응하는 것은 아닙니다. 더군다나 맹골수도로 가면 용접이나 절단처럼 제가 14년 동안 해 온 작업이 아니라, 전혀 낯선 일을 처음으로 맡아야 합니다. 산업 잠수사로 일하는 동안 시신을 본 적이 두 번 있긴 합니다. 해초에 엉키거나 다리 기둥에 걸린 시신을 작업중 우연히 발견한 겁니다. 그런 날에도 바다에 술을 부으며 죽은 자의 넋을 위로했습니다. 우연이든 필연이든 시신을 발견하고 거두는 일은 마음이 편치 않습니다. 맹골수도로 가면, 매일 선내로 진입해서 실종자들을 찾아 모시고 나와야 합니다. 우리나라 잠수사 중에서 시신 수습에 익숙한 이는 단 한 사람도 없습니다. 우린 산업 현장에서 일하는 산업 잠수사니까요.

가지 않아야 하는 이유가 금방 스무 가지도 넘게 떠올랐지만, 가야 하는 이유는 전혀 생각나지 않았습니다. 그런데도 여수에서 함께 일했던, 저를 친형처럼 따르는 잠수사 세 명을 데리고 개인 장비를 챙긴 후 진도로 향했습니다. 개인 장비라고 하면 잠수복은 물론이고 호스와 물갈퀴, 송수신 세트 등을 가리킵니다. 5월 초부터 시작하려던 대천 앞바다 양식장 작업도 전화를 걸어 한 달만 미뤄 달라 양해를 구했습니다.

솔직히 저는 A급 잠수사는 아닙니다. 저보다 뛰어난 심해 잠수사들이 국내엔 많습니다. 7월 9일 문자를 받고 다음 날 맹골수도를 떠난 후론 질문하는 시간이 늘었습니다. 고생을 함께한 잠수사끼리도 묻고 제 자신에게도 묻습니다.

왜 나는 맹골수도로 내려갔을까? 왜 하필 그게 나경수, 나여야만 했을까?

◎

"돈 벌려고 간 겁니다. 간단해요."

일산과 서울 서부 지역을 중심으로 10년째 대리운전을 하는 공환승(60세) 씨는 단칼에 답을 줬다. 우리가 공 씨와 대화를 나눈 날은 나경수 잠수사가 탄원서를 제출하기 팔 개월 전, 그러니까 2014년 12월 12일이었다. 강변북로를 정면으로 응시하는 두 눈엔 흔들림이 없었다. 먼저 말을 걸진 않지만 손님의 질문엔 친절하게 답할 준비가 되어 있었다. 대리기사를 하기 전엔 화정역 근처에서 영어 학원을 10년 넘게 운영했다고 한다. 그래서인지 종종 혀를 굴리며 영어 단어를 섞어 썼다. 왜 돈을 벌려고 갔다는 생각을 하느냐고 묻자, 제법 긴 답이 돌아왔다.

"많은 사람이 다치거나 죽는 사고가 나면, 그걸 이용해서 한몫 챙기려는 날파리 떼가 몰려들기 마련입니다. 히스토리를 조금만 들춰도 그런 사례가 수두룩해요. 육이오 전쟁이 나서 수백만 명이 죽고 또 그보다 많은 사람이 난리를 피해 이리저리 떠돌며 얼마나 고생을 했습니까? 그때 일본은 무기며 의복을 한국에 내다 팔아 떼돈을 벌었습니다. 이번 참사도 마찬가집니다. 제 돈 들여 자원봉사한 사람들까지 비난하는 건 아닙니다. 그 사람들이야 칭찬받아 마땅해요. 더 블루 하우스 스포크스맨The Blue House Spokesman이 확인해 줬잖습니까. 잠수사 일당이 백만 원이고, 시신 한 구당 오백만 원을 더 얹어 준다면서요? 민간 잠수사가 한 달 잠수하며 시신 열 구를 건졌다고 칩시다. 그럼 얼맙니까? 월수 3천만 원에 시신 건진 값이 5천만 원이니, 한 달에 자그마치 8천만 원을 버는 겁니다. 그렇게 두 달이면 1억 하고도 6천만 원이죠. 두 달 동안 국가에서 공짜로 먹여 주고 재워 줬습니다. 생활비가 전혀 들지 않는다는 것이죠. 나야 핸들 잡는 재주밖에 없어 이러고 있지만, 잠수기능사 자격증만 있다면 당장 그 바다로 내려갔습니다. 잠수사들에겐 황금알을 낳는 거위가 바로 맹골수돕니다."

2014년 5월 25일 청와대 대변인의 발언이 대서특필된 것은 맞다. 그러나 그 대변인은 잠수사들 사기 진작 차원에서 나온 발언이 와전된 것이라고 해명했고, 구체적인 액수에 관해선 민간 잠수사는 물론이고 수색 및 수습을 전담한 회사 관계자도 강하게 부인했다는 후속 기사까지 나왔다. 이 보도들을 상기시켰지만, 공환승 씨는 자기주장을 바꾸지 않았다. 세상이 어찌 돌아가는 줄 아직도 모르느냐며 오히려 우리를 불쌍하다는 듯 곁눈질했다.

"잠수사들에게 거금을 준다고 하면 나라 전체가 난리 날 텐데, 그걸 순순히 인정하는 바보가 어디 있겠습니까? 다 그렇게 적당히 뭉개고 지나가는 겁니다. 돈도 벌지 못하는데 험한 일을 왜 맡습니까? 민간 잠수사가 모두 스님이나 신부님인 건 아니죠? 먹여 살려야 할 가족이 있지 않습니까? 내가 밤을 꼴딱 새워 가며 10년 넘게 핸들을 잡는 이유가 뭐라고 봅니까? 간단합니다. 먹고살려고 이 짓 하는 겁니다. 이 짓이라도 해서 돈을 벌지 않으면, 나는 물론이고 아내와 자식들까지 사람대접 못 받습니다. 그게 바로 캐피털리즘capitalism이에요."

'자본주의'까지 등장하는 바람에 대화를 좀 더 이어갔다. 우리는 민간 잠수사가 맹골수도에서 얼마나 힘든 작업을 했는지 설명했다. 심해 잠수는 대부분 수직으로 이동하거나 수평으로 오간다. 맹골수도에서처럼 수직으로 내려가서, 부유물을 걷어 내며 선내로 오르락내리락 진입하여 실종자를 찾는 경우는 극히 드물다. 목숨을 걸어야 한다는 이야기가 과장이 아니라고 결론을 맺었다. 공환승 씨는 우리의 결론을 재빨리 자신의 주장을 떠받는 디딤돌로 바꿨다.

"지적 잘했습니다. 맞아요, 위험하죠. 위험하니까 몸값이 더 비싼 겁니다. 위험 수당이 두둑하다면 목숨을 걸고 덤빌 만합니다. 사고로 자기 목숨이 끊길 거라곤 누구도 예상하지 않아요. 살아 돌아와서 왕창 챙긴 돈으로 처자식 배불리 먹이는 것, 그게 남자의 운명이라면 운명이고 팔자라면 팔잡니다. 인생 복잡하게 고민하지 말아요. 나한테 이익이면 하고 손해면 안 하는 것, 그게 바로 세상살입니다. 나도 민간 잠수사들 인터뷰하는 거 오며 가며 라디오로 듣긴 했는데, 그들은 철저하게 돈 문제는 언급을 피하더군요. 잠수사들 말대로 몸도 마음도 손해만 봤다면 그 바다로 왜 뛰어듭니까? 돈 말고, 민간 잠수사들이 맹골수도로 내려간 까닭이 따로 있기라도 합니까? 인간에 대한 애정이라든가 애국심이라든가 실종된 학생들이 눈에 밟혀서라든가, 이런 애매모호한 얘기 빼고 말입니다. 있다면 어디 말해 보세요. 결국 다 돈 때문입니다.

육십갑자 살아 보니 알겠더라고요. 보기 좋고 듣기 좋은 말들은 돈을 가리는 가면에 불과합니다. 확실해요."

도착

2014년 4월 21일 늦은 밤, 서망항(전라남도 진도군 임회면 남동리)에서 사고 해역으로 들어갔습니다. 팽목항은 사람들이 너무 많아 피했습니다. 작업 전에 유가족을 만나면 마음을 다잡기 어려울 것도 같았고, 장비를 챙겨 최대한 빨리 맹골수도에 도착하고 싶어서이기도 했습니다. 저를 포함하여 네 명의 잠수사 모두 같은 생각이었습니다.

날씨는 궂었습니다. 비는 내리지 않았지만 먹구름이 무겁게 내려앉았고 맞바람도 셌습니다. 뱃전에서 늘 들던 갈매기 울음도 그날따라 더 날카롭고 더 축축하더군요. 서망항에서 서둘러 수저를 들긴 했지만 저녁밥이 넘어가질 않았습니다. 잠수사들 대부분 밥을 남겼습니다. 바지선에 오르기 전, 그러니까 작업 현장에 닿기 전엔 배불리 먹고 늘어지게 한숨 자두는 것이 잠수사들의 불문율입니다. 아무리 편한 작업장이라도, 바지선에 올라 잠수를 시작하면 먹는 것 입는 것 자는 것을 제때 챙기기 어렵습니다. 더군다나 이번엔 절단이나 용접이 아니라 실종자를 수습하러 가는 길이니까요. 억지로 먹어 두려 했지만 실 같은 멸치볶음도 목에 걸려 넘어가질 않았습니다. 현장으로 가는 배에서 곧잘 졸았는데, 그 밤엔 고개를 숙이는 잠수사도 없었습니다. 모두 선수로 나와 맞바람을 맞으며 앉았습니다. 마음은 벌써 동거차도와 병풍도 사이 부표가 넘실거리는 사고 지점에 닿은 겁니다. 그 부표 아래 침몰선에서 숨진 이들을 모셔 올 생각을 하니, 식욕도 없고 잠자고 싶은 마음도 싹 달아났습니다.

우선 확실히 짚어 둘 게 있습니다. 제가 맹골수도로 내려간 것은 '구조'를 위해서가 아닙니다. 유가족에겐 죄송하지만, 우린 사후 수색과 수습을 위해 투입된 겁니다. 배가 가라앉고 닷새나 지났으니까요.

골든타임에 구조 활동이 제대로 이뤄지지 않았다는 이야긴 나중에 들었습니다. 4월 21일 새벽 조치벽 잠수사와 통화했을 때, 선내 진입이 가능한 잠수사가 여덟 명뿐이라는 말을 듣고 불길하긴 했습니다. 잠수사들이 보통 3교대로 로테이션하며 잠수한다고 가정하면, 많아야 한 번에 두세 명만 선내를 오간다는 뜻이니까요. 그래선 배에 갇힌 그 많은 승객을 구하기 어렵습니다.

골든타임이 지나가기 전에 맹골수도에 도착했다면 어땠을까, 여러 번 스스로에게 물었습니다. 정부의 재난 구조 체계와 전문적인 잠수 시스템 그리고 그 시스템에 따라 주야로 움직일 베테랑 잠수사들이 확보되지 않는다면, 저와 같은 민간 잠수사가 맹골수도 가까이에 있었다고 해도, 본격적인 구조 활동을 펼치는 데는 어려움이 많았을 겁니다. 잠수사가 555명이라고 언론에 허풍을 떨 때가 아니라, 최대한 신속하게 체계를 잡고 시스템을 점검하고 단일한 명령 계통에 따라 심해 잠수사를 모았더라면, 그 상황에 제가 참여했더라면, 하는 아쉬움이 여전히 큽니다. 비판을 당하더라도 구조의 어려움을 처음부터 투명하게 공개하고 부족한 부분을 보완하려는 노력을 했어야 합니다.

작은 바지선에서 먼저 손을 흔든 이는 조치벽 잠수사였습니다. 바지선 곳곳에 앉거나 누운 사내들이 보였습니다. 17일부터 맹골수도로 뛰어들어 사투를 벌이고 있는 민간 잠수사들이었습니다. 종이 박스 한두 장 겨우 깔린 철판 위에서 모포도 없이 토막 잠을 청하는 중이었습니다. 옷을 갈아입기도 힘든지, 잠수복 차림으로 잠든 이도 있었습니다. 조 잠수사는 무척 지쳐 보였습니다. 강철 체력을 자랑하던 그가 이렇듯 기진맥진하니 그동안 얼마나 잠수가 힘들었는지 느껴졌습니다. 16일 첫 전화를 받자마자 곧바로 내려오지 않은 것이 미안했습니다.

우리가 바지선으로 건너가자 검은 티를 입고 팔각모를 눌러 쓴 사내가 맞이했습니다. 팔다리가 길고 어깨가 넓으며 가슴이 두꺼웠습니다. 아랫배가 살짝 나오긴 했지만 잠수하기 딱 좋은 체형입니다. 그는 일렬횡대로 선 잠수사들에게 걸걸한 목소리로 인사했습니다.

"어서들 오시오. 류창대라고 합니다! 실종자 수색과 수습은 해경에서 관할하지만, 잠수의 편의를 위해 내가 해경의 지시 사항을 그때그때 전달합니다. 따라 주기 바랍니다."

류창대 잠수사가 슬쩍 임시 천막을 가리켰습니다. 그땐 몰랐지만 해경 상황담당관이 그 안에서 취침중이었던 겁니다. 팽목항의 범정부사고대책본부와 현장지휘함에 마련된 중앙구조본부의 지시 사항을 바지선에 전달하고, 바지선 현장의 작업 결과를 본부에 보고하는 것이 상황담당관의 중요한 임무였습니다. 그는 바지선에서 숙식하는 해경 중에서 가장 계급이 높았습니다. 해경청장을 비롯한 간부들도 수시로 현장지휘함과 바지선을 오갔습니다.

우리는 여전히 긴장했지만 류 잠수사의 설명을 들으면서 마음이 풀리는 부분도 있었습니다. 해경이 민간 잠수사의 일거수일투족을 일일이 간섭하면 피곤하겠다고 걱정했거든요. 해경 잠수사와 함께 작업하는 모습이 그려지지도 않았습니다. 그들과 공동 작업을 한 적이 없었으니까요. 그건 해경도 마찬가지였을 겁니다. 경험 많은 선배 민간 잠수사가 해경의 명령을 전담해서 전달하고 조정한다면 훨씬 낫겠다는 생각을 했습니다.

"모두 후배이니 편하게 말을 놓겠습니다. 괜찮겠지요?"

"네."

더욱 맘이 편해졌습니다. 에둘러 말하지 않고 속전속결로 성큼성큼 건네는 투박한 말투에서 오랜 경험이 묻어났습니다. 잠수하는 것을 직접 보지 않더라도, 바지선에서 던지는 몇 마디만 들으면 그 실력이 대충 짚입니다. 초짜일수록 설명이 길고 자기 자랑이 요란한 법입니다.

"두 가지만 우선 지적하겠다. 여러분이 무엇 때문에 이 먼 맹골 수도까지 왔는지 늘 되새겨 주기 바란다. 첫째, 잡담은 삼가고 웃지 않는다. 둘째, 잠수에만 집중한다. 바지선으로 해군이나 해경 때론 유가족이나 기자들이 올 수도 있다. 그들과 의논이 필요할 때는 내가 만나겠다. 알겠나?"

"예!"

"그리고 여러분은 22일 18시까지 잠수하지 않고 바지선에서 대기한다."

"구경이나 하려고 온 거 아닙니다."

"기껏 시간 내서 왔는데 그냥 쉬라 이 말입니까?"

"실력 좋고 성실한 잠수사가 필요하다면서요?"

불만이 터져 나왔습니다. 류 잠수사는 상황판에 적힌 87을 지휘봉으로 쳤습니다. 지금까지 수습한 실종자 숫자였습니다. 아직 217명이나 수습하지 못한 상황이었습니다.

"일손이 부족한 건 내가 더 잘 알아. 하지만 하루만 잠수하고 말거야? 내일 저녁 먹기 전까진 분위기부터 익히도록 해. 첫째도 안전 둘째도 안전 셋째도 안전! 개인 장비들 점검하고 무엇보다도 각자 건강을 챙겨. 현재 이 바지선엔 체임버도 의사도 없어. 감압이나 치료가 필요하면 해군 함정으로 옮겨 타야 한다. 조금이라도 몸이 이상하면 즉시 내게 알리도록! 몸이 아픈 데도 잠수하면 사고로 이어져. 상황판에서 잠수 순번을 수시로 확인하도록. 순번은 내가 일방적으로 정하는 게 아니라, 각 팀별로 모였을 때 다 같이 의논해서 결정한다. 미리 정한 순번을 바꾸고 싶거나 빠지고 싶을 때도 꼭 내게 말해야 해. 맹골수도의 물때와 유속 그리고 지형에 관해선 잠시 휴식을 취한 후 다시 설명하겠다. 질문 있나?"

저는 물론이고 함께 온 잠수사 세 명 모두 류창대 이름 석 자를 이미 알고 있었습니다. 2010년 천안함 사건 때도 실종자 수습에 참가하였고, 그전에도 굵직굵직한 심해 작업에서 두드러진 실력을 선보인 대선배입니다. 류 잠수사를 오늘 처음 만난 이들은 긴장했지만, 사실 저는 한 차례 그와 대면한 적이 있습니다. 14년 전, 잠수기능사 실기 시험 때 류창대 잠수사가 수중감독관이었습니다. 그날도 얼마나 깐깐하게 잘못을 지적하는지, 눈물을 찔끔거리는 응시생까지 있었습니다. 제가 손을 들었습니다. 좌중의 시선이 쏠렸습니다.

"선내 상황이 궁금합니다."

류 잠수사가 지휘봉으로 상황판을 툭툭 쳤습니다. 상세 도면이 상황판의 절반을 차지했습니다.

"3층, 4층, 5층을 잘 봐 둬. 외워! 눈을 감고서도 돌아다닐 수 있어야 해. 수심은 만조일 때 약 47~48미터, 배는 우현을 위로 좌현을 아래로 하여 약 90도 기울었다. 현재 좌현은 1미터 정도 해저면에 묻힌 상태고, 좌현 선미는 해저면과 충돌하면서 찌그러졌다. 객실별 승객 숫자는 4월 15일 밤 배정표를 기준으로 적어 둔 거다. 16일 아침 승객들이 식사와 휴식을 위해 움직였고, 배가 기울자 복도로 나와 대기했다는 증언도 다수 있지만, 아직 전체 객실을 살펴보지 못한 상황이니까 이 숫자를 기본으로 두고 작업을 하겠다. 특히 수학여행을 가던 학생들이 머문 객실은 4층에 있는데, 방의 크기나 학생들 숫자가 제각각이니 챙겨 보도록 해. 지금 현재 네 개 이상의 수직 하강 라인이 설치되어 있다. 그 라인을 타고 곧바로 배의 우현까지 잠수해서 내려간다."

"선내에서 실종자를 발견하면 수습은 어떤 식으로 합니까?"

"바지선을 떠날 때까지 명심할 사실을 가르쳐 주겠다. 잘 들어! 여러분이 도착한 오늘까지, 선내에서 발견한 실종자를 모시는 방법은 하나뿐이다. 두 팔로 꽉 끌어안은 채 모시고 나온다! 맹골수도가 아니라면 평생 하지 않아도 될 포옹이지. 이승을 떠난 실종자가 잠수사를 붙잡거나 안을 순 없으니, 이 포옹을 시작하는 것도 여러분이요 유지하는 것도 여러분이며 무사히 마치는 것도 여러분이다. 산 사람끼리 껴안을 때보다 다섯 배 이상 힘을 줘야 해. 게다가 멈춰 서서 편히 안는 게 아니라, 안은 채 헤엄쳐 좁은 선내를 빠져나와야 한다. 끝까지 포옹을 풀어선 안 되는 건 기본이고, 이동중에 실종자의 몸이 장애물에 부딪쳐 긁히거나 찢긴다면 여러분은 평생 그 순간을 후회할 거다. 포옹하는 장소는 얕게는 20미터 깊게는 40미터가 넘는 심해다. 공기통 메고 들어가서 단둘이 오붓하게 즐기는 관광명소가 아니라, 수평 가이드라인이 곳곳에 설치되어 있고 90도로 기운 침몰선의 집기들이 언제 붕괴될지도 모르는 수중이다. 포옹이란 단어가 가장 어울리지 않는 단 하나의 공간, 그곳으로 가서 여러분은 사망한 실종자를 안고 나오는 거지. 다들 소문은 들었겠지만 맹골수도의 유속은 동해와 남해와 서해를 통틀어 세 손가락 안에 든다. 모시고 나오다가 선체 밖에서 놓치면 영영 못 찾는다. 다시 쫓아가서 붙드는 건 꿈도 꾸지 마. 안고 나올 자신이 없는 사람은 지금 당장 그만둬. 괜히 나중에 딴 방법은 없냐며 허튼소리 지껄이지 말고. 자, 5초 줬다. 머릿속으로 떠올려 봐. 과연 내가 이걸 정성껏 할 만한 담력을 지녔는지. 앞으로도 가장 단순한 이 방법이 바뀔 가능성은 없다. 자, 손 들어. 실종자를 품에 안은 채 모시고 나올 자신 없는 사람?"

손든 이는 없었지만, 잠수사들 표정이 순식간에 창백해졌습니다. 우리가 맞닥뜨린 낯선 작업의 실체를 느낀 겁니다. 류 잠수사에게 가장 중요한 행동 수칙을 듣고 나니 뒷목이 서늘했습니다. 포옹을 준비하고 포옹을 하고 포옹을 마친 뒤, 떠오르는 상념을 해결하는 것 역시 고스란히 잠수사의 몫입니다. 누가 이 듣도 보도 못한 포옹으로부터 받는 마음의 상처를 함께 나누겠습니까.

류 잠수사의 역할이 매우 중요했습니다. 하루에 두 번 혹은 많은 경우 세 번 물에 들어가는 잠수사는 자기가 맡은 잠수 외에 다른 일엔 전혀 신경을 쓰지 못합니다. 먹고 잠자고 쉬기 바쁘니까요. 몸과 마음이 피곤하니 짜증이 늘고 사소한 언쟁도 잦습니다. 갈등이 폭발하기 전에 잠수사들의 형편을 살피고 다툼을 미리 막는 사람이 필요합니다. 그렇게 보살피는 자리가 비면, 문제가 있더라도 심각한 사고로 이어지기 전까진 드러나지 않고 곪기만 합니다. 아무리 나이가 많아도 흐리멍덩하게 굴면 그 자리를 맡지 못합니다. 작은 실수가 곧바로 목숨과 직결되는 것이 심해 잠수입니다. 잠수사들이 류 잠수사를 칭찬하고 따르는 것은 그만큼 노련하고 빈틈이 없기 때문입니다.

임시 천막에 개인 짐을 풀었습니다. 짐이라고 해 봤자 장비 외엔 검은 백팩 하나가 전부입니다. 천막으로 따라 들어온 조치벽 잠수사가 곁에 앉으며 목소리를 낮췄습니다.

"정말 올 줄 몰랐습니다."

"오라며?"

"열에 아홉은 안 내려왔습니다. 통화중에 딱 잘라 거절하는 사람이 절반이고, 가겠다고 약속을 하고 깬 사람도 그만큼 됩니다."

제 눈을 똑바로 쳐다보고 충고하더군요.

"만만하지가 않습니다."

함께 작업한 날만 꼽아도 3년은 족히 넘을 겁니다만, 그는 단 한 번도 제게 충고한 적이 없습니다. 지옥에도 바다가 있다면, 그 심해로 내려가자고 농담을 나눌 정도였으니까요.

"겁주는 거냐?"

"작업 환경이 최악입니다. 류 잠수사님도 강조하셨지만, 조금이라도 이상하면 중단하고 올라와야 합니다."

"내 실력을 의심해?"

"농담 아닙니다."

"왜 그래? 많이 지쳐 보이는데, 어디 아픈 건 아니고?"

"허리와 어깨가 좀 안 좋습니다."

"체임버에서 감압은 했고?"

"해군 함정까지 가서요? 그럴 틈이 어디 있습니까? 우리가 선 내로 안 들어가면 시신을 수습할 사람도 없고."

조 잠수사가 왼 주먹으로 오른 어깨를 두드리며 미간을 찡그렸습니다.

"지옥도 이런 지옥이 없습니다."

"지옥?"

낯설었습니다. 거친 심해를 무수히 오갔지만 단 한 번도 지옥에 빗댄 적이 없습니다.

"바지선에선 우셔도 됩니다만, 수중에선 눈물을 아끼십시오."

"무슨 소리야 그게?"

"곧 아시게 될 겁니다."

◎

어민 지병석(52세) 씨와의 인터뷰는 참사 1주기인 2015년 4월 16일, 동거차도 앞바다에서 진행되었다. 185센티미터의 큰 키에 100킬로그램이 넘는 몸무게는 유도선수를 연상시켰다. 목포에서 고등학교를 다니는 외아들이 현재 유도선수라고 했다. 지병석 씨는 팽목항에서 자신의 소형 어선 '풍운호'(4.9톤)에 우리를 태우고 이곳까지 왔다. 담배 세 개비를 연이어 피운 후에야 말문을 열었다. 전라도 사투리가 정겨웠다.

"나가 핑생 요 바다에서 미역 양식을 했당께. 미역 덕분에 포도시 밥은 묵재."

그러고는 또 담배를 꺼내 물었다.

"워매 징헌 거! 지우개로 지울 수만 있다믄 다 지워뿔고만 싶구먼. 작년 오늘, 긍께 2014년 4월 16일에는 나도 풍운을 뎅꼬 구조 작업에 참여했재. 요 배가 보기엔 써금써금해도 댕기는 덴 아무 문제가 없지잉. 구명조끼를 입은 여학생 둘을 태웠재. 바다에 빠지지도 않고 곧바로 풍운에 탔는디, 담요를 석 장이나 덮어 줬는데도 벌벌벌벌 떨었지잉. 연락받은 거차도 어민은 모두 배를 몰고 쩌그 맹골수도로 갔당께. 10분도 안 걸려. 워따 고로코롬 큰 배가 확 자빠져 버릴 줄 짐작이나 했겠는가? 어민들도 진짜 허벌나게 구조 작업을 도왔지만, 삼백 명 넘게 실종이란 소식을 나중에 듣곤 눈앞이 깜깜했재. 맹골수도가 을매나 무섭고 거시기한 곳인지는 누구보다도 여서 나고 자란 우리 같은 뱃놈이 더 잘 알어.

4월 16일 밤엔 한숨도 못 잤어. 배는 넘어가 뿌렸지, 여어저어서 조명탄 터지는 소린 상그럽지, 테레비에선 계속 맹골수도를 보여 주지…… . 이불 깔고 자빠져 누워도 도통 잠이 안 왔재. 17일 새벽에도 일찌감치 배 몰고 사고 지점으로 갔는디, 해경 경비정과 해군 군함들이 사고 지점을 에워싸서 접근하긴 어려웠재.

동거차도로 돌아와 늦은 아침을 먹으려는디 전화가 한 통 걸려

왔당께. 미역 양식이 주업이지만 부업으로 낚싯배도 모니까, 손님인가보다 하고 핸드폰을 받았쟤. 오늘은 도저히 배 몰 기분이 아이라고, 양해를 정중히 구하고 끊으려 했지잉. 아무리 돈이 좋아도 이런 날까지 배 몰고 경치 좋은 바다를 누비긴 싫었으니께. 풍운을 타고 거차도 근해를 구경한 손님들 중 감탄사를 쏟지 않는 이가 없었쟤. 물고기가 제대로 낚이지 않아부려도 섭섭하다 욕을 안 하더라고. 눈으로 좋은 구경 실컷 했으니 시간과 돈이 아깝지 않다고 했당께. 자자 시방 눈을 들어 주욱 한번 보시요잉."

지 씨가 팔을 들어 오케스트라 지휘자처럼 주변을 휘저었다. 그 팔이 가리키는 방향을 눈으로 따랐다. 배 한 척 보이지 않았다.

"관광객이 이 바다론 한 사람도 오덜 않어. 여객선이 침몰한 바다로 딩가딩가 놀러 나가는 건 낯 박살당할 일이쟤. 관광객이 오질 않으니 우린 부업이 딱 끊겨뿌렸지잉. 아, 나가 무슨 이바구를 하다가 요오까지 왔더라?"

지병석 씨는 팽목항에서 동거차도까지 말 한 마디 없었다. 속 깊은 이야길 듣긴 어렵겠다는 걱정이 들 정도였다. 그러나 줄담배 끝에 어렵게 말문을 열자 폭포처럼 이야기를 쏟아냈다. 1년 동안 가슴에 품어 둔 이야기가 이토록 많은 줄은 자신도 몰랐다고 했다.

우리는 정신을 바짝 차리고 군데군데 그물을 치듯 질문을 던졌다. 질문을 아끼고 이야기의 흐름을 끊지 않는 것이 인터뷰의 원칙이었다. 그러나 지 씨 경우는 말하는 속도가 숨이 가쁠 정도로 빨라지면서, 시간과 공간 그리고 그 안에 등장하는 인간들이 마구잡이로 뒤섞였다. 우리가 개입하자 그도 잠시 숨을 고르며 이야기를 정리할 시간을 갖게 되어 다행이라고 여기는 듯했다.

□ 4월 17일 전화가 걸려 왔다고 하셨습니다.

■ 그라제. 거절할 마음으로 싸목싸목 전화를 받았는디, 숨소리가 먼저 내 귀에 닿았어. 그런 적 있는감? 말 한 마디 듣지 않아도, 숨소리만으로도 껄적지근한 적? 그때가 딱 그랬재. 날숨 두 번이 끊길 듯 이어지더니, 떨리는 목소리로 나 이름을 댔당께.

　　— 지병석 선장님이십니까?

　　— 맞는디…….

　　— 혹시…… 배를 빌릴 수 있습니까?

느낌이 거시기해서 단번에 거절하진 않고, 오델 가고 싶냐고 한 번 더 물었재. 초짜라믄 선장님이 알아서 좋은 곳에 데려다주이소 하고, 꾼들은 뽀인뜨를 딱 대재. 꼬랑대기 내린 강아지 같은 목소리로 섬 하나를 이야기하더만.

　　— ……병풍도에서 가까운 북쪽 바다라는데요.

기냥 알아차렸당께, 이 남자 가족 중 누군가가 침몰한 배에 타뿟다는 것을. 바닷길에 어둡고 초행이니 딱 뿌러지는 지점을 못 대고, 섬 이름도 전해 들은 걸 떠듬떠듬 옮기는 식이었재. 팽목항이나 서망항 횟집 주인들은 낚싯배 전화번호를 꽤 많이 가지고 있는디, 아마도 거서 번호를 받아 걸었겠재.

☐ 배를 몰 기분이 아니라고 하셨지 않습니까?

■ 참 꾸꿈시롭게도 묻네잉. 그라재. 그란데 요건 낚시꾼을 상대하는 게 아니잖어? 그 남자를 태우러 서망항으로 싸게싸게 갔당께. 팽목항으로 어마무시하게 사람들이 몰려 와뿌려서, 거게 배를 댔다간 피 볼 것 같아 그랬재. 이름은 최용재(48세)고 쪼매난 주물 회사 과장이라고 자신을 소개하더만. 수학여행 떠난 외아들 혁서가 배 안에 있다고 했재. 키가 멜싹 크다고. 황망한 가운데서도 상황 판단이 빠르고 용감한 아버지였재. 팽목항에서 발이나 동동 구르며 해경이 배를 내어 주기를 기다리지 않고, 사고 지점을 확인할 다른 방법을 찾은 거였재. 녹슨 배라도 타고 말이지잉.

그래 가꼬 또 맹골수도로 갔는디, 사고 지점 가까이론 못 갔재. 아침에 나갔을 때보다넘 1킬로미터쯤 더 뒤에서 살폈지잉. 털비가 흩뿌렸재. 어디서 났는지 망원경까지 꺼내 가꼬 배가 가라앉은 곳을 한참 쳐다보던 최용재 씨가 고개를 돌려 물었당께.

　　ー 잠수사들은 어디 있죠? 오백여 명의 잠수사들이 구조 작
　　　업에 열중하고 있다고 하던데요?

나가 육안으로 봐도 고무보트 한 척이 다였어. 느자구 없는 새끼들! 오백여 명이 뭔 개풀 뜯어 묵는 소리당가? 나도 궁금했당께. 아침에 나갔던 것도 정말 고로코롬 거시기하게 구조 작

업이 진행되는지 구경하고 싶어서였재.

□ 나중에 조사한 결과, 16일 배가 침몰한 뒤부터 18일까지 잠수사가 선내에 진입하여 구조 작전을 편 적은 한 차례도 없었습니다.

■ 다닐로! 써글 놈들! 지금은 나도 안당께. 그라지만 고땐 정부와 해경 말을 믿었재. 사상 최대의 구조 작전을 벌이고 있다니까, 시방 침몰한 배 안으로 특공대가 우르르 들가서 승객을 구조하는 중이라고 믿었지잉.

최용재 씨는 털썩 주저앉아 고개를 푹 숙였재. 눈물이 찍찍 떨어지더만. 사고 소식 듣고 진도꺼정 내려온 뒤 하루가 지나는 동안, 울 겨를도 없었던 거재. 너무 울다가 고만 딸꾹질까지 했당께. 대대적인 구조가 이뤄지고 있다니까, 맹골수도가 을매나 무서운 바단지 모르니까, 팽목항이나 진도체육관에선 강그라지지 않고 희망을 품었을 거재. 그란데 바다 한가운데에 자빠진 배를 보는 순간, 그 주위에 오백여 명의 잠수사가 없다는 걸 확인한 순간, 두려움과 절망이 밀려왔던 거랑께. 아들 이름을 불렀재.

— 혁서야! 혁서야! 아빠다. 혁서야! 아빠 왔어.

울음이 잦아들 때까지 기다렸쟤. 최용재 씨를 등지고잉. 담배 필 생각도 안 들더만. 오늘에서야 처음 밝히는디 그때 나도 눈물이 났당께. 수도꼭지가 고장 난 것처럼 흘러내렸재. 최용재 씨 마음이 곧 나 마음이었어. 둘 다 자식새끼 키우는 아빠지잉.

고작해야 고기서 15분쯤 머물렀는디 150시간보다도 더 길게 느껴졌재.

□ 또 다른 유가족을 태우신 적은 있나요?

■ 2007년 태안 기름 유출 사고 기억들 나나? 유조선이라 피해가 엄청났재. 유조선은 아니라 캐도, 저렇게 큰 여객선이 침몰하믄, 상상하기 힘들 정도로 많은 기름이 바다로 흘러나오기 마련이랑께. 난중에 들으니 20만 리터가 넘었다고 했어. 양은 정확히 몰랐지만, 아무튼 기름이 흘러나와 해류를 타고 미역 양식장을 덮치면, 나 지병석 인생은 끝장이지잉. 감나무 가지 끝에 간당간당 매달린 신세였재. 4월부터 6월까지가 제철인 거차도 미역이 와 인기인 줄 아는감? 유속이 워낙 거시기해서, 미역들이 안 떨어질라꼬 들러붙는 힘이 엄청나당께. 긍게 딴 데 미역보다 훨씬 탱탱하재. 미역 양식장을 하는 어민들끼린 16일 저녁부터 전화가 오갔재. 시방 배가 자빠져 사람 목심이 왔다 갔다 하는 판에 양식장 문제부터 제기하믄 속창아리 빠진 놈이재. 노심초사 양식장으로 가선 기름이 밀려오는지 살피는 게 고작이었어. 다행히 18일까진 기름띠가 내 양식장에 닿지 않았재.

18일은 그래 갔는디 19일 새벽에 핸드폰이 울렸당께. 최용재 씨였재. 다른 번호였다면 망설이다가 받지 않았을지도 모르지잉. 솔직히 17일에 그 바다에서 울음을 쏟고 나니, 풍운에 유가족을 태울 용기가 나질 않았어. 18일은 양식장 나갈 때 핸드폰을 아예 집에 두고 갔재. 19일 새벽에 최용재 그 사람 번호가 핸드폰에 떴는데, 안 받기가 참 거시기했재. 통화 버튼을 꾸욱 눌러부렸어.

19일 오전에 사고 지점으로 다시 갔재. 이틀 전보다 1킬로미터쯤 더 떨어진 곳에서, 나란히 선 채 먼산바라기처럼 그 바다를 쳐다봤당께. 그날은 최용재 씨가 망원경을 가지고 오지도 않았어. 갑자기 최 씨가 허리를 숙이더니 물구나무라도 설라는지 바다로 팔을 뻗더만. 나는 황급히 허리춤을 잡고 뒤에서 당겼재. 옆구리를 찔러까며 따졌당게.

— 미쳤소? 디져뿔라꼬?

지금 생각혀도 가슴이 뛰는구만. 손목까지 바닷물에 처넣었다가 거둔 최용재 씨가, 허리를 펴지도 않고 요래 새우젓처럼 웅크린 채, 젖은 손에서 뚝뚝 떨어지는 물방울들을 보며 혼잣말처럼 말했재.

— 바닷물이 너무 찹니다. 정말 입에 담긴 싫지만, 우리 애가 저 속에 있다면 죽었을 것 같습니다.

골든타임이라 떠들어 쌌던 72시간이 시방 지났을 때지잉. 304명 그 아까운 목심들이 옴막 다 죽은 기재.

최용재 씨의 한탄을 들은 직후, 지병석 씨는 근처에서 미역 양식을 하는 어민의 전화를 받고 풍운호를 급히 돌렸다. 걱정하던 벙커C유 기름띠가 양식장으로 밀려든 것이다. 4월 19일부터 지

씨는 동거차도 주변 바다에서 기름을 걷어내기 위해 밤낮없이 노력했다. 해군이 군함까지 동원하여 방제 작업을 도왔지만 양식장 미역을 덮치는 기름을 막진 못했다. 2014년 지 씨는 양식장에서 한 뭇의 미역도 수확할 수 없었다. 모든 것을 잃었다.

두 개의 몸
하나의 심장

재판장님!

이제 수색과 수습의 구체적인 과정을 설명드릴 때가 되었습니다. 하루에도 열두 번씩 그 장면 그 냄새 그 소리가 찾아들지만 문장으로 옮겨 적진 않았습니다. 옮길 수 없다 여겼습니다. 잠수사들에 관한 밀착 취재기를 읽어 보아도, 열에 한둘을 건드리다 만 정도라고 생각했지요. 형언形言할 수 없다는 말을 믿지 않았는데, 정말 글로 담기 힘든 상황이 있다는 걸 맹골수도에서 깨달았습니다.

몇 시간 이리저리 끼적여 봤지만 역시 막막합니다. 혼자 부족한 재주로 골머리 앓지 말고 전문 작가에게 의뢰하란 권유를 받기도 했습니다. 하지만 제가 수중에서 오감으로 경험한 순간들을 전문 작가가 더 잘 옮길 것 같진 않습니다. 설명하는 게 불가능하더라도, 불가능한 짓을 하는 짐승이 또한 인간이지요. 심해 잠수 그 자체가 오랫동안 대표적인 불가능 중 하나였다고 들었습니다.

곧장 혼탁한 선내로 들어가기보단, 양파 껍질을 벗기듯, 재판장님이 받아들이시기 쉬운 부분부터 하나하나 짚어 나가겠습니다. 맹골수도에서의 작업은 민·관·군이 합동으로 했습니다. 민은 민간 잠수사, 관은 해경, 군은 해군, 그중에서도 해난구조대SSU가 중심이었고 특수전전단UDT도 있었습니다. 바지선에 다 같이 머물며 잠수했지만, SSU는 잠수 장비와 체계가 민간 잠수사의 것과 달라 따로 움직였습니다.

민간 잠수사는 해경 잠수사와 짝을 이뤄 줄곧 작업했습니다. 제가 맹골수도에 머문 4월 21일 밤부터 7월 10일까지, 해경 잠수사 중 누가 컨디션이 좋고 누가 힘들어하며 누가 말이 많고 누가 밥을 급히 먹는지 속속들이 알 정도입니다.

증인으로 법정에 나온 해경 잠수사와 민간 잠수사의 상반된 진술을, 저도 방청석에서 하나도 빼놓지 않고 들었습니다. 착잡했습니다. 해석이나 의견은 갈릴 수 있지만, 바지선에서 일어난 사실은 결코 둘이 아닙니다. 보지 못했다거나 듣지 못했다는 증언을 탓할 마음은 없습니다. 그러나 기억나지 않는다는 증언은 되짚어 따지고 싶습니다. 다른 건 다 잊더라도 잠수에 관해서라면 세세한 부분까지 기억하는 것이 잠수사입니다. 반복해서 확인하고 복명복창하며 외우는 일이 몸에 밴 전문가들이니까요. 저렇듯 건망증이 심한 증인은 절대로 잠수를 해선 안 됩니다.

상반된 증언을 계속 들으셨으니, 재판장님은 민간 잠수사와 해경 잠수사는 원래부터 사이가 나쁘다고 판단하실 수도 있겠습니다. 제가 여기서 분명히 말씀드립니다만, 바지선에서 동고동락한 민간 잠수사와 해경 잠수사는 전혀 사이가 나쁘지 않습니다. 처음엔 약간 어색했지만, 곧 함께 힘을 모아 실종자 수색과 수습에 최선을 다했다고 자부합니다. 바지선에서 철수하는 날까지, 저와 한 몸처럼 움직인 해경 잠수사를 예로 들어 보겠습니다.

민간 잠수사는 바지선에 머물며 숙식을 해결했습니다. 하루 네 번 있는 정조기에 맞춰 순번대로 잠수하며 사이사이 먹고 자고 쉬었습니다. 그에 반해 해경 잠수사는 3교대로 함정과 바지선을 오갔습니다. 여기서 해경 잠수사란 해경 소속 전국 특공대, 특수구조단, 122구조대, 소방방재청 소속 잠수사까지 아우릅니다.

1팀은 밤 8시에서 새벽 4시까지, 2팀은 새벽 4시부터 낮 12시까지, 3팀은 낮 12시에서 밤 8시까지 바지선에서 근무했습니다. 그 시간이 끝나면 해경 잠수사들은 단정을 타고 함정으로 건너갔습니다. 민간 잠수사는 바지선에 24시간 머무르고, 해경 잠수사는 하루에 8시간만 바지선에서 작업했다는 것이 두 잠수사 그룹의 차이를 단적으로 드러냅니다. 저도 거듭된 잠수에 몸과 마음이 녹초가 될 때는 해경 단정을 타고 함정으로 건너가 늘어지게 자다가 오고 싶기도 했습니다. 바지선에선 쉰다고 쉬는 게 아니거든요. 재판장님이 법원에 계속 머물면서 재판도 하고 숙식도 한다고 상상해 보십시오. 판사로서 업무를 보지 않더라도, 법원에서 편히 쉬는 것이 가능하겠습니까. 쉬려면 작업 공간과 분리된 휴식 공간이 필요합니다. 맹골수도 민간 잠수사에게 그런 휴식 공간이 주어졌다면, 잠수병에 걸린 숫자도 줄고 작업 성과도 나아졌을 겁니다. 함정에서 충분히 쉬고 바지선으로 복귀하는 해경 잠수사의 눈에 민간 잠수사들이 어떻게 비쳤을까요.

바지선에 모인 민간 잠수사와 해경 잠수사가 친분이 있는 경우도 적지 않았습니다. 저도 박정두(27세)라는 해경을 알고 있었습니다. 원래 박 잠수사는 스쿠버 강사로 활동했는데, 7년 전 동해에서 함께 스쿠버 잠수를 한 후 제게 산업 잠수사에 관해 이것저것 캐물었습니다. 하룻밤을 꼬박 새우며 자세히 설명을 해 줬습니다. 새벽엔 "평생 형님으로 모시겠습니다"라고도 했고요. 잠수기능사 자격증 준비를 할 때도 문자를 주고받았으며 합격한 후엔 종로에서 다시 만나 대취했습니다. 그리고 박정두 잠수사는 해경으로 갔고, 그 후론 1년에 한두 번 안부 문자를 주고받는 정도였습니다. 21일 맹골수도로 내려가면서 혹시 만날지도 모르겠단 느낌이 들긴 했습니다만, 따로 문자를 보내거나 전화를 걸진 않았습니다. 박 잠수사가 늘 먼저 연락을 하고 상담을 청했기 때문에, 제가 먼저 연락을 넣기가 어색했습니다.

다른 잠수사들은 코를 골며 깊이 잠들었지만, 저는 옅은 잠에서 자꾸 깼습니다. 맹골수도에 온 4월 21일 첫 밤, 잡념이 밀려들더군요. 잠수 작업을 시작하면 괜찮은데, 바지선의 첫 밤엔 이상하게 잠도 달아나고, 덮어 뒀던 옛 기억도 찾아들고, 답도 없는 질문을 스스로에게 던지곤 했습니다. 조치벽 잠수사가 말했지만, 연락받은 잠수사 중엔 맹골수도로 오지 않은 이들도 적지 않습니다.

그들도 저처럼 이곳에 오지 않을 이유가 스무 가지도 넘게 떠올랐을 테고, 그중 한두 개를 적당히 들이밀곤 험로에서 빠진 겁니다. 그런데 저는 연락을 받자마자 후배들까지 데리고 내려왔습니다. 먼저 와 작업하고 있는 민간 잠수사들을 보니, 그들은 무슨 마음을 먹고 여기까지 왔을까 묻고 싶어지더군요. 설득력 있는 마땅한 답이 제게 없어서이기도 합니다.

태풍 전야라고나 할까요. 이제 곧 몸과 맘을 바쳐 몰두하기 직전, 제 속을 들여다보는 겁니다. 아직 시작하지도 않은 일에 판단을 내리진 않습니다. 다만 이곳에까지 이른 제 마음을, 긴 항해 끝에 정박한 낯선 항구에서 거울에 비친 몰골을 확인하듯, 살피는 겁니다. 제가 산업 잠수사가 아니라면 맹골수도에 있을 까닭이 없겠지요. 변하지 않는 생존자 숫자를 각종 뉴스에서 매일매일 확인하며 분통이나 터뜨렸을 겁니다. 하잠색 즉 잠수사를 위해 내린 가이드라인 옆에 앉아 밤바다를 쳐다봤습니다. 바로 이 아래에 침몰한 여객선이 있고 그 안에 실종자들이 있는 겁니다. 그들을 선내에서 만나면 과연 어떨까요.

민간 잠수사는 산업 잠수사지 침몰선에서 시신을 수습하는 잠수사가 아닙니다. 저를 포함하여 대부분의 잠수사는 침몰선으로 들어간 적도 없습니다. 선내 진입도 힘겹지만, 들어가서 실종자들과 맞닥뜨렸을 때, 제 마음이 어떨지 가늠이 되지 않았습니다. 물론 수습하여 선체 밖으로 모시고 나오고, 또 수면으로 올려 유가족 품에 안겨 드리겠다는 건 변함없는 원칙입니다. 문득 이런 생각이 들었습니다. '산업 잠수사가 된 뒤, 일당이나 성과급을 문서로 계약하지 않고 심해로 내려가는 첫 잠수구나. 터득한 기술로 돈을 버는 게 아니라, 그 기술을 활용하여 참사에서 희생된 이들을 수색하고 수습하는 것 역시 처음이고.'

4월 22일 낮 12시 단정 두 대가 바지선에 닿았습니다. 해경구조대 3팀이 내린 후 2팀 서른 명이 신속하게 단정에 나눠 타고 떠났습니다. 3팀은 발소리를 죽이며 조용히 앉아 대기하더군요. 민간 잠수사들을 방해하지 않으려는 배려였습니다. 저는 해경들을 눈으로 훑었고, 곧 끝줄에 앉은 박정두 잠수사를 발견했습니다. 볼살이 빠지고 턱 선이 더 날카로워졌지만 분명히 박 잠수사였습니다. 눈이 마주치는 순간 그가 살짝 고개를 숙이며 인사하더군요. 저도 오른팔을 어깨까지 들었다가 어색하게 내렸습니다. 그와 저 사이엔 해경 간부 세 사람이 서 있었습니다. 그들의 대화는 들리지 않았지만 표정이 무척 심각했습니다. 우리 둘의 재회를 자축할 상황이 아닌 겁니다.

여기서 민간 잠수사와 해경 잠수사의 특수한 관계를 짚어 둘까 합니다. 물론 민간 잠수사들이 나이도 많고 잠수 경력도 풍부한 선배이기 때문에 해경 잠수사들은 예의를 갖췄습니다. 그러나 형식적인 예의를 넘어선 친밀감은 드러내지 않았습니다. 맡은 역할에 충실하게 보조를 맞추긴 하는데, 민간 잠수사들과 거리를 둔다는 느낌이 들더군요. 4월 17일부터 해경과 함께 작업한 조치벽 잠수사에게 넌지시 묻기도 했습니다. 새벽에 해군 함정인 평택함으로 가서 체임버에도 들어가고 통증 치료도 받고 돌아온 직후였지요.

"서먹서먹하네. 왜 이래?"

"많이 좋아졌고 점점 더 좋아질 겁니다. 민간 잠수사와 해경 잠수사가 함께 침몰 선박을 오가는 것 자체가 처음이니까요."

정확한 지적이었습니다. 해경과 스쿠버 잠수사 간에는 갑을 관계가 확실합니다. 해경은 단속하고 스쿠버 잠수사들은 단속을 당하는 입장이니까요. 해경은 잠수 가능 해역을 벗어난 스쿠버 잠수사들을 잡아들이고 벌금을 매기거나 심한 경우 재판에 넘기기도 합니다. 산업 잠수사는 스쿠버 잠수사와는 또 다릅니다. 우린 허가받은 산업 현장에서 잠수하는 경우가 대부분이라서 해경과 마주칠 일이 거의 없습니다. 해경뿐만 아니라 작업 인력 외에는 일반인을 만나기도 힘듭니다. 오죽하면 아가미로 숨 쉬는 이들과 벗하며 늙어 가는 직업이란 우스갯소리까지 나왔겠습니까.

협업 자체가 민간 잠수사에게도 해경 잠수사에게도 낯선 겁니다. 우린 조직이 아니니까 지시받을 일도 없지만, 해경 잠수사들에겐 별도의 지시 사항이 있었을 겁니다. 민간 잠수사와 작업은 하되 사사로운 잡담은 금한다는 지침이 얼마든지 내려올 만합니다. 민간 잠수사와 해경 잠수사가 서넛씩 앉아 있어도 거의 대화가 없었습니다. 처음엔 이 침묵이 턱없이 길고 이상했습니다. 잠수가 어렵고 고될수록 함께 일하는 잠수사끼린 끈끈한 정이 생기는 법입니다. 바지선에서 잠시 쉴 땐 시끄럽게 떠들진 않더라도 서로의 속마음을 확인할 수 있는, 진심이 가득 담긴 말들을 툭툭 주고받곤 합니다.

맹골수도 바지선에선 처음부터 해경 잠수사들과의 사이에 그와 같은 유대감이 생긴 건 아닙니다. 정조기에 맞춰 잠수를 시작하면서부턴 해경과 마음을 나누겠다는 생각 자체가 사라졌습니다. 험하기로 소문난 심해에서 제법 많은 작업을 해 왔지만, 맹골수도의 작업 강도는 압도적으로 셌습니다. 내려갔다 올라오면 감압을 받거나 쉬기 바빴습니다.

4월 22일 저녁 6시경 첫 잠수를 할 예정이었기에, 4시부터 잠수복과 장비들을 챙겼습니다. 적어도 1시간 전에는 준비를 마치고 대기해야 합니다. 박정두 잠수사가 천막으로 따라 들어와선 저를 쳐다봤습니다. 비로소 입가에 미소가 맺히더군요.

"오늘 잘 부탁드립니다."

"나랑 같이 가는 거야?"

"저도 형님 첫 잠수에 동행할 줄 몰랐습니다. 로또 당첨된 기분이네요."

"언제 왔어?"

"17일부텁니다."

아직 여유가 있어서 궁금한 것들을 물어봤습니다.

"그때 곧바로 선내 진입을 할 순 없었어?"

박 잠수사의 표정이 복잡해지더니 차갑게 굳었습니다.

"각오를 하고 대기하긴 했습니다. 다른 팀에서 시도는 했지만 스쿠버로는 어려운 점이 많았나 봅니다. 제겐 기회가 없었고요."

박 잠수사의 대답이 표정만큼이나 딱딱했기 때문에 말머리를 돌렸습니다.

"서른 명쯤 내리던데 전부 후카Hookah를 해?"

후카 잠수는 바지선에서 수중의 잠수사에게 호스를 통해 공기를 전달하는 표면 공급 방식 잠수입니다. 이때 바지선은 반드시 저압용 공기 압축기Air Compressor를 갖춰야 합니다. 스쿠버 잠수는 렁Lung공기통을 지고 들어가는 잠수 방식이지요.

"아닙니다. 후카를 한번이라도 해 본 해경 잠수사는 열 명 내외입니다. 해경 잠수사는 민간 잠수사와 조를 짜 잠수한 다음 선체 밖에서 줄을 잡습니다. 2인 1조로 내려갈 땐 스쿠버 잠수사 두 명이 바지선에서 항시 대기합니다. 민간 잠수사에게 문제가 생길 경우 즉시 내려가 구조하며, 또 선내에서 실종자를 발견했다는 연락이 오면 선체 밖까지 잠수하여 대기하다가 시신을 받아 모셔 올립니다. 그 외에도 바지선에서 줄을 잡고 내리거나 끌어올리는 텐더 tender줄잡이가 두 명 있고, 수면에 올라온 시신을 보트에 옮기는 수행자도 있습니다."

"기억하지?"

거두절미하고 물었습니다.

"한 번 당기면 풀고, 두 번 당기면 멈추고, 세 번 당기면 천천히 거둘 것."

박 잠수사가 막힘없이 외웠습니다. 오래전, 줄신호법을 그에게 가르친 사람이 바로 접니다. 능숙한 잠수사들끼린 약속 자체가 필요 없습니다. 줄을 쥐기만 해도 언제 풀어야 하고 언제 멈춰야 하는지 느낌이 오니까요. 경험이 적거나 처음 호흡을 맞추는 텐더와는 반드시 약속을 정해야 합니다. 지나치게 긴 줄은 조류에 밀려 잠수사를 힘들게 하고, 또 선내에선 부유물에 엉키거나 걸려 심각한 위험을 낳습니다. 반대로 줄이 짧으면 잠수사의 거동이 불편해집니다. 능숙한 텐더는 잠수사가 줄 자체를 의식하지 못하게 만듭니다. 일반적인 잠수에선 바지선의 텐더가 잠수사와 줄신호를 주고받으며 상승과 하잠을 돕습니다. 그때 사용하는 줄신호법은 잠수기능사 자격증을 딸 때 이미 다 숙지합니다. 그런데 침몰한 배로 진입하려면 텐더가 한 사람 더 필요합니다. 바지선에서 수직으로 줄을 내리는 텐더가 있고, 잠수사와 함께 수중으로 내려와 선체 입구에서 수평으로 줄을 넣는 텐더가 있는 겁니다. 상승과 하잠이 아닌 다른 줄신호를 만들어야 하는 이유도 이 때문이지요.

"형님 실력은 알지만 욕심 부리진 마십시오."

박 잠수사도 저도 알고 있었습니다. 심해에 닿으면 결국 우리 둘만 남는다는 것, 둘이 한 몸처럼 움직여야 실종자를 찾고 모셔 올 수 있다는 것. 손이라도 쥐어 주려는데, 박 잠수사가 쑥스러운지 일어났습니다.

"도와 드리겠습니다."

저는 두툼한 내피를 챙겨 입은 뒤 드라이 슈트Dry Suit건식 잠수복를 꺼내 천천히 두 다리부터 넣었습니다. 일체형 부츠에 발등이 조이

듯 들어갔습니다. 두 팔까지 슈트에 끼운 뒤 박 잠수사가 등쪽 드라이 지퍼를 끝까지 채웠습니다. 후드를 머리에 쓴 다음 등과 허리에 15킬로그램 정도의 웨이트를 나눠 찼습니다. 양발에 물갈퀴 신는 것까지 박 잠수사가 도왔습니다. 풀페이스 마스크를 쓰고 헤드랜턴을 부착했습니다. 공기 공급 호스와 통화용 전선이 들어간 일체형 생명줄Umbilical을 마스크에 연결하면 입수 준비가 끝나는 겁니다.

"저도 입고 오겠습니다."

박 잠수사가 돌아서서 나갔습니다. 키는 그대로지만 어깨는 한 뼘 넘게 벌어졌습니다. 허벅지와 종아리를 비롯한 하체 근육도 훨씬 단단해졌습니다. 웨이트 트레이닝을 게을리하지 말라는 제 충고를 진지하게 받아들인 겁니다. 저도 다른 잠수사보다 근육량이 많은 편이며 몸에 군살이 거의 없지만, 박정두에게는 지겠다 싶었습니다. 승부욕 하면 나경수지만, 박 잠수사의 변신이 불쾌하지 않았습니다. 뿌듯했습니다.

7월에 철수할 때까지 박 잠수사가 제일 많이 저와 한 조를 이뤘습니다. 민간 잠수사는 우리끼리 의논해서 순서를 정했고 해경 잠수사는 각 팀장이 결정했습니다. 박 잠수사는 저와 같은 조가 될 때마다 인연이 점점 깊어진다며 농담을 건넸습니다. 지금 생각해 보니 함께 잠수하려고 최대한 노력한 게 아닐까 합니다. 열 번 중 다섯 번이 박정두였으니까요.

류창대 잠수사가 상황판 앞으로 우리 둘을 데리고 가선 마지막으로 확인했습니다.

"운이 좋네. 오늘부터 사흘 동안 소조기小潮期, 구조의 최적기야. 아침 6시부터 지금까지 스무 명 넘게 모시고 나왔지. 부유물은 거의 다 걷어 냈고 가이드라인 설치 완료했어. 시야는 약 45센티미터다. 질문 있나?"

소조기는 '조금'이라고도 하지요. 밀물과 썰물의 차가 제일 적어서 조류가 가장 약합니다. 그런데 소조기에도 시야가 겨우 45센티미터라고 합니다.

"없습니다."

"첫 잠수니 무리하지 마. 진입하다가 조금이라도 힘들면 즉시 나와."

"알겠습니다."

류 잠수사가 먼저 빈 의자에 앉았습니다. 그 앞엔 선내로 들어간 잠수사와 대화를 나눌 수중 통화기가 놓여 있습니다. 전화수는 수시로 이 기기를 통해 보고를 받고 명령을 전달합니다. 잠수사가 바지선 상황을 알 수 있는 유일한 장치면서, 또한 바지선에서 바다 밑 잠수사의 상황을 파악할 유일한 장치인 겁니다. 오늘은 첫 잠수를 하는 저를 위해 류 잠수사가 전화수를 자청했습니다. 통화기로 일부러 경쾌하게 말을 걸었습니다.

"많이 욕해 주십시오."

류 잠수사가 고개를 돌려 머리끝에서부터 발끝까지 저를 훑었습니다.

"나경수, 야 이 새끼야! 너네 아버지 혹시 졸부냐? 내 욕이 얼마나 비싼 줄 알아? 하나에 적어도 십팔만 원 값어치는 있어. 그 돈 다 감당할 수 있나?"

"감사합니다. 형님!"

류 잠수사로부터 '새끼'란 욕을 듣고 나자 비로소 준비를 마쳤다는 생각이 들었습니다. 슬쩍 '형님'이란 두 글자를 집어넣기까지 했습니다. 탄원서에 욕설을 적어도 되는지 모르겠습니다만, 잠수 현장의 생생함을 전달하기 위해 꼭 필요한 자리에선 최소한만 쓰겠습니다. 심해 잠수라는 게 언제 어디서 응급 상황이 닥칠지 모릅니다. 신속하면서도 적절하게 대처하지 못하면 목숨이 왔다 갔다 합니다. 제 경험을 잠깐 말씀드리자면, 바지선에서 잠수를 총괄하는 이는 대부분 말이 거칩니다. 욕을 배추김치처럼 씹어 삼키며 살아가지요. 욕을 맛있게 하려고 태어난 사람처럼 보일 때도 있습니다. 잠수사들을 미워해서가 아니라, 기강을 잡고 응급 상황에서도 신속히 대처하게 하려는 겁니다. 욕 좀 들었다고 얼굴 찡그리는 잠수사는 없습니다. 격식 갖춰 말하려다가 귀한 목숨 잃을 순 없으니까요.

고개 들어 하늘을 봤습니다. 길어야 1초쯤이었을 겁니다만, 심해 잠수를 위한 필수 단어와 숫자 들이 구름 잔뜩 낀 잿빛 하늘에 박히더군요. 곁에 선 박 잠수사에게 고개를 돌려 엄지를 들어 보였습니다. 그도 따라 엄지를 들더군요. 저는 선 채로 힘껏 바다로 뛰어들었습니다. 민간 잠수사 나경수가 맹골수도에서 첫 잠수를 시작하는 순간입니다.

◎

　참사가 일어난 2014년 4월 16일부터 민간 잠수사 나경수가 첫 잠수를 시작한 4월 22일 저녁 6시까지 많은 이가 진도로 왔다. 실종자 가족은 진도체육관과 팽목항을 오가며 비통한 시간을 보냈다. 진도에 상주하는 기자도 적지 않았고, 잠수사를 비롯한 자원봉사자도 속속 모여들었다. 해양수산부 공무원들과 해경 그리고 경찰들도 분주했다. 관광객이 아닌 사람들로 진도가 이렇게 북적인 것은 대한민국 수립 이후 처음이었다. 진도 토박이들은 길을 가다가 상대방과 어깨가 부딪히고 나선, 신기한 듯 제 어깨와 상대의 어깨를 쳐다보았다. 외지인들 표정은 하나같이 어둡고 딱딱하며 슬픔에 잠겨 있었다. 옅은 웃음을 띨 때도, 내가 과연 이런 미소를 머금어도 되는지 스스로에게 되묻는 조심스러운 시선이 뒤따랐다.

　사람들이 각종 이유로 진도에 모여들 때, 이 섬을 떠난 이들도 있었다. 4월 16일엔 생존 학생과 일반인 생존자 들이 떠났다. 그들은 진도까지 마중 나온 가족과 만나고도 기쁨을 숨겼다. 배에 갇혀 돌아오지 못한 친구들과 지인들이 있기 때문이다. 그날부터 통곡에 덮여 섬을 떠나는 이들도 매일 생겼다. 졸지에 아들이나 딸 혹은 아버지거나 어머니 혹은 형제나 자매를 잃은 유가족은 싸늘하게 돌아온 시신을 만지면서도 믿을 수 없어 오열했다.

조담(46세) 씨는 생존 학생 조현의 아버지다. 그도 4월 16일 오후 5시 30분에 진도체육관에서 아들을 만나 부둥켜안았고, 함께 섬을 떠났다. 조현은 생존 학생 다섯 명과 함께 곧바로 K대 안산병원에 입원했다. 여기까진 생존 학생 부모들과 비슷한 행보지만, 그다음 날부터 조담 씨의 움직임이 달라지기 시작했다. 4월 17일 오후 다시 팽목항으로 내려간 것이다. 그리고 10월, 조담 씨는 직장에 사표를 냈다.

인터뷰를 위해 자료를 검토하니 조담 씨가 생존 학생 가족을 대표하여 발언한 기사가 여럿 나왔다. 공식 석상에서 생존 학생 가족의 입장을 대변할 때 외엔 사사로운 생각과 감정을 드러낸 적이 없었다. 취재를 요청한 언론사가 여럿이지만, 인터뷰 기회를 유가족에게 양보하고 그림자처럼 물러났던 것이다. 우리가 2015년 4월 연락했을 때도 간곡하게 거절했지만, 민간 잠수사에 관한 기억을 모으고 있다고 거듭 요청하고, 우리가 관심을 둔 잠수사들 명단까지 밝히자 겨우 응낙했다. 그는 류창대 잠수사의 재판 상황을 우리보다도 정확하게 파악하고 있었다. 나경수 잠수사를 비롯하여 바지선에서 고생한 잠수사들의 근황부터 물었다. 절반 이상이 아직 산업 잠수사로 복귀하지 못했다고 전하자 눈시울을 붉혔다. 인터뷰는 2015년 6월 17일 수요일, 안산 합동분향소 '416TV' 컨테이너 작업실에서 진행되었다.

□ 2014년 4월 17일 다시 진도로 가신 이유는 무엇입니까?

■ 4월 16일에 진도까지 직접 차를 몰고 내려갔습니다. 가는 길에 현이 전화를 받았지요. 목소리를 들은 후에도 정말 괜찮으냐고 네댓 번을 반복해서 물었던 것 같습니다. 해 질 무렵 진도체육관에서 현이를 태우고 나오려는데, 윤종후 아빠가 현이 손을 잡고 한참을 울었습니다. 자식들끼리 워낙 친하니 아빠들도 동네에서 가끔 맥주 한두 잔씩 하던 사이였어요. 혹시 종후를 배에서 만나지 않았느냐고, 종후 아빠가 물었습니다. 현이가 울먹거리며 답했어요. 16일 아침에 3층 식당에서 식사를 하고 노래방 옆 게임룸으로 가서 나란히 앉아 20분 정도 게임을 했다더군요. 그러고는 각자의 방으로 돌아갔는데 그게 마지막이었답니다. 현이를 K대 안산병원에 입원시킨 후 종후 아빠 얼굴이 자꾸 밟혀 병실에 머무를 수 없었습니다. 현이도 종후가 궁금하다며 내려가 보라 하고, 그래서 다음 날 일찍 진도로 다시 갔던 겁니다.

□ 윤종후와 조현, 둘은 단짝으로 학교에서도 소문이 났죠?

■ 초중고 같은 학교를 다닌 데다 중2 때부터 밴드를 만들어 함께 했으니까요. 종후는 드럼, 현이는 기타. 밤낮으로 붙어 다녔습니다. 고등학교 가서도 1학년 땐 같은 반이었는데 2학년 때 반이 갈렸지요. 2학년 때도 같은 반이었다면, 둘 다 살아 나오지 않았을까 아쉽습니다.

□ 다시 내려간 진도에선 어떻게 지내셨나요?

■ 지내고 말고가 있습니까. 아이들 돌아오기만을 기다리는 부모님들 곁에서, 그분들 필요한 것들 챙겨 드리려고 했습니다. 제 차로 종후 아빠랑 또 몇 분을 태우고 진도체육관과 팽목항을 오갔고요.

□ 생존 학생 부모님 중에서 진도로 다시 내려온 분이 또 계셨나요?

■ 만난 적 없습니다. 아마 저 혼자이지 않을까 싶습니다.

□ 생존 학생 부모님이기 때문에 배에서 탈출하지 못한 학생들 부모님들 뵙기가 더 힘드셨을 것 같습니다만.

■ 골든타임이 끝나기 전까진, 아이들이 살아 돌아올 거란 희망을 가지고 부모님들이 바삐 움직였습니다. 72시간이 너무나도 허무하게 흐른 뒤부턴 까마득한 슬픔이 진도체육관과 팽목항을 뒤덮었습니다. 조용히 그분들을 돕고 싶었는데 그게 또 어렵더군요. 갑자기 붙들려 '당신 누구야?'라는 삿대질을 두 차례나 받았습니다. 저를 몰아세운 분들을 무조건 비난해선 안 됩니다. 제정신을 갖고 거기에 간 사람이라면 누구라도 미쳐 버릴 판국이었으니까요.

선내 진입도 못 하는 상황을 사실대로 전한 이가 한 사람도 없었습니다. 그런데도 말들은 들끓고 글들은 흘러 넘쳤죠. 관직이 올라갈수록 번지르르한 거짓말들을 마이크 앞에서 해 댔습니다. 심해 잠수 가능 인력이 턱없이 부족하고, 배에 에어포켓이 있다는 증거도 확인하지 못했으면서, 육해공을 총동원하여 구조 작전을 펴고 있다고 허풍만 떨곤 아무도 책임지지 않는 꼴이었습니다. 사실과 어긋나는 기사들이 쏟아지고, 형사들이 돌아다니며 유가족들을 감시한단 소문이 돈 직후였습니다. "생존 학생 아빠입니다." 이 말이 나오지가 않더라고요. 그래서 그냥 도와 드리고 싶어 자원봉사 왔다고 했습니다. 한 번은 그렇게 넘어갔는데, 또 한 번은 신분증을 보자고, 형사 아니냐고 멱살잡이를 당했습니다. 현이 이름과 반을 말하고 제 아이는 탈출하여 첫날 돌아왔다고 밝혔습니다. 무사히 돌아온 자식 옆에 있지, 왜 여기서 얼쩡거리느냐는 게 제게 날아온 물음이었습니다.

□ 저희가 준비한 질문이기도 합니다.

■ 안산에 연고가 전혀 없는 국민도 참사가 터지자 돕겠다며 자비를 들여 진도로 왔습니다. 저는 그 아이들이 다닌 학교에도 가 봤고, 또 실종된 몇몇 아이들에게 짜장면을 사준 적도 있습니다. 현이는 정말 운이 좋아 탈출했지만, 그 배에서 제 아들이 죽을 수도 있었던 참사였습니다.

17일과 18일에 진도에 계속 있다가 생존 학생들 상황이 심상치 않다는 연락을 받고 안산으로 다시 올라갔습니다. 몇몇 한심한 기자들이 몰래 병실까지 들어와서 아이들에게 끔찍한 질문을 해 댔더군요. 생존 학생들을 언론과 철저하게 격리시켜 달라고 학교와 병원에 말씀드렸습니다. 그 뒤 현이를 만났습니다. 제 손을 꼭 잡고 부탁하더군요. "종후가 돌아올 때까지 나 대신 종후 아빠 곁에 있어 줘. 왜 내 친구들이 거기서 죽어야만 했는지, 아빠가 꼭 밝혀 줘. 밝혀 줄 거지?"

진상 규명을 해 달란 얘기였습니다. 현이와 약속했습니다. 종후 아빠 곁에 있겠다고. 그리고 네 친구들이 왜 맹골수도 차디찬 바다에서 죽어야 했는지 그 이유를 찾겠다고.

□ 현이와 약속을 지키기 위해 진도로 또다시 내려가신 것이군요. 그런데 2014년 10월엔 직장까지 그만두셨습니다. 사표를 내실 만큼 절박한 이유가 따로 있었나요?

■ 일이란 게 눈덩이처럼 불어나더군요. 물론 유가족 중심으로 모든 활동이 이뤄지는 게 당연하지만, 생존 학생 관련 업무도 적지 않았습니다. 그 아이들이 병원에서 연수원을 거쳐 학교로 돌아왔다고 문제가 해결되는 게 아니잖습니까. 학교로 돌아온 후에 트라우마가 더 심해진 경우도 있었습니다. 나는 돌아왔는데 같이 수학여행을 갔던 친한 친구들은 교정 어디에도 없는 겁니다. 교실에 들어가 빈 의자를 보는 것만으로도 정말 소중한 벗을 잃었다는 상실감에 젖는 것이죠. 생존 학생 부모님과 따로 모여 아이들과 관련된 여러 가지 문제들을 의논해야 했고요. 외부에 알릴 건 알려야 했습니다. 누군가 이걸 맡아서 해야 하겠더라고요. 생존 학생 부모님과 희생 학생 부모님을 연결할 사람도 필요했습니다. 부족하지만 제가 그 역할을 맡고 나니 직장을 제대로 다니기 힘들더라고요. 그래서 현이 엄마랑 현이와 의논했습니다. 침몰한 배가 인양되고 진상 규명을 마칠

때까진 잠시 직장을 쉬어야 하겠다고요. 아내와 현이가 동의해 줬고 저는 사표를 냈습니다. 그리고 여기까지 왔네요.

□ 현이가 종후 얘기를 요즘도 하는지요?

■ 시시콜콜 길게 하진 않습니다. 아예 외면하는 건 아닌데, 종후 얘길 먼저 꺼내진 않는단 뜻입니다. 너무 친한 사이끼린 오히려 할 말이 별로 없지 않습니까. 종후가 보고 싶을 때 가끔 기타를 치긴 하더군요. 둘이서 합주해 녹음해 둔 곡이 꽤 됩니다. 종후의 드럼 파트만 따서 크게 키운 뒤 현이가 기타를 맞춰 연주하는 식이죠. 제가 아파트에 사는데, 현이가 연주를 시작하면 엄청나게 시끄럽습니다. 아래층과 위층에서 항의가 들어오긴 해도, 저는 현이의 연주를 막진 않습니다. 그렇게라도 친구 숨소릴 듣겠다는 아일 어떻게 막겠어요. 어젯밤에도 한 곡 신나게 하더군요. 녹음해서 종후 아빠에게 보냈습니다. 종종 이런 식으로라도 아이들 우정을 확인하는 셈입니다.

조담 씨는 휴대전화를 꺼내 어젯밤 녹음한 합주를 들려줬다. 그린데이의 〈Holiday〉였다. 세련된 연주라고 평하긴 어려웠지만 드럼에 기타가 부드럽게 녹아들었다. 몸은 둘이지만 심장은 하나인 듯!

첫

하잠줄을 쥐고 단번에 4층 우현까지 내려갔습니다. 어깨와 허리에 두른 납의 무게가 하강 속도를 높여 줬지요. 입수한 후 아주 잠깐 고개를 들었습니다. 넓게 퍼진 빛이 순간순간 엷어지다가 사라지더군요. 블랙홀에 빨려 드는 기분이랄까요. 지구라는 행성 전체를 비추는 햇빛으로부터 홀로 멀어지는 느낌은, 단지 어둡다는 것만으론 부족합니다. 잠수를 마친 뒤에도 그 느낌은 오랫동안 지워지지 않고 되살아납니다. 빛이 없는 세상으로 스스로를 추방하는 외로움이랄까요. 흐릿하게 가물거리던 빛 망울마저 사라집니다. 봄 바다를 감싸며 반짝이는 찬란한 빛 따윈 처음부터 존재하지 않았다는 듯이.

박정두 잠수사가 거의 동시에 내려와 제 오른 어깨를 가볍게 짚었다가 뗐습니다. 저는 바지선과 첫 교신을 했습니다.

"4층 우현 비상대기 갑판 도착!"

류창대 잠수사가 제 말을 반복했습니다.

"4층 우현 비상대기 갑판 도착! 이상 없나?"

"이상 없습니다. 선내로 진입하겠습니다."

"진입하라. 수고!"

저는 우선 하잠줄을 쥐곤 올려다보며 시계 반대 방향으로 돌았습니다. 우현까지 내려오는 동안 조류 탓에 몸이 시계 방향으로 두 번 돌았고, 그 바람에 생명줄이 하잠줄에 감긴 겁니다. 그걸 풀지 않고 움직였다가는 줄이 꼬여 심각한 상황에 처할 수도 있습니다. 박정두 잠수사도 자기의 하잠줄을 잡고 저처럼 맴을 돌았습니다.

생명줄이 풀린 걸 확인하자마자 마스크 안으로 물이 스며들었습니다. 풀페이스 마스크를 착용하고 잠수를 하면 종종 겪는 일입니다. 침착하게 숨을 크게 들이마셨다가 후욱 하고 불었습니다. 압력에 의해 물이 곧 마스크 바깥으로 밀려났습니다. 이것을 마스크 클리어링Mask Clearing이라고 합니다.

박 잠수사와 마주 보며 섰습니다. 제 헤드랜턴이 그의 얼굴을 비추고 그의 헤드랜턴이 제 얼굴을 비췄습니다. 그가 왼 주먹을 자신의 왼 가슴에 댔습니다. 저도 왼 주먹을 제 왼 가슴에 얹었습니다. 박 잠수사는 잊지 않았던 겁니다. 7년 전 동해에서 처음 만나 스쿠버 잠수를 마치고 뒤풀이하던 밤, 그는 제게 심해 잠수의 매력을 물었습니다. 스쿠버 잠수는 경치 좋은 해저를 골라 다니며 즐길 수 있지만, 산업 잠수사의 경우엔 그와 같은 절경을 접할 여유가 없습니다. 그때 저는 왼 주먹으로 왼 가슴을 누르며 답했습니다.

"여기, 심장이 하는 말을 듣게 돼. 귀가 아니라 온몸으로 들리지."

비상대기 갑판에 등을 댑니다. 발을 딛던 갑판이 벽처럼 섰고, 풍광을 살피던 객실 유리창이 발밑에 깔렸습니다. 팔을 뻗어 더듬자 5층 갑판으로 이어진 계단이 잡힙니다. 이 계단을 더듬어 올라가면 5층까지 닿을 겁니다. 제가 들어갈 출입문은 계단이 있는 갑판에서 선수 쪽으로 더 나아가야 합니다. 등을 떼지 않고 모두 여덟 개의 객실에 난 작은 창들을 밟으며 걸었습니다. 4월 16일 아침, 이 객실에 들었던 학생들 중에서 몇 명이나 탈출했을까요. 감정이 차올라 한 걸음 디딜 때마다 숨쉬기가 힘들었습니다.

그렇게 객실을 다 밟고 지나니 또 다른 벽이 앞을 막아섰습니다. 비상대기 갑판이 끝난 겁니다. 손으로 더듬어 넓이와 길이를 확인했습니다. 도면에 나온 대로 이것은 막힌 벽이 아니라 선내로 통하는 문입니다. 앞 순번 잠수사가 열고 닫기 편하도록 줄을 둥글게 묶어 문고리처럼 매듭을 만들어 뒀습니다. 그 줄을 잡고 힘껏 당겼습니다. 끼익. 날카로운 쇳소리를 배경음 삼아 문이 열렸습니다. 높이는 겨우 1미터 남짓이고, 가로가 2미터 50센티미터를 훌쩍 넘는 직사각형의 어둠이 나타났습니다.

박 잠수사가 생명줄을 잡고 물러났습니다. 저는 어둠에서 흘러나오는 물의 흐름을 사타구니와 배와 가슴으로 느꼈습니다. 소조기, 닙 타이드Neap Tide. 밀물과 썰물의 차이가 작아 조류가 가장 약한 시기지만 완전히 멈추진 않습니다. 소조기의 맹골수도도 가끔 성질을 부리면 웬만한 바닷길의 대조기大潮期사리와 맞먹을 정도입니다. 6천 톤급 여객선이 잠겼으니 4월 16일까지 자연스럽게 흐르던 조류를 방해하는 꼴이기도 합니다. 배의 부위에 따라 조류의 세기와 방향이 제각각이기에 방심은 금물입니다.

어둠에 잠긴 바다에서 더 어둠에 잠긴 선내로 들어가야 합니다. 겹친 어둠이, 헤드랜턴을 비췄음에도, 더욱 짙어 보였습니다. 시야도 45센티미터가 아니라 20센티미터도 채 되지 않았습니다. 이렇게 서너 걸음 내디디면 20, 15, 10, 9, 8, 7, 6, 5, 4, 3, 2, 1로 시야가 떨어져 끝내 완전한 어둠에 잠겨 버리지나 않을까 하는 두려움이 밀려들었습니다. 제가 쓰는 헤드랜턴은 10년 동안 단 한 번도 말썽을 일으킨 적이 없습니다만, 심해 잠수사의 경험담에 등장하는 각종 문제는 평생 처음인 경우가 대부분입니다. 매우 희박한 확률이 한 사람을 죽일 수도 있고 살릴 수도 있습니다.

심해 잠수를 경험하지 못한 분들은 랜턴을 몸에 많이 달고 들어가면 시야를 더 확보할 수 있지 않느냐고 묻기도 합니다. 맹골수도 침몰선의 어둠은 그냥 어둠이 아니라 미세한 뻘로 가득 찬 어둠입니다. 빛이 투과되지 않는 어둠인 겁니다. 그 뻘들을 모조리 걷어내지 않는 이상, 랜턴을 아무리 많이 지니고 들어가도 멀리 내다보는 것은 불가능합니다.

예전에도 이렇게 뻘이 많은 심해에서 용접을 한 적이 있습니다. 용접기를 쇠에 갖다 댔을 때 튀는 빛조차 전혀 보이지 않았습니다. 재판장님이 그런 상황이라면 어떻게 용접을 하시겠습니까. 저를 비롯한 숙달된 산업 잠수사들은 소리만 들으며 용접을 계속합니다. 소리의 크기와 굵기에 따라 용접기가 원하는 위치에 닿았는지를 판별하는 겁니다. 맹골수도의 작업은 수중 용접보다 백 배는 어렵고 위험합니다. 용접은 잠수사가 정해진 장소에서 잠영을 멈춘 채 처음부터 끝까지 진행하지만, 맹골수도의 실종자 수색과 수습은 잠수사가 좁은 선내를 계속 움직여야 합니다. 그래서 어둠이라는 지적만으론 부족하다고 한 겁니다. 빛을 삼켜 버리는 완전한 어둠, 어둠을 강요하는 어둠, 너무나도 위험한 어둠인 겁니다.

선내로 헤엄쳐 들어가기 직전 잠시 눈을 감았습니다. 헤드랜턴이 비추지 못하는 제 뒤통수와 등과 엉덩이와 발뒤꿈치를 상상했습니다. 어둠에 잠긴 부위들이 하나하나 또렷이 떠올랐습니다. 이 부위들은 제 심장이 뛰는 한 저마다의 방식으로 움직일 수 있고 움직여야 합니다. 온몸의 감각이 부족한 시야를 대신해야 합니다. 그렇지 않고는 겨우 시야 20센티미터만 확보되는 공간에서 저는 견디지 못할 겁니다. 머리끝에서 발끝까지 힘을 넣습니다. 1미터 하고도 80센티미터인 한 인간의 부피가 느껴졌습니다. 제가 믿을 건 이 몸밖에 없었습니다.

엉덩이를 미는 물살에 못 이기는 척 허리를 숙이고 상체를 거의 눕히다시피 하여 선내로 들어갔습니다. 양손을 앞으로 뻗어 더듬거렸지요. 심해 잠수사의 손가락엔 눈이 달렸다는 이야기 들어 보셨습니까. 언젠가 서대문 자연사박물관에서 시력이 거의 사라진 심해어들을 본 적이 있습니다. 빛이 없는 깊은 바다에선 눈으로 무엇인가를 본다는 행위 자체가 무의미한 것이겠죠. 눈이 하던 역할을 몸의 다른 부위가 맡게 됩니다. 처음 선내로 진입한 제겐 손이 곧 눈입니다.

다시 벽이 만져졌습니다. 벽이라기보다는 위가 뚫린 칸막이입니다. 바지선에서 본 도면에 따르자면, 이 공간은 키즈룸입니다. 키즈룸 아래엔 중앙계단이 있고 또 그 아래엔 해저면과 닿은 좌현 레크레이션룸이 있을 겁니다. 첫 잠수에서부터 40미터 이상 들어가는 것을 류창대 잠수사가 허락할 리 없습니다. 제 임무는 키즈룸을 통과하여 여자화장실을 지나 복도 끝 객실을 수색하는 겁니다.

무엇인가가 오른쪽 무릎을 스치는 바람에 멈춰 서선 팔을 내렸습니다. 처음 접촉한 물건을 더듬더듬 만져 봤습니다. 직사각형이고 딱딱하며 살짝 들어 보니 묵직했습니다. 작은 바퀴 두 개가 잡히기도 합니다. 허리를 숙여 헤드랜턴을 비췄습니다. 여행용 캐리어입니다. 둥근 무늬가 드러납니다. 코, 코라고 저는 생각했습니다. 미키마우스의 코!

항해중에 캐리어는 객실에 두는 것이 정상이지만, 배가 급격히 기울며 침몰하는 과정에서 사람과 물품 모두 뒤엉켜 부딪히고 흐르다가 잠겼습니다. 이 캐리어 역시 그 와중에 키즈룸 옆 복도까지 나왔던 겁니다. 지금은 캐리어를 가지고 나갈 수 없습니다. 아기를 달래듯 손바닥으로 그것을 토닥토닥한 후 더듬습니다. 배가 기울기 전엔 제가 만지는 이 바닥이 벽이었을 겁니다. 딱딱한 나무판이 손에 잡혔습니다. 비스듬히 누운 탁자입니다. 캐리어를 그 탁자의 네 발 사이에 끼워 뒀습니다. 객실에서 실종자를 찾지 못하면 돌아오는 길에 캐리어를 들고 올라갈 겁니다. 실종자 수색과 수습이 가장 중요하지만, 선내에서 발견한 물품도 휴대 가능한 것은 거둬 올립니다. 승객의 소지품도 있고 여객선에 비치했던 비품도 있습니다. 참사의 물증이기에, 빠뜨리거나 훼손하지 않고 바지선으로 옮겨 발견 장소와 품목을 일일이 기록해야 합니다.

복도 역시 누운 직사각형 모양으로 낮고 길쭉했습니다. 배가 90도 기우는 바람에 1.2미터 남짓한 복도 좌우 폭이 위아래 높이가 되었고, 어른 키를 훌쩍 넘던 높이가 긴 폭으로 바뀌었으니까요. 똑바로 서서 복도를 지나가는 것은 불가능하기 때문에 항상 허리를 숙이거나 무릎을 굽힌 채 움직여야 합니다. 게다가 그 복도로 쏟아져 나온 집기와 부유물들은 잠수사가 온몸을 비틀고 꺾고 돌리고 흔들어야 통과가 가능한 어둠 속 장애물이었습니다. 그렇게 움직이다가 생명줄이 꺾이거나 끼면 목숨까지 위태롭습니다. 제가 이 정도 움직임이 가능한 것도 앞 순번 잠수사들이 장애물들을 빼내거나 가이드라인으로 묶으며 통로를 확보했기 때문입니다. 최대한 치웠지만 꿈쩍도 안 하는 것들이 있기도 합니다. 그땐 그 장애물의 위치와 크기와 위험한 부분에 대해 잠수사 모두가 이야기를 나누며 정보를 공유했습니다. 저도 방금 삼각뿔처럼 삐죽 튀어나온 쇠판을 무사히 지났습니다. 모서리가 거의 천장에 닿기 때문에 쇠판 위로 가다간 잠수복이 찢길 위험이 컸으므로, 낮은 포복을 하듯 바닥을 기어 쇠판 옆을 지나쳤습니다.

그러고는 다시 몸을 일으키려는데 오른쪽 물갈퀴가 아래로 쑥 빠졌습니다. 그 바람에 사타구니가 바닥에 강하게 부딪쳤습니다. 오른 허벅지까지 아래로 푹 꺼진 채 잠시 통증이 가라앉기를 기다려야 했습니다. 쇠판을 무사히 지났다는 안도감 탓에 그다음 위험 요소를 떠올리지 못한 겁니다. 제 오른발이 빠진 곳은 바로 여자화장실입니다. 배가 기울며 그 문이 빠지기 좋은 함정으로 변한 꼴입니다.

겨우 다시 올라와선 오른쪽 객실 둘의 문을 손바닥으로 툭툭 짚으며 지나갔습니다. 첫 객실은 19일, 그다음 객실은 20일에 수색하여 실종자들을 수습하였습니다.

점점 공간이 좁아졌습니다. 두 사람이 겨우 빠져나갈 정도입니다. 왼 어깨를 젖히고 모로 누워 한 뼘쯤 나아가는데 갑자기 시야가 매우 탁해지면서 물이 흔들렸습니다. 바닥에 거의 닿은 오른 어깨가 무엇인가를 건드린 듯합니다. 물이 흔들리며 시야가 확보되지 않는다는 것은 복도에 들어찬 장애물 중 일부가 움직였다는 뜻입니다. 정지 화면처럼 멈춘 채 숨을 고르면서 작은 소리 하나도 놓치지 않기 위해 귀 기울였습니다.

이 통로를 끝까지 개척한 잠수사들은 여자화장실을 지나자마자 두 갈래로 갈라지는 지점을 붕괴 위험이 가장 큰 곳으로 짚었습니다. 배의 우현에서 좌현으로 뻗은 복도는 배가 90도로 기울며 낭

떠러지로 변했습니다. 침몰중에 쏟아진 집기들이 이 지점으로 몰리면서 키즈룸과 이어진 복도를 막아 버린 겁니다. 약간만 균열이 생겨도 좌현까지 쏟아져 떨어질 수 있습니다. 잠수사들은 그 지점을 '병목'이라고 부르더군요. 지주대를 받쳤지만, 나무 뭉치가 떨어지기도 했고, 우그러진 쇠판이 책받침만 하게 뜯겨 잠수사의 머리를 때리기도 했습니다. 아무것도 건드리지 말고 슬로 모션으로 지나가야 한다는 설명을 들었고, 그렇게 하려고 노력했지만, 넓은 어깨가 말썽이었던 겁니다. 저는 조심조심 조금 전 동작의 역순을 취하여 중앙계단까지 물러났습니다. 몸을 돌려 나오는 것만으로도 숨이 찼습니다. 류창대 잠수사의 벌침 같은 질문이 날아들었습니다.

"어디야?"

숨을 고르곤 답했습니다.

"병목에 있다가 Y자 로비계단으로 물러났습니다."

저도 바지선에서 전화수를 한 적이 여러 번입니다. 노련한 전화수는 잠수사와 대화를 나누기 전에 벌써 수중의 분위기를 파악합니다. 잠수사의 숨소리가 들리기 때문입니다. 숨소리가 거칠면 잠수가 편치 않은 것이며, 숨소리가 고르고 조용하다면 일단 마음을 놓아도 됩니다. 제 숨소리는 어떻게 들렸을까 되짚어 봤습니다. 숨소리가 고르지 않았기에 말을 걸었을 겁니다.

"부유물은?"

"캐리어 하나가 무릎을 스쳤습니다."

"스쳐? 똑바로 말해. 다쳤어?"

"아닙니다."

"더 갈 수 있겠어?"

"물론입니다."

"병목이 더 좁아진 거 아냐? 통과하기 어려우면 통로 정리만 하고 올라와."

선내 통로들은 공간을 확보해도 하루 만에 다시 좁아지곤 했습니다.

"아닙니다. 두 사람이 다닐 정도는 됩니다."

"정말이야?"

"정말입니다."

손바닥으로 계단을 쓸었습니다. 배가 똑바로 수면에 떠 있다면, 계단은 수직으로 3층과 연결됩니다. 4층에 짐을 푼 학생들은 이 계단을 통해 3층 식당과 휴게실을 이용했을 겁니다. 그런데 지금은 계단 전부가 횡으로 누워 버린 꼴입니다.

헤엄쳐 로비를 건너갔습니다. 계단 하나가 더 잡혔습니다. 5층으로 이어진 계단입니다. 손바닥으로 제일 아래 계단을 청소하듯 쓸었습니다. 삶과 죽음을 가르는 계단입니다. 이 계단을 올라선 이에게만 배 밖으로 탈출할 마지막 기회가 주어졌으니까요. 얼마나 많은 이가 이리로 몰렸을까요. 제가 손바닥으로 훑은 이 계단을, 두 손과 두 발로 딛곤 5층으로 올라가려 안간힘을 썼을 겁니다. 그러다가 어느 순간 계단을 통해 물이 쏟아져 들어왔겠지요.

계단이 바닷물로 막혀 버린 다음의 끔찍한 시간들이, 제 손바닥을 타고 가슴과 머리를 울렸습니다. 수색과 수습이 아니라 구조를 위해, 배가 가라앉기 전에, 바닷물이 계단으로 쏟아져 들어오기 전에, 숨 쉬고 있는 이들의 손을 붙들고 이 배를 벗어나기 위해, 왔어야 했습니다. 해경도 선원도, 아무도 그땐, 승객들이 살아서 구조를 기다릴 땐 이 계단으로 내려가지 않았지요. 너무 늦게, 겨우 20센티미터만 보이는 깊디깊은 바다에 배가 침몰하여 처박힌 뒤에야, 저를 비롯한 민간 잠수사들이 처음으로 이 계단에 닿은 겁니다.

병목으로 다시 나아가려는데 기분 탓인지 줄이 조금 부족한 듯합니다. 조류의 변화에 따라 선내에 떠다니는 부유물들이 줄을 건드리는 경우도 있기 때문에, 넉넉하게 줄을 풀어도 팽팽하단 느낌을 받곤 합니다. 저는 더 나아가지 않고 줄을 한 번 가볍게 당겼습니다. 선체 밖에서 대기중인 박정두 잠수사에게로의 첫 연락인 겁니다. 레귤레이터_{호흡기}를 물고 들어가는 박 잠수사와는 따로 수중 통화를 할 수 없습니다. 줄신호가 그와 나누는 유일한 대화인 셈입니다. 만약 제가 줄을 한 번 당겼는데도 박 잠수사가 줄을 풀지 않으면, 여기서 더 나아가는 건 위험합니다. 다행히 줄이 느슨해졌습니다. 그가 제대로 답한 겁니다.

무릎걸음으로 기다시피 복도로 다시 들어섰습니다. 객실 둘을 지나 병목에 닿았습니다. 제 입에서 단어 하나가 튀어나왔습니다.

"미꾸라지."

"뭔 소리야?"

류 잠수사가 재빨리 따졌습니다.

"이제부턴 말 걸지 마십시오. 병목을 지나야 하니."

이번엔 왼 어깨부터 빼지 않고 두 팔을 뻗어 빠져나갈 공간을 확인한 다음 두 어깨를 동시에 밀어 넣었습니다. 두 발도 전혀 흔들지 않고 화살처럼 곧장 나아갔습니다. 왼쪽 물갈퀴에 살짝 무엇인가가 걸리는 느낌이었지만, 일단 몸이 빠져나오는 데는 성공했습니다. 천천히 몸을 돌려 제가 나온 통로를 다시 확인했습니다. 다행히 무너지는 소린 들리지 않았습니다.

조심조심 병목을 지난 후 객실을 셋 더 지나갔습니다. 팔을 머리 위로 뻗어 제가 들어가야 하는, 우현 쪽 마지막 객실 출입문을 더듬었습니다. 배가 기울며 바닥이 벽이 되고 벽이 바닥이나 천장으로 바뀌었습니다. 좌우 벽에 달린 출입문 역시 위나 아래로 뚫린 겁니다. 배가 기울어 침몰할 때 이 객실에 머물렀다면, 미끄러지면서 복도로 흘러내려 왔을 수도 있습니다.

이 객실에서 생환한 학생은 한 명입니다. 대부분의 학생이 침몰 직전 구명조끼를 입고 복도로 나와 구조를 기다렸기에, 객실에 몇 명이나 있을지는 수색을 해 봐야 합니다. 몸을 솟구쳐 출입문을 잡고 올라갔습니다. 그런데 사각 판이 그 문을 절반도 넘게 막고 있었습니다. 손으로 그 판을 더듬었습니다. 이불이 손에 잡혔습니다. 배가 기울고 물이 들이치면서 칸막이가 무너졌고 동시에 이층침대가 뜯겨 문을 막아 버린 겁니다. 수압을 견디지 못하고 넘어

가거나 뜯긴 침대와 캐비닛들이 선내에 많았습니다. 힘을 써서 침대를 옮겨 보려 했지만 꿈쩍도 하지 않았습니다. 겨우 한 사람이 지나칠 만한 공간이 있긴 했습니다. 그런데 출입구부터 이렇듯 침대로 막혔다면, 객실도 겹겹이 장애물로 들어찼으리란 생각이 들었습니다. 바지선으로 돌아가서 상황을 보고한 후 다음 순번 잠수사에게 수색을 넘길 것인가 아니면 최대한 들어가서 상황을 더 살필 것인가 결정해야 했습니다.

그때 옆구리에 무엇인가가 붙었습니다. 손을 뻗어 잡곤 불빛에 비춰 보았습니다. 흰 베개입니다. 그 베개를 저만치 밀어 두자, 다시 베개 하나가 정면으로 풀페이스 마스크를 덮어 버렸습니다. 그 것까지 끌어내리니 이불이 발을 감싸듯 걸렸습니다. 머리 위 객실이 4월 15일 밤에 승객이 잠든 객실이란 걸 베개와 이불이 증명하는 셈입니다. 이 베개를 베고 저 이불을 덮고 수학여행의 들뜬 첫 밤을 보냈을 아이들 모습이 떠올랐습니다. 15일 밤 선상에서 펼쳐진 불꽃놀이는 그들의 수다를 더욱 신나게 만들었겠지요.

객실로 들어가기로 마음을 굳혔습니다. 문을 지나 올라가자마자, 출구를 막은 침대와 어긋나게 가위 모양으로 놓인 이층 침대가 왼손에 잡혔습니다. 일층과 이층 침대를 훑었지만 아무것도 없습니다. 그 옆 침대로 옮겨가선 다시 팔을 뻗었습니다. 둘둘 말린 요가 해파리처럼 손을 감쌌습니다. 그 침대에도 없었습니다. 심장 박동이 점점 빨라졌습니다. 객실에 있던 남학생들은 역시 복도로 나간 걸까요. 어제 복도에서 수습하여 팽목항으로 보낸 실종자 중엔 이 방에 묵은 남학생은 없었습니다. 다음 침대를 붙들고 돌아서는 순간, 검은 실타래 같은 것이 오른손 끝에 닿았습니다. 해초처럼 흔들렸습니다. 사람의 머리카락입니다. 제 가슴이 철렁 내려앉았습니다. 수습할 첫 실종자를 찾은 겁니다.

몸을 반대로 틀며 엉덩이를 빼곤 허리를 반쯤 숙였습니다. 이미 숨이 끊긴 실종자가 저를 공격하지 못한다는 걸 알면서도, 제 몸의 무게 중심이 뒤로 쏠렸습니다. 아, 갑자기 부끄러움이 마스크 안을 가득 채웠습니다. 손을 뻗어 실종자의 머리카락 아래를 더듬었습니다. 먼저 귀가 잡혔습니다. 이마가 짚이고 눈과 코와 입까지 손바닥이 닿았습니다.

맹골수도 침몰선에서 실종자를 찾으면 어떤 느낌이 들까, 바지선에 도착하고 하룻밤을 지내며 그 생각을 하긴 했습니다. 막상 찾고 나니 어서 빨리 모시고 나가겠다는 마음뿐이었습니다. 눈물이 흐르기 시작했습니다. 수학여행을 떠난 고등학교 2학년 남학생이 이런 바닷속에서 목숨을 잃었으니 정말 기가 찰 노릇 아니겠습니까. 수중에선 눈물을 아끼라던 조치벽 잠수사의 충고가 떠올랐습니다. 산업 잠수사로 일을 시작한 뒤, 잠수복을 입고 눈물을 쏟은 것은 그때가 처음입니다. 눈물이 흘러내리니 그나마 확보한 20센티미터의 시야도 흐려졌습니다. 헤드랜턴만 걱정했는데, 시야를 0에 가깝도록 만든 것은 바로 제 눈물이었습니다.

"없으면 나와."

류창대 잠수사의 목소리가 쇠망치처럼 날아들었습니다. 아직

10분 정도 여유가 있었지만, 첫 잠수인 것을 감안하여 나오라고
한 겁니다.

"찾았습니다."

"찾았어?"

"네. 방금…… 침대에…… 실타래……."

말들이 엉켰고 류 잠수사가 끼어들었습니다.

"경수야! 야, 인마!"

제 이름을 고함치듯 부르더군요. 그 소리에 눈물이 뚝 멈췄습니
다.

"정신 똑바로 차려. 이 새끼야! 뒈지기 싫으면 뚝 그쳐. 자신 없
으면 위치만 확인하고 나와."

"아닙니다. 모시고 나가겠습니다."

"질소 마취가 온 건 아니고? 어지럽거나 멍하진 않아?"

"아닙니다."

"경수 너 생일 언제야?"

"6월 20일입니다."

"백두산 높이는?"

"2744미터입니다."

"정말 할 수 있겠어?"

"하겠습니다."

손을 뻗어 실종자의 상태부터 확인했습니다. 목과 어깨와 가슴
과 배 그리고 허벅지를 따라 아래로 내려갔습니다. 실종자는 기

울어진 침대 모서리에 등을 기대듯 똑바로 섰습니다. 침대 사이에 왼팔이 끼어 있었습니다. 시신을 고정시키는 역할을 한 셈입니다. 저는 오른손을 그 틈으로 넣으려 했습니다. 처음엔 엄지 하나도 들어가지 않더군요. 왼손으로 침대를 잡고 당기며 다시 오른손을 넣자, 엄지와 검지가 들어갔습니다. 틈이 생긴 것이죠. 더 이상 틈이 벌어지진 않았습니다. 침대를 저 혼자 힘으로 옮기기엔 너무 무거웠습니다.

휴우! 한숨을 쉬었습니다. 그 소리가 너무 커서 제가 깜짝 놀랄 정도였습니다. 역시 어려운가. 잠시 망설여지기도 했습니다. 자신 없으면 위치만 확인하고 나오라는 류창대 잠수사의 말이 귀에 쟁쟁거리더군요. 다시 실종자의 몸을 더듬었습니다. 무릎과 허리 그리고 가슴에 이르렀을 때, 왼 가슴에서 무엇인가가 잡히더군요. 헤드랜턴을 가까이 대니, 희미하게 이름이 보였습니다.

종후, 윤종후였습니다.

그 배에서 가슴에 이름표를 달고 나온 남학생은 윤종후뿐이었습니다. 평상복으로 자유롭게 다녀도 되는데, 가슴에 이름표를 단 건 분명 이상한 일입니다. 나중에 종후 부모님께 들으니, 종후가 어느 순간, 혹시나 하는 마음에, 자신이 윤종후란 걸 알리기 위해, 가방에 있던 이름표를 꺼내 가슴에 달았을 것이라고 하였습니다.

저는 종후의 뺨에 제 오른손을 가만히 댔습니다. 그리고 부탁했습니다.

"종후야! 올라가자. 나랑 같이 가자."

선내로 진입한 잠수사들이 실종자를 찾으면 대부분 이렇게 말을 건넸습니다. 그 말이 가슴에 머물든 입술을 통해 나오든, 실종자를 찾은 후엔 그 실종자와 함께 어둠을 뚫고 좁은 배 안을 빠져나와야 하니까요. 잠수사들은 철석같이 믿었습니다. 실종자가 돕지 않는다면, 결코 그곳에서 모시고 나올 수 없다고.

　다시 종후 팔을 잡았습니다. 이번에는 양손을 날처럼 세워 틈으로 끼워 넣었습니다. 그 순간 종후의 몸이 떠오르는가 싶더니 왼팔이 빠져나왔습니다. 그런데 놀랍게도, 종후의 왼 팔목을 붙든 손이 딸려 나왔습니다. 떠오르던 종후가 멈췄습니다. 쓰러진 침대 뒤쪽에 실종자가 더 있는 겁니다. 저는 틈 사이로 팔을 더 깊숙이 집어넣었습니다. 손으로 더듬으며 그곳 상황을 머리로 그렸습니다. 침대 뒤 그 좁은 공간에 남학생 세 명이 원을 그리듯 어깨동무를 하고 뭉쳐 있는 겁니다. 종후까지 네 아이가 서로 부둥켜안고 마지막 순간을 맞았을 겁니다. 엇갈려 붙든 어깨와 손을 더듬는데 다시 눈물이 쏟아졌습니다.

　"……상자 뒤에 세 명이 더 있습니다. 애들이 서로 안고……."

　류 잠수사가 제 이름을 크게 불렀습니다.

　"나경수! 당장 나와. 너 너무 흥분했다 지금. 수습은 다음 잠수사에게 맡기고 올라와."

　"한 명은 모시고 가겠습니다."

　"인마! 욕심내지 말라고."

　류 잠수사의 욕설이 이어졌지만 저는 답하지 않았습니다. 종후의 팔목을 붙든 손부터 떼어내는 것이 급했습니다. 워낙 힘껏 잡고 있는 바람에 손가락을 당겨도 떨어지지 않았습니다. 손을 위아래로 흔들자 상자 뒤 아이들의 몸이 침대에 부딪쳐 달그락 소리를 냈습니다. 이대로는 어렵다고 느꼈습니다. 저는 침대 뒤에 있는 세 명의 실종자에게 부탁했습니다.

"애들아! 조금만 기다려 줘. 종후부터 데리고 나가고 곧 돌아올게. 다 같이 엄마 아빠 보러 가야지?"

팔목을 쥔 손을 다시 잡곤 당겼습니다. 강력 본드처럼 붙어 있던 손이 너무나도 쉽게 스르르 풀렸습니다. 저는 세 아이에게 인사했습니다.

"고맙다. 정말 고마워!"

종후의 허리를 양팔로 안았습니다. 그런데 제 예상보다 훨씬 키가 컸습니다. 가슴과 가슴을 대고 안으려 하니 저보다 적어도 5센티미터 이상은 길었습니다. 나중에 안 사실이지만, 종후는 반에서 키도 제일 크고 몸무게도 가장 많이 나갔다고 하더군요. 꼭 끌어안는다고 했는데, 두 발을 굽혔다 펴며 물구나무를 서려고 했을 때 종후가 제 품에서 미끄러졌습니다. 바닥에 자석이라도 붙여 놓은 듯, 저는 가라앉고 종후는 떠올랐습니다. 너무 놀라 저도 모르게 엉덩이를 빼며 물러났습니다. 남은 세 아이가 종후를 다시 잡아당기는 것 같은 착각이 들었습니다.

종후에게 미안했습니다. 제가 단단히 꽉 붙들고 한 몸처럼 움직였어야 하는데, 안는다고 안았지만 저도 모르게 틈이 생겼나 봅니다. 다시 더듬어 종후를 찾았습니다. 이번엔 종후가 꾸부정하게 누웠습니다. 따라 눕듯 종후 곁으로 가서 속삭이듯 말했습니다.

"한 번만 더 아저씰 믿어. 다신 놓치지 않을게."

종후를 일으켜 세우고 끌어안았습니다. 두 번 세 번 자세를 고쳐 가장 밀착하는 자세를 찾았습니다. 씨름선수가 샅바를 쥐듯, 제 오른손으로 종후의 허리띠를 틀어잡고 왼손으로 목덜미 쪽 옷 깃을 움켜쥐었습니다. 그런 다음 하강하여 좁은 출구를 빠져나간 뒤 복도를 지났습니다. 간간히 왼손을 뻗어 주변을 더듬으면서 공간의 크기를 가늠했습니다. 마지막 고비인 '병목'이 점점 가까워졌습니다.

객실을 나올 때부터 '병목'을 어떻게 통과할까 궁리했습니다. 어깨동무를 하거나 허리를 두르는 식으론 장애물에 걸립니다. 둘이 한 몸처럼 움직일 비책이 필요했습니다. 최선의 방법이 병목에 닿는 순간 떠올랐습니다. 우선 종후의 허리를 잡았던 제 오른손을 좀 더 등 쪽으로 옮겨, 허리띠를 비틀어 쥐곤 당겼습니다. 씨름판에서 이렇게 했다면 상대는 허리가 옥죄이면서 숨이 막혔을 겁니다. 그리고 종후의 두 팔을 머리 위로 곧장 뻗게 한 뒤, 제 왼팔로 그 팔들을 감았습니다. 두 팔이 제멋대로 흔들리지 않도록 막거나 숨기는 것이 아니라, 경직된 두 팔을 길라잡이처럼 앞세워 병목을 빠져나가기로 한 겁니다. 제 머리는 자연스럽게 종후의 오른쪽 겨드랑이에 닿았습니다. 그 자세로 몸을 비스듬히 눕혔습니다. 두 번 기회는 없었습니다. 이렇게 가다가 장애물에 걸리기라도 하면 걷잡을 수 없는 사고를 당할 수도 있었습니다. 저는 양손을 더 바짝 당기면서 종후에게 말했습니다.

"해치우자. 멋지게!"

망설임 없이 두 발을 밀어 병목을 향해 헤엄쳤습니다. 다행스럽게도 종후와 저는 병목을 무사히 지났습니다.

키즈룸 앞에서 줄을 세 번 당겼습니다. 줄어드는 줄의 흐름을 따라 선체 밖으로 나왔습니다. 대기하던 해경 스쿠버 잠수사 두 명이 제 곁으로 와선 종후의 팔을 좌우에서 잡았습니다. 배를 벗어난 뒤에도 제가 종후를 품에 안은 채 놓지 않았던 겁니다.

불쑥 빛이 제 앞으로 다가왔습니다. 사슴! 정말 사슴처럼 맑은 눈망울이었습니다. 선체 밖 출입구에서 줄을 쥔 채 제가 나오기만을 기다린 박정두 잠수사의 눈입니다. 그 눈을 본 후에야 긴장이 풀렸습니다. 허리띠를 쥔 손을 놓았습니다. 시야도 20센티미터에서 45센티미터로 바뀌었습니다. 제가 먼저 류 잠수사에게 보고했습니다.

"실종자 인계했습니다. 왼쪽 가슴에서 이름표 확인했습니다. 윤, 종, 후…… 윤종후입니다."

"윤종후, 알겠다. 수고했어."

스쿠버 잠수사들이 종후와 먼저 올라갔습니다. 박 잠수사가 다가와서 저를 안았습니다.

감압을 하며 천천히 수면으로 향했습니다. 박 잠수사가 바로 곁에서 같이 움직이고 같이 멈췄습니다. 이곳에 오기 전까진, 감압을 하며 상승할 땐 주로 음식을 떠올렸습니다. 짜장면을 시켜 달라야지, 라면을 반드시 먹어야겠다, 새우깡이나 양파링이 봉지째 어른거리기도 했습니다. 하지만 그날은 오직 윤종후 이름 석 자만 또렷했습니다. 제가 모시고 나온 그 아이는 어떤 아이였을까. 무엇을 좋아하고 무엇을 싫어하며, 말투는 어땠고, 친한 친구는 누구였을까. 아! 최후를 함께한 세 친구와도 각별했겠지? 어둠 속에 그런 질문을 하나씩 던지곤 멍하니 있었습니다. 숫자를 헤아리진 않았지만 질문이 오십 개는 넘었을 것 같습니다. 돌아오는 대답은 단 하나도 없었습니다.

그날부터, 실종자를 수습한 날엔, 이름을 알든 모르든, 제가 선내에서 모시고 나온 이에 대해 질문을 혼자 던지는 습관이 생겼습니다. 그렇게 묻고 묻고 또 묻노라면, 선내에 진입하며 힘들었던 순간은 점점 희미해졌고, 실종자 한 사람을 모시고 나오는 것이 얼마나 중요한 일인지 되새기게 되었습니다. 거듭 선내로 다시 돌아가려는 마음이 어디서 비롯되었느냐는 질문을 나중에 받은 적이 있습니다. 그 자리에선 제대로 답을 못 했지만 이젠 압니다. 수면으로 올라오면서 던진 무수한 질문들이 저를 다시 선내로 이끈 겁니다.

딱 한 번, 제가 던진 질문들이 맹골수도 그 바다를 부표처럼 둥둥 떠다니는 꿈을 꿨습니다. 엄청 많았습니다. 인도 바라나시를 다룬 여행 다큐멘터리를 본 적이 있습니다. 새벽 갠지스강에 꽃들이 가득 떠 흘러가더군요. 제 꿈에 찾아든 꽃들은 모두 질문으로 만든 꽃이었습니다. 사람은 죽어도 질문은 사라지지 않습니다. 질문이 사라지지 않는 한, 그 사람은 완전히 죽은 것이 아닐 겁니다.

"객실과 복도 상황 자세히 설명해 봐. 하나도 놓치지 말고."

류창대 잠수사는 천천히 상승하는 잠수사에게 방금 마친 수색과 수습 경과를 브리핑하도록 했습니다. 그 내용을 바지선에서 대기중인 다음 순번 잠수사들과 스피커로 다 함께 듣고 공유하는 것이죠. 저는 박 잠수사의 사슴 같은 눈을 본 후 선내로 들어서던 순간부터 다시 나와 그 눈과 마주친 순간까지 이야기했습니다. 설명이 부족한 대목에선 류 잠수사의 짧은 질문이 표창처럼 예리하게 날아들었습니다.

"몇 미터 내려갔다고?"

"셋이 확실해? 그 위나 아래에 더 있는지 확인했나?"

"잠수사 혼자 힘으로 엉킨 걸 풀 수 있겠어?"

"그 상자는 뭔 거 같아?"

"다른 위험 요소는?"

질문에 정신없이 답하다 보면 어둠이 점점 옅어졌습니다. 그때 고개를 들면 희뿌연 빛이 보이기 시작하지요. 붉은빛은 전혀 없고 푸른빛이 많았습니다. 맹골수도로 내려오기 전, 우주에서 지구로 돌아오는 장면을 담은 영화를 봤습니다. 우주선이 바다에 떨어진 다음, 문을 열고 밖으로 나올 때의 심정이라고나 할까요. 우주에 간 적은 없지만 귀환한 우주비행사의 마음을 짐작할 수 있었습니다. 심해의 어둠이 사라지고 빛을 발견하는 순간, 그리고 그 빛에 점점 다가서는 순간의 마음과 비슷할 겁니다. 그렇게 조금만 더 올라가면 수면을 뚫고 들어온 빛이 수중 곳곳의 풍경을 자랑하듯 선보입니다. 45센티미터에 불과한 시야만 허락하는 심해의 어둠을 거짓말로 몰아붙이기라도 하듯! 그땐 빛을 가린 직사각형의 어둠이 오히려 낯설어 보였습니다. 그 낯선 사각형이 바로 최종 도착지인 바지선입니다. 맹골수도의 첫 잠수, 첫 선내 수색, 첫 실종자 수습은 이렇게 끝이 났습니다.

◎

2016년 3월 2일, 생존 학생 조현은 자신이 원하던 문예창작학과에 입학했다.

우리가 연락한 날이 마침 최종 합격 통보를 받은 날이었다. 이 학교 외에도 두 군데 더 합격했는데, 각각 문화콘텐츠학과와 국어국문학과라고 했다. 수학과 과학을 싫어하고 국어와 역사를 좋아하는 전형적인 문과생이었다. 일주일 뒤 안산 중앙동에서 만나기로 약속을 잡았다. 미리 이메일로 질문지를 받아 본 그는 종후와 보낸 나날을 소설로 적어 보고 싶다고, 그래도 되느냐고 물었다. 우리는 가장 편하게 추억할 수 있다면 어떤 식이든 상관없다고 답했다. 인터뷰 전날 그는 단편 소설 초고를 메일로 보냈고, 우리는 제목이 '봄소풍'인 작품을 읽고 약속 장소로 나갔다. 둘이 단짝 친구가 된 계기부터 물었다.

"초등학교 동창이기도 한데, 그땐 얼굴만 알고 썩 친하진 않았습니다. 와동 중학교 2학년에 올라가자마자 가까워졌어요. 1학년 땐 저 혼자 소설을 썼습니다. 2학년 3월에 우연히 짝이 되었는데, 제가 쓴 소설을 재미있게 읽는 거예요. 그때부터 고2까지 제 소설을 읽고 논한 유일한 독자이자 평자가 종후였어요. 종후가 없었으면 지금까지 계속 소설을 쓰진 못했을 겁니다."

판타지 소설을 고집하는 이유를 물었다. 「봄소풍」이란 작품도 제목은 서정적이지만, 봄소풍을 나선 고등학생을 외계인이 습격하는 이야기다. 학교에서 유명한 왕따인 두 학생이 불 뿜는 용과 힘을 합쳐 외계인을 물리치고 봄소풍을 무사히 다녀오는 것으로 소설은 끝이 났다. 종후와의 나날을 쓰겠다고 했는데, 이 소설의 어느 대목에 그 나날이 묻어 있는지 찾아내기 어려웠다.

"고집하는 건 아니고, 저절로 그렇게 되었어요. 중학교 땐 학교 다녀와서 종후랑 딱 세 가지만 했어요. 책을 읽거나 PC방에 가거나 아니면 합주를 하거나. 책은 대부분 판타지 소설이었죠. 우리가 읽은 판타지가 PC방의 게임 속 세계로 연결되었고요. 종후랑 약속했습니다. 제가 판타지를 쓰면 종후가 그걸 게임으로 만들겠다고. 종후는 게임에 대해서 모르는 게 없었어요. 영어 원서까지 구해 읽을 정도로 열성이었죠. 제가 신나게 이야기를 늘어놓으면 종후는 그 이야기로 어떤 게임을 만들 건지 이어서 설명했습니다. 종후가 구상중인 게임의 배경 이야기가 필요하다고 말한 적도 있어요. 이틀 만에 이야기를 완성해서 줬죠. 밤을 꼬박 새웠답니다."

조담 씨는 윤종후와 조현이 2인조 밴드 활동에만 열심이었다고 했다. 소설과 게임 이야긴 없었다. 둘이 즐긴 일 중 3분의 1만 알았던 셈이다.

"부모님들껜 2인조 밴드를 하겠다고만 말씀드렸고 허락을 받았습니다. 판타지 소설과 게임 이야길 자세히 드린 적은 없어요. 어차피 둘이 붙어 다니면, 그렇게 셋을 다 할 테니까요."

2014년 4월 16일 이후부터 지금까지의 학교생활을 물었다. 고교 시절의 절반이 훨씬 넘으니 결코 짧지 않은 기간이다. 조현은 너무나도 짧게 답했다.

"심심했죠."

왜 심심했느냐고 다시 물었더니 심드렁한 답이 돌아왔다.

"다 좋은 애들이긴 한데, 종후처럼 제 소설에 관심을 갖진 않았으니까요. 종후 생각하면서 혼자 쓰기만 했어요."

얼마나 썼느냐는 물음에 손가락을 꼽아 가며 작품들을 셌다.

"장편인데, 세 권으로 끝나는 게 하나, 한 권으로 마치는 게 둘입니다. 단편은 더 많은데, 퇴고까지 한 게 열 개쯤 됩니다."

2년 동안 쓰기엔 무척 많은 분량이었다. 그렇게 많이 쓴 이유를 묻자, 그는 윗니로 아랫입술을 깨물었다가 뗐다.

"그날 이후 PC방엘 안 가서, 가 봤자 같이 놀 사람도 없고……. 합주 연습도 그만뒀고요. 가끔 종후가 보고 싶을 때만 드럼에 맞춰 기타를 치는 정돕니다. 사고 나기 전에 종후랑 대충 틀만 잡아

뒀던 얘기들을 썼습니다. 꽤 많더라고요. 이런 캐릭터를 주인공으로 하면 좋겠다든가, 명왕성 같은 데서 아홉 개 종족이 싸우는 얘기라든가, 열아홉 살 이상은 나이를 먹지 않는 종족의 사랑 이야기라든가 그런 거요. 이 세상 사람들이 모두 열아홉 살에서 나이가 멈추면, 아이냐 어른이냐 이딴 거 따지지 않고 마음 맞는 사람끼리 사귈 겁니다. 둘이서 놀 땐 몰랐는데, 종후가 이것저것 들려준 얘기들이 다 제게 준 선물이더라고요. 문예창작학과에 원서 낼 때, 평소에 만든 작품이 있으면 자소서자기소개서랑 함께 내라고 했어요. 참고 자료로 삼겠다고 했습니다. 참사 이후 쓴 것들은 전부 프린트해서 두 질만 제본했습니다. 한 질은 대학교에 내고 또 한 질은 종후 부모님 드렸어요. 제본한 책 묶음 첫 장에 이렇게 적었습니다. '이 작품은 내 친구 윤종후의 아이디어를 발전시킨 것입니다.'"

종후에게 그 작품들을 보여 주지 못해 섭섭하겠다고 하자, 그는 송곳니를 드러내며 씽긋 웃었다.

"다 들려줬어요. 무엇부터 시작할지도 알려 줬고요. 이걸 마치면 그다음 작품은 무엇이고 또 그다음 작품은 무엇으로 할 건지도. 장편 세 편의 순서를 종후에게 충분히 설명하고 나서 썼습니다. 종후도 내가 세운 계획이 좋다며 동의해 줬어요."

이미 세상을 떠난 친구가 동의를 해 줬다고? 잠시 질문을 멈추고 우리끼리 시선을 교환했다. 이승과 저승을 오가며 망자와 대화를 나누는 이야기라도 쓰는 중일까. 조현이 육천 매가 넘는 판타지 소설을 쓴 문학도란 사실이 새로운 걱정거리로 다가왔다. 현실과 상상을 거리낌 없이 오간다면, 지금까지 우리에게 들려준 이야기도 어디까지가 사실이고 어디까지가 허구일까. 그 말을 전적으로 믿어도 될까. 그는 당황한 우리 마음을 들여다보기라도 한 듯, 윤종후에게 작품 계획을 들려준 날로 돌아갔다.

"2014년 4월 24일 목요일 저녁 8시 30분에 종후를 만나러 장례식장에 갔어요. 종후가 4월 22일 저녁에 올라왔는데, DNA 검사 결과를 기다리느라, 23일 밤 11시가 넘어서야 K대 안산병원 장례식장에 도착했습니다. 아빠가 22일 저녁에 문자를 주셨어요. DNA 검사가 남았지만, 종후 아빠가 얼굴을 확인했고, 이름표도 가슴에 달고 있어서 종후가 분명하다고. 23일 밤에 당장 장례식장으로 내려가고 싶었습니다. 병실은 본관 11층에 있었고 장례식장은 별관 너머 별도의 건물에 마련되어 있었습니다.

그런데 엄마가 반대하는 거예요. 의사 선생님도 무단 외출은 허락할 수 없다고 선을 그으셨습니다. 저뿐만이 아니라 생존 학생 모두 심리 상태가 불안정하니, 장례식장엔 가지 않는 것이 낫겠다고 판단하셨나 봅니다. 불면증에 좀 시달리긴 했어요. 수면제나 다른 약들도 먹고 있었습니다. 누워서 눈만 감으면 높은 파도가 치는 배 안에 있는 것처럼 바닥이 흔들렸거든요. 어떤 친구는 샤워도 못 하고 수도꼭지를 트는 것조차 두려워했습니다. 물이 흘러나오는 것만 봐도 배 안에서 겪은 일들이 떠올랐던 겁니다. 우리를 가장 힘들게 하는 기억이 뭔 줄 아세요? 그건 바로 배에서 마지막으로 본 친구 얼굴입니다. 친했던 얼굴도 있고 얼굴만 알던 얼굴도 있고 전혀 몰랐던 얼굴도 있지만, 그 얼굴들은 공통점이 있습니다. 모두 그날 배에서 죽은 자의 얼굴이란 겁니다. 그리고 바로 그 얼굴이 제 얼굴일 수도 있었습니다. 그 얼굴 중 한 명이라도 같이 나왔어야 했는데, 그렇게 못 한 겁니다. 꿈에 그 얼굴이 나온 날엔 아무것도 할 수 없습니다. 우는 것도 사치죠.

엄마와 의사 선생님이 왜 말리시는지 이해는 하지만, 그래도 종후를 이대로 보내긴 싫었습니다. 16일부터 병원에 머문 여드레 동안, 예전에 종후랑 나눈 얘기들이 자꾸 떠올랐습니다. 잊어버릴까 봐 공책을 하나 얻어 적어 두기까지 했어요. 종후에게 제가 정리한 것들을 알려 주고 싶었습니다.

24일 오후 3시쯤 아빠가 병원에 도착하셨습니다. 진도체육관에서 회의가 잡히는 바람에 하루 늦게 올라오신 겁니다. 처음엔 아빠도 걱정하셨어요. 종후에겐 나중에 따로 가서 인사를 하는 게 어떻겠냐고 묻기까지 하셨습니다. 제가 죽고 종후가 살았다면 종후는 반드시 저를 만나러 장례식장으로 왔을 거라고, 그러니 꼭 종후에게 가야겠다고 말하자 허락하셨습니다. 피곤에 지친 엄마는 7시쯤 귀가하셨고요. 아빠는 근처 시장에 들러 바지와 셔츠를 사다 주셨습니다.

사복으로 갈아입고 복도로 나갔습니다. 얼굴을 아는 간호사들을 피해 재빨리 엘리베이터까지 걸어갔습니다. 저녁 식사가 끝나고 회진을 돈 뒤였기에 복도엔 사람이 적었습니다. 그래도 누가 뒤에서 어깨를 잡을 것만 같아 불안하더군요. 엘리베이터도 마침 텅 비었습니다. 1층 버튼을 누르니, 덜컹 하는 소리와 함께 엘리베이터가 내려가기 시작했어요. 평소엔 아무렇지도 않게 듣고 넘어가는 잡음이 심장을 바늘처럼 찔러 댔습니다. 식은땀이 나면서 무릎이 갑자기 심하게 떨렸습니다.

엘리베이터의 하강 속도가 점점 빨라집니다. 지하까지 곤두박질칩니다. 천장에서 물이 새어 들어 옵니다. 문은 잠겨 열리지 않습니다. 도와 달라 고함을 쳐도 답이 없습니다. 전등이 깜빡거립니다. 물이 발목에서 무릎으로 다시 허벅지까지 금방 차오릅니다. 깜빡. 물속에서 얼굴 하나가 올라옵니다. 깜빡. 그 배에서 내가 마지막으로 본 친구 얼굴입니다. 깜빡. 친구가 기침을 합니다. 깜빡. 피고름이 제 뺨에 튀어 들러붙습니다. 깜빡. 친구 얼굴이 점점 가까이 다가옵니다. 깜빡 깜빡. 전기가 나가 버립니다.

급히 손을 뻗어 아무 층이나 눌렀습니다. 3이란 숫자에 검지가 닿았고 엘리베이터는 3층에서 멈췄습니다. 비상계단으로 나가자마자 토한 뒤 울었습니다. 불면증 외엔 멀쩡하다고 자신했지만, 제게도 심각한 마음의 상처가 있는 겁니다.

다시 병실로 돌아갈 순 없었습니다. 천천히 계단을 내려가 1층 화장실에서 세수를 했습니다. 퉁퉁 붓고 놀란 눈으로 종후와 그 가족을 만나긴 싫었습니다. 용변을 본 후 옆 세면대로 온 아저씨가 손을 씻으려다가 말고 저를 흘끔 봤습니다. 저는 그 시선을 무시하고 손 한 움큼 물을 받아 얼굴을 씻었습니다. 아저씨가 턱짓을 하며 묻더군요.

— 입원중입니까?

제 팔목에 환자용 팔찌가 묶여 있었던 겁니다. 사복으로 갈아입을 때 떼는 걸 깜빡했습니다.

— 퇴원하는 길이에요. 다 나았습니다.

화장실을 나와선 복도를 따라 무작정 걸었습니다. 다행히 아저씨는 뒤따라오지 않았습니다. 거기서 의사 선생님이라도 만났다면, 변명이 통하지 않았을 겁니다.

장례식장으로 들어섰습니다. 고인과 상주 그리고 분향실이 나란히 적힌 디지털 안내판이 벽에서 깜빡였습니다. 윤종후란 이름과 B103이란 숫자가 눈에 들어왔습니다. 지하로 가기 위해 계단을 내려서자마자 무릎이 다시 휘청거렸습니다. 어깨를 벽에 대고 긴 숨을 내쉬었습니다. 종후가 배에서 발견되어 진도로 옮겨진 후 이병원으로 오고 있단 소식을 들었을 때도 정말 그 친구가 죽은 걸까 실감이 나지 않았습니다. 병실 문을 열고 환하게 웃으며 들어설 것만 같았거든요. 그런데 장례식장 건물로 들어와서 계단을 내려서면서부터는 종후가 정말 없다는 생각이 뚜렷해졌습니다. 걸음마를 하듯 한 걸음 한 걸음 천천히 내디뎠습니다.

조화들이 계단 앞 복도까지 줄지어 늘어서 있더군요. 종합병원 장례식장을 그날 처음 가 봤습니다. 교복 입은 남학생과 여학생들이 눈에 들어왔습니다. 강서고 교복이더군요. 몇몇 얼굴을 알아봤습니다. 와동 중학교 동창생들입니다. 저는 친구가 종후밖에 없었지만, 종후는 어려서부터 남학생들은 물론이고 여학생들 사이에서도 인기가 좋았습니다. 남학생들에겐 '게임의 신'으로 통했고, 여학생들 앞에서 육중한 몸을 너무나도 유연하게 놀리며 드럼을 치면서 노래했습니다. 제가 들어서자 중학교 동창들이 알아보곤 비켜서더군요. 신발을 벗는데, 검은 상복 차림의 종후 엄마가 저를 와락 안으셨습니다.

　— 현아! 우리 종후…… 우리 종후 어떻게 하냐…… 불쌍해
　　서…… 우리 종후 어떻게 해?

털썩 주저앉더니 쓰러져 정신을 잃으셨습니다. 가족들이 나와 종후 엄마를 부축하여 모시고 갔습니다. 종후 아빠가 제 손을 잡고 말씀하셨습니다.

　— 종후 봐야지?

종후 아빠를 따라 방으로 들어섰습니다. 하얀 국화로 장식한 단상 중앙에 영정 사진이 놓여 있었습니다. 종후는 벚꽃을 배경으로 환하게 웃고 있었습니다. 4월 13일 일요일, 합주 연습을 하러 교회 지하실로 가던 도중에 제가 찍은 겁니다. 저는 종후를 찍었고 종후는 저를 찍었지요. 종후는 제가 찍은 활짝 웃는 사진이 마음에 들었는지, 보내 달라고 했습니다. 페메페이스북 메시지로 받은 사진을 컴퓨터 바탕화면으로 올려 뒀다며 고마워했습니다. 저는 종후가 페메로 보내 준 사진을 따로 쓰진 않았습니다. 종후가 웃으라고 몇 번이나 권했는데, 왜 하필 그날따라 웃지 않았을까 후회가 됩니다.

— 절 해. 두 번.

종후 아빠가 속삭이듯 말씀하셨습니다. 사진을 보며 한참을 서 있었던 겁니다. 무릎 꿇고 허리 숙여 처음으로 종후에게 큰절을 했습니다. 친구의 영정을 향해 큰절을 두 번이나 하리라곤 상상도 못 하였습니다.

— 고맙다. 종후도 좋아할 거야. 몸은 좀 어때?

— 여기 있어도 돼요?

종후 아빠의 질문에 답은 않고 엉뚱한 요구를 했습니다. 문상을 마친 조문객은 옆방으로 옮겨 음식을 먹든가 대화를 나누는 것이 보통이니까요. 하지만 저는 음식을 먹을 마음도, 중학교 동창들과 어색한 대화를 나눌 생각도 없었습니다. 오직 종후에게 들려줄 이 야기만 남았던 겁니다. 오늘 꼭 해야만 하는 이야기! 제겐 그랬습니다.

— 그래. 그래라. 저기 끝에 앉아 있으렴. 난 조문객을 맞아야 하니까, 따로 신경 써 주긴 어렵겠다. 괜찮겠니?

종후 아빠의 주름진 눈을 들여다보며 고개를 천천히 끄덕였습니다. 종후는 큰 덩치에 살점도 두툼한데, 종후 아빠는 빼빼 마른 홀쭉이입니다. 아버지와 아들이라고 믿기 힘들 정도로 체형과 분위기가 달랐습니다. 그러나 두 눈은 정말 똑같았어요. 어떤 푸념도 넉넉히 받아 줄 것 같은, 내가 펼친 이야기를 더 멀리 더 높이 띄워 줄 것만 같은, 내 속에 든 고민을 모두 꺼내 보일 수밖에 없는 내 친구의 눈!

벽 모서리에 어깻죽지를 대곤 허리를 펴고 앉아 종후 사진을 뚫어져라 쳐다보았습니다. 뒷주머니에 말아서 찔러 넣어 온 공책을 꺼내 폈습니다. 종후에게 조용히, 그 깊은 눈을 보며 눈으로 설명했습니다. 우리 둘에게만 들리는 합주라고나 할까요.

'장편을 세 작품 정도 쓸래. 하나는 무척 길어. 나머지 두 작품도 각각 한 권 분량은 차고 넘칠 만큼 이야기가 많을 것 같아. 긴 것부터 올해 쓰기 시작해 1년 안에 마칠게. 제목은 'Wake Me Up When September Ends' 어때? 종후 네가 이 제목으로 꼭 게임을 만들어 보고 싶다고 했잖아? 맘에 들어?'

조문객들이 놀랄까 봐 종후는 소리 내어 답하진 않았습니다. 제가 눈으로 물었으니 종후도 눈으로 답하는 게 당연하지요. 어떻게 답했느냐고요? 간단합니다. 종후가 왼쪽 눈을 찡긋해 보였거든요."

병사는
참호를
탓하지
않는다

　제가 도착하고 이틀 뒤, 그러니까 4월 23일에 새 바지선이 맹골
수도에 도착했습니다. 19일부터 사용하던 작은 바지선 대신 1171
톤급 새 바지선이 맹골수도로 투입된 겁니다. 이 바지선을 이용하
여 잠수를 한 적이 한 번도 없었습니다. 한국선급이나 선박안전기
술공단의 안전검사를 마치지 못했으니까요. 참사가 나고, 심해 잠
수를 오랜 기간 지속적으로 해야 하는 상황이었기에, 최신식 바지
선 투입이 전격 결정되었다고 들었습니다. 해경에서 선박 구난 명
령을 내린 것이 4월 17일인데, 엿새가 지난 23일에야 침몰 현장에
닿은 겁니다.

　새 바지선에서 저는 먼저 감압 장비인 체임버부터 살펴봤습니
다. 22일 저녁 윤종후를 수습할 땐 체임버도 없는 상황에서 잠수
를 해야만 했지요. 제 잠수 인생에서 단 한 번의 예외였습니다. 잠
수병을 어쩔 수 없이 걸리는 천형으로 받아들이는 잠수사도 있습
니다만, 저는 그렇게 생각하지 않습니다. 잠수에 필요한 장비를

최대한 갖춘 후 규범에 따른다면 늙어 죽을 때까지 잠수병을 피할 수 있습니다. 이를 위한 필수 장비가 바로 체임버입니다. 체임버 없이 잠수 없다! 이것이 저의 잠수 철학입니다.

기계실 컨테이너와 공구 창고와 물자 창고 그리고 무인잠수정 ROV도 둘러봤습니다. 바지선은 해경과 해군 그리고 회사 관계자까지 오가는 바람에 시장 골목처럼 복잡하고 시끄러웠습니다. 여덟 팔 자나 원 모양으로 모아 놓은 줄과 잠수 장비까지 사람들과 뒤엉켜 산만했습니다.

1층과 2층 선실 역시 번잡하긴 마찬가지였습니다. 1층 창고는 벌써 해경들이 차지하고 앉았습니다. 식당과 주방을 만들긴 했지만 바지선을 급히 옮겨오는 바람에 여기서 직접 요리를 하진 못했습니다. 맹골수도에서 가까운 조도의 식당에서 도시락을 배달시켜 먹는 형편이었습니다. 민간 잠수사 중 일부가 2층 선실을 이용했습니다. 다섯 개의 방에선 코 고는 소리와 함께 두런두런 이야기 나누는 소리가 복도까지 흘러나왔습니다. 장정 네 명이 들어가면 꽉 차는 작은 방입니다. 맞은편 구석엔 샤워실을 겸한 화장실이 있고 그 옆방엔 해경 상황담당관이 머물렀습니다. 상황담당관의 옆방엔 바지선을 방문하는 유가족들이 주로 머물렀습니다. 함교 격인 컨트롤룸엔 해경 간부들이 모여 종종 회의를 했습니다. 작업지휘실인 셈입니다.

5월 초까지 사나흘에 한 번씩 컨테이너가 바지선으로 이송되었습니다. 민간 잠수사와 해군과 해경은 새 컨테이너를 차지하려고 가벼운 언쟁을 벌이기도 했습니다. 컨테이너가 11개나 보강되었지만 바지선은 여전히 복잡하고 시끄럽고 산만했습니다.

바지선에서의 나날은 전투였습니다. 단순한 비유가 아니라, 잠수사들끼리도 여긴 전쟁터고 우린 최전방에 고립된 채 백병전을 벌이는 병사란 얘길 자주 했습니다. 그곳 생활을 조심스럽게 밝히면, 심해 잠수를 조금이라도 아는 분들은 놀란 눈으로 되묻습니다.

"왜 그따위 한심하고 또 위험한 상황에서 잠수를 한 겁니까?"

병사는 참호를 탓하지 않는 법입니다. 맹골수도 상황을 도착 전에 구체적으로 알았다면 솔직히 저도 주저했을 겁니다. 하루에 한 번 잠수하고 5일 잠수 후엔 이틀을 쉬는 것이 기본이지만, 거기선 정조기에 맞춰 하루에 평균 두 번 많으면 세 번씩 잠수했습니다. 잠수하지 않은 날에도 돌아가며 텐더를 맡았습니다. 5일 일했으니 이틀을 쉬게 해 달란 요구는 단 한 번도 꺼낸 적이 없습니다. 앞에서 말씀드렸듯이 해경은 3교대로 8시간만 바지선에 머물렀고, 나머지는 해경 함정으로 돌아가 휴식을 취하고 재충전했습니다. 그러나 잠수사들은 바지선에서 숙식하며 머물렀지요. 왜 우리도 3교대까지는 아니어도 최소한 2교대로 함정에 옮겨 가서 12시간씩 휴식할 순 없었을까요. 특히 해군 함정엔 군의관이 있고 의무시설도 완벽하게 갖춰져 있지만, 바지선엔 5월 6일 이전까지 의사가 한 명도 없었습니다. 잠수중 문제라도 생기면 함정까지 가서 군의관을 만나야 했고, 또 잠수 전에 몸 상태를 체크하고 진료를 받아 약을 먹을 기회가 민간 잠수사에겐 없었던 겁니다. 그리고 선내 진입을 민간 잠수사와 해경 잠수사가 번갈아 맡는 것이 아니라 오로지 민간 잠수사가 전담한다는 사실을 미리 알았다면, 잠수할 때마다 목숨을 걸어야 한다는 사실을 숙지했더라면, 민간 잠수사들이 과연 맹골수도로 모일 수 있었을까요.

맹골수도에 도착하기 전까진 상황이 정말 이토록 열악한 줄 몰랐습니다. 몇몇 잠수사는 늦게라도 문제를 제기한 후 돌아가기도 했습니다. 그러나 저는 남았습니다. 지금은 비상 상황이었고, 비상 상황이란 충분히 휴식하며 잠수할 조건이 아니란 뜻입니다. 침몰한 배에 있는 실종자들을 최대한 많이 그리고 빨리 찾아내는 것이 잠수사의 임무였습니다. 우리가 잠수 횟수를 줄이면 잠수사들 몸과 마음이 망가질 가능성도 줄겠으나, 실종자를 찾아낼 확률 역시 줄어듭니다. 민간 잠수사가 일손을 놓으면 선내 수색도 중단할 수밖에 없는 겁니다. 우리 마음은 하나였습니다. 비상 상황이니 지금은 무리를 해서라도 작업하자. 혹시 몸과 마음에 문제가 생기면 나라에서 치료해 주겠지!

병사가 참호를 원망하진 않지만, 터무니없는 명령이 내려올 땐 괴로운 법입니다. 물때에 맞춰 섬세하게 잠수 시기를 결정해야 잠수사들의 고통이 줄어듭니다. 그러나 가끔 예정된 시간 외에 잠수할 때도 있었습니다. 바지선 내부의 문제라기보다는 우리가 알 수 없는 바깥의 입김이 개입했습니다. 최선을 다해 작업하고 있음에도 불구하고, 그리고 지금은 도저히 잠수사가 물에 들어갈 때가 아닌데도, 그런 불합리한 상황들이 종종 만들어졌습니다. 처음엔 류창대 잠수사에게 항의하기도 했습니다. 류 잠수사는 하달된 명령이라 자기도 어쩔 수 없다고, 오히려 미안해하더군요. 컨디션이 좋지 않거나 내키지 않으면 빠지라고도 했습니다. 제가 빠지면 다음 순번의 잠수사가 들어가야 합니다.

그날도 그랬습니다. 1시간 뒤에 들어가도 되는데, 작업을 서둘러야 한다며 하잠줄부터 옮기라 하더군요. 알파Alpha, 브라보Bravo, 찰리Charlie, 델타Delta. 이중 알파와 브라보는 민간 잠수사와 해경 잠수사가 오르내렸고, 찰리와 델타는 해군 잠수사가 맡았습니다. 네 팀의 하잠줄 중에서 브라보의 줄을 옮기는 것이 제 임무였습니다. 하잠줄을 옮긴다는 것은 수색할 곳을 바꾼다는 뜻입니다. 선내로 진입할 땐 민간 잠수사와 해경 잠수사가 2인 1조로 짝을 이뤄 들어가지만, 하잠줄을 옮겨 다는 일은 잠수사 혼자 처리하기도 했습니다. 20미터 내외로 잠수한 후 묶어 놓은 줄을 풀어 옮겨 묶고 올라오면 끝나는, 맹골수도 잠수에서 가장 쉬운 작업이니까요. 둘이 내려가면 오히려 번잡스러워 사고가 날 수도 있었습니다.

잠수 직전, 대기중인 해경 스쿠버 잠수사들을 눈으로 훑었습니다. 둘 중 덩치 큰 녀석이 엄지를 척 들어 보이더군요. 박정두 잠수사였습니다. 후카 잠수와 스쿠버 잠수에 모두 능숙한, 해경에서 몇 안 되는 잠수사였습니다. 나도 그를 향해 주먹을 가볍게 쥐었다가 폈습니다.

파도가 제법 쳐 걱정은 했는데, 잠수를 하고 나니 조류가 예상보다 훨씬 빨랐습니다. 조류가 빠르다고 하면 조금 급하게 흐르는가 보다 생각하실 테지만, 맹골수도의 조류가 빠르다는 건 잠수사의 몸이 날린다는 뜻입니다. 태극기가 바람에 펄럭이듯 수평으로 흔들리는 것이죠. 줄을 쥐지 않으면 그대로 조류에 쓸려 버릴 정도입니다. 안간힘을 쓰며 버티다 보면, 어깨 근육이 찢어지거나 척추를 상할 위험이 큽니다.

브라보 하잠줄을 타고 내려가다가 15미터쯤에서 멈췄습니다. 유속이 빨라지면서 줄 두 개가 엉킨 겁니다. 엉킨 줄부터 푼 후 더 내려가서 옮겨 매는 작업을 하기로 했습니다. 이대로 두고 올라가면 브라보 팀의 오늘 잠수는 힘들어집니다. 류 잠수사에게 보고부터 했습니다.

"엉켰습니다."

"거지 같군. 왜 만날 거긴 엉키지?"

충분히 거리를 두고 하잠줄을 내려도 정조기와 정조기 사이, 그러니까 6시간 만에 줄들이 붙어 꼬였던 겁니다.

"풀겠습니다."

류 잠수사가 묻더군요.

"잠수사를 더 보낼까?"

"괜찮습니다. 곧 끝납니다."

"무리하진 마라."

가장 심하게 매듭처럼 엉킨 부분을 찾았습니다. 그것만 풀면 하잠줄은 각자의 자리를 찾을 겁니다. 양손으로 매듭 부분을 잡으려는 순간 물 울음이 들려왔습니다. 재판장님껜 물 울음이란 단어가 낯설 수도 있겠습니다. 이순신 장군이 명량대첩을 거둔 진도 울돌목은 아시죠? 울돌목은 물살이 바닷속 암초에 부딪쳐 우는 곳이란 뜻입니다. 울돌목뿐만 아니라 맹골수도처럼 조류가 센 곳에서도 물이 웁니다. 조류의 방향이나 세기가 급격히 바뀔 땐 그 울음이 더욱 커집니다. 물 울음이 갑자기 들린다는 건 지금과는 다른 조류가 온단 뜻입니다. 긴장하며 귀를 쫑긋 세웠습니다. 꾕음이 점점 커지더니 세 배는 더 빠른 조류가 제 몸을 때리고 비틀었습니다. 와류渦流, 물살이 소용돌이를 쳤습니다. 급한 마음에 줄을 틀어쥐긴 했는데 몸이 사선으로 주르륵 흘러내리더군요. 그리고 왼발이 갑자기 조여 왔습니다. 엉킨 줄이 출렁이다가 왼발을 감아 버린 겁니다. 몸이 흔들릴수록 줄 사이에 낀 왼발이 떨어져 나갈 듯 아팠습니다. 저도 모르게 짧은 비명을 질렀나 봅니다. 곧바로 류 잠수사의 욕설이 터져 나왔습니다.

"야, 이 새끼야! 경수야!"

정신이 번쩍 들더군요. 겨우 답했습니다.

"걸렸습니다…… 발목이……"

"꽉 잡고 버텨."

해경 스쿠버 잠수사 두 명이 내려왔습니다. 그들도 처음엔 펄럭이는 자기들 몸도 가누지 못해 줄을 겨우 잡았습니다만, 곧 역할을 나눠 저를 도왔습니다. 한 명은 등 뒤에서 저를 끌어안아 잡았고, 나머지 한 명은 한 손으론 줄을 잡고 다른 손으로 다리에 엉킨 줄을 풀기 시작했습니다. 지상에서라면 쉽게 해결할 문제도, 수중에선 큰 사고로 이어지곤 합니다. 줄을 풀려다가 조류에 휩쓸릴 수도 있고, 그 줄에 스쿠버 잠수사까지 엉켜 걷잡을 수 없는 상황에 빠질 위험도 있습니다. 맹골수도의 조류는 현란하게 스텝을 밟는 무희 같고, 맹독을 품은 채 달려드는 뱀 같고, 지난 시절 잘못을 벌하는 채찍 같습니다. 한 손만으로 줄을 풀기가 어렵다고 판단한 것인지, 해경 잠수사가 두 손으로 제 발목을 움켜쥐었습니다. 동시에 그의 물갈퀴가 눈앞에서 요동쳤습니다. 포물선을 그리듯 몸이 튕겨 순식간에 올라갔습니다. 저는 두 팔을 뻗어 해경 잠수사의 허벅지를 당겨 안았습니다. 제가 안지 않았다면 그는 급류에 휩쓸려 떠내려갔을 겁니다. 그와 나의 몸무게까지 합해지는 바람에 하잠줄에 낀 왼발이 곱절로 아팠습니다. 제가 비명을 지르는 동안, 해경 잠수사는 제 어깨를 잡고 등으로 돌아 허리춤을 쥐곤 엉덩이까지 올라왔습니다. 우리 둘의 몸은 여전히 깃발처럼 펄럭이는 중이었습니다. 그가 하잠줄을 쥔 후에야 왼발이 책임질 무게가 반으로 줄어들었습니다. 하잠줄을 당겨 와서 제 손에도 꼭 쥐여 줬습니다. 조류가 차츰 잦아들기 시작했고, 발목 통증도 곧 사라졌습니다. 왼발을 쥔 줄을 칼로 잘라 버린 겁니다. 해경 잠수사가 헤드랜턴을 흔들며 제 얼굴을 살폈습니다. 저도 그의 얼굴을 쳐다봤습니다. 사슴 눈, 박정두 잠수사였습니다.

"종아리 근육이 상했더라고. 다른 작업장에서였다면 적어도 일주일은 쉬고 복귀했겠지. 나도 권하긴 했어. 목포에라도 나가서 며칠 쉬다 오라고. 단칼에 거절하더군. 독종이었어. 그 말이 기억에 남네. '병사는 참호를 탓하지 않는다.'"

물리치료사 홍길직(50세) 씨는 스쿠버 잠수를 즐기는 잠수인이기도 했다. 잠수사들이 자주 쓰는 근육과 다치기 쉬운 부위를 누구보다도 정확히 알았다. 처음에는 팽목항으로 가서 그곳에 모인 잠수사들을 상대로 자원봉사를 했다. 그러나 팽목항의 잠수사 중에는 맹골수도의 유속을 경험한 이가 거의 없었다. 홍 씨는 임시 안치실에 머물며, 자식이나 형제자매의 주검을 접하고 실신하는 유가족을 치료하는 데 힘을 보탰다. 그러다가 바지선에서 물리치료사와 한의사를 급히 구한다는 소식을 듣고 자원했다. 5월 6일까진 바지선에 의사가 상주하지 않았기 때문에, 크고 작은 상처를 치료하는 것은 물리치료사 홍길직과 침술에 능한 한의사 최정(43세)의 몫이었다. 한의사는 나중에 두 사람이 더 보강되어 교대로 상주했다.

"멀쩡한 사람이 한 사람도 없었어. 일반인들은 레저용 스쿠버 다이빙만 아니까, 심해 잠수의 힘겨움을 몰라. 특히 바지선에 있던 민간 잠수사들은 하루에도 두세 차례씩 잠수해서 선내를 오갔어. 수중을 유유히 헤엄치며 물고기들과 노는 거랑 침몰한 배로 몸을 구기며 들어가는 건 완전히 달라. 뭔지도 모를 물체에 부딪치는 경우도 잦고, 부딪치지 않는다고 하더라도 순간순간 뜻밖의 상황을 만나기 때문에 근육들이 놀라. 무엇보다도 피로가 누적되니 체내에 질소가 차서 골괴사로 이어지는 잠수병에 걸릴 확률이 하루하루 높아지지. 게다가 실종자를 찾으면 모시고 나와야 하지 않아? 마사지를 받는 동안 편히 잠드는 잠수사가 한 명도 없었어. 5분 혹은 10분도 지나지 않아, 가위에 눌린 듯 깜짝깜짝 깨기도 하고, 자면서 울기도 하고, 비명을 지르기도 했지.

처음엔 안타까웠고 나중엔 화가 났어. 내가 의사는 아니지만, 이렇게 잠수사들을 혹사하면 후유증이 엄청나리란 게 보였으니까. 한의사인 최정 원장도 걱정을 했어. 얼마나 치료를 받아야 잠수사들 몸이 정상으로 돌아올까. 과연 이들이 회복하여 심해 잠수사로 복귀할 수 있을까.

잠수사들도 느끼고 있었지. 누구보다도 제 몸을 아끼는 사람들이니까. 몸에 조금이라도 이상이 생겨 잠수를 못 하면 당장 밥줄이 끊기는 거야.

— 이렇게 더 가면 회복 불능에 빠질지도 몰라. 대책을 세워 달라고 건의하는 게 어때?

멋지긴 해도 참으로 답답한 답을 들었지.

— 형님! 이제 겨우 손발이 맞아 들어가는데, 여기서 우리가 중단하고 나가면 시신 수습을 제대로 하긴 더욱 어려워집니다. 치료 기간이 길어질지도 모른단 생각은 저희도 합니다. 어쨌

든 지금은 수색과 수습에 열중하고, 웬만큼 작업이 마무리되면, 정부에서 우릴 치료해 주겠지요. 몸 생각하면 맹골수도에서 잠수 못 합니다. 아시잖습니까?

바지선에서 나온 뒤, 맹골수도의 영웅들에 관한 기사를 꽤 많이 읽었어. 하지만 민간 잠수사에 관한 기사는 거의 없더라고. 제 몸이 상하는 걸 알면서도, 매일 선내로 들어가고 들어가고 또 들어갔던 사람들. 내 이 두 손으로 그들의 근육을 풀어 주긴 했지만, 피 속으로 뼈 안으로 파고드는 병들은 속수무책이었어. 내가 왜 그때 좀 더 강력하게 건의하지 못했을까 후회스러워. 인간의 한계를 넘어서는 그들을 매일 보면서도 겨우 근육이나 풀어 주는 게 다였으니……

누가 뭐라 해도 난 알아. 민간 잠수사들은 그때 정말 용맹했어. 여기서 죽어도 좋다고, 훗날을 대비하지 않고 돌진했지. 나는 그들의 몸이 하루하루 축나는 것을 알면서도, 실질적인 도움을 거의 못 줬어. 도움이 뭐야, 오히려 그들을 악순환에서 빠져나가지 못하게 만드는 진통제처럼 굴었던 게 아닐까. 근육을 풀어 주는 건 조금 더 천천히 그리고 조금 더 오래, 그들을 계속 심해로 내모는 방편이었으니까. 선한 마음으로 시작했다고 그 역할이 늘 좋은 법은 아냐. 내가 아니라면 누군가 다른 물리치료사가 바지선에 올라갔을 거라고? 그 생각도 물론 했지. 하지만 그딴 건 내 맘 편하자고 나중에 지어 내는 핑계일 뿐이야. 묵살당하더라도, 그때 나랑 한의사들이 함께 잠수사들 몸과 마음이 심각하게 망가지고 있다는 걸 알리고, 하루라도 빨리 잠수병 치료 전문의를 바지선으로 데려오라고 요구했어야 한다고 생각해. 후회는 왜 이리 항상 늦는 걸까. 돌이킬 수 없을 즈음이 되어야 최선책과 차선책과 차차선책이 떠올라. 일은 벌써 최악으로 벌어졌는데 말이야.

7월 10일 잠수사들이 바지선에서 철수했단 소식을 들었을 땐, 마음이 왔다 갔다 했지. 늦었지만 이 정도에서 멈춘 것이 다행이라는 생각과 함께, 잠수사들이 이제부터 자신들의 심각한 몸 상태를 알게 되겠구나 하는 걱정이 동시에 찾아들었어. 맹골수도의 시간은 끝났지만 이제 병상에서의 또 다른 시간이 기다리고 있는 거야. 아무나 심해 잠수사가 되는 건 아니지. 그들은 그 일에 대한 긍지가 대단해. 정말 좋아서 하는 짓이라고. 그런 그들이 더 이상 잠수를 할 수 없을 만큼 몸이 망가졌다는 걸 알면, 충격이 어떠하겠어? 인생이 끝장나는 것과 같을 거야. 그들의 지옥은 이제부터라고 해도 과장이 아니라고.

경남 사천까지, 그들이 입원한 병원 앞까지 갔어. 바지선에선 형제처럼 지냈던 사람들이니까. 내가 나이를 더 먹었다고 형님 형님 하며 따랐지. 반갑게 인사라도 나누고 얼마나 치료를 잘 받고 있는지 알고 싶어 간 것인데, 병원 정문에 닿으니 들어설 수가 없었어. 환자복을 입은 잠수사들을 볼 자신이 없더라고. 치료 시기를 놓쳐 잠수병이 악화되었단 이야기를 그들 입으로 직접 듣는 것이 두려웠어. 바지선에서 난 벌써 그들의 병세를 짐작하고 있었으니까. 나같이 남의 몸을 만지는 사람은 손바닥을 살갗에 대기만 해도 많은 걸 알아. 알기만 하고 지나갔어.

맞아. 난 비겁한 놈이지. 바지선에서 민간 잠수사들은 용기로 가득 찬 사람들이었고. 그들을 무리하게 잠수시킨 범대본과 해경, 그런 작업 방식이 심신을 병들게 한다는 걸 알면서도 말리지 못한 물리치료사와 한의사는 비겁자야. 그러니 나까지 끌어들여 미담美談을 꾸밀 생각일랑 마. 맹골수도에서 아름다운 사람은 민간 잠수사라고. 난 아냐."

아직
답을
듣지
못했어요

　재판장님께!

　실종자를 수습하는 건 익숙해지지 않습니다. 한 사람 한 사람 발견하고 수습할 때마다 낯설고 두렵고 힘들고 아픕니다. 민간 잠수사 중에서도 제가 유독 눈물을 많이 흘렸던 건 맞습니다. 선실 제일 구석에 마련된 통곡의 벽을 향해 누워 울던 날이 잦았거든요. 잠수사가 그 방에서 울 땐 아무도 건드리지 않았습니다. 조치벽 잠수사가 보다 못해 한마디 했습니다.

　"형님! 상상하지 마세요. 지금 우리에게 가장 큰 적은 상상입니다. 눈앞에 닥치는 일만 하세요. 그걸 감당하기에도 벅찹니다. 상상까지 보태면 견디지 못해요. 아셨죠?"

　브라보 팀에 속한, 실종자를 가장 많이 수습한 최진태(45세) 잠수사도 거들었습니다.

　"뭐든 가볍게 몸을 놀리며 지내. 잠수 장비를 점검해도 좋고, 손빨래를 해도 좋고, 샤워를 해도 좋고, 텐더로 줄을 잡아도 좋아.

눈앞에 보이는 일들, 그 일을 하고 있는 나 자신에게 집중하다 보면 감정이 차차 가라앉지. 꼭 그렇게 해."

정확한 지적이었습니다. 선내에서 실종자를 발견한 후 모시고 나오는 것도 힘겹지만, 내 품에 안은 사람의 꽃다운 시절을 상상하면 눈물을 참기 힘듭니다. 고등학생일 경우는 더하지요. 1주기가 돌아왔을 때, 유가족 중 한 분이 이런 포스트잇을 교실 벽에 붙이셨더라고요.

봄이 오니 꽃이 핀다.
꽃이 피니 슬프다.
잔인하구나, 이 봄!

봄꽃은 화려하게 피지만 봄비 한 번 듣곤 순식간에 지기도 합니다.

생각해 보니 2014년엔 봄꽃을 즐긴 적이 없네요. 그 봄에는 오직 잠수하여 선내로 진입하는 게 전부였습니다. 꽃봉오리가 맺혔는지, 꽃이 피는지, 누가 꽃 아래로 걷고 멈추고 앉는지, 꽃가지를 꺾어 거실 꽃병에 꽂아 두는지, 또 누가 시들어 가는 꽃을 밟으며 지나가는지 몰랐습니다. 이런 마음이었습니다. 꽃봉오리가 맺히면 뭐하누 사람이 이리 죽었는데, 꽃이 고우면 뭐하누 사람이 이리 죽었는데, 꽃이 지면 뭐하누 사람이 이리 죽었는데…….

상상을 줄이거나 없애려 했지만 쉽지 않았습니다. 일을 할 땐 차라리 잡념이 줄어듭니다. 바지선에 올라와서도 쉬지 않고 줄을 잡거나 줄을 모아 정리하거나 전화수 옆에서 고함을 질러 댔습니다. 그러나 바삐 몸을 움직여도 피할 수 없는 순간이 있는 법입니다. 눈앞이 멍해지면서, 이곳이 아닌 다른 곳, 내가 모시고 나온 자의 빛나던 다른 시절을 상상했습니다. 상상하는 데는 많은 시간이 필요하지 않습니다. 1분도 깁니다. 단 10초로도 누군가의 꽃 시절이 봉오리를 맺었다가 피고 또 지지요.

상상은 전부 달랐습니다. 저는 실종자들이 침몰한 배에 승선하기 전에 어디서 무엇을 하며 살았는지 구체적으론 몰랐고 지금도 모르지만, 한 사람 한 사람을 품에 안고 나오는 것만으로도, 그들이 얼마나 제각각 다른 존재인지 압니다. 키나 몸무게는 물론이고, 똑같은 자세로 최후를 맞은 이는 한 사람도 없으니까요. 극심한 공포와 목숨이 끊어지는 마지막 순간에도, 마지막 순간일수록, 그 사람은 오롯이 그 사람인 겁니다. 그 차이를, 그 유일무이한 특별함을, 잠수사는 만지고 안고 함께 헤엄쳐 나오며 아는 겁니다. 인간은 결코 숫자로 바뀔 수 없습니다. 바지선에서 철수한 뒤 제가 가장 듣기 싫었던 질문은, 너는 몇 명이나 수습했느냐는 겁니다. 제게 중요한 것은 수습한 숫자가 아니라 선내에 남아 있는 숫자였습니다.

윤종후를 모시고 나온 이야기를 드렸으니 이번엔 강나래를 모시고 나온 이야기를 할까 합니다. 종아리 근육을 다친 후 거동이 편치 않았습니다만 내색하지 않았습니다. 잠수사 한 명이 빠지면, 나머지 잠수사들 순번이 그만큼 빨리 돌아옵니다. 한의사에게 침을 맞고 물리치료사의 마사지를 받으면서도 맘이 편치 않았습니다. 목포로 나가서 정밀 검사하라는 권유도 받긴 했습니다만 거절했습니다. 전투중에 조금 다쳤다고 후방으로 후송되긴 싫었습니다. 불편하긴 해도 잠수를 이어가는 데는 문제가 없다고 판단했습니다.

"며칠 쉴래?"

류창대 잠수사가 제 종아리를 흘끔 살피며 물었습니다.

"차라리 집구석으로 돌아가라 하십시오."

"똥고집하곤."

다시 박정두 잠수사와 한 조가 된 날의 일입니다. 그도 걱정이 되는지 잠수복을 입혀 주면서 자꾸 시선을 내렸습니다.

"부럽냐? 너보다 알통이 두 뱅 더 크다."

"함정으로 가셔서 치료를 받는 게 어떠십니까? 제가 말씀을 드려 보겠습니다."

"이참에 한 열흘 푹 쉬어 버릴까? 농담이야. 지금 여기서 빠질 수 없다는 건 네가 더 잘 알잖아? 괜한 헛소리 말고 줄이나 잘 잡아."

헛소리란 단어가 너무 심했다는 생각이 들었습니다.

"그래도 정두 너랑 들어가니 다행이야."

"아셨으면 됐습니다."

경쾌하게 받더군요.

하잠줄을 쥐고 단숨에 4층까지 잠수하여 바지선과 교신하고 박 잠수사와 눈빛을 교환한 뒤 선내로 진입했습니다. 제가 하루 쉬는 동안 잠수사들이 실종자를 스물한 명이나 더 찾았습니다. 손으로 더듬으며 통로를 찾아 움직였습니다. 물갈퀴를 휘저을 때마다 왼 발목이 묵직하고 쩌릿쩌릿 아팠지만 참았습니다. 발목이 날아가 지 않는 이상 잠수를 피할 생각은 없었습니다. 지금 제게 심각한 문제는 시야가 그제보다 더 나빠졌단 겁니다.

"어때?"

류창대 잠수사의 질문이 날아와 꽂혔습니다.

"10센티 정돕니다."

"아주 안 좋군. 천천히, 조심조심."

"알겠습니다."

답은 그렇게 했지만 좀 더 속도를 붙였습니다. 여기서 일반인들이 갖는 잘못된 편견 하나만 지적해 두고 싶습니다. 실종자를 모시고 나온 잠수사는 용감하고 그렇지 않은 잠수사는 용감하지 않은 것이 결코 아닙니다. 대부분의 잠수사들은 실종자를 모시고 나오기보다 소지품이나 기타 물건을 가지고 올라온 적이 더 많습니다. 순번을 정하고 팀으로 움직이기 때문에 개인행동은 금물입니다. 작업이 진척되는 정도에 따라 어떤 잠수사는 가이드라인을 치면서 길을 내고 어떤 잠수사는 물품을 챙겨 나오는 것뿐입니다.

제가 들어간 객실은 24일에 이미 한 차례 수색을 했고, 출입구

가까이에서 실종자 아홉 명을 모시고 나왔습니다. 모두 여학생이었습니다. 오늘 저는 쓰러져 겹겹이 쌓인 나무 캐비닛 틈에 실종자들이 더 있는지 수색하기 위해 들어왔습니다. 이 객실은 침대없이 바닥에서 함께 머무는 모둠방입니다. 생존 학생의 증언에 의하면, 캐비닛은 벽면 쪽만이 아니라 방 중간에도 열을 지어 놓았습니다. 출항 전 이 방에 든 여학생들은 마음에 드는 자리에 앉아각자 주어진 캐비닛에 여행가방과 소지품을 정리하느라 바빴다고합니다. 그런데 16일 아침 배가 기울면서 캐비닛이 한꺼번에 쓰러져 떨어지며 몇몇 학생들을 덮쳤다는 겁니다. 그 증언에 따른다면, 캐비닛 사이에 실종자가 더 있을 가능성이 매우 큽니다.

줄을 가볍게 한 번 당겼습니다. 캐비닛 구석구석까지 객실을 살피려면 줄이 넉넉해야 합니다. 줄이 느슨해진 것을 확인한 다음출입문으로 헤엄쳐 내려갔습니다. 팔을 뻗어 시계 방향으로 더듬기 시작했습니다. 물건들이 하나둘 손에 잡혔습니다. 마스크 가까이 그것들을 가져와서 확인했습니다. 손가방, 빗, 거울, 치마, 로션, 각종 과자봉지들, 안경, 지갑.

누가 그 방에 들어가느냐에 따라 분위기가 완전히 달라지는 법입니다. 4월 15일 저녁, 여학생들이 이 방에 들어오기 전엔 깨끗하게 정돈된 객실이었을 뿐입니다. 그녀들이 각자 좋아하는 자리를 잡고 캐비닛에 옷을 걸고 손가방에서 소지품을 꺼내 늘어놓자마자, 이 방은 열여덟 살 고등학교 2학년 여학생들의 소리와 냄새에 순식간에 젖어 들었습니다. 4월 16일 여객선이 무사히 제주에 도착했다면, 그녀들은 썰물처럼 이 방을 나섰을 테고. 그럼 이 방은 다음 손님을 맞기 위해 다시 깔끔하게 청소가 되었겠지요. 그런데 이제 그 분위기를 만든 소지품들이 바닷물에 젖고 진흙이 묻은 채 흩어져 있습니다. 소녀들의 냄새도 소리도 사라져 버렸습니다. 여행가방 하나를 열어 소지품들을 담았습니다. 힘껏 쥐었는데도 빗과 손거울이 자꾸 손에서 빠져나갔습니다. 거기서 그대로 자신들의 주인을 더 기다리기라도 하려는 것처럼.

캐비닛은 살짝만 건드려도 무너졌습니다. 배가 기울 때 한꺼번에 좌현으로 굴러 떨어졌다가, 물이 들이치자 나무로 만들었기 때문에 수면으로 떠올랐습니다. 그리고 배가 완전히 물에 잠기자 다시 밑으로 가라앉은 겁니다. 배의 침몰 과정에서 제 위치를 잃고 멋대로 뒤섞인 캐비닛들을 더듬고 사이사이로 팔을 집어넣어 훑었지만 실종자를 발견하진 못했습니다. 다음 객실로 옮겨가기 위해 출입구로 향했습니다. 팔을 뻗어 올라가려는데 왼 발목이 묵직해졌습니다. 지난번 부상 때문이라 생각하고 다리를 흔들었습니다. 오른 발목마저 무거웠습니다. 누군가 두 발목을 옆구리에 끼고 버티는 것 같은 기분이 들었습니다. 뒷머리부터 등줄기까지 오싹했고 꼬리뼈에도 냉기가 흘렀습니다. 두 발을 힘껏 차고 출구를 통해 복도로 나왔습니다. 몸을 둥글게 말아 두 손으로 발목을 만졌습니다. 혹시 발목에 줄이라도 감겼는지 살폈지만 아무것도 없었습니다. 휴우. 숨을 내쉬는데, 발목이 화끈거리기 시작했습니다. 처음엔 파스를 붙인 정도의 화끈거림이었는데, 점점 불에 덴

듯 뜨거워졌습니다. 살갗이 타들어 가는 기분이 들었습니다. 당장
잠수복을 벗고 발목을 긁고 싶었지만 참았습니다. 손으로 발목을
쥔 채 숨을 골랐습니다. 차츰차츰 뜨거움이 가라앉고 가려움이 사
라졌습니다.

　그때 방금 나온 객실에서 소리가 들렸습니다.

　투둥.

　움직임을 멈추고 귀를 기울였습니다.

　투두둥.

　그 소리를 글로 표현하긴 정말 어렵습니다. 가장 비슷한 소리를
찾자면, 거문고 줄 튕기는 소리라고나 할까요.

　침몰한 배는 정지한 것 같지만 사실은 한순간도 가만있지 않습
니다. 조류의 방향과 속도에 따라 미세하게 움직이지요. 더하여
이 배에는 4월 16일 아침까진 살아 있었던 실종자들이 곳곳에 있
습니다. 그들까지 가세하여 육지에서는 듣기 힘든 소리들을 만들
지요. 그 소리는 기체인 공기가 아니라 액체인 물을 통해 제 귀에
닿습니다. 물의 밀도가 공기의 밀도보다 높기 때문에 약 네 배 정
도 더 빨리 소리가 전달됩니다. 또 소리가 두 귀에 닿는 시간 차
가 줄어드는 탓에 소리가 들리는 방향을 파악하기 힘듭니다. 평범
한 사람은 수중에서 소리를 듣는 경험을 평생 한 번 할까 말까입
니다. 마찬가지로 육지에선 맡기 힘든 냄새들이 퍼집니다. 인간
의 귀와 코엔 닿지 않을 만큼, 침몰한 배가 아주 작은 소리를 내며
또 아주 약한 냄새를 풍기는 경우는 예상보다 잦지요. 그런데 바

로 그 소리와 냄새를 잠수사가 알아차릴 정도라면, 배가 제법 크게 움직인 겁니다. 어긋하게 쌓인 캐비닛이 무너지기라도 하는 걸까요. 류창대 잠수사가 누누이 강조했습니다. 이상한 소리가 들리면, 무너지는 소리이거나 무너지기 직전 위태로운 소리일 가능성이 크니 즉시 보고하고 선체 밖으로 나오도록!

그 당부를 따르기 위해 몸을 정반대로 돌렸습니다. 줄을 세 번 당겨 박정두 잠수사에게 나간다는 신호를 보내려 했습니다. 한 번 당기고 한 번 더 당기는 순간, 소리가 다시 들려왔습니다.

둥두웅.

소리가 변했습니다. 날카로움이 사라진 겁니다. 이 차이는 뭘까요. 먼저 두 번 들린 소리는 집기들이 부딪히며 만든 소리일 가능성이 큽니다. 그렇다면 마지막 소리는 집기가 아닌 다른 것이 만든 소리이겠지요. 다른 것이라면……? 실종자일지도 모릅니다.

마음속으로 60까지만 숫자를 세자고, 그러니까 1분만 더 객실을 살피기로 했습니다. 이대로 나가면 내내 찜찜함이 남을 듯했습니다. 다시 출입문을 찾아 내려갔습니다. 소리가 들린 방향으로 팔을 뻗었습니다. 없었습니다. 조금 아래로 내려갔습니다. 역시 없습니다. 몸을 돌려 반대쪽 벽을 찾았습니다. 거기에도 없습니다. 계속 속으론 숫자를 헤아렸습니다. 환청이었던 걸까요. 60까지 헤아렸지만, 실종자를 발견하지 못했습니다. 이젠 정말 다른 객실로 가야겠다고 마음을 먹고 고개를 드는 순간, 무엇인가 하얀 것이 제 눈앞으로 쓰윽 다가왔습니다. 저도 모르게 물러났고 그 바람에 제 뒤통수가 벽에 닿았습니다.

　두둥.

　마지막에 들린 것과 비슷한 소리가 다시 귀를 울렸습니다. 이번엔 제가 만든 소리였습니다. 이어서 냄새가 코로 파고들었습니다. 육상에서는 맡은 적이 없는 기묘한 냄새였습니다. 딱 하나로 꼬집긴 어렵지만, 불어 터진 나무와 함께 종이가 타는 냄새에 고기가 썩어 가는 냄새들이 뒤섞인 듯했습니다. 저는 이 소리와 냄새가 찾아든 쪽으로 팔을 뻗었습니다. 어깨에 힘을 빼고 더듬듯이 팔을 움직여야 했는데, 그 순간엔 흥분도 되고 두렵기도 해서, 권투 시합에서 스트레이트를 뻗듯 두 팔을 내밀었던가 봅니다. 캐비닛이 기우뚱 밀려 떨어지더니, 그 위에 쌓여 있던 물품들이 저를 향해 쏟아져 내렸습니다. 차갑고 묵직한 쇠뭉치가 먼저 목을 때렸고 깨진 유리들이 마스크에 부딪혀 부서졌습니다. 마스크를 쓰지 않았다면 날카로운 파편에 얼굴을 크게 다쳤을 겁니다.

　재빨리 머리 위로 팔을 뻗었습니다. 반쯤 떨어져 나간, 석고보드로 만든 벽이 잡혔습니다. 방금 기물이 쏟아졌지만 이젠 벽 자체가 무너질 수도 있습니다. 그때는 목과 뒤통수를 얻어맞는 정도가 아니라 제 목숨까지 위태로울 겁니다. 벌을 서듯 양팔을 든 꼴이었습니다. 목에서부터 어깨를 타고 팔꿈치와 손목과 손끝까지 떨림이 퍼졌습니다. 비수로 관절 마디마디를 저미는 듯 아렸습니다. 그런 저를 향해, 희끄무레한 물체가 아주 천천히, 인사라도 건네려는 듯 곧장 다가왔습니다. 선내로 들어선 후 직선의 움직임은 처음이었습니다. 저는 그대로 서서 기다릴 수밖에 없었습니다. 그것은 실종자였습니다.

잠수사인 제가 실종자를 찾은 것이 아니라, 실종자가 저를 찾아 다가온 것은 그때가 처음이자 마지막입니다. 품에 안기듯 실종자의 머리가 제 어깨에 닿았습니다. 긴 머리카락이 제 가슴을 지나 명치까지 흘러내렸습니다. 마음 같아서는 우선 실종자를 살짝 밀어 거리를 뗀 후 모시고 나갈 방법을 찾고 싶었습니다. 그러나 저는 꼼짝도 못 한 채 그 자세 그대로 벽을 밀며 버텨야 했습니다. 손을 놓으면 벽이 완전히 무너질 것만 같았습니다. 어깨의 경련이 가슴과 등으로 내려갔습니다. 두 다리를 살짝 흔들며 자세를 바로 잡으려고 하자, 실종자의 머리카락이 춤을 추듯 마스크를 가렸습니다. 10센티미터에 불과하던 시야가 거의 0에 가까웠습니다. 이 공간이 너무 깊고 좁다는 느낌이 확 밀려들었습니다. 목이 죄는 기분도 함께 들었습니다. 그때 실종자의 얼굴이 마스크 위로 천천히 올라왔습니다. 마스크를 지나쳐 올라가지도 않고 다시 내려가지도 않은 채, 얼굴과 얼굴을 마주 보듯 멈췄습니다. 눈을 꼭 감은 채 잠을 자듯 평온한 표정이었습니다. 이 평온한 표정을, 진도에서 간절히 기다리는 유가족에게 꼭 보여 주고 싶다는 생각이 들었습니다. 벽에서 손을 살짝 떼었다가 다시 붙들기를 다섯 번 넘게 반복했습니다. 그 뒤 겨우 손을 놓아도 벽이 움직이지 않는 순간이 왔습니다. 양팔을 내리자 갑자기 어지럽더군요. 멀리 아주 멀리서 류창대 잠수사의 목소리가 들려왔습니다. 욕설이었습니다.

"야! 나경수. 이 새끼야. 또 너냐? 대답해. 빨리 나와, 빨리!"

뒤통수를 부딪치면서 이어폰이 반쯤 빠진 겁니다. 석고보드 벽을 잡고 버티며 눈앞의 실종자를 살피느라 이어폰 소리가 작아진 줄도 몰랐습니다. 얼마나 시간이 흘러간 걸까요. 30분 잠수 제한 시간이 다 되었다는 전화수의 경고를 듣지 못하고 지나친 걸까요. 우선 보고부터 했습니다.

"실종자 발견! 나가겠음."

어차피 욕설은 바지선에 올라가면 실컷 먹을 것이고, 지금은 실종자와 함께 나가는 것이 급했습니다. 술에 취한 듯 어지럽다는 것은 체내에 질소가 많이 찼다는 겁니다. 이러다가 기절이라도 하면 큰 사고로 이어집니다. 저는 줄을 세 번 당긴 뒤 실종자를 품에 꼭 안았습니다. 그러고는 인사했습니다.

"고마워. 와 줘서."

그때 나래가 스스로 제게 오지 않았다면, 제가 객실을 클리어하고 그냥 지나갔다면, 실종자를 거기서 찾지 못했거나, 찾기까지 많은 시간과 노력이 필요했을 겁니다. 제가 그 객실을 지나가지 않도록 나래가 계속 소리 내어 저를 불렀고 제게 다가오기까지 했다고 지금도 믿습니다.

선체를 나와 해경 스쿠버 잠수사 둘에게 실종자를 넘겼습니다. 시야가 1미터 가까이 확 좋아졌습니다. 그들이 좌우에서 실종자를 부축하듯 잡고 올라가려는 순간, 저는 왼쪽 잠수사의 팔목을 잡고 당겼습니다. 그가 놀라 멈췄습니다.

선내에선 급히 나오느라 살피지 못했는데, 실종자의 두 발, 정확히 종아리 부분의 살갗이 움푹 패어 있었습니다. 오른발은 상처가 더 심하여 발목이 부러진 듯 발등이 안으로 휘기까지 했습니다. 실종자를 발견하고 선체 밖으로 나오기까지 부딪치거나 긁힌 적은 없었습니다. 캐비닛을 비롯한 집기 사이에서 실종자를 꺼낸 것이 아니라, 실종자가 먼저 잠영하듯 제게 다가왔으니까요. 스쿠버 잠수사들에게 실종자의 다리에 난 상처를 확인시킨 뒤, 먼저 올려 보냈습니다. 마음이 편치 않았습니다.

박정두 잠수사의 사슴 눈이 제 앞에 나타났습니다. 그가 양손을 쫙 펴 보였습니다. 바지선에서 정한 제한 시간보다 10분을 넘겨 선체에 머물렀단 뜻입니다. 저는 그의 어깨를 가볍게 짚은 뒤 엄지를 들어 보였습니다. 여전히 어지럽긴 했지만 정신을 잃을 정도는 아니었습니다. 함께 바지선을 향해 올라가기 시작했습니다.

"뒈지려고 작정했어? 빨랑 체임버로 튀어 들어 가."

류 잠수사의 욕설이 오히려 반갑더군요.

"뛰어 들어가요? 정말 뛰어요?"

저는 일부러 '튀어'를 '뛰어'로 받았습니다. 잠수를 마치고 올라온 잠수사는 절대로 뛰면 안 됩니다.

"미친 새끼! 체임버에서 나오면 두고 보자고. 내 말 안 들으면 어찌 되는지 오늘 확실히 보여 주겠어."

"두고 볼 일 없습니다."

"들어가 빨리."

체임버로 들어와서 산소마스크를 썼습니다. 들숨과 날숨을 천천히 반복했습니다. 그제야 마음이 조금씩 편안해지더군요. 방금 모시고 나온 실종자가 스스로 제게 다가오던 장면이 떠올랐습니다. 머리를 좌우로 흔들어 댔습니다. 뒷목이 자꾸 뜨끔뜨끔 아렸습니다. 고개를 살짝만 비틀어도 양 엄지손가락이 번갈아 가며 저렸습니다. 엄지로 관자놀이를 꾹꾹 누르는데 박정두 잠수사가 문을 열고 체임버로 들어왔습니다. 팔을 들어 인사하려 했지만, 목 뒤가 송곳으로 찌르듯 아팠습니다. 그 고통이 양 어깨를 지나 팔꿈치와 팔목에 닿았고, 손가락 끝이 한꺼번에 저렸습니다. 동시에 가슴이 답답해지면서 주위가 360도 빙글빙글 돌았습니다. 숨을 들이마시려 했지만, 아무리 입술을 벌려도 신선한 산소가 입으로 들어오지 않았습니다. 그때 제 앞에 풍경 하나가 펼쳐졌습니다. 꿈이 아니라 현실에서 펼쳐진 풍경이었습니다.

벚꽃이 만발한 봄 벌판이었습니다. 교복을 입은 학생들이 꽃나무 아래를 즐겁게 걸었습니다. 여학생과 남학생이 반반 정도였죠. 꽃길의 끝에 통나무로 지은 창고가 하나 있었습니다. 멀리서 봐도 기분이 나빴습니다. 낡기도 했고 군데군데에서 검은 재가 흩날렸거든요. 아이들이 문으로 들어갔습니다. 처음엔 천천히 걸어 들어가다가 종종걸음을 쳤고 이내 달리더군요. 긴 머리를 찰랑거리며 마지막 여학생이 창고로 사라졌습니다. 따라 들어가려는데 문이 쾅 소리를 내며 제 앞에서 닫혔습니다. 줄로 둥근 매듭을 지어 만든 문고리를 잡아 당겼지만 열리지 않았어요. 문을 열어 달라고 소리 지르고 싶었지만 말이 나오지 않았습니다. 이마로 문을 들이받으며 눈물을 흘렸습니다. 그 순간 익숙한 목소리가 제 귀를 찔렀습니다.

"눈 떠! 얀마, 나 누군 줄 알겠어? 경수야!"

천천히 눈꺼풀을 밀어 올렸습니다. 류창대 잠수사의 두툼한 입술이 삼겹살처럼 보이더군요. 조치벽 잠수사의 째진 눈도 더 재수 없어 보였습니다.

"창대 형님!"

욕설이 뚝뚝 흘러내렸습니다.

"아, 저 또라이 새끼! 곧 죽어도 형님이네."

◎

"성도 여러분! 다 같이 생각해 봅시다. 꽃이 왜 저렇게 피겠습니까? 새가 왜 저렇게 울겠습니까? 별은 왜 또 저렇게 빛나겠습니까? 천지 만물의 운행에 주님의 뜻이 담기지 않은 것은 없습니다. 모두 여호와 하나님의 뜻에 따라 태어나고 성장하고 번창하다가 늙어 죽는 겁니다.

인천에서 제주도로 가던 여객선이 진도 근해에서 침몰했고, 304명이나 되는 승객이 목숨을 잃었습니다. 그중엔 수학여행을 가던 고등학생들이 상당수 있습니다. 참사입니다. 끔찍한 비극입니다. 일어나지 않았으면 얼마나 좋았을까 하는 것이 우리 인간의 마음입니다. 부모 형제와 자식을 잃은 유가족이 통곡하고 있습니다. 우리는 기꺼이 그들을 위로하고 그들의 찢긴 영혼을 위해 기도드려야 합니다.

그러나 그 일을 슬퍼만 하며 세월을 보내는 것은 그리스도인의 자세가 아닙니다. 하나님은 처참한 주검 앞에서 평생 울부짖으라고 우리에게 생명을 주신 것이 아니기 때문입니다. 이 참사를 핑계로 하나님을 부정하고 교회를 떠나는 건 인간의 한심한 교만입니다. 「욥기」를 펼쳐 아무 구절이나 읽어 보십시오. 욥은 인간이 겪을 수 있는 최악의 재앙을 맛봤습니다. 가진 재물을 다 잃었습니다. 아들 일곱과 딸 셋을 또한 잃었습니다. 불치병에 걸려 건강마저 잃었습니다. 하지만 욥은 끝까지 하나님을 부정하지 않았으며, 시련 속에서도 하나님의 뜻에 순종했습니다.

지금도 지구 곳곳에서는 수많은 참사가 벌어지고 있습니다. 1912년 타이타닉 호에서부터 2012년 이탈리아 코스타콩코르디아 호 침몰 사고에 이르기까지, 해상 사고도 줄을 잇습니다. 해상 사고뿐입니까. 자동차와 비행기 사고도 나날이 느는 추세입니다. 또 최근에는 하나님의 뜻을 거역하는 무리가 테러를 일삼고 있습니다. 뉴욕 쌍둥이 빌딩의 참상을 여러분도 기억하고 계실 겁니다.

우주와 지구를 만드신 하나님입니다. 배를 만들고 자동차를 만들고 비행기를 만들 능력을 인간에게 주신 하나님입니다. 믿음이 약하고 어리석은 인간들은 미처 깨닫지 못하지만, 이번 참사에도 분명 하나님의 뜻이 있는 겁니다. 이럴 때일수록 더 하나님을 경외하고 아침저녁으로 기도하며 주님을 찬양해야 합니다. 거룩한 교회에 더 오래 머물며 성도들과 함께 성경을 읽어야 합니다. 교회 생활을 게을리하고 거리로 나가 집회나 시위를 하면서, 세속적인 인간의 관점으로 잘잘못을 따지는 것은 하나님의 뜻이 아닙니다. 대한민국을 혼돈과 반목과 갈등으로 밀어 넣어서는 안 됩니다. 누가 그런 분열과 대립을 원하겠습니까. 사탄입니다. 사탄의 시험에 들지 말고, 교회 안에서 슬픔을 극복하며 하나님의 나라를 찬미하는 그리스도인이 되어야 합니다. 기도드리겠습니다."

강현애(25세) 씨는 우리와 마주 앉자마자, 그 교회에서 들은 마지막 설교를 외우다시피 들려주며 눈시울을 붉혔다. 주보에 설교 개요가 간략하게 적혔을 뿐만 아니라, 억울하고 화가 나서 거듭 마음에 새기다 보니 핵심 대목을 암기하게 되더라고 했다.

현애 씨는 호텔경영학과를 졸업하고 제주도 L호텔에서 1년 남짓 인턴을 하다가 하나뿐인 동생 강나래의 죽음을 접했다. 나래보다는 일곱 살 많다. 주위에서, 특히 나래 친구들이 현애 씨의 외모와 목소리가 나래와 똑같다며 놀라워한다고 했다. 사고 나기 전엔 그런 소릴 들은 적이 한 번도 없었다.

2014년 4월 17일에 아침 비행기 편으로 광주 공항에 내린 뒤 버스를 타고 진도체육관으로 갔고, 29일 오후 나래가 돌아올 때까지 그곳에 머물렀다. 엄마 아빠와 현애 씨가 부둥켜안고 기도를 드린 뒤 함께 안치실로 들어가서 강나래의 시신을 확인했다. 30일 K대 안산병원으로 올라왔고 삼일장을 치렀다. 그리고 현애 씨는 직장으로 돌아가지 않았다.

우리는 강현애 씨를 안산시 합동분향소 기독교부스에서 두 번 만났다. 현애 씨는 부모님과 함께 분향소에서 예배를 드리고 있었다.

"목사님들이 다 그런 건 아니세요. 분향소에 오셔서 눈물로 기도드리는 목사님도 계시고, 유가족과 함께 서명을 받으러 나가시는 목사님도 계시고, 분향소 예배를 위해 멀리 강원도나 제주도에서 오시는 목사님도 계시니까요. 하지만 진상 규명엔 관심이 전혀 없고, 노란 리본이 우상화의 시작이고 악마의 상징이라며 달고 다니지 말라고 설교하는 분도 계십니다.

유가족 중엔 기독교인이 적지 않습니다. 사고 직후 교회에 스스로 걸음을 끊은 분도 계시지만, 다니던 교회에서 떠밀리다시피 나오신 분도 계세요. 지금은 분향소에서 우리끼리 따로 모여 예배를 드리지요.

저와 나래가 태어나서 처음으로 기억하는 장소가 바로 교회입니다. 유아 세례를 받았고, 유아부부터 초등, 중등, 고등부를 차례로 다녔습니다. 저 같은 경우는 대학 시절 청년부와 성가대를 병행했고요. 고등학교 3학년 때 신학대로 진학하여 목회자의 삶을 살까 심각하게 고민했던 것도 교회 생활이 너무 은혜로워서입니다.

나래 장례를 치를 때도 목사님과 교인들이 매일 와 주셔서 큰 힘이 되었습니다. 엄마는 그때까지도 자꾸 기절하셨고 아빠도 혈압이 높아 언제 쓰러질지 모르는 상황이었거든요. 함께 교회를 다닌 나래 친구들과 제 친구들은 물론이고, 집사님, 권사님, 장로님 모두 낯익고 고마운 분들이었습니다.

그런데 장례를 마치고 돌아오는 주일에 교회를 나갔는데, 목사님이 이번 참사가 터진 것이 하나님의 뜻이라고 설교를 하시는 겁니다. 눈물이 나서 앉아 있기조차 힘들더군요. 예배가 끝나기를 기다려 목사님을 뵈었습니다. 목사님께 동영상 하나를 보여 드렸습니다. 배가 기울어 뒤집히기 전, 구조를 기다리던 나래를 비롯한 아이들이 함께 모여 하나님께 기도드리는 장면이었어요. 함께 살아서 모두 가족의 품으로 돌아가길 바라는 기도였지요. 저는 물었습니다.

— 이렇게 다 함께 구조되길 바라는 아이들의 기도를 들어주지 않은 것이 하나님의 뜻이란 건가요. 목사님?

목사님은 제 손을 꼭 잡으시곤 기도를 드리자고 하셨습니다. 그때 처음으로 그 손을 뿌리쳤습니다.

— 목사님! 이러지 않으셔도 저는 날마다 기도드리고 있어요. 사고가 났다는 소식을 들었을 땐 나래가 무사히 배에서 구조되기를 기도했고요. 배가 침몰한 직후엔 나래가 에어포켓에 있다가 기적처럼 살아서 돌아오게 해 달라고 기도했어요. 골든타임을 넘긴 후엔 나래가 실종되지 않고 시신으로나마 가족 품으로 돌아오게 해 달라고 기도했어요. 그리고

시신이 돌아온 후엔 나래에게 왜 이런 일이 생겨야 하는지 알려 달라고 기도하고 있습니다. 엄마 아빠도 마찬가지고, 맹골수도에서 가족을 잃은 모든 기독교인이 저와 마찬가지로 기도하고 또 기도할 거예요.

목사님, 저는 아직 하나님의 답을 듣지 못했습니다. 답을 해 주시길 기다리며 계속 기도드리고 있습니다. 그런데 목사님은 하나님으로부터 이미 답을 들으셨나요? 들으셨다면 어떤 답인지 구체적으로 말씀해 주세요. 그 답을 근거로 이렇게 하는 것이 옳고 저렇게 하는 것은 여호와 하나님 뜻에 어긋난다고 말씀하시는 것 아닌가요? 언제 어디서 하나님의 답을 들으셨는지요? 하나님이 뭐라고 하세요? 이 참사를 일으킨 범인이 누구라고 하시던가요? 그 흉악범을 붙잡기 위해 교회가 할 일이 또 무엇이라고 말씀하시던가요?"

선택이
아닌
필수

닷새 동안 바지선을 떠나 경남 사천으로 가서 D병원에 입원했습니다. 가슴이 답답하고 양팔이 저려 잠수는 물론 텐더를 맡기도 힘들었습니다. 조치벽 잠수사는 눈물을 글썽이며 돌아올 생각일랑 말라고 하더군요. 저는 바지선이 멀어질 때까지 고개를 돌리지 않았습니다. 전쟁터에서 혼자만 후방으로 빠지는 느낌을 지울 수 없었거든요. 마음 같아선 바지선에서 그냥 버티고 싶었지만, 뭍으로 나가 정밀 검사와 치료부터 받고, 돌아올 것인가 말 것인가의 문제는 그다음에 의논하자는 답만 받았습니다.

가슴 통증에 뒷목부터 양팔까지 저린다면 무조건 잠수를 중단하고 요양해야 하는 것 아니냐고 물으실지도 모르겠습니다. 산업 현장이었다면 그런 조처가 내려졌을 테고, 저 역시 짐을 꾸려 맹골수도를 떠났을 겁니다. 그러나 바지선에 있던 스무 명 남짓한 잠수사들은 모두 평소 작업량보다 몇 배의 일을 하며 무리를 하고 있었습니다. 제가 빠지면 남은 잠수사들이 그만큼 더 힘들어지는 겁니다.

담당의는 급성 목 디스크라는 판정을 내렸습니다. 경추 6번과 7번 사이 디스크가 튀어나왔다는 겁니다. 잠수를 이어가면 언제 파열될지 모르는 상황이라고 했습니다. 목 디스크 보호대를 한 채 절대 안정을 취하라는 처방이 내려왔습니다. 목에 무리를 주는 자세로 오랫동안 일했을 뿐만 아니라, 목뼈에 강한 충격을 받았을 때 생기는 증세라더군요. 좁은 선내를 비집고 헤엄치려고 목부터 다양하게 돌리거나 꺾은 것이 사실입니다. 배가 90도로 기울면서, 복도의 폭이 높이로 바뀌는 바람에 똑바로 서지도 못하고 꾸부정하게 숙이거나 아예 엎드려 겨우 높이 1미터 남짓한 공간을 돌아다닌 겁니다.

닷새를 병실에서 쉬기만 하니 잡념이 엄청나게 찾아들더군요. 첫날은 침대에 눕자마자 곯아 떨어져 12시간을 꼬박 잤습니다만, 다음 날부턴 불면증에 시달렸습니다. 생각에 생각이 꼬리를 물었고, 바지선에서부터 선내까지의 장면들이 그 생각에 들러붙어 흔들렸습니다. 처음엔 부풀어 쌓이는 생각들이 끔찍했지만, 차츰 그 속에서 제가 놓친 문제들이 보이더군요. 조금이라도 빨리 한 뼘이라도 깊숙이 선내로 들어가 실종자를 수습할 마음에 맹골수도 잠수사의 형편을 살필 겨를이 없었습니다. 여기서 잠수사에게 꼭 필요했지만 바지선에 없었던 것 두 가지만 적어 보겠습니다.

우선 5월 6일까지 바지선엔 의사가 없었습니다. 응급 상황에 대처하기 위해선 바지선에 의사가 꼭 필요합니다. 해군 함정에 군의관이 대기중이니 괜찮다고 변명할 수도 있겠지만, 잠수사에게 발생하는 응급 상황은 촌각을 다툴 경우가 많습니다. 바지선에서 단정을 타고 나가야만 도착할 수 있는 함정에 군의관이 대기한다면, 응급 상황에선 무용지물이 될 가능성이 큽니다.

다음으로 바디팩Body Pack이 없었습니다. 바디팩은 제가 바지선에서 완전히 철수한 7월 10일까지도 잠수사들에게 제공되지 않았습니다. 선내에서 실종자를 발견한 후 함정까지 옮겨 모시는 과정을 그려 보십시오. 민간 잠수사가 실종자를 꽉 끌어안은 채 좁고 혼탁한 객실과 복도와 계단을 지나 선체 밖으로 나옵니다. 그러면 대기하던 해경 스쿠버 잠수사 두 명이 실종자를 인계받아 수면까지 올라갑니다. 단정 위에서 대기중이던 또 다른 해경이 그 시신을 끌어올립니다. 단정은 다시 함정으로 가서 실종자를 넘기고, 실종자를 인계받은 함정이 비로소 팽목항으로 향하는 겁니다. 이렇게 실종자를 품고 들고 밀며 옮기기 때문에, 이 과정에 참여한 이들은 실종자의 참혹한 모습을 눈으로 보고 코로 냄새 맡고 귀로 듣고 살갗을 만질 수밖에 없습니다. 함정에서 팽목항으로 들어갈 때는 시신을 바디팩에 넣는다는 소문도 들렸지만, 선내에서부터 단정에 올릴 때까지 바디팩이 훨씬 더 필요했습니다. 수중에선 시신과 잠수사들이 직접 접촉하기 때문입니다. 정신적 충격 또한 엄청납니다. 실종자를 수습한 날엔 민간 잠수사도 해경 잠수사도, 단정으로 시신을 올린 해경까지 모두 잠을 이루지 못합니다. 잔영이 길게는 열흘 넘게 가지만, 그 충격이 지워지기도 전에 다시 잠수를 이어가야 하는 겁니다. 바디백만 있다면, 민간 잠수사가 선내에서 실종자를 발견하자마자 그 안에 모실 수 있습니다. 바디백에 담아 옮기는 것이 민간 잠수사가 끌어안고 움직이는 것보다 훨씬 안전합니다. 여러 번 건의했지만 바디백은 지급되지 않았습니다. 바디백 삼백 개도 주지 못할 만큼 이 나라가 가난한가 그런 생각도 솔직히 했습니다.

잠수사에게 꼭 필요한 의사나 바디백은 없는 반면, 잠수사들이 모두 반대하는 황당한 물건이 바지선에 도착한 날도 있었습니다. 재판장님도 사진으로 보셨겠지만, 정육면체 쇠틀로, 안은 텅 비고 밖은 철망으로 두른, 무엇이라고 불러야 좋을지 모를 주사위 모양의 물체가 바지선에 도착한 겁니다. 잠수사들은 그걸 '멍텅'이라고 불렀습니다. 멍텅구리 정육면체의 줄임말입니다.

윗선에서 만들어 투입해 보라고 했겠지요. 실종자를 한 분씩 모시는 것은 비효율적이니 저런 멍텅에 시신을 한꺼번에 넣어 끌어올리라고 한 겁니다. 윗선이 누군지 저는 모릅니다만, 잠수가 무엇인지, 실종자 수습을 어떻게 해야 하는지 기본도 모르는 사람임에는 틀림없습니다. 멍텅은 두 가지 심각한 문제가 있었기 때문에 잠수사들이 모두 반대했습니다.

첫째는 각진 물체를 수중으로 내려 보내 선체 밖에 대기시키면 사고가 날 가능성이 매우 높습니다. 선체 곳곳에 묶어 놓은 가이드라인은 물론이고 호흡을 위해 잠수사와 바지선을 잇는 생명줄이 멍텅에 닿으면, 줄이 꺾일 수도 있습니다. 잠수사의 작업 동선엔 각진 물체를 두지 않는다는 것은 기본 중 기본이지요.

　또 하나 심각한 문제는 실종자의 존엄입니다. 시신들이 명텅에 담겨 한꺼번에 올라오는 모습을 상상해 보십시오. 그보다 더 참혹한 풍경이 어디 있겠습니까. 산 자에 대한 예의만큼이나 망자에 대한 예의도 지켜야 합니다. 바디팩에 넣어, 최대한 노출을 피하면서 한 분 한 분 정성을 다해 모셔도 부족한 판에, 일부러 그렇게 참담한 풍경을 만들 이유가 없습니다. 명텅 속에 시신을 포개 얹어 올리는 것은 망자들을 모욕하는 겁니다. 특별한 며칠을 제외하곤 사각 쇠틀에 채워 올릴 만큼 수색과 수습이 동시다발적으로 벌어지지도 않았습니다. 효율성을 따져도 쓸모가 없는 겁니다.

　결국 명텅은 잠수사들의 반대에 부딪혀 현장에선 사용되지 못하고 바지선에서 나갔습니다. 이 일을 겪으면서 저는 깨달았습니다. 심해 잠수의 전문가는 바지선에서 숙식하는 민간 잠수사이고, 터무니없는 의견을 내는 윗선들은 맹골수도 형편을 제대로 모르는 아마추어라는 것을! 제대로 된 시스템이라면 전문가의 의견을 따르고 아마추어의 설익은 주장을 거절해야 하겠지요. 그런데 오히려 저희 의견은 묻지도 않은 채, 한편으론 우스꽝스럽고 한편으론 무서운 명텅을 바지선에 버젓이 옮긴 겁니다.

　입원하고 셋째 날 뜻밖의 손님이 병원에 도착했습니다. 제가 바지선에서 병원으로 옮겨 치료중이라는 사실을 누구에게도 알리지 않았건만, 휴대전화도 일부러 꺼 두었건만, 약혼녀가 사천까지 내려온 겁니다. 입원실에서 단둘이 만났습니다. 환자복을 입고 목에 디스크 보호대를 두른 저를 보자마자 한참을 울더군요. 울다가 제 몸을 살피고 울다가 제 몸을 살폈습니다.

"괜찮아?"

반복해서 물었습니다. 저는 웃기만 했습니다. 이틀 푹 쉬고 나니 목도 아프지 않고 어깨도 저리지 않았습니다. 왼쪽 종아리가 당기지만 그 정돈 부상이라고 부르기에도 경미했습니다.

담당의사는 맹골수도에서의 잠수 상황이 어떠냐고 반복해서 질문했습니다. 저는 다른 현장과 크게 다르지 않다며 적당히 얼버무렸습니다. 정상적인 잠수 조건을 어기면서 과중한 작업을 한다고 사실대로 밝히면, 의사가 저를 이 병원에서 퇴원시켜 주지 않을 것만 같았습니다.

팔이나 다리도 부러진 곳이 없고, 밥도 한 공기를 뚝딱 비우고, 병원 복도를 빠른 걸음으로 오가는 걸 보곤 약혼녀가 마음을 놓긴 하더군요. 곧 죽게 생겼다며 당장 내려가 보라 연락을 한 이가 누군지는 끝내 말해 주지 않았습니다. 검사가 끝나는 대로 함께 서울로 돌아가자고 했습니다. 연락을 받고도 맹골수도로 가지 않은 잠수사가 많은데, 그 정도면 도울 만큼 도왔다는 것이 약혼녀의 생각이었습니다.

심하게 다퉜습니다. 맹골수도로 돌아가겠다는 뜻을 분명히 했거든요. 그녀는 처음엔 눈물로 설득했고, 그래도 제가 마음을 바꾸지 않자 화를 냈습니다. 결혼식 날짜까지 잡아 놓고 이러는 법은 없다고 하더군요. 10월까진 아직 많이 남았다고 버텼지만, 그녀의 심정을 모르는 건 아니었습니다.

5년 전 친구의 소개로 만난 후 제가 가장 긴 시간 공을 들인 부분은 산업 잠수사에 대한 막연한 두려움을 지우는 것이었습니다. 장비를 완벽하게 갖춘 후 충분히 쉬면서 일한다는 점을 여러 번 강조했습니다. 그녀에게 스쿠버 잠수를 가르친 것도 잠수에 대한 이해를 높이기 위해서입니다. 그런데 오히려 역효과가 났습니다. 산업 잠수사 대신 레저 강습을 위주로 하는 스쿠버 잠수사로 직업을 바꾸는 것이 어떻겠느냐고 제게 권하기 시작한 겁니다. 빛도 들지 않는 심해로의 잠수보다는 수중 경관을 음미하는 스쿠버 잠수가 더 안전하다고 판단한 겁니다. 레저 강사도 자리가 금방 나는 것이 아니라고 설명한 뒤, 완전히 거절하진 않고 차차 고민해 보기로 했습니다. 산업 잠수사 생활이 힘들어진 선배 중엔 슈퍼바이저로 바지선에서 작업을 총괄만 하는 이도 있고 스쿠버 강사로 활동하는 이도 있습니다. 아직 10년 정도는 거뜬하게 심해 잠수를 할 수 있다고 자신했지만, 이 문제를 결혼의 걸림돌로 만들긴 싫었습니다.

약혼녀가 손가방에서 종이 뭉치를 꺼내더군요. 맹골수도에서 벌어지는 작업에 관한 신문기사와 각종 자료를 스크랩한 겁니다. 단단히 준비를 하고 내려온 겁니다.

"자기 마음 알아. 하지만 최소한의 원칙도 지켜지지 않고 무리하게 잠수를 한다며? 자기 몸 축내면서까지, 이렇게 병원에 입원할 정도로 혹사당하면서 일하면 안 돼. 자기가 사천으로 나오지 않았다면, 내가 맹골수도로 찾아가려 했어. 거기서 하루 잠수하는 게 한 달 넘게 생명을 단축시킬 만큼 위험하다며?"

"누가 그딴 헛소릴 해? 맹골수도의 하루가 한 달 목숨과 맞먹는 단 증거 있어? 사고 현장으로 오길 두려워하는 놈들이 지어낸 잡소리야. 그딴 걸 믿어?"

"자기가 바로 증인이야. 일주일 전엔 멀쩡하던 사람이 왜 병원에 입원해? 왜 가슴이 아프고 왜 목 디스크가 생겨? 그만큼 잠수가 고되단 증거잖아? 이보다 더 확실한 증인과 증거가 어디 있어?"

"맹골수도가 쉽고 편하진 않아. 솔직히 내가 작업한 바다 중에서 가장 어려운 곳에 속해. 잠수 상황도 준비가 미미한 측면이 꽤많고. 잠수사들도 피곤이 누적되어 있지. 하지만 잠수를 중단하고 물러날 정도인가에 대해선 생각이 달라. 선내를 오가는 민간 잠수사 중에 스스로 잠수를 중단한 이는 없어. 내가 병원으로 온 건 몇 가지 간단한 검사를 받기 위해서야. 검사가 끝나면 돌아갈 거야. 이 문젠 더 이상 거론하지 마."

제 눈을 똑바로 쳐다보는 약혼녀의 눈동자가 파르르 떨렸습니다.

"자길…… 잃기 싫어. 부탁이야. 제발!"

◎

　은철현(47세) 기자를 만난 곳은 사무실과 자택을 겸한 소형 아파트였다. 2015년 4월 신문사를 나와서 방 두 칸에, 거실과 부엌과 화장실이 전부인 그곳에 1인 미디어 '샷Shot'을 차렸다. 인물 사진을 전면에 내세우고 간단한 에세이를 덧붙여 SNS에 뿌리는 일을 지금까지 해 왔다. 기업 이미지에 어울리는 인물을 시리즈로 담는 작업도 했지만, 홀로 판단하고 진행한 사진 작업에 글을 달아 세상에 내놓는 경우가 대부분이었다. 전국의 폐교와 그 학교를 졸업한 이들의 추억담을 정리한 〈학교종〉 시리즈와 새벽 3시 33분 서울의 곳곳을 촬영한 〈특별시의 333〉 시리즈는 인기를 끌어, 따로 공중파 다큐멘터리로 방영되기도 했다. 은 기자가 지금 심혈을 기울여 작업중인 시리즈는 〈416과 911〉이었다. 대한민국의 416 참사와 미국의 911 참사를 사고 발생 시점부터 경과 시간별로 서로 비교하는 기획이었다. 416 참사는 은 기자가 맡고 911 참사는 미국에 따로 담당 파트너가 있다고 했다. 스카이프Skype를 통해 이틀마다 한 차례씩 화상 회의를 한다고 했다. 우리가 도착했을 때도 미국의 파트너와 회의를 마친 직후였다.

　다양한 시간, 다양한 장소에서 인터뷰를 진행했지만 자정부터 이야기를 시작한 이는 은 기자가 처음이었다. 우리에게 비타민 드링크를 권했고 그도 두 병을 연달아 마셨다. 그리고 새벽 6시까지 인터뷰가 진행되었다.

"내 사진과 인터뷰 챙기기에도 바쁘지만, 나경수 잠수사가 보냈다니 거절할 방법이 없더군요. 드디어 나 잠수사와 나와의 악연 아닌 악연을 털어놓을 날이 왔구나 생각하니 가슴이 뛰기도 하고. 사실 그동안 입과 손이 근질근질하긴 했습니다. 나도 기잔데, 특종을 터뜨릴 기회를 스스로 포기하는 게 쉽진 않았거든요. 하지만 나 잠수사가 오케이 하기 전엔, 절대로 그 밤의 대화를 공개하지 않겠다고 약속했기에, 꾹 눌러 참았습니다. 가끔 딴 작업을 하다가 그날 나눈 대화가 담긴 녹음 파일을 띄워 보곤 했어요. 띄워서 파일이 잘 있는가만 확인했지 플레이 버튼을 눌러 듣진 않았습니다. 들으면 당장 녹취를 풀어 세상에 알리려고 달려들지 않을까 두려웠거든요. 시간이 꽤 흘렀지만 그 밤의 대화가 지닌 가치는 여전히 높습니다."

우리를 집중시키기에 충분한 서두였다. 은 기자는 2014년의 취재 수첩들을 찾아 책상에 늘어놓았다. 모두 열 개였다. 첫 수첩을 뒤적이며 이야기를 시작했다.

"4월 16일 낮 1시 45분에 진도체육관에 도착했습니다. 사고 소식을 듣자마자 취재기자 두 사람과 곧바로 내려갔죠. 시속 150킬로 이상은 밟았던 것 같습니다. 일착으로 도착하라는 데스크의 명령을 지키기 위해서였죠. 어떤 구간에선 이백 킬로로 밟기도 했고요. 속도 위반에 걸리더라도, 나중 문제였죠. 취재기자들이 번갈아 운전했고, 나는 뒷자리에서 핸드폰으로 실시간 뉴스들을 체크했습니다. 인천에서 제주로 가는 여객선이 진도 앞바다 맹골수도에서 침몰중이라니, 엄청난 해상 사고였지요. 비스듬히 기울어 침몰하고 있는 여객선에 관한 영상과 사진이 계속 올라왔습니다. 영상과 사진에 나온 헬기를 보며 기자들끼리 나눈 얘기가 기억납니다. 방송국에서 헬기를 벌써 띄웠을 리 없으니, 해경 헬기일 가능성이 큰데, 그렇다면 이미 구조가 시작된 거라고. 해상 사고는 보통 배가 침몰한 후 소식이 닿는 경우가 많습니다. 그런데 이번 참사는 달랐던 겁니다. 대한민국 국민이 여객선 침몰 과정을 실시간 생중계로 보았으니까요.

얼마나 달렸을까요. 오전 11시가 넘자마자 갑자기 '전원 구조'란 네 글자가 떴습니다. 전, 원, 구, 조! 한 명도 죽지 않고 모두 구조되었단 겁니다. 우린 달리는 차 안에서 긴급회의를 했습니다. 전원 구조되었다면 사망자나 유가족 취재는 없는 겁니다. 해경과 선원이 어떻게 승객을 신속하게 구조했는지, 그리고 승객들은 어떤 지시에 따라 침몰하는 배에서 안전하게 나왔는지를 취재하는 쪽으로 방향을 바꿨습니다. 데스크와도 그렇게 통화를 했고요. 데스크는 이번 구조 활동에 공이 큰 해경과 선원들 연락처를 파악하여 알려 주겠다고 했습니다. 승객 중에선 제주도로 수학여행을 가기 위해 승선한 고등학교의 인솔 교사와 학생 몇 명을 수배하겠다고 했고요. 특종을 내지 못한 아쉬움은 있지만, 마음은 한결 가벼웠습니다. 사고로 죽은 자들과 그 가족의 울부짖음을 듣지 않아도 되니까요.

1993년 10월 10일 전북 위도 파장금항을 떠나 부안 격포항으로 가던 서해페리호 침몰 사건 압니까. 내가 신문사에 사진기자로 입사하고 처음 맡았던 참사였습니다. 292명이 사망했고 생존자는 겨우 칠십여 명이었죠. 바다에서 건진 시신이 항구로 들어오고, 달려온 유가족은 오열하고, 몰려든 기자들은 사진을 찍고 취재를 하느라 이리 뛰고 저리 뛰었습니다. 그 속에 내가 있었어요. 그때 페리호 취재팀장이 지금의 데스크입니다. 나도 열심히 한다고는 했는데, 팀장이 보긴 부족했나 봅니다. 사진을 찍으려고 다른 신문사 사진기자들과 함께 서 있는데 등을 밀더군요.

— 더 가야지. 한 걸음이라도 더!

지금도 그 말이 귀에 쟁쟁거립니다. 다른 기자들도 있으니 목소리를 높이거나 야단치는 어조는 아니었습니다. 오히려 미소가 담긴 따뜻한 선배의 조언으로 들릴 정도였지요. 하지만 난 가슴이 뜨끔했습니다. 다른 신문에 비해 사진이 좋지 않다는 지적을 받았기 때문입니다. 두 장면 정도는 결정적인 순간을 놓쳤고, 일곱 장면은 찍긴 찍었는데 다른 신문보다 거리나 각도에서 차이가 났습니다. 워낙 상황이 시시각각 변하기 때문에 잠깐 타이밍을 놓치면 영영 회복이 어려웠습니다. 한 걸음 나가란 소린 열 걸음 나가란 소리와 같습니다. 눈물에 가장 가까이, 분노에 가장 가까이, 그리움에 가장 가까이, 죽음에 가장 가까이 다가가란 명령이었습니다.

페리호 사고 땐, 부드러운 충고를 가장한 냉정한 명령을 충실히 따르고자 애썼습니다. 잘못하면 첫 참사 취재를 마치자마자 실직자로 전락하겠다는 위기감도 있었고, 무엇보다도 사진의 '윤리'에 대한 고민이 부족했습니다. 식사는 불규칙하고 길어야 하루에 두세 시간 한뎃잠을 자다 보니 악과 깡밖에 남은 게 없었습니다. 사석에선 하늘 같은 선배들이지만, 다른 기자들을 제치고 맨 앞으로 나갔습니다. 오열하는 유족을 찍을 때도 카메라를 쥔 왼손과 셔터를 누르는 오른손은 흔들리지 않았으며, 끔찍한 순간에도 시선 돌리거나 눈 감지 않고 카메라에 담아 냈습니다. 그날부터 페리호 취재를 마칠 때까진 사진에 대한 혹평을 듣지 않았습니다. 오히려 취재 후 서울로 돌아갔을 땐 당시 데스크가 나를 따로 불러 칭찬까지 했습니다.

2014년 4월 16일에 참사 소식이 처음 닿았을 때 데스크는 직접 나를 지목했습니다. 다른 스케줄이 있었지만 후배들에게 넘기라더군요. 꼭 내가 가야 하는 이유를 묻자 데스크가 되물었습니다.

— 감이 오지 않아?

— 무슨 감 말입니까?

— 페리호 느낌.

— 21년이나 지난 일입니다. 그때하고는 세상이 완전히 바뀌었어요.

— 내기 할까? 내가 지면 휴가를 줄 테니 한려수도의 봄 바다를 주말까지 맘껏 찍고 올라와. 내 예감이 적중하면, 은 부장이 실력 발휘를 해 줘. 그때처럼.

내가 선발대로 내려가고, 필요하면 얼마든지 사진기자를 더 보내 주겠다고 했습니다. 사진기자 증원은 데스크의 불길한 예감이 현실이 된다는 뜻입니다. 측 하나는 대한민국 기자 중 으뜸이란 데스크의 예감도 이번엔 틀렸나 봅니다.

자동차 속도부터 늦췄습니다. 과속하여 달려갈 까닭이 없는 겁니다. 휴게소에 들러 커피를 한 잔씩 마실 때, 데스크로부터 다급한 전화가 걸려 왔습니다. 오보라고. 전원 구조가 아니라 지금도 배 안에 많은 수가 있다고. 이미 배는 뒤집혀 침몰했습니다. 그런데 지금도 승객이 배 안에 있다는 건? 미칠 것 같았습니다. 식은 땀이 흘렀습니다. 반도 넘게 남은 커피를 버리고 서둘러 차에 탔습니다. 과속으로 다시 내달리기 시작했습니다. 침묵이 이어졌습니다. 핸드폰에 오보 기사가 동시다발로 뜨기 시작했습니다. 수요일부터 일요일까지, 봄 바다를 노닐며 느긋하게 사진을 찍을 기회는 영영 사라졌습니다."

은 기자는 여기까지 단숨에 말하곤 다시 비타민 드링크를 마셨다. 분을 참기 어려운지 화장실에 가서 찬물로 얼굴을 씻고 왔다. 쉼표를 찍을 자리도 없이 연달아 이야기를 빠르게 늘어놓는 스타일이었다. 수건으로 얼굴을 닦으며 이렇게 이야기를 하면 되느냐고 기자답게 물었다. 우리는 아주 좋다고 답한 뒤, 조금만 천천히 말해 달라고 청했다. 맞장구를 치거나 같이 한숨을 쏟을 대목을 놓치는 것이 아쉽다고 하자, 은 기자가 뒷머리를 긁적거렸다. 미친 듯이 셔터를 누르면서 생긴 습관이라고 했다. 셔터를 누를 땐 입을 열지 않고, 쉼 없이 지껄일 땐 셔터를 누르지 않는다고.

"아수라장이었죠. 여러분이 유가족과도 이미 인터뷰를 진행했다고 하니, 2014년 4월 16일 진도체육관과 팽목항의 처참함을 자세히 말하진 않겠습니다. 이거 하나만 강조할게요. 내겐, 21년 전 페리호의 참상이 겹쳐 보였습니다. 페리호와 다른 점은 16일과 17일에 몰려든 유가족 중 상당수가 학부모란 겁니다. 처음엔 우르르 몰려다니다가 어느샌가 각 반별로 모이더군요. 기이한 풍경이었습니다. 자식들은 서로 친구지만, 먹고사느라 바쁜 어른들은 자식 친구의 부모를 모르는 경우가 대부분입니다. 진도에서 처음 인사를 나눈 후 배 안에 갇힌 아이들 이름을 부르며 부둥켜안고 울었습니다. 그때만 해도 아이들이 어떻게든 살아 있으리란 희망을 품었습니다. 울다가 서로 격려하다가 다시 울다가 쓰러져 정신을 놓다가 다시 울다가 그랬습니다.

사진기자들이 고생을 많이 했습니다. 이해는 합니다. 유가족 대부분이 카메라에 익숙하지 않은 지극히 평범한 사람들이니까요. 사진기자들은 유가족이 울고 성내고 나뒹구는 모습을 카메라에 담을 수밖에 없습니다. 진도체육관에서 나도 카메라를 빼앗긴 적이 있습니다. 17일 오후 4시 15분, 체육관 2층에서 아래를 보며 셔터를 누르고 있었습니다. 40대 중반으로 보이는, 유가족으로 짐작합니다만, 남자 두 명이 갑자기 나를 앞뒤로 에워쌌습니다. 앞의 사내가 카메라부터 강제로 빼앗았습니다. 누구냐고 묻더군요. 소속을 밝히고 사진기자라고 답했습니다. 신분증을 보여 달라고 하더군요. 지갑을 열긴 했는데 기자증이 없었습니다. 서둘러 나오느라 기자증을 책상 서랍에 넣어 두곤 그냥 내려왔던 것이죠. 동행한 취재기자 두 명은 하필 팽목항에 있었습니다. 내가 신분을 증명하지 못하자 사내들 얼굴이 더욱 험악해졌습니다. 내가 찍은 사진들을 돌려 보기 시작했습니다. 막으려 하자 등 뒤의 사내가 내 팔을 돌려 꺾더군요.

— 왜 우릴 찍어? 이렇게 많이 찍는 이유가 뭐야?

사진기자가 연속 촬영으로 수십 장의 사진을 찍기도 한다는 걸 몰랐던 겁니다.

— 너 경찰이야?

그 질문이 불쾌하진 않았습니다. 왜냐하면 서울에서 내려온 신문사 사진기자들은 대충 얼굴을 알고, 또 지방지나 다른 매체의 기자도 카메라를 드는 모양만 봐도 기잣밥을 얼마나 먹었는지 짐작하지만, 정말 사진기자가 아닌 낯선 이들이 진도체육관에도 있고 팽목항에도 있었습니다. 내가 가까이 다가가기라도 하면, 담뱃불이라도 빌려 달라고 하면, 대답 없이 슬그머니 사라졌습니다. 기자도 아니면서 계속 체육관과 팽목을 어슬렁거리며, 아주 비싼 카메라로 사진을 찍어 대는 자들의 정체가 도대체 뭐겠습니까. 다행히 후배 둘이 곧 돌아왔기 때문에 더 심한 낭패를 보진 않았습니다.

기레기…….

돌이켜 생각하면, 우리 기자들이 그런 비난을 들어도 할 말이 없습니다. 좀 더 적극적으로 나섰어야 한다는 아쉬움이 무척 큽니다. 왜 해경과 범대본의 브리핑만 앵무새처럼 받아 똑같이 읊었을까. 따로 배를 수소문해서 타고 맹골수도 근처로 가려는 노력을 하지 않았을까. 그랬다면 16일부터 18일까진 선내 진입이 이뤄지지 않은 상황인데도, 잠수사 555명이 잠수하여 구조 작업을 벌이고 있다는 따위의 헛소린 적어도 기사에 올리지 않았을 겁니다. 해경 함정이 들어오기만을 팽목항에서 기다리다가 벌떼처럼 달려가는 짓도 안 했겠지요.

브리핑에선 건질 사진이 없었기 때문에 사진기자들은 팽목항으로 모였습니다. 데스크에서 계속 전화가 왔습니다. 함정에서 내려놓는 건 무조건 다 찍어 두라고. 함정에서 뭘 내리겠습니까? 선내에서 수습한 물품이거나 아니면 시신, 그 두 가집니다. 젊은 사진기자들이 앞자리를 차지하려고 다퉜습니다. 1993년 서해페리호 때 나처럼 말입니다. 나는 제일 뒷자리로 갔습니다. 대신 탁자에 올라서서 줌으로 확실히 당겨 사진을 찍으려고 했습니다.

나중엔 따로 안치실이 마련되었지만 처음 하루 이틀은 정말 엉망이었습니다. 함정이 들어옵니다. 해경들이 시신을 흰 천으로 덮어 옮깁니다. 시신을 부두에 내리면 먼저 유가족이 모여듭니다. 남학생 시신 곁으로 아들 둔 유가족들이 오고, 여학생 시신 곁으로 딸 둔 유가족들이 와서 천을 걷습니다. 얼굴을 살핍니다만, 누구도 자신의 딸과 아들이라고 확신하지 못합니다. 바닷물에 빠져 죽은 자식 얼굴을 본 적이 없으니까요. 얼굴이 닮았다고 해도 팔과 다리를 만집니다. 몸에 있는 점이나 흉터를 확인하기 위해 등이나 배를 보는 경우도 있습니다. 오열과 통곡이 내내 터져 나옵니다. 사진기자들이 바로 그 모습을 찍어 댑니다. 시신의 얼굴과 팔과 다리와 가슴과 배도 찍습니다. 그 시신을 확인하며 울부짖는 유가족도 찍습니다. 더 잘 찍기 위해 다가갑니다. 유가족보다도 더 가까이 시신에 접근하여 셔터를 눌러 댑니다. 나도 일어나서 줌을 잔뜩 당긴 뒤 사진을 찍었습니다. 기자들은 시신 사진이 신문에 실리지 않으리란 걸 압니다. 그러나 데스크의 요구도 있고, 다른 신문 기자가 옆에서 바쁘게 셔터를 누르니, 혹시 중요한 장면을 놓치기라도 할까 봐 경쟁하듯 찍는 겁니다.

사진을 찍고 나니 어깨부터 결리고 입이 텁텁합니다. 유가족은 울음을 그치지 않는데, 사진기자들은 셔터만 눌러 댄 겁니다. 나는 탁자에 앉아 찍은 사진들을 확인했습니다. 함정이 다시 들어오기 전까진 이렇게 사진을 확인하고 정리하여 각자의 신문사로 보내는 겁니다. 방금까진 시신을 찍느라 시신 근처에서 분주하던 기자들이 일제히 고개를 숙인 채 각자의 카메라만 내려다보는 모습은, 배를 채운 펭귄들이 낮잠 자는 꼴과 닮았습니다.

탁자 모서리에 기대 앉아 손수건으로 눈물을 훔치는 백인 기자를 발견했습니다. 손엔 카메라를 들었지만 렌즈 덮개를 떼지도 않았습니다. 안면이 있는 미국 기자로 이름이 마리아였죠. 나는 어설픈 영어로 사진을 얼마나 찍었느냐고 물었습니다. 마리아는 눈물을 글썽이며, 그렇지만 단호하게 답했습니다.

— 시신을 함부로 찍어선 안 됩니다. 부도덕한 짓이에요.

유가족 동의 없이, 시신의 얼굴을 비롯한 신체 부위를 기자 마음대로 찍어선 안 된다는 겁니다. 마리아는 팽목항에 내려놓은 시신을 단 한 장도 찍지 않았습니다. 시신을 확인하려고 모여들어 오열하는 유가족도 카메라에 담지 않았습니다. 시신이 도착하면 애도하며 눈물만 훔쳤습니다.

부끄럽더군요. '기레기'라는 단어가 들려오기 전이었지만, 기자들이 여기서 대체 무슨 짓을 하고 있는 건지 회의가 들었습니다. 데스크에서 뭐라고 하든, 이건 사람이 할 짓이 아니었습니다. 그날부터 나도 더 이상 시신 사진을 찍지 않았습니다. 팽목항을 떠나진 않았습니다. 두 달 가까이 머물렀지요. 후배 사진기자 둘이 더 내려와서, 데스크가 원하는 사진을 찍었습니다. 나는 회사가 원하는 최소한의 일만 하곤 내 작업을 했습니다. 신문사를 그만둔 건 1년 뒤지만, 그때 벌써 마음이 떠난 거라고 봐도 됩니다."

하고 싶은 일이 무엇이었느냐고 물었다. 은 기자는 노트북에 외장하드를 연결하더니 폴더 하나를 열어 보여 줬다. 사람들의 뒷모습만 담은 사진이었다. 선별해 놓은 사진이 줄잡아 오백 장이 넘었다. 낯익은 장소들이 눈에 들어왔다. 진도체육관, 팽목항, 진도대교 입구, 서망항, 범대본 사무실 앞, 해경 함정 갑판, 바지선도 있었다. 아침도 있었고 대낮도 있었고 한밤도 있었다. 맑은 날도 있었고 흐린 날도 있었고 안개 낀 날도, 폭우 쏟아지는 날도 있었다. 그리고 그 시간과 장소에 사람들이 있었다. 움직이지 않고 우두커니 서 있는 사람들이었다. 아이도 있었고 어른도 있었고 정복 입은 해경도 사복 입은 경찰도 있었으며, 잠수사도 있었고 기자도 있었다. 그들이 바라보는 방향엔 바다가 있었다. 탁 트이지 않은, 다도해란 이름에 어울리는, 섬과 섬이 겹겹이 이어져 앞을 막은 바다였다.

"마리아와의 공동 작업입니다. 마리아는 사람들의 그림자만 찍었습니다. 그리고 난 그 그림자를 만든 사람의 뒷모습을 담았고요. 그림자가 없는 날, 예를 들어 비가 쏟아지거나 먹구름이 가득 덮인 날에도 마리아는 오직 바닥을 찍었습니다. 그림자가 있었을 것 같은, 있어야 하지만 없는, 그 땅을 말입니다. 나중에 문득 그런 생각이 들었습니다. 마리아는 늘 허리를 꼿꼿하게 세운 채 카메라만 내리고 다녔어요. 고개를 숙이는 그 자세로 조의를 표하고 싶었던 것은 아닐까. 사진을 찍는 행위 자체를 참사를 당한 이들을 애도하는 행위로 만든 것은 아닐까. 백 장의 사진을 찍는다는 것은 이 참사로 목숨을 잃은 자들과 고통받는 이들을 향해 백 번 고개 숙여 애도하는 것이라고.

배가 들어오든 말든, 범대본에서 브리핑을 하든 말든, 저마다의 이유로 진도에 온 이들의 뒷모습과 그림자를 찍었습니다. 몰래 뒤에서 찍는 건 도촬_{도둑촬영}이 아니냐고 따질 수도 있겠군요. 우선 카메라에 담기는 했지만, 촬영이 끝난 후엔 뒷모습과 그림자의 주인공에게 가서 양해를 구했습니다. 사진을 보여 달라고 하면 보여 드렸고 지워 달라고 하면 지웠습니다. 그 과정에서 대화를 나누기도 했습니다. 어떤 이는 묵묵부답이었지만, 어떤 이는 제법 길게 진도에 오기 전까지 자신의 삶을 '행복' 혹은 '기쁨'이란 단어에 얹어 들려줬습니다. 대화를 녹음하진 않았지만, 그때그때 간단히 메모하여 따로 정리해 뒀습니다.

두 달 꼬박 이 일을 계속했습니다. 오백 명을 훌쩍 넘겼군요. 매일 작업을 했는데, 딱 일주일 쉰 적이 있습니다. 어디 보자…… 이거다. 154번! 바로 이 사진 때문입니다.

공찬수, 열다섯 살로 와동 중학교 2학년 학생이었습니다. 배가 들어오는 팽목항 항구가 아니라, 그 아래 그러니까 인적이 드문 해변에 우두커니 서 있는 찬수를 발견한 건 마리아였습니다. 식당에서 저녁 식사나 하자며 돌아가던 길이었지요. 마리아가 급히 해변으로 내려가더니, 찬수의 키보다 다섯 배는 더 길게 늘어진 그림자를 찍었습니다. 해가 섬으로 가까이 붙을수록 그림자는 점점 옅어지면서 그 키를 늘였답니다. 마리아에 이어 나도 카메라를 들고 뒷모습을 줌으로 당겨 셔터를 눌렀습니다. 한 장 한 장 또 한 장. 이렇게 석 장을 찍고 다시 초점을 맞춰 한 장을 더 찍으려는데, 찬수가 움직이기 시작했습니다. 곧장 걸어 들어가더군요. 앞은 바로 노을이 깔리는 바다였습니다. 마리아가 소리를 지르는 것과 동시에 나는 카메라를 바닥에 놓고 달렸습니다. 찬수가 워낙 거침없이 나아가서, 내가 해변에 닿았을 땐 벌써 가슴까지 물이 찼습니다. 하필 밀물이었습니다. 멀리 수면에 잠겼다가 떠오르고 다시 잠기는 찬수의 머리가 보였습니다. 나는 곧장 헤엄쳐 나아갔습니다. 파도가 높고 거칠어 접근하기가 쉽지 않았습니다. 죽을힘을 다해 팔을 저어도 같은 자리만 맴도는 기분이었습니다. 겨우 찬수의 머리가 있던 곳까지 왔습니다. 찬수는 보이지 않았습니다. 부표를 띄워 놓지 않는 이상, 바다에서 어떤 지점을 찾기란 매우 어렵습니다. 제 두 발은 바닥에 닿지 않은 지 한참 지났습니다. 잠수를 해서 아이를 찾기에도 물이 너무 탁했습니다. 물안경도 끼지 않았고요. 팔을 휘저어서라도 찾아보려고 잠수를 하려는 순간, 바로 내 옆으로 머리 하나가 쏙 올라왔습니다. 내가 뒷모습을 찍은 아이, 바로 공찬수였습니다. 나는 당장 녀석의 목을 감고 당겼습니다.

— 뭐하는 짓이야?

찬수는 내 가슴과 배를 밀며 주먹을 내지르고 발로 걷어차기까지 했습니다. 알아듣기 힘든 말을 마구 해 댔습니다. 겨우 들린 말은 이런 것이었습니다.

— 누나…… 갈 거야…… 왜 안 구하는…….

찬수가 내 머리를 붙들고 누르는 바람에 바닷물이 갑자기 코와 입으로 들어왔습니다. 얼굴을 수면으로 디밀어 가쁜 숨을 몰아쉬었습니다. 찬수가 이번에는 허리를 감고 당겼습니다. 다시 꽤 많은 짠물을 삼켰습니다. 그렇게 뒤엉켜 다툰 후에야 겨우 찬수를 데리고 나왔습니다. 나보다도 훨씬 수영에 능숙한 아이였습니다. 5살 때부터 10년 동안 거의 매일 수영장을 다녔다고 하더군요. 배에서 빠져나오지 못한 누나 공영지를 구하러 가겠다고 바다에 뛰어든 겁니다. 달려온 찬수 아빠에게 찬수를 넘긴 후에도, 나는 발바닥에서 피가 흐르는 것을 몰랐습니다. 마리아가 놀란 눈을 하고 나를 앉히더니 허리에 두르고 있던 셔츠를 찢어 발을 묶고 무릎 아래를 압박하여 지혈을 했습니다.

사천으로 가서 일주일 입원했습니다. 처음엔 가까운 진도나 목포에서 적당히 치료받을 생각이었습니다. 그런데 발목이 통통 붓더니 발가락이 제대로 움직이지 않았습니다. 일시적인 마비 증세였죠. 게다가 갑자기 열이 오르면서, 가래가 끓고 가슴이 답답했습니다. 아무래도 기도로 넘어간 바닷물 탓에 폐에 문제가 생긴 듯했습니다. 마리아는 정밀 검사가 필요하다며 나를 사천까지 데리고 갔습니다."

은 기자는 책장에서 스케치북을 하나 가져왔다. 첫 장엔 노란 자동차의 전체 모습이 담겼고, 그 뒤로는 각 부분을 세밀하게 그린 그림 열네 장이 있었다.

"한 달 전에 찬수가 보낸 선물입니다. 자동차에 미친 아이더라고요. 고등학교도 아예 기계공고 자동차전공으로 갔습니다. 때려서 미안하다고 썼더라고요. 이런 선물만 받는다면, 백 대 천 대 맞아도 좋습니다. 나는."

새벽 3시를 넘어가고 있었다. 은 기자는 밤참이라며 짬뽕 라면을 끓여 왔다. 별미였다.

"기자들이 끔찍하게 싫어하는 곳 중 하나가 병원입니다. 누워서 빈둥거리는 게 전부니 견디기 참 힘듭니다. 첫날엔 발바닥을 서른다섯 바늘이나 꿰매고, 가슴 엑스레이를 찍고, 진통제에 수면제까지 먹는 바람에 뻗어 버렸습니다. 저녁 8시도 되기 전에 잠들었는데 눈을 떠 보니 해가 중천에 떴더라고요. 병문안을 오겠다는 후배 기자들에게 일이나 열심히 하라고 말렸습니다. 선배랍시고 딴 짓을 하는 바람에, 내 몫까지 녀석들이 메우고 있는 걸 알기 때문입니다. 속보는 자신들이 부지런히 만들 테니까, 선배는 오래 남을 사진을 찍으라는 녀석들이 고마웠습니다.

둘째 날은 잠이 오지 않았습니다. 진통제를 계속 먹긴 했지만 발바닥이 순간순간 아파 왔습니다. 의사는 수면제를 권했지만 거절했습니다. 대신 밤을 꼬박 새워 그동안 찍은 사진들을 정리했습니다. 2인실이긴 했는데, 맞은편 침대엔 환자가 들지 않았습니다. 노트북에 카메라에 각종 장비들을 늘어놓고 일하기엔 넉넉했습니다.

어둠이 아직 가시지 않은 새벽이었습니다. 아침 식사를 하기까진 2시간도 더 남았습니다. 문이 살짝 열렸습니다. 나는 사진을 보정하느라 바빠 문이 열리는 것도 몰랐습니다.

— 안 자고 뭡합니까?

간호사도 아니고, 굵은 남자 목소리가 등을 쳤습니다. 고개를 돌려 그 목소리의 주인공을 확인했습니다. 환자복을 입긴 했지만 키가 크고 덩치가 좋은, 척 봐도 운동깨나 했다고 여겨지는 몸이 었습니다. 목에 디스크 보호대를 둘렀더군요.

나는 즉답을 못 했습니다. 사진 정리중입니다……. 이건 좀 밋밋하고, 뒷모습을 찍은 사진들을 보정하고 있습니다……. 이건 너무 상세한 것 같고. 그래서 가만히 있었습니다. 남자가 그다음 말을 할 때까지.

　― 난 302호에 있습니다. 타닥탁탁 소리가 자꾸 귀에 거슬려서,
　　그래서 와 봤습니다.

　302호면 바로 옆 병실이고, 소리가 들렸다면 노트북 자판을 두
드리는 소리였을 겁니다. 문을 굳게 닫았는데도, 자판 두드리는
소리가 옆 병실까지 들린단 말인가. 덩치에 어울리지 않게 소리에
너무 예민하단 생각이 들었습니다. 그래도 부딪치기 싫어 사과했
습니다.

　― 미안합니다.

　사내가 문을 닫지 않고 슬그머니 들어와선 빈 침대에 기대어 섰
습니다. 솔직히 귀찮고 짜증이 났습니다. 한창 신나게 작업하던
중이었으니까요. 나가 달라고 말하려는 순간, 사내가 침대에 놓인
물건들을 살피다가 'PRESS'라고 적힌 노란 완장을 보며 먼저 입을
열었습니다.

　― 혹시 기잡니까?

　― ......

　이번에도 답하지 않았습니다. 사내가 손을 내밀어 악수를 청했
습니다.

　― 나경수라고 합니다. 맹골수도에서 온 잠수삽니다.

　맹골수도? 잠수사? 두 단어가 귀에 쏙 들어왔습니다. 팽목항에
서도 잠수사들을 많이 보긴 했습니다. 텐트에 모여 각종 장비를
진열하듯 늘어놓곤 선내로 어떻게 진입하는 것이 좋은지, 아침부

터 저녁까지 뜨거운 논쟁을 벌였으니까요. 진도에 오기 전까지 각자 경험한 최악의 심해 잠수가 무용담으로 등장했습니다. 그것만 모아도 책 한 권은 족히 넘을 겁니다. 안타깝게도 그들 중엔 선내에 들어가서 실종자 시신을 직접 거둔 이가 없었습니다. 인터뷰를 하기 위해 기자들이 동분서주하며 찾았지만, 바지선에서 후카 방식으로 뛰어든 잠수사는 팽목항에 없었던 겁니다. 맹골수도 바지선에서 민간 잠수사와 인터뷰하는 것은 실종자 수습에 방해가 된다며 범대본이 허락하지 않았습니다.

환자복을 입은 잠수사를 만난 것은 처음이었습니다. 잠수사가 입원했다는 것은 맹골수도에서 작업을 하다가 다쳤단 뜻입니다. 나는 마음을 고쳐먹었습니다.

— 기자 맞습니다. 16일 오후부터 진도에 줄곧 머무르고 있습니다. 은철현이라고 합니다.

— 카메라가 참 많군요.

— 사진기잡니다. 사진만 전문으로 찍는…….

— 척 보자마자 알았습니다. 사진기자들과 함께 작업한 적이 몇 번 있습니다. 수중 촬영을 도와 드렸죠.

요즈음은 사진기자가 직접 스쿠버 잠수를 하여 수중을 찍기도 합니다. 나는 그의 목 보호대를 쳐다보며 말했습니다.

— 입원한 이유를 물어도 되겠습니까?

나 잠수사의 눈빛이 날카로워졌습니다.

— 취재하는 겁니까?

— 내가 기자라고 말씀 안 드렸던가요? 당연히 취재하고 싶습니다.

— 내가 잠수사라고 말씀 안 드렸던가요? 잠수사는 입이 없습니다.

따라 하며 비꼬았습니다. 이런 식으론 취재가 어렵겠다는 생각이 들었습니다. 잠수사가 새벽에 내 병실로 온 이유부터 알고 싶었습니다. 정말 소음 때문이었다면, 간단히 경고만 하고 돌아갔을 겁니다.

— 알겠습니다. 원치 않는다면 취재는 하지 않겠습니다. 자, 그럼 뭘 할까요?

— 이야길 나눕시다.

— 이야기라······. 좋습니다. 무슨 이야길 나눌까요?

— 팽목항 상황은 어떻습니까? 진도체육관에도 유가족이 많이 있다던데, 그곳 형편이 어떤지 궁금합니다.

— 잠수사들은 팽목항이나 진도체육관 소식 못 듣습니까? 핸드폰 안 보나요? 텔레비전은······?

— 텔레비전은 없습니다. 있어도 볼 여유가 없고요. 핸드폰도 잘 터지지 않습니다. 궂은 날엔 거의 잡히지 않아요. 잡힌다 해도 그거 들여다볼 틈도 역시 없습니다. 식사를 가져다주는 조도 주민들에게 가끔 듣긴 합니다만 자세히 따져 묻진 못했습니다. 이렇게 조건들이 좋지 않았다는 건 핑계고, 사실 잠수에 집중하고 싶었습니다. 처음엔 민간 잠수사에 관한 기사

몇 개를 검색해서 봤는데, 아주 소설을 썼더라고요. 어쩌면 그렇게 엉망으로 추측해서 써 갈기는지. 그다음부터는 아예 관심을 끊고 지냈습니다. 바지선에서 잠수사들이 언론 기사에 일일이 항의할 수도 없는 노릇입니다.

내가 바지선을 궁금해하는 것만큼이나 나경수 잠수사는 팽목항과 진도체육관에 모인 사람들의 상황을 알고 싶었던 겁니다. 4월 16일 오후부터 내가 이 병원에 오기 전까지, 보고 들은 것들을 상세히 들려줬습니다. 나 잠수사는 질문하지 않고 듣기만 했습니다. 이야기를 끊을 정도로 깊은 한숨을 내쉰 적이 두 번이었고, 눈물을 닦고 코를 푸느라 잠시 돌아섰던 적이 한 번입니다. 나는 내 생각을 얹지 않고 있는 사실을 그대로 전달하고자 애썼습니다. 상황 설명이 길어지니 말하는 이도 듣는 이도 답답했습니다. 아무리 말을 많이 해도 충분하지 않다는 느낌이 들었습니다. 노트북에 옮겨둔 사진을 꺼내 보여 주기도 했습니다. 그는 사진들을 뚫어져라 노려보았습니다. 그러고는 딱 한 번 질문했습니다.

— 이렇게 뒷모습만 찍는 이유가 뭡니까?

나는 유가족 동의도 없이 시신을 찍는 것이 얼마나 비윤리적인 짓인가를 지적한 마리아의 설명부터 옮겼습니다. 속보나 자극적인 기사를 뒷받침하는 사진보다는 그곳에 모인 사람들의 상처와 고통 그리고 그것들이 만드는 어두운 부분을 사진에 담고 싶다고 말했습니다. 그는 한 시간 가까이 뒷모습을 찍은 사진들을 한 장한 장 넘겨 봤습니다. 시간과 장소 혹은 찍힌 사람에 대한 질문은 하지 않은 채, 강물이 흘러가듯 이 뒷모습에서 저 뒷모습으로 저 뒷모습에서 그 뒷모습으로 천천히 옮겨 갔습니다. 그 뒤 내게 말했습니다.

　— 취재에 응하겠습니다. 녹음해도 좋습니다. 단 내 허락을 받은 후에 세상에 내놓겠다고 약속해 주십시오.

　나는 물론 약속했습니다. 바지선에서 이뤄지는 작업을 안다면, 팽목항과 진도체육관에서 애타게 실종자를 기다리는 이들의 뒷모습도 더 잘 담아낼 수 있을 겁니다. 나 잠수사는 진도에 모인 이들이 잠수사들을 어찌 생각하고 있는지 알고 싶어 했습니다. 나는 물었습니다.

　— 정말 소문들을 알고 싶습니까? 때론 모르는 편이 낫기도 합니다.

　— 무슨 소문인데 그럽니까?

　— 평생 지우기 힘든 상처가 될지도⋯⋯. 그래도 진도를 떠도는 잠수사들과 얽힌 소문들이 궁금합니까?

　그는 고개를 끄덕였습니다. 나는 모질게 맘을 먹고, 후배 기자들이 취재하여 모았거나 내가 직접 뒷모습을 찍고 나서 대화를 나누며 들은 이야기들을 꺼냈습니다. 기회만 된다면 확인하고 싶었던 소문이기도 했습니다. 지금은 그저 그렇게 들릴 수도 있겠지만, 나 잠수사의 대답을 그 당시에 기사로 냈다면 특종이었을 겁니다. 그럼에도 오늘까지 누구에게도 들려 드린 적이 없습니다. 여러분이 처음입니다. 직접 들어 볼까요?"

은 기자는 '나잠수_사천'이라고 적힌 녹음 파일을 찾아 틀었다. 빠르고 날카로운 은 기자의 목소리 탓인지 답을 하는 나경수 잠수사의 목소리가 더 낮고 느리게 들렸다. 잡음은 크지 않았지만, 가끔 수저 놀리는 소리와 쩝쩝대는 소리가 났다. 병실까지 운반된 식판을 받아 식사를 같이 하면서 이야기를 나눴기 때문이다. 환자들이 함께 모여 식사를 종종 하기에, 두 사람이 이렇듯 심각한 이야기를 주고받는 줄은 아무도 눈치채지 못했다.

▶ 일당은 물론 시신 한 구당 보너스를 받기로 회사와 계약을 했다는데, 사실입니까? 구체적인 금액까지 확정된 계약서에 사인을 하고 잠수를 시작했다는데요?

▷ 누가 그딴 헛소릴 합니까? 구두□頭든 서면이든 회사와 계약한 적 없습니다.

▶ 그럼 그 회사 소속 잠수사가 아니란 건가요?

▷ 회사가 제공한 바지선에서 일을 하긴 합니다. 하지만 나부터 그 회사와 어떤 계약도 한 적 없습니다. 우린 도움이 필요하단 연락을 받고 달려왔을 뿐입니다. 후카 잠수를 하려면 바지선이 필요한데, 그 바지선을 회사에서 마련하든 정부에서 마련하든 우린 상관없습니다. 사고 지점의 바지선에서 숙식하며 잠수한 게 답니다. 나는 민간 잠수사입니다.

▶ 선내에서 시신을 찾아 특정 장소에 모아 두었다가, 해경

이나 범대본의 지시가 있을 때 원하는 만큼 수면으로 데리고 나온다고도 합니다. 그렇게 일한 적 있습니까?

▷ ……휴우! 정말 한숨밖에 안 나오는! 어떤 개새끼가 그딴 소릴 지껄입디까? ……미안합니다. 말도 안 되는 소릴 들으니 잠깐 흥분했습니다. 잘 들어요. 선내는 그야말로 미로입니다. 시야는 10센티미터에서 45센티미터에 불과한데, 부유물은 떠다니고, 조류에 선체까지 흔들려서, 확보한 통로마저 언제 무너질지 모르는 상황입니다. 목숨을 걸고 들어가야 겨우 시신을 발견하고 또 모시고 나올 수 있는 겁니다. 시신들을 미리 다 찾아서 선내 객실에 모아놓았다가 하나하나 끄집어 올린다고요? 심해 잠수가 냉장고에서 음식 꺼내는 건 줄 아십니까? 맹골수도는 그렇게 쉽게 작업하는 곳이 절대로 아닙니다. 맹골수도에 여객선이 90도로 기울어 처박혀 있는 상황이에요. 최악이라고요.

▶ 이건 중요한 부분이니 다시 묻겠습니다. 시신을 따로 모아 두진 않더라도 어디에 있는지 확인하고 수습하지 않은 채 기다렸다가, 중요한 이슈 즉 해경이나 범대본에게 불리한 사건이 생길 때마다 시신을 수습하는 건 아닙니까?

▷ 그런 적 없습니다. 선내로 진입한 잠수사가 시신을 두 구 이상 발견한 날이 있긴 합니다. 그땐 먼저 한 구만 모시고 나올 수밖에 없습니다. 그다음 순번인 잠수사가 이어서

남은 시신을 차례차례 모십니다. 잠수사들이 가족과 간혹 핸드폰 통화를 하지만 바깥세상이 어찌 돌아가는지는 거의 모릅니다. 관심도 없고요. 잠수에만 몸과 마음을 쏟아도 시간이 모자랍니다.

▶ 실종자를 기다리는 유가족의 애타는 마음은 나 잠수사도 알 겁니다. 지푸라기라도 잡는 심정으로 이런저런 일들을 유가족들이 해 보기도 합니다. 실종자들이 좋아하던 음식이나 물건을 팽목항에 가져다 두기도 하고, 어머님들이 곱게 화장을 하기도 하고, 아버님들은 함정을 타거나 따로 돈을 모아 배를 대절해서 사고 해역 근처까지 가기도 합니다. 유가족이 바지선에 직접 올라간 뒤 곧바로 그 유가족과 연관된 실종자가 나왔단 소문도 있고요. 해경 상황실이나 범대본 사무실에 가서 목소리 높여 싸운 부모의 아이들이 또 곧 발견되어 수습되었다는 소문도 돕니다. 이런 얘길 들으신 적 있습니까?

▷ 듣긴 했습니다. 유가족들이 바지선에 와서 잠수 상황을 보기도 하니까요. 실종자를 기다리는 유가족 마음이야 얼마나 간절하겠습니까만, 그분들이 이런저런 언행을 했기 때문에, 실종자가 먼저 나오고 늦게 나오는 건 결코 아닙니다. 시야가 얼마 되지 않는다고 말씀드렸지요? 잠수사들은 아이들 이름과 얼굴을 하나하나 연결하여 알지 못합니다. 이 이름을 가진 학생이 이렇게 생겼다는 걸 모른

단 말입니다. 그걸 안다 해도, 심해에서 아이 얼굴을 확인하고 다른 아이보다 먼저 모시고 나온다는 건 불가능합니다.

▶ 잠수사들이 일부러 잠수를 쉬기도 한다는 소문도 있습니다. 물때가 좋은데 잠수를 하지 않는단 겁니다. 그땐 최소한의 인원만 바지선에 두고 해경 함정에 가서 쉬다 온다고 들었습니다. 그런 적 있습니까?

▷ 참 나, 돌아 버리겠네! ……섭섭합니다. 21일 저녁 맹골수도에 도착한 후 단 하루도 잠수를 쉰 날이 없습니다. 잠수가 가능한 하루 네 번 정조기가 아니더라도, 조류계측기를 보던 해경이 와서 지금 조류가 멈췄으니 한 번 더 들어가라고 요구하면, 또 들어간 날도 적지 않습니다. 매일 누가 몇 번이나 얼마나 오래 잠수했는가는 기록수가 상세하게 기록합니다. 나중에 잠수기록부를 찾아보면 우리가 일부러 잠수를 쉰 적이 없음을 알 겁니다. 민간 잠수사는 바지선에서 숙식합니다. 해경은 하루 3교대로 8시간만 바지선에 머문 뒤 함정으로 돌아갑니다만, 민간 잠수사는 함정 갑판에 올라가 본 적도 없습니다.

▶ 현재 선내에 진입이 가능한 민간 잠수사는 몇 명인가요?

▷ 유동적이긴 한데, 스무 명에서 스물다섯 명 정도라고 보면 됩니다.

▶ 잠수사 숫자를 늘리면 그만큼 실종자 수습 기간이 단축되

진 않습니까? 오십 명 혹은 백 명이라도 잠수사를 증원하
여 투입해야 한다는 의견도 있습니다.

▷ 한심한 주장입니다. 바지선엔 지금 인원을 수용할 공간
도 넉넉하지 않아요. 해군과 해경과 민간 잠수사 모두 이
바지선 하나에 올라와서 작업하고 있습니다. 잠수사만 증
원한다고 수색 속도가 빨라지진 않습니다. 후카 방식 잠
수를 하려면 사람과 장비가 시스템을 이뤄 돌아가야 합니
다. 잠수사만 증원하면 그 잠수사들은 어느 바지선에서
어떤 장비로 잠수한단 말입니까?

또 하나 덧붙이자면, 심해 잠수에선 팀워크가 매우 중요
합니다. 현재 스물다섯 명이 채 안 되는 민간 잠수사들도
처음엔 시행착오를 겪었고 이제야 손발이 맞아 돌아가는
중입니다. 여기에 낯선 잠수사가 투입되면 팀워크가 깨집
니다. 기존 잠수사들에게 무리일 수는 있겠지만, 지금 인
원을 데리고 끝까지 가는 것, 그게 최선입니다.

▶ 팽목항이든 체육관이든 진도에 나와 잠수사들의 일상을
한 번만 설명하면, 많은 헛소문이 사라질 것 같습니다. 그
런 생각은 안 해 봤습니까?

▷ 그딴 것까지 우리가 해야 합니까? 우린 잠수사예요, 물질
하는! 민간 잠수사의 작업 현황을 알릴 필요가 있다면, 범
대본이든 해경이든, 하여튼 우릴 이곳으로 부른 양반들이
알아서 해야죠. 우린 잠수해서 실종자들을 모시고 나오는

일만으로도 벅찹니다. 잠수하다 말고 뭍으로 나가 기자들에게 잡소릴 늘어놓고 싶진 않습니다. 귀찮다는 게 아니에요. 귀찮아도 할 건 해야죠. 하지만 그렇게 진도를 다녀오는 게 작업에 막대한 지장을 줍니다. 잠수에 딱 맞게 몸과 맘을 만들었는데, 팽목항에 나가서 낯선 이들을 만나면 밸런스가 깨져 버립니다. 다녀오는 거야 하루면 되지만, 앞뒤로 최소한 사흘은 제대로 100퍼센트 잠수 실력을 발휘하긴 어렵다고 봐야 합니다. 앞으로도 우린 계속 잠수만 할 겁니다. ……갑갑합니다, 정말 갑갑해요.

그
하루

재판장님!

이제 그 하루에 대해 설명할 때가 되었습니다. 그 하루에만 집중하여 간단히 글을 마치는 것이 어떻겠느냐는 의견도 있겠지만, 제 생각은 조금 다릅니다. 민간 잠수사들이 어떤 마음을 먹고 맹골수도로 왔고, 또 당시 잠수 상황이 어떠했는가를 최대한 자세히 적는 것이, 그 하루를 더 잘 이해하는 밑바탕이 된다고 믿습니다.

사고 발생 이틀 전 해 질 무렵 사천 D병원에서 바지선으로 복귀했습니다. 보호대를 하고 누워 있으니 목의 통증도 줄어들고 팔의 떨림도 사라졌습니다. 의사는 잠수를 말렸지만 저는 고집을 꺾지 않았습니다. 의사가 선물이라며 목 보호대를 챙겨 주면서, 목과 양팔이 조금이라도 이상하면 당장 병원으로 오라고 했습니다.

VIP가 다녀가신 직후였지요. 류창대 잠수사를 비롯한 잠수사들은 저를 보자마자 어리석은 결정을 탓하면서도 반겨 줬습니다. 박정두 잠수사와 해경들 역시 깍듯하게 목례를 했습니다. 민간 잠수사를 대하는 해경 잠수사의 태도는 하루하루 나아졌습니다. 선체 밖에서 기다리는 것만도 가슴 졸이는 일인데, 민간 잠수사들이 목숨을 걸고 선내로 진입하여 실종자를 수습해서 나왔으니까요. 선체 밖에서 민간 잠수사를 기다리며, 해경 잠수사들은 아마도 스스로에게 물었을 겁니다. 나라면 저렇게 목숨을 걸 수 있을까. 민간 잠수사에 대한 존중은 그 질문의 답입니다. 류 잠수사는 제게 당분간 잠수를 쉬고 전화수를 맡으라고 했습니다. 저는 당장 내일이라도 잠수를 하고 싶다고 밝혔지만, 그는 제 어깨를 가볍게 감싸며 물었습니다.

"10월에 결혼 날짜까지 잡았다며? 목 디스크가 악화되어 결혼식 못 올렸다는 원망, 난 듣고 싶지 않아."

"그, 그걸 어떻게 아셨습니까?"

"이번엔 꼭 잡아. 총각 귀신으로 살다 갈래?"

약혼녀의 얼굴이 스치고 지나갔습니다. 제가 바지선으로 돌아가겠다고 고집을 부리자, 범대본에 항의 전화라도 걸었던 걸까요. 저를 위해서라면 충분히 그런 짓을 하고도 남을 여자였습니다.

"우선 열흘만 바지선에 머물며 나를 좀 도와줘. 잠수사들은 수중으로 들어가는 게 최곤 줄 알지만, 사실 바지선 위에서도 할 일이 산더미야. 지금까진 내가 그럭저럭 다 챙겨 왔는데, 경수가 도와주면 금상첨화지. 그때까지도 네 몸에 문제가 없으면, 잠수를 신중하게 고민해 보자고."

바지선의 분위기는 매우 어수선했습니다. 조치벽 잠수사가 저를 식당으로 불러 귀띔했습니다. 민간 잠수사 증원을 준비하고 있다는 얘기가 윗선에서 흘러나왔답니다. 육십 명이라는 구체적인 숫자까지 들렸습니다. 작업의 효율을 숫자로만 파악하는 오류를 여기서도 범하는 겁니다. 상시 근무중인 해경과 해군 그리고 회사 인원들만 해도 백 명이 넘는데, 여기에서 민간 잠수사를 육십 명으로 늘리는 것은 불가능했습니다. 류 잠수사를 비롯하여 지금까지 작업한 잠수사들이 반대 의견을 분명히 냈지만 받아들여지지 않았다고 합니다. 괜히 목소리를 높였다가, 너희만 맹골수도에서 작업하고 일당 챙기려는 것 아니냐는 오해를 살 수도 있어서, 더 이상 의견을 내진 않았답니다. 설명을 마친 조 잠수사가 덧붙였습니다.

"형 덕분에 잠수사들이 피자로 한 끼 포식했어. 형은 병원에 실려 갔는데 우리끼리 배를 채워 좀 미안했지."

"무슨 소리야, 그게?"

"강나래. 형이 데리고 나온 여학생 이름이야."

"그걸 네가 어떻게 알아?"

"나래 아빠랑 통화했어. 그날 형이 바지선을 떠난 후 우리가 여학생 두 명을 그 객실에서 더 찾았거든. 세 가족이 진도를 떠나며 잠수사들 먹으라고 피자를 돌린 거야. 시신 확인하고 안산 가서 장례 치를 준비만으로도 경황이 없을 텐데, 어떻게 우리까지 챙길 생각을 했는지……. 근데 나래 아빠가 묻더라. 나래 발목이 부러졌는데, 발견할 때부터 그랬느냐고."

"뭐라 그랬어?"

"나래를 데리고 나온 잠수사가 누군지 확인한 후에 알려 드리겠다고 둘러댔어. 형이 그 아이 수습하다가 다친 걸 나래 아빠에게 알릴 필요 없을 것 같아서. 혹시 해 줄 말 있으면 형이 직접 해. 연락처는 받아 뒀으니까."

"천천히, 나중에 할게."

고인을 비롯한 잠수사 두 명은 사고 발생 하루 전 오전 11시에 바지선에 승선했습니다. 증원을 반대했지만 이왕 맹골수도로 왔으니 동료로 따뜻하게 맞아들였습니다. 생업도 접고 실종자를 수습하겠다고 나선 건 보통 마음으로 어려운 일이니까요. 점심 식사 후 바지선과 잠수 장비들을 따로 둘러볼 시간도 줬습니다. 선미 오른쪽에 함교艦橋와 거주 공간으로 구성된 2층 선실이 있고, 갑판 중앙에 작업용 크레인이 있습니다. 갑판 곳곳에 열한 개의 컨테이너와 작업용 천막 다섯 개가 놓였습니다. 기계실 컨테이너 내부의 공기 압축기, 메인 다이버 에어 탱크Main Diver Air Tank와 기계실 외부의 백업 탱크Back Up Tank를 먼저 보고, 체임버 컨테이너의 다이버 패널Diver Panel도 보고, 선수 갑판에 위치한 엘피 볼륨 탱크Low Pressure Volume Tank와 함께 탱크에서 나온 네 개의 밸브까지 꼼꼼하게 둘러볼 시간도 따로 줬습니다. 이 밸브를 열면 공기 공급 호스를 통해 잠수사에게 신선한 공기가 유입되는 겁니다. 후카 잠수는 바지선으로부터 공기를 받기 때문에, 잠수사가 장비를 신뢰하는 것이 무엇보다도 중요합니다.

오후 4시부터 시작된 회의에서 류 잠수사가 두 사람에게 침몰선 도면을 일일이 가리키며 지금까지 수습 상황을 설명했고, 사고 초기부터 줄곧 맹골수도를 지킨 브라보 팀장 조치벽 잠수사가 보충 설명을 했습니다. 고인의 경력은 저보다 훨씬 많았습니다만, 맹골수도의 작업 환경에 적응할 시간도 필요하고 또 잠수 실력이 어느 정도인지 알아야 하기 때문에, 선내 진입은 다음으로 미루고 하잠줄 설치를 첫 임무로 맡겼습니다. 조 잠수사는 선내 도면을 놓고 작업 과정을 시간 순서대로 알려줬습니다. 바지선에 놓인 새 하잠줄을 휴대하고 입수하여, 이미 설치한 하잠줄을 타고 24미터 정도에 있는 3층과 4층 사이 로비까지 내려갑니다. 거기엔 3미터 가이드라인과 15미터 가이드라인이 이미 설치되어 있습니다. 그중에서 3미터 가이드라인을 따라 가면 5층 로비에 도착합니다. 거기에 새 하잠줄을 묶고 올라오면 끝입니다. 하잠줄을 묶는 올가미 매듭을 아느냐고 조 잠수사가 물었더니 고인은 아주 잘 알고 있다고 답했습니다. 이 작업을 마치면, 다음 순번 잠수사는 바지선에서 5층 로비까지 곧바로 내려가 수색할 수 있는 겁니다.

　고인은 원래 사고 전날 오후 5시 30분에 입수할 예정이었습니다만, 유속이 나빠져 잠수를 못 했습니다. 순번이 남았는데도 미리 잠수복을 입고 나와 대기했습니다. 제가 아직 여유가 있으니 더 쉬다 오라고 권했더니, 혹시 앞 순번 잠수사에게 문제가 생기면 자신이 들어가겠다고 했습니다. 이토록 멀고 험한 바다에서 어린 학생들이 죽었다니 원통하다는 말도 덧붙였습니다. 저는 아직 미혼이고 자식이 없지만, 저보다 나이가 많은 잠수사들은 고등학생 실종자들이 전부 자식 같은가 봅니다.

그 밤 자정에 또 한 차례 잠수를 계획했지만 여전히 유속이 좋지 않았습니다. 맹골수도는 그야말로 변화무쌍하기 때문에 밀물과 썰물만 따져 잠수를 결정할 순 없습니다. 물살이 잦아들어야 하는 시간인데도 여전히 휘돌아 흐르는 경우도 있고, 물살이 거센 시간에 문득 고요해지기도 합니다. 자정을 넘겨 1시 30분까지 기다렸지만 물살은 잔잔해지지 않았습니다. 잠을 자고 새벽 6시에 고인이 첫 번째로 잠수하기로 계획이 변경되었습니다.

잠수사는 기다림을 혹처럼 달고 삽니다. 잠수사가 준비를 완벽하게 마쳐도 바다 사정이 좋지 않으면 기다릴 수밖에 없습니다. 잠수복을 입은 채 30분 혹은 1시간 기다리면 누구라도 지칩니다. 물살이 조금만 잦아들어도 바다로 뛰어들고 싶은 마음이 급합니다. 그 마음을 모르진 않지만, 맹골수도 바지선에선 잠수사의 의지에 따라 입수 시기를 변경하진 않습니다. 류창대 잠수사는 자주 우리에게 강조했습니다. 한 번 들어가고 말 일 아니니까, 몸 잘 챙기고 최대한 안전할 때 들어가자고. 바지선에 오래 머문 잠수사들은 맹골수도의 변덕에 익숙했지만, 고인은 잠수복을 착용하고도 첫날 두 차례나 입수가 연기되었으니 아쉬웠을 겁니다. 그러나 오랜 잠수 경력을 지닌 사람답게, 잠수복을 벗고 컨테이너로 돌아가선 출출하다며 라면을 끓여 먹었습니다. 첫 잠수를 준비하느라 저녁도 제대로 먹지 못한 겁니다.

고인은 잠깐 눈을 붙인 후, 4시 40분쯤 일어났습니다. 고인이 컨테이너를 나간 후 저도 곧 일어났습니다. 첫 잠수부터 전화수를 맡아야 하기에 저 역시 깊이 잠들진 못했습니다. 고인은 간단히 맨손 체조를 한 후에 잠수복을 입고 준비를 했습니다. 현장에는 총괄 잠수사인 류창대, 브라보 팀장 조치벽, 전화수와 기록수를 겸한 저, 텐더 최진태 외 한 명, 그리고 스쿠버 잠수사 두 명, 고인 다음으로 잠수하기 위해 잠수복을 입은 민간 잠수사 두 명이 있었습니다. 그 외에도 순번이 아닌 잠수사 중 새벽잠을 깬 이들이 나와 상황을 봤습니다. 류창대 잠수사가 다른 날과 똑같이 고인을 비롯한 잠수사들에게 물었습니다.

"감기 걸린 사람 있나?"

감기 때문에 목이 붓고 코가 막히면 잠수를 쉬어야 합니다. 외부 수압에 의해 고막이 밀려들어 가거나 심한 경우 파열되는 중이 압착증에 걸릴 가능성도 높습니다.

"없습니다."

"특별히 몸이 아픈 사람은?"

"없습니다."

"확실하지?"

"확실합니다."

고인은 드라이 슈트를 착용하고 헤드랜턴이 달린 풀페이스 마스크를 쓰고 물갈퀴를 신고 허리에 납이 든 웨이트를 둘렀습니다. 통신이 되는지 저와 마지막으로 확인했습니다.

유속은 약 0.2노트로 작업하기 좋았습니다. 6시 7분에 입수하였고, 6시 8분 해저에 무사히 도착한 고인이 먼저 제게 보고했습니다. 류 잠수사는 고인이 입수하여 선체에 도착한 것을 확인한 뒤 알파 팀 상황을 파악하기 위해 이동하였습니다. 고인의 일은 하잠줄 이동이 전부였지만, 알파 팀 잠수사들은 선내 진입이 예정되었던 겁니다.

저는 고인이 5층 선실 수색을 위한 하잠줄을 계획대로 설치하는 중이라고 생각했습니다. 그런데 호흡이 무척 거칠고 빠른 겁니다. 잠수사의 상황이 편치 않다는 뜻이지요. 약 3분 후 '지금 상황이 어떻습니까?' 하고 물었습니다. 고인이 웅얼웅얼 대답은 하는데 말투가 어눌하여 무슨 이야기인지 알아듣기 어려웠습니다. 1번 텐더인 최진태 잠수사가 생명줄을 세 번 당겼습니다. 준비해서 올라오라는 상승 신호이지요. 어느새 달려온 류창대 잠수사가 다급히 명령했습니다.

"4번!"

최 잠수사가 다시 생명줄을 네 번 당겼습니다. 모든 작업을 멈추고 곧장 올라오라는 긴급 상승 신호입니다. 이렇게 줄을 당겨도 고인으로부터 답이 오지 않았습니다. 최진태 잠수사가 고인이 끝을 쥐고 들어간 새 하잠줄을 바지선에서 찾아 당겼습니다. 하잠줄이 스르르 힘없이 끌려 올라왔습니다.

"하잠줄을 놓쳤습니다."

최 잠수사의 보고와 거의 동시에 류 잠수사가 외쳤습니다.

"대기 잠수사 입수!"

곧바로 스쿠버 잠수사 두 명이 뛰어들었습니다. 1초가 하루처럼 느껴졌습니다. 수중에서 사고를 당했다면, 순간순간이 잠수사의 목숨과 직결됩니다. 잠수사들이 하잠줄을 내린 브라보 팀의 입수 지점이 아니라 알파 팀 입수 지점에서 고인과 함께 올라왔습니다. 21미터 지점에 수평 가이드라인이 있는데, 그곳에 고인의 생명줄이 걸려 있었단 이야기를 나중에 들었습니다. 잠수사들의 이동과 선내 진입을 위해 선체에는 수평 가이드라인이 적지 않게 설치되었는데, 고인의 생명줄이 그중 하나에 걸린 겁니다. 발견 당시 웨이트를 이미 풀었고 풀페이스 마스크도 벗은 상태였습니다. 생명줄에는 문제가 없었기 때문에 고인이 왜 그 마스크를 벗었는지에 관해서는 지금도 의문입니다. 고인의 최후에 관해선 좀 더 철저한 조사가 필요할 겁니다.

올라오자마자 기도를 확보한 후 심폐소생술을 하고, 자동심실제세동기AED를 작동하여 응급처치를 실시했습니다. 그래도 의식이 없자 단정으로 함정까지 이동한 뒤 헬기를 이용하여 목포 H병원으로 이송했습니다. 고인은 안타깝게도 회생하지 못했습니다.

재판장님!

황망하다는 말은 이럴 때 쓰는 걸까요. 고인을 실은 단정이 떠난 뒤, 해경, 해군, 민간 가리지 않고 바지선에 있던 모든 이는 비통했습니다. 목숨을 걸고 실종자를 수색하고 수습한다고 결의를 다졌지만, 이 바지선에서 목숨을 잃은 첫 잠수사가 나온 겁니다. 몽둥이로 뒤통수를 얻어맞은 것처럼 멍했습니다.

왜 이런 일이 벌어졌을까요. 나중에 점검을 통해 확인했듯이, 공기 공급 장치의 문제는 아니었습니다. 엘피 볼륨 탱크의 호스를 매단 알파 팀 잠수사 두 명도 함께 잠수중이었는데, 차질 없이 잠수를 마친 겁니다.

그날 잠수사들은 서로 말은 안했지만, 고인의 죽음을 자신들에게 닥칠 수도 있는 참혹한 미래로 받아들였습니다. 지금까진 무사하더라도 단 하루 딱 한 번 문제가 생기면, 고인처럼 목숨을 잃는 겁니다. 고인을 실은 단정이 떠나는 것을 보니 서러움이 밀려들었습니다. 실종자를 거두기 위해 맹골수도 잠수를 자원한 것은 맞지만, 잠수사들의 목숨을 지킬 최소한의 인력과 장비는 마련되었어야 하는 것이 아닐까요. 인공호흡과 응급처치는 했지만 의사만큼 능숙하진 않았습니다.

오후에 사법 경찰관이 바지선으로 왔습니다. 사망 사고가 났으니 참고인들의 증언이 필요하다고 했습니다. 류창대 잠수사가 1시 20분쯤부터 사법 경찰관과 문답을 하고 진술조서를 썼습니다. 저는 4시 40분부터 2시간 정도 문답을 하고 진술조서를 썼습니다. 그 외에도 사법 경찰관은 회사 팀장이나 고인을 수중에서 데리고 나온 스쿠버 잠수사와 문답을 하고 진술조서를 작성한 후 돌아갔습니다.

사법 경찰관이 떠나고 나니 해가 기울고 밤이 왔습니다. 저녁 식사가 나왔지만 밥이 입으로 들어가지 않았습니다. 식당을 나오니 류 잠수사가 바지선 끝에 홀로 서 있더군요. 고인이 새벽에 잠수했던 브라보 팀 자리였습니다. 저는 조용히 곁에 가서 섰습니다. 제가 왼편에 있는 걸 알면서도 10분 남짓 류 잠수사는 아무 말도 하지 않았습니다. 조치벽 잠수사도 와서 류 잠수사의 오른편에 자리를 잡았습니다. 파고가 제법 높아 바지선이 출렁거렸습니다. 어둠을 내려다보던 류 잠수사가 툭 던졌습니다.

"여기가 한계일까?"

조 잠수사가 받았습니다.

"무슨 말씀이십니까? 실종자를 전부 다 수습해야지요."

"너무 열악해."

저도 의견을 냈습니다.

"맹골수도가 험악한 걸 모르는 잠수사도 있답니까? 선내로 진입해서 실종자를 수습하는 일이 얼마나 위험한 줄은 여기 모인 잠수사들 모두 잘 압니다. 개선할 부분은 개선하면서, 잠수를 계속해야 합니다. 고인도 그걸 원할 겁니다."

류 잠수사가 먼저 저와 눈을 맞추고 다시 조치벽을 쳐다봤습니다. 그의 주름진 눈에 눈물이 고여 흔들렸습니다.

"어제까진 운 좋게 온 거야. 잠수에 목숨을 걸어선 안 되는 거잖아? 그렇게 잠수하겠다는 사람이 있다면 나서서 말려야 하는 게 옳아. 하지만 여기선, 이 바지선의 민간 잠수사들은 전부 목숨을 걸었어. 걸 수밖에 없어. 오늘이 불행의 시작이면 어떻게 해?"

"형님!"

"너희가 목숨 걸고 들어가는 걸 뻔히 알면서도, 해경 지시만 곧이곧대로 전달했으니, 미안하구나."

조 잠수사가 받았습니다.

"그게 왜 형님이 미안할 문젭니까? 민간 잠수사들이 목숨을 걸지 않아도 되도록 잠수 상황을 점검하고 준비하지 못한 놈들 책임이지요."

저도 끼어들었습니다.

"여기까지 온 것도 형님 덕분이란 거 우리는 물론이고 해경과 해군 그리고 바지선에 1시간만이라도 머문 사람이라면 인정할 겁니다. 사고가 생긴 건 안타깝지만, 우린 우리 할 일을 계속 해야지요."

14년 잠수하는 동안, 저도 선후배나 동료를 잃은 적이 네 번 있습니다. 불과 1시간 전까지 함께 떠들고 놀던 이가 싸늘한 주검이 되어 돌아오기도 했습니다. 그땐 참 견디기 힘들었습니다.

인명 사고에는 당연히 책임이 따릅니다. 한 사람의 목숨을 앗은 것이니 진상 규명을 철저하게 해야 합니다. 그러나 그 밤에 저나 조치벽 잠수사나 류창대 잠수사는 그 책임이 고스란히 류 잠수사에게 돌아갈 것이라곤 상상도 못 했습니다. 이 민간 잠수사가 업무상 과실을 범하여 저 민간 잠수사를 죽음에 이르게 했다는 것은, 맹골수도 바지선에서 해경의 지시에 따라 악전고투하는 우리의 형편을 조금이라도 아는 사람이라면 모두 소설이라고 했을 겁니다. 정말 소설 같은 일이, 우리만 모른 채 우리를 기다렸던 셈입니다.

◎

2014년 7월 말 광화문 농성장에서 최용재(48세) 씨를 만났을 때, 그는 외아들인 최혁서 군의 사진부터 내밀었다. 복사복 차림으로 신부님 뒤에 선 모습이 의젓했다. 호리호리한 몸매에 턱 선이 살아 있고 금테 안경을 오뚝한 코끝에 살짝 얹은 미소년이었다.

"아빠 네 분 엄마 다섯 분과 함께 바지선에 내렸지. 팽목항을 떠날 때는 먹구름만 묵직할 뿐이었는데, 바지선에 도착하니 빗방울이 떨어지기 시작했어. 폭우가 쏟아지지 않는 한 비가 내리더라도 정조기엔 잠수를 한다지만, 유가족들 표정은 좋지 않았지. 하지만 난 그들과 마음이 달랐어. 혁서가 유난히 비를 좋아하는 아이였거든. 비에 관한 에세이를 쓴 적도 있고, 비가 오면 친구들에게 전화해서 우산을 쓰고 밖에서 만나 걷기도 했어. 비가 온다고 엄마에게 문자를 남기는 남자아이, 혹시 본 적 있어? 바지선에 뚝뚝 떨어지는 빗소리를 들으니, 혁서가 나를 반기는 것만 같더라고.

가져온 음식부터 젖지 않게 선실 안 식당으로 옮겼어. 잠수사들은 간식이 넉넉하다며 마다했지만 그래도 빈손으로 오는 건 도리가 아냐. 해수부나 해경의 높으신 양반들이 이런저런 수색 방안을 떠들어도 우리 유가족은 알아. 선내로 들어가서 아이들을 찾아내 데리고 나올 사람은 결국 저 민간 잠수사라는 것을. 잠수사들이 피로하거나 굶주리거나 아프면 그만큼 아이들을 찾을 가능성이 줄어들어. 마음 같아선, 잠수 시간을 제외하곤 가장 좋은 공간에 서 편히 쉬도록 해 주고 싶었어. 이불이며 베개며 음식들이 나아 졌다고 해도, 컨테이너는 컨테이너야. 요를 아무리 깔아도 딱딱한 바닥이 푹신푹신해지진 않지. 범대본에 계속 항의했어. 팔팔한 해 경 잠수사는 함정에서 편히 자고, 상대적으로 나이 든 민간 잠수 사는 바지선에서 불편하게 잔다는데, 이게 말이나 되냐고. 잠수의 편의를 위해서 어쩔 수 없다고 버티더군. 선내를 오가는 잠수사들 을 위하는 것 외에 무슨 편의가 또 있다는 건지 지금도 모르겠어.

팽목항에서 함정에 오르기 전, 범대본 간부가 이런 말을 했어. 바지선에 가서 잠수사들 방해해선 안 된다고. '방해'란 단어가 참 불쾌하게 들렸지. 유가족 중에 누가 잠수사를 방해해? 정말 방해 가 될 것 같으면 유가족이 스스로 물러나지. 유가족과 잠수사 사 이를 떼 놓으려는 수작이야. 잠수사들과 대화를 나누지 말라는 은 근한 경고라고. 그 말만으로도 정말 부담이 되었어.

비가 내린 게 오히려 기회를 줬어. 우산을 쓰거나 우비를 입고 있어도 바람까지 점점 빨라져서, 컨테이너로 잠시 몸을 피했지. 누워 쉬던 잠수사들이 일어나 자리를 내줬어. 그렇게 가까이에서 잠수사들을 보는 건 그때가 처음이었지.

엄마들은 빵 봉지를 뜯고 음료수 뚜껑을 열어 잠수사들에게 권했어. 잠수사를 보는 것만으로도, 바지선에 오른 것만으로도 가슴이 떨리고 눈물이 쏟아지려 했지만, 꾹 눌러 참았어. 거기서 통곡이라도 하면, 잠수사들 마음도 불편하고, 바지선에 머무는 시간도 줄어들 것이기에, 미리 울음이 나도 최대한 참자고 유가족들끼리 약속했거든.

잠수사들에 대한 첫인상은 몹시 지쳐 보인다는 거였어. 한 달넘게 바지선에 머물며 잠수한 탓인지, 살갗은 거칠고 볼은 홀쭉하고 머리카락도 길게 자라 제멋대로였지. 잊히지 않는 건, 내가 빵을 집어 권했을 때, 잠수사의 첫마디였어.

— 미안합니다.

그 잠수사는 분명히 내게 미안하다고 했어. 생각들을 해 봐. 잠수사가 내게, 나아가 유가족에게 미안할 게 무엇이 있겠어? 그들은 이 불편한 바지선에서 먹고 자며 실종자를 찾기 위해 잠수하는 사람들이야. 그렇게 어려운 상황에서도 실종자들을 수습한 잠수사가 내게 미안할 까닭이 없어. 하지만 그는 빵을 먹지도 못한 채다시 고개를 숙이며 말했지.

— 정말 미안합니다.

그날 나는 잠수사와 많은 이야기를 나누고 싶었어. 따져 묻고싶은 질문들을 수첩 두 페이지에 빼곡하게 적어 갔지. 하지만 난그 밤에 비 내리는 맹골수도만 쳐다보다가 돌아왔어. 미안하다는그 말 한 마디면 충분했던 거야. 처음 만난 사인데 미안하다고 먼저 말하는 사람을, 나는 그전에도 그 후에도 본 적이 없어. 최선을 다해 실종자를 찾고 있지만 아직 미수습자가 있기 때문에, 그 미수습자의 유가족인 내게 미안하다고 사과부터 한 거야.

수색과 수습의 문제점을 논하자면, 밤을 새워도 모자라. 나는 여전히 침몰 직후 구조 방기부터 실종자 수습까지, 정부의 무능함과 안일함을 생각하면 치가 떨려. 하지만 바지선에서 만난 잠수사들은 아냐. 나는 수학여행을 떠난 아들을 맹골수도에서 잃은 국민이고, 내 앞에 앉은 사내들은 억울하게 숨진 내 아들을 찾고자 매일 잠수하는 국민이라고. 국민과 국민이 만난 거야. 유가족과 잠수사가 서로 사과를 주고받아선 안 돼. 오히려 우린 함께 국민을 우롱하고 상처를 입힌 자들을 찾고 그들에게 공개 사과를 받아야해. 정말 머리 숙여 사과할 사람을 찾으려고 내가 지금 여기서 이러고 있는 거라고."

끝의
시작

재판장님!

5월 7일부터 7월 10일까지 류창대 잠수사를 비롯한 민간 잠수사들은 바지선에 머물며 잠수를 계속했습니다. 5월 6일 이전과 이후는 몇 가지 달라진 점이 있습니다. 의사가 바지선에 상주하게 되었고, 민간 잠수사 증원 계획은 유보되었습니다. 유가족이 보낸 음식들이 더 자주 바지선으로 들어왔습니다. 피자도 있고 치킨도 있었습니다. 그전에도 음식들이 간간히 들어왔지만, 바지선이 최종 목적지인 탓에 중간에 사라지는 음식이 적지 않았습니다. 5월 7일부터는 비교적 넉넉하게 먹을 기회가 늘었습니다.

6월로 접어들자 공백기가 찾아들었습니다. 매일 정조기마다 돌아가며 잠수하는 것은 똑같았지만, 실종자를 발견한 후 모시고 나오는 횟수는 눈에 띄게 줄었습니다. 6월에 모두 다섯 명의 실종자를 수습했고, 7월 들어선 10일까지 한 명도 찾지 못했습니다. 하루에 한 명도 수습하지 못한 날엔 세끼 밥을 먹고 잠을 자는 것이

죄스러웠습니다. 이미 수색을 마치고 클리어한 곳을 들어가고 또 들어가기를 반복했습니다. 팽목항에서 기다리는 유가족이 원하는 곳은 또다시 들어갔습니다.

실종자를 계속 모시고 나왔던 4월 말 5월 초가 오히려 나았습니다. 그땐 몸과 마음은 피곤했지만, 그래도 잠수에만 집중했고 또 열심히 일하는 만큼 성과가 있었습니다. 6월로 접어든 후론 마음을 다잡아도 잡념이 늘었습니다. 잠수사들 사이에서도 크고 작은 언쟁이 이어졌습니다.

류창대 잠수사가 컨테이너로 잠수사들을 모두 불러 모은 밤이 떠오릅니다. 잠수사끼리 의논할 문제가 있다며 해경의 출입도 막았지요. 상황판 앞에 모여 도면을 보고 작업 지시를 할 때 외엔 이렇게 컨테이너에 함께 모인 것은 처음이었습니다. 류 잠수사가 잠수사들을 훑은 후 입을 열었습니다.

"우린 깊은 바다에서 묵묵히 일하는 잠수사들이다. 우린 심해 잠수라는 특별한 기술을 가졌고, 갈고닦은 기술을 총동원해서, 억울하게 돌아가신 분들을 지금까지 모시고 나왔다. 각자 맡은 역할에 충실하면 말을 나눌 필요도 없지. 눈빛만 봐도 숨소리만 들어도 아니까. 그래도 오늘은 꼭 할 말이 있어 모이라고 했다.

맹골수도 바지선까지 온 사연은 각자 다르다. 잠수를 시작한 시기나 이유도 다르고, 고향이나 가족 관계도 다르고, 여길 나가서 하고 싶은 일들도 차이가 나겠지. 이번처럼 전국에서 다양한 경력을 지닌 이들이 모인 건 매우 드문 일이다. 해경 잠수사들과 함께 작업하는 것도 상상 밖이었고. 솔직히 처음에 나는 팀워크가 제대로 만들어질까 걱정했다. 여러분을 엄하게 대한 것도 그 때문이야. 내 걱정과는 달리, 역시 전문가답게 매우 빨리 손발을 맞췄고 덕분에 많은 실종자를 모시고 나왔다.

내 입으로 전부 옮기진 못하지만, 실종자를 수습하는 횟수가 점점 줄어들자 뭍에선 갖가지 억측과 헛소문이 유포되고 있다. 우리가 지금까지 해 왔던 방식이 잘못되었으며, 성실하게 작업하지 않는다는 터무니없는 비난까지 나왔어. 핸드폰으로 그런 글을 읽고 내게 보여 준 잠수사도 이 속에 있다. 언제까지 우리가 맹골수도에서 잠수를 계속할지 솔직히 나도 모른다. 모든 지시는 범대본을 통해 내려오고, 우리는 그 뜻을 따를 뿐이니까.

내가 하려는 이야기는 두 가지다. 첫째는, 안전에 각별히 더 신경을 써 주기 바란다. 내 경험에 따르자면, 사고는 정신없이 일할 때보다 지금처럼 노력은 하되 성과가 적은 때에 더 많이 찾아든다. 잠수하는 이는 물론이고 곁에서 지켜보는 이들도 관심을 더 가져 주고, 조언도 더 해 주기 바란다. 바지선에서 작업하고 있는 우리는 모두 한 팀이다. 선내엔 혼자 들어가지만, 바지선엔 그 잠수사를 위해 집중하는 이들이 최소한 여섯 명이 넘어. 훗날 역사에 우리는 최선을 다해 실종자를 수습한 팀으로 기록될 것이다. 그러니 각자 스스로를 아끼고 팀원들을 아껴 주기 바란다.

둘째는 끝까지 포기하지 않겠다는 마음을 먹자는 거다. 선내엔 아직 실종자들이 있다. 그 수는 많이 줄었지만, 한 사람 한 사람

누군가의 귀한 자식이며 형제며 부모다. 며칠 전 신문에서 '실종자한 사람이 곧 하나의 우주다'라는 문장을 읽었다. 한 사람을 포기하면 하나의 우주를 잃는 것이다. 우리, 끝까지 포기하지 말자. 이제 그만 포기하라고 할 만큼 했다고 이 나라 전체가 권하더라도, 우리 자신만은 포기하지 말자. 언제일지는 모르지만, 언젠간 끝이 오긴 올 거다. 우리가 이 바지선에서 철수하는 그날이 올 거다. 그날이 오더라도, 우리가 스스로 포기해서 나가진 말자. 차라리 질질 끌려 나갈 때까지 버티자. 우린 침몰한 여객선에서 실종자를 모두 모시고 나올 때까지 맹골수도로 들어가는 거다. 오직 이것에만 집중하자. 바지선 밖에서 벌어지는 일 따윈 관심 끄는 것이 좋겠다. 뭍의 신문 기사나 명령이나 소문이 우리 잠수에 도움 준 적 있었나? 결국 잠수는 우리가 하는 것이고 선내 진입도 우리가 하는 것이고 모시고 나오는 것도 우리가 하는 것이다. 똘똘 뭉쳐 확인하고 또 확인하자. 짧게 하려 했는데 길어져 미안하다. 다음 정조기에 들어갈 잠수사들은 준비하고, 나머진 편히 쉬도록. 이상!"

류창대 잠수사가 없었다면 바지선에서의 나날이 어땠을까요. 순번을 정해 잠수는 했겠지만, 그렇게 빨리 안정감을 찾고 끝까지 수색과 수습이 이뤄지긴 어려웠을 겁니다. 류 잠수사가 해경의 지시를 민간 잠수사에게 전하는 역할을 맡은 뒤로 해경에서 단한 번도 교체할 뜻을 내비치지 않은 것도, 그의 탁월함을 입증합니다. 그는 먼저 고민하고 미리 챙겼으며 맨 나중까지 잠수사들을 돌봤습니다. 잠수사들의 아버지이자 어머니였고 큰형이자 믿음직

한 친구였습니다.

　미수습자가 줄어들자, 바지선에 오는 유가족들 얼굴도 낯익기 시작했습니다. 잠수사들은 아직도 실종자를 찾지 못한 미안함 때문에 유가족과 시선을 마주치는 것조차 조심스러워했습니다. 특히 아들이나 딸의 이름을 부르며 눈물을 쏟는 엄마나 아빠를 볼 때면, 가슴이 뻥 뚫리고 무릎이 꺾이는 기분까지 들더군요. 그런 날은 한 번이라도 더 잠수하여 객실 하나라도 더 샅샅이 찾아보았지만, 유가족이 기다리는 소식을 전하진 못했습니다.

　늦은 밤, 목이 말라 식당으로 갔다가 40대 중반의 아빠 한 분과 마주쳤습니다. 저는 시선을 내린 채 옆걸음으로 비켜섰습니다. 그는 지나치는 대신 저를 향해 멈췄습니다. 제가 고개를 들자, 제 손을 당겨 잡곤 그 위에 신문지로 싼 사각 뭉치를 놓았습니다.

　"이게……?"

　"아무리 생각해도 내가 해 줄 게 이것뿐입니다."

　그러고는 먼저 돌아서서 식당을 나갔습니다. 홀로 남은 저는 신문지를 끝만 뜯어 속을 봤습니다. 담배 두 보루였습니다. 유가족들로부터는 어떤 성의도 받지 말라고 류창대 잠수사가 신신당부를 했지만, 저는 그 담배만은 가져와서 잠수사들에게 자초지종을 말한 뒤 나눠 가졌습니다. 미수습자 가족들이 잠수사들을 심하게 원망한다는 소문이 지금까지도 떠돌지만, 저는 그때마다 담배 두 보루를 떠올리며 마음을 가라앉힙니다. 실종자를 찾은 유가족이든 아직 찾지 못한 유가족이든, 바지선에 올라와서 민간 잠수사들의 일상을 목격한 분들이라면, 아마도 제게 담배 두 보루를 준 그 아빠와 같은 마음일 겁니다.

7월로 넘어갔습니다. 대낮엔 컨테이너에 누워 있기조차 어려울 만큼 무더웠습니다. 잠수복을 입으면 땀이 안으로 줄줄 흘렀습니다. 7월 9일, 탄원서 첫머리에 제시한 것과 같이, 저를 비롯한 잠수사들은 철수 명령이 담긴 문자를 휴대전화로 받았습니다. 그때까지 아직 열한 명을 수습하지 못한 상황이었습니다. 범대본은 우리를 철수시키고, 다른 바지선과 잠수사를 투입하여 새로운 방식으로 수색과 수습을 하겠다고 발표했습니다.

뜬눈으로 밤을 지새웠습니다. 가만히 앉아 있어도 뜨거운 기운이 명치에서부터 치밀어 올랐습니다. 여객선에서 목숨을 잃은 이는 모두 304명입니다. 두 달 넘게 잠수하고 또 잠수하면서 그 숫자를 열한 명까지 줄인 겁니다. 한 달 아니 보름만 더 기회를 준다면, 남은 열한 명을 모두 찾을 것만 같았습니다. 4월부터 우리가 해 온 잠수 방법보다 더 나은 잠수 방법이 있는지, 솔직히 지금도 믿을 수 없습니다. 우리는 이제 눈을 감고도 복도와 객실과 계단은 물론이고, 집기가 몰려 있는 곳, 벽면이 너덜너덜 흔들리는 곳, 통로가 좁아진 곳까지 훤히 그려집니다. 새로운 팀이 온다면, 이 무시무시한 맹골수도로 들어가서 선내를 파악하는 노력을 따로 해야 합니다. 90도로 기운 침몰선 내부에 대한 우리의 지식은 이론이나 직관으론 해결되지 않는, 잠수사들이 두 손으로 직접 더듬어 파악한 겁니다.

7월 10일 아침에 목포에서 맹골수도로 향했습니다. 태풍 너구리는 제주도를 스쳐 일본으로 경로를 틀었습니다. 짐을 챙겨 서둘러 바지선에서 나왔습니다. 어떤 잠수사는 맹골수도를 등지고 앉았고 어떤 잠수사는 사나운 바다를 멍하니 쳐다봤습니다. 저는 전자였습니다. 그 바다를 보고 있으면 눈물이 쏟아질 것 같았습니다. 차라리 엉뚱한 풍경을 살피며 딴 생각 속에서 시간이 지나가기를 바랐습니다. 맹골수도를 잡아먹을 듯 노려보던 조치벽 잠수사가 바로 옆에서 손나발을 만들어 핏대가 서도록 고함을 질렀습니다.

"기다려! 꼭 다시 올게. 나 아직 포기 안 했다!"

재판장님!

제게 이 탄원서를 쓰게 만든 밤을 빠뜨렸습니다. 맹골수도에서 작업한 후론 기억력이 나빠져 중요한 순간도 깜빡깜빡 놓칩니다. 6월 하순으로 기억합니다. 파도가 높고 바람이 강해 잠수가 어려운 밤이었습니다. 낮에 해경 단정을 타고 바지선을 잠시 비웠던 류창대 잠수사가 저와 조치벽 잠수사를 선실 2층 작업지휘실로 불렀습니다. 그 공간을 주로 쓰던 해경 상황담당관은 회의가 있다며 팽목항에 갔다가 미처 돌아오지 못했습니다. 둥근 탁자를 두고 셋이서 둘러앉았습니다. 류 잠수사가 상기된 표정으로 물었습니다.

"참고인과 피의자가 얼마나 어떻게 다른 거야? 5월엔 어쨌든 사람이 죽었으니까 참고인 조사를 하겠다더니, 오늘은 나한테 업무

상과실치사 피의자라고 했어. 경수야! 설명 좀 해 줘 봐. 참고인은
뭐고, 피의자는 뭐야?"

저는 휴대전화를 켜고 '참고인'과 '피의자'를 각각 국어사전에서
찾아 또박또박 천천히 읽었습니다.

" '참고인: 범죄 수사를 위하여 수사 기관에서 조사를 받는 사
람 가운데 피의자 이외의 사람. 증인과는 달리 출석이나 진술이
강제되지 않는다.' '피의자: 범죄의 혐의가 있어서 정식으로 입건
되었으나, 아직 공소 제기가 되지 아니한 사람.' "

류 잠수사가 놀란 눈을 하고 제게 반복하여 물었습니다.

"범죄의 혐의가 있다? 그 사고가 내 책임이라고? 내가 범죄자
라고?"

◎

조치벽 잠수사는 2015년 6월 현장에 복귀했다. 아르헨티나 발
전소 해상 공사에 참가하느라 당분간 귀국이 어려웠다. 이메일은
사용하지 않고, 우리가 문자를 보냈지만 두 달 넘게 답이 없었
다. 다시 문자를 띄웠더니, 우리가 아니라 나경수 잠수사에게 장
문의 문자를 보냈다. 조 잠수사가 공개해도 좋다고 허락한 부분만
옮겨 둔다.

경수 형!

몸은 좀 어때?

여긴 편해. 맹골수도를 경험했으니 이제 우리가 두려워할 바다
는 없다고 형이 그랬지? 형도 어서 넘어와.

거기서 창대 형님과 형이 고생하는 이야긴 간간이 듣고 있어.
일한다고 외국으로 내뺀 날 원망하지? 다른 건 형이 잘 챙기리
라고 믿어. 다만 난 이것 하나만은 지적해 두고 싶네.

작년 6월 말 기억하지? 평생 잊지 못할, 두고두고 곱씹을 밤 말
이야. 창대 형님이 해경 함정에 다녀오신 뒤 우리 둘에게 물으
셨잖아? 피의자랑 참고인이랑 얼마나 다른 거냐고. 5월 6일엔
참고인 진술조서를 썼는데, 그날은 업무상과실치사 피의자 신
문조서를 쓰고 온 게지.

업무상과실치사 피의자면, 바지선에서 민간 잠수사 감독 업무
를 하다가 사람을 죽인 범법자란 소리잖아? 해경이 정말 창대
형님을 범법자로 파악했다면, 그것도 바지선에서 업무를 잘못
봐서 사람을 죽게 만든 혐의를 뒀다면, 창대 형님을 당장 바지
선에서 쫓아내야 하는 것 아냐? 범법자로 몰아세운 뒤에도 바
지선에서 일을 계속 시킨 이윤 뭘까? 창대 형님이 철수하면 다
른 잠수사들이 동요할 것을 걱정했을까?

그날 우리가 범대본을 찾아가서 이 문제를 따졌다면 상황이 달
라졌을까? 크게 바뀔 건 없었을지도 몰라. 피의자로 삼았다는

건 그 사고의 책임을 창대 형님에게 덮어씌워 재판에 넘기기로 작정한 것이니까. 참고인에서 피의자로 바뀐 게 찜찜하긴 했지만, 실종자 수색과 수습에 집중하느라 지나가 버렸어. 매일 해경과 함께 작업하고 있으니까, 그냥 형식적인 조사일 거라고, 좋은 게 좋다는 식으로 간주하고 싶었는지도 모르겠어.

형에게 이 말은 못 했는데 지금 하고 싶네. 경수 형 정말 고마워! 내가 맹골수도로 내려와 달라고 형에게 전화한 이윤, 내가 너무 힘들어서이기도 했어. 내가 도착한 4월 17일에 네 명 그리고 19일에 네 명 그렇게 여덟 명이 전부였으니까. 그땐 여객선 도면도 없었고 조석표도 엉망이었어. 쉴 곳도 없고, 밥도 제때 나오지 않았어. 유속이 엄청나게 빠른 데도 엉터리 조석표만 들이밀며 잠수하라고만 하고. 미 해군은 유속이 1노트 이상 되면 잠수하지 않는다는 거, 형도 알지? 하지만 그때 우린 유속을 확인하지도 않고 내려가야만 했어. 이유는 간단해. 잠수를 해낼 사람이 후카에 능숙한 우리밖에 없었으니까. 스쿠버를 하는 해경 잠수사들이 처음에 내려갔다가 죽을 뻔했단 얘길 나중에 들었지. 그 위험을 전부 민간 잠수사인 우리가 떠안았던 거야. 위험을 무릅쓰고 들어가다가 안전사고를 당하면 어찌 되는지에 관해서 설명해 준 이는 아무도 없었다고. 게다가 배 안엔 탈출하지 못한 실종자들이 가득했어. 하루에 두세 번씩 들어갔다 나오길 반복하니까, 이러다간 정말 내가 먼저 죽겠더라고. 입수와 출수 시간 기록도 제대로 안 했어. 잠수 체계를 잡고 조석표라도 올바로 정정해 달라고 했지만, 해경에선 책임자로 나서는 사람이 없었어. 창대 형님이 오고, 또 형이 오고 나서야 비로소 틀이 갖춰졌지. 바지선에선 창대 형님이 우리의 멘토 역할을 해주셨고, 또 지금은 형이 나서서 궂은일을 도맡아 하고 있으니, 정말 다행이야. 그리고 미안하고 고마워.

걱정 마. 창대 형님은 무죄야. 함께 실종자를 찾느라 몸 고생 마음고생한 게 잘못이 아니라면 말이지. 그런데 정말 궁금하긴 하네. 창대 형님이야 당연히 무죄지만, 업무상과실치사로 유죄를 받아야 할, 감방에 처넣어야 할 쥐새끼들은 전부 어디로 숨은 거지?

아르헨티나에서

못난 동생, 치벽

2부

반드시

재판장님!

맹골수도 바지선에서 철수한 잠수사들은 어디로 향했을까요. 배가 항구에 닿으면 가족과 친구를 만나듯, 잠수사들도 각자의 고향으로 돌아가서 그리운 이들과 이야기꽃을 피웠을까요.

아닙니다. 맹골수도에 침몰된 선내를, 끼니를 잇듯 오간 잠수사들은 평범한 일상으로 복귀하지 못했습니다. 잠수병에 걸렸으니까요. 언젠가는, 어쩌면, 종종 입에 담긴 했어도 마지막까지 피하고 싶었던 바로 그 저주가 몸 안에 깃든 겁니다.

잠수중 몸 밖으로 완전히 배출되지 않은 질소가 기포를 형성하여 피의 흐름을 방해한 겁니다. 이압성 골괴사가 진행되고 있었으며 근육이 찢기거나 인대가 늘어난 경우도 많았습니다. 하반신 감각이 떨어지면서 소변과 대변 처리가 힘겨운 이도 있었습니다. 극심한 트라우마로 인해 환청과 환영에 시달렸습니다.

민간 잠수사에게 당장 시급한 것은 치료였습니다. 그냥 치료가 아니라, 잠수병 치료 장비와 잠수의학 전문의가 있는 병원에서 입원 치료를 받아야만 했습니다. 치료 시기를 놓치면 심한 경우 전신이 마비되거나 혈관이 막혀 급사할 수도 있습니다. 우리가 함께 이송된 곳은 고압 산소 치료 센터가 있는 경남 사천의 D병원이었습니다.

바다를 벗하며 물질하는 사람들에게 잠수병보다 두려운 건 없습니다. 특히 산업 잠수사의 경우 이 병이 악화되어 잠수가 어려워지면 생계가 막막합니다. 바지선에선 잠수병에 걸리는 한이 있더라도 실종자를 모두 찾자고 결의했지만, 막상 병원에 도착하고 나니 두려웠습니다. 환자복으로 갈아입고 침대에 눕자마자, 반란이라도 하듯 몸 여기저기가 아프기 시작했습니다. 두통, 관절통, 근육통, 치통 등의 병명에 따라 진통제부터 우선 처방을 받았습니다. 절뚝거리며 걷거나 손을 떠는 잠수사도 있었고, 목발을 짚거나 아예 휠체어에 의지한 잠수사도 있었습니다. 우리는 서로의 손을 잡고 눈을 맞추며 허풍 섞인 위로를 건넸습니다.

"며칠만 산소를 마시면 말짱해질 거야. 걱정 마."

"그래. 지난번에 내가 아는 잠수사도 누워 체임버에 들어갔다가 뛰어나왔어."

"혹시 수술을 받더라도 이 병원 전문의의 솜씨가 신의 솜씨래. 견관절어깨이든 고관절넓적다리, 슬관절무릎이든 삐거덕거리면 이참에 인공 관절로 싹 갈아 끼우는 것도 나쁘지 않겠어."

"괜찮아질 거야. 우린!"

"그럼, 괜찮고말고."

"함께 태평양 건너가서 물질하기로 한 거 잊은 건 아니지?"

서로 용기를 북돋았지만 치료가 쉽지 않을 것이라고 모두 예상했습니다. 잠수 교본에서 정한 기준을 훨씬 초과하는 작업을 석 달 가까이 했으니까요. 골병이 들 줄 알면서도.

잠수사들 중에서 제가 가장 먼저 수술을 받았습니다. 위태위태했지만 그래도 잘 견뎌 준 목이 기어이 탈이 난 겁니다. 신경을 누르는 디스크를 제거하고 6번과 7번 경추에 철심을 박아 고정시키는 수술을 했습니다. 잠수사들은 이제 비행기를 탈 때마다 검색대에서 금속탐지기가 삑삑거려 골치 아프겠다며 놀렸습니다.

체임버 운용사의 지시에 따라 매일 3시간 30분씩 체임버에서 고순도 산소를 마셨습니다. 한꺼번에 산소만 마시는 것이 아니라, 25분마다 5분씩 일상 공기를 마셔 산소 독성을 뺍니다. 바지선에서 무리하게 작업한 벌을 받는 셈입니다. 아주 지루한 벌이지요.

환자복을 입고 마스크를 쓴 채 앉으면, 선방禪房에 들어 참선을 하듯 맘이 편안해집니다. 찌들고 눌리고 꺾이고 찢긴 몸이 저 깊숙한 속에서부터 조금씩 나아진단 느낌도 듭니다. 깜빡 졸음이 밀려오지만 체임버에서 잠들면 안 됩니다. 앞에 앉은 잠수사가 먼저 눈을 비비며 고개를 흔들어 댑니다. 거울처럼 저도 따라합니다. 늘 평온하지만은 않습니다. 그렇게 앉아 있노라면, 잡념이 담쟁이 넝쿨처럼 스멀스멀 감겨 옵니다. 즐거웠던 일, 기뻤던 일, 뿌듯했던 일보다 생각하기 싫은 일들이 이상하게도 먼저 떠오릅니다. 잠수사들의 미간이 파도를 타듯 좁아집니다.

이 와중에 가끔 소동이 일어났습니다. 첫 소동을 일으킨 이는 조치벽 잠수사입니다. 조 잠수사는 골괴사도 없고 근육이나 인대도 정상이라서 당장 퇴원해도 될 만큼 건강해 보였습니다. 셋째 날 함께 체임버에 들어가서 10분쯤 지났을까요. 맞은편에 앉은 그가 머리를 감싸며 주저앉았습니다. 급히 가서 산소마스크부터 풀었습니다. 조 잠수사가 어퍼컷을 먹이듯 내 턱을 올려쳤습니다. 그러고는 다시 바닥에 납죽 엎드리며 외쳤습니다.

"다 무너진다!"

환영을 본 겁니다. 여기가 체임버가 아니라 90도로 기운 선실이고, 방금 눈앞을 지나간 사람이 동료 잠수사가 아니라 실종자 시신이라는 착각! 그리고 잠수사들의 소소한 대화를 선실이 무너지는 굉음으로 받아들인 겁니다.

다행히 턱뼈가 부러지진 않았습니다. 조 잠수사는 지금까지도 어퍼컷 사건을 미안해합니다. 그의 잘못이 아닙니다. 경중의 차이는 있지만, 잠수사들이 모두 침몰선 안에 있는 듯한 기분에 젖곤 했으니까요. 그런 기운이 엄습하면, 고개를 돌려 앞이나 옆에 앉은 잠수사들의 눈을 뚫어져라 쳐다봅니다. 그 눈망울 속에 비친, 환자복을 입은 제 모습을 확인하며 마음을 가라앉히는 겁니다.

치료 기간이 오래 걸리고 외과 수술을 병행할 수도 있겠지만, 나라에서 끝까지 책임져 주리라 믿고 최대한 마음을 느긋하게 먹었습니다. 잠수의학 전문의도 조급함이 잠수병 치료의 가장 큰 적이라고 지적했습니다.

　바지선에서 숙식을 함께한 동료 중 류창대 잠수사만 입원하지 않았습니다. 심해 잠수를 하지 않고 바지선에서 총괄 업무만 했으니 따로 잠수병 치료를 받을 이유가 없었던 겁니다. 당분간은 집에서 쉬다가 새 작업에 착수하겠다고 했습니다. 잠수사들은 돌아가며 하루가 멀다 하고 류 잠수사에게 전화를 걸었습니다. 바지선에선 잔소리꾼이라며 싫다던 잠수사들도 슬그머니 뒷마당으로 나가서 전화를 걸고 오곤 했습니다. 잔뜩 이야기를 늘어놓는 이도 있고 한두 마디 안부만 묻고 끊는 이도 있었습니다. 전화를 건 횟수와 방식은 다양했지만 류 잠수사가 곁에 없는 아쉬움이 컸던 겁니다. 우린 각자의 경험만 기억할 뿐이지만, 실종자를 찾기 위한 잠수사들의 헌신을 두루 아는 이는 류 잠수사뿐입니다. 범대본이나 해경이나 해군과 수시로 만난 이도 그였습니다. 근육이나 관절에 문제가 없는 조치벽 잠수사는 벌써부터 류 잠수사에게 이런 요구까지 했습니다.

　"형님! 혼자 짭짤한 작업 시작하지 마십시오. 금방 치료하고 나갈 테니까, 제 자린 비워 두시라고요."

　해가 지고 어둠이 깃들면 류 잠수사가 특별히 더 그리웠습니다. 낮에는 체임버에도 들어가고 복도도 어슬렁거리고 가끔 면회객도 맞지만, 밤이 되면 갑자기 할 일이 없었습니다. 밤 늦게까지 텔레비전을 보거나 책을 읽기엔 시력이 시원치 않았습니다. 같은 병실을 쓰는 동료가 소리나 빛에 민감할 땐 그마저 피해야 했습니다.

불면증을 비롯한 수면 장애가 문제였습니다. 일찍 잠자리에 들었다가도 두세 시간 만에 벌떡 침대에서 일어났습니다. 정조기에 맞춰 낮밤 가리지 않고 잠수하던 패턴을 몸과 뇌가 기억하는 겁니다. 정조기와 정조기 사이, 6시간 동안에 잠시 눈을 붙이는 습관을 단번에 떼어 버리기란 쉽지 않았습니다.

오지 않는 잠을 청하느니 차라리 동료들과 두런두런 수다를 떨었습니다. 바지선에선 그렇게 과묵하던 잠수사들도 환자복을 입고 모여 앉으니 제법 많은 이야기를 쏟아 내더군요. 제가 겪지 않은 문제들을 자세하게 들은 것도 그때가 처음이었고, 제 경험을 오랫동안 이야기한 것도 그때가 처음이었습니다. 가끔 같은 사건을 놓고 서로 기억이 맞지 않는 경우도 생겼습니다. 바지선에서라면 잠수가 급하니 이야기를 하다가도 멈출 텐데, 병실에선 대립이나 틈이 생기면 오히려 그걸 붙들고 아옹다옹 주장들을 폈습니다. 나머지 잠수사들도 말을 끊거나 돌리지 않고, 그 사건을 머릿속으로 그리면서 의견을 덧붙였습니다. 이런 언쟁은 쉽게 해결되지 않았습니다. 우린 이미 맹골수도를 떠났고 서로의 기억에만 의지할 뿐이니까요. 그때마다 결론은 똑같았습니다. 창대 형님께 물어보자! 직접 전화를 걸어 결론을 낸 밤이 여럿이었습니다.

류 잠수사에게 묻지 않고 우리끼리 고민하는 밤도 점점 늘었습니다. 그 밤에 우리가 가장 많이 사용한 단어는 '반드시'입니다. 도면을 펼칠 필요도 없습니다. 머릿속에 다 들어 있으니까요. 도면에서 미수습자가 있으리라고 추정하는 장소는 제각각 달랐습니다. 가령 제가 '반드시' 있다고 예상하는 곳을 짚어 나가면서 이유를 댑니다. 다음으로 조치벽 잠수사가 몇 군데는 동의하고 몇 군데는 생각이 다르다면서, '반드시' 이런 곳들을 더 수색해야 한다며 의견을 냅니다. 그다음엔 다른 잠수사가 끼어들고 또 다른 잠수사가 끼어들지요. 다섯 명이 대화를 나누면, 다섯 가지 다른 '반드시'가 생깁니다. 겹치는 곳도 있고 혼자만 주목하는 장소도 있습니다. '반드시'를 계속 강조하다가 대화가 뚝 끊어집니다.

말은 안 하지만, 혹시 미수습자들이 우리가 방금 '반드시'라고 하며 주목한 곳에 없으면 큰일인데…… 하는 걱정이 동시에 찾아든 겁니다. 우린 곧 고개를 젓습니다. 미수습자들은 모두 선내에 있을 것이라고, 우리가 찾지 못했을 뿐이라고. 맹골수도로 돌아갈 수만 있다면, 그땐 '반드시' 찾아내겠다고. 그렇게 반드시를 다섯 번 언급한 날은 다섯 배 쓸쓸하고 열 번 되뇐 날은 열 배 공허합니다. 스무 번 강조한 날은 잠들지 못하고 눈물 쏟습니다. 후회와 아쉬움이 몰려듭니다.

병원에서 잠수병 치료를 받는 우리는 더 이상 맹골수도로 갈 수 없습니다. 풀페이스 마스크를 쓰고 후카 방식으로 잠수하여 선내로 진입할 수 없습니다. 시야가 20센티미터도 안 되는 곳을 손으로 더듬으며 들어가 실종자를 찾아서 모시고 나올 기회도 없습니다. 감기가 들거나 몸살에 걸려 잠수를 쉰 날이 떠오릅니다. 그때 한 번 더 들어갔더라면, 오늘 밤 '반드시'라고 외쳤던 곳을 정밀하게 살폈더라면, 한 명은 더 모시고 나올 수 있지 않았을까. 그런 생각과 함께 새벽을 맞곤 했습니다.

텔레비전과 휴대전화를 통해 세상 소식을 시간제한 없이 마음껏 접하는 것도 달라진 점입니다. 잠수사들이 주로 검색하는 단어는 '민간 잠수사'이고 당연히 우리가 진입하여 일했던 배 이름입니다. '맹골수도'라는 단어를 더하여도 실종자 수색과 수습 소식은 거의 올라오지 않습니다. 저희가 맹골수도에서 일하는 동안에도 잠수사 관련 뉴스는 상대적으로 매우 적었다고 합니다.

병원에 입원하고 며칠 지나지 않았을 때, 7월 14일 즈음으로 기억합니다만, 유가족이 광화문 농성장에서 단식을 시작했습니다. 잠수사들도 그렇고 저도 솔직히 그 모습이 낯설었습니다. 유가족이 광화문에서 농성을 하는 것도 본 적 없는 풍경인데, 단식까지 벌인다는 겁니다. 텔레비전 뉴스에선 단신으로 처리했기 때문에, 인터넷을 통해 광화문 농성장 영상을 찾아봤습니다. 천막에서 단식중인 유가족들 모습이 비쳤습니다.

잠수사들도 의견이 갈렸습니다. 유가족이 농성과 단식까지 하는 건 지나치다는 입장도 있고, 배가 왜 넘어갔고 또 그 많은 승객을 구조하지 못했는가를 밝히는 것이 중요하기 때문에 농성이든 단식이든 해야 한다는 입장도 있었습니다. 저는 곧바로 의견을 내진 않았습니다. 그 대신 궁금했습니다. 승객을 구조할 방법이 정녕 없었던 것일까.

처음에도 말씀드렸습니다만, 저는 구조를 하러 간 것이 아니라 수색과 수습을 하러 간 겁니다. 제가 맹골수도에 도착한 21일엔 구조가 가능한 골든타임도 지나갔고 에어포켓에 대한 희망도 사라진 뒤였으니까요. 그날부터 7월 10일 철수까진 이미 숨이 끊긴 이들을 모시고 나온 것이 전부입니다. 제가 맹골수도에 도착하기 전, 이 배가 뒤집혀 침몰하기 전, 304명의 승객 목숨이 붙어 있을 때, 해경과 선원은 그들을 구조하기 위해 어떤 조처를 했을까 또 어떤 조처를 하지 않거나 하지 못했을까 점점 궁금했습니다.

◎

"완전히 미쳐 돌아간 겁니다. 실종자 수습이 아무리 급해도 그렇지, 민간 잠수사들은 뼈가 썩고 근육이 찢어지고 신경이 눌려 휠체어 신세로 지내도 괜찮단 겁니까? 유가족이야 생때같은 자식과 형제자매를 잃었으니 더 자주 더 빨리 실종자를 찾아 달라 요구했다 칩시다. 잠수사들도 흥분한 채 만용을 부려 잠수를 더 하겠다며 나섰다고 치자고요. 그렇더라도, 해경이든 범대본이든 이 참사 수습을 총괄하는 수뇌부는 냉정하게 판단해서 말렸어야죠. 하루에 두세 번씩 매일 심해로 들어가면 열에 아홉은 치명적인 잠수병에 걸립니다. 잠수를 다시 못 하는 것은 물론이고 평생 장애를 안고 살거나 목숨이 끊길 수도 있어요. 지구상에서 이렇게 무지막지하게 잠수를 시키는 나라는 없습니다.

잠수사도 인간입니다, 대한민국 국민이에요. 그들을 존중했다면, 잠수병이 얼마나 무서운지 안다면, 절대로 그딴 식으로 맹골수도에 내려가라곤 못 합니다. 우선 말리고, 금지 명령을 내리고, 그래도 말 안 들으면 바지선에서 쫓아 버리든가 가두기라도 했어야 합니다. 아시겠습니까?"

2015년 5월 15일, 잠수의학 전문의 윤철교(47세) 박사와의 인터뷰는 진료실에서 진행되었다. 그는 인터뷰 내내 책상을 손바닥으로 치면서 화를 참지 못했다. MRI와 엑스레이 사진들을 번갈아 끼워 보여 준 후 말했다.

"얼마나 혹사당한 줄 압니까? 자, 여기 어깨, 여기 무릎, 여기 고관절을 보십시오. 뼈가 완전히 썩었습니다. 내가 맹골수도 현장에 있었다면, 잠수 횟수를 절반 이상 줄였을 겁니다. 골괴사만 문제가 아닙니다. 잠수사들의 트라우마 치료가 전혀 이뤄지지 않았어요. 잠수 횟수와 실종자 수습 숫자에만 관심을 두고, 수중에서 홀로 선내로 진입하여 시신을 품에 안고 나오는 잠수사의 마음에 대해선 진단과 치료가 이뤄지지 않았습니다. 수수방관한 겁니다. 맹골수도에 가기 전엔 수중에서 시신을 한 번도 못 본 잠수사가 대부분입니다. 그런 사람들이 심해에서 무방비 상태로 계속 시신을 모시고 나왔습니다. 상상을 해 보세요. 온전한 시신도 있지만 끔찍하게 최후를 맞은 시신도 있습니다. 잠수사들은 그 시신들까지 고스란히 봤고, 봤을 뿐만 아니라 끌어안고 왔단 말입니다. 여러분 같으면 다시 그 선내로 들어갈 수 있겠습니까? 그런데 민간 잠수사들은 6시간 뒤 순번이 되면 잠수복 입고 깜깜한 선내로 들어가야만 했습니다. 잠수사들은 바지선에서 울거나 욕하거나 짜증이 났다는 이야길 거의 대부분 했습니다. 마음이 산산조각으로 무너진 겁니다. 울고 싶지 않은데도 눈물이 나고, 욕하고 싶지 않은데도 화가 나고, 사소하게 조금만 불편해도 짜증이 났단 겁니다. 잠수사들이 왜 그랬겠습니까? 무너진 마음을 스스로 다독이려는 발악입니다. 그때 벌써 마음을 심각하게 다친 겁니다. 바지선엔 적어도 나처럼 잠수 전문의 한 명과 정신과 전문의 한 명이 상주해야 했습니다. 매일매일 잠수사들의 몸과 마음을 챙겼어야 해요.

병원에 도착한 잠수사들은 모두 피곤한 표정을 띠었지만 밝은 웃음도 지었습니다. 잠수병 전문병원에서 치료를 받고 나면, 그들 짐작으론 길어야 서너 달 안에 완치되어, 내년엔 다시 작업 현장인 심해로 갈 수 있으리라 기대한 겁니다. 난 이들이 적어도 2년은 잠수하지 않고 절대 안정을 취하는 것이 옳다고 봅니다. 맹골수도에서 입은 트라우마는 단시간에 나타나기도 하지만, 제법 시간이 흐른 뒤 다양하게 증상이 드러나는 경우도 많습니다. 특히 맹골수도의 심해와 흡사한 상황에 처했을 때 그 증상이 발현될 가능성이 무척 큽니다. 그것까지 정신과 전문의가 충분히 진단하고 치료한 다음에 현장으로의 복귀를 의논하는 것이 순서입니다. 복귀 시점도 잠수사 개인의 판단에 맡기지 말고 국가에서 관리해야지요. 말로만 '맹골수도의 영웅'이라 하지 말고, 그 영웅들이 트라우마로 고통받지 않도록 국가에서 챙겨야 합니다.

잠수병은 증세도 제각각이고 치료 기간이나 치료 방법도 다릅니다. 어떤 잠수사는 서너 달 고산소 감압 치료만으로도 정상인에 가깝게 호전되나 어떤 잠수사는 완치 기간을 정하기조차 어렵습니다. 후자의 경우는 산업 잠수사로의 복귀가 불가능하단 뜻입니다. 그런데 이 나라에선 2014년 12월 31일에 치료비 지원을 중단하겠다고 했습니다. 날짜를 딱 정하고 일괄 처리한단 건 참으로 한심한 발상입니다. 잠수사뿐만 아니라 유가족과 생존자 들이 항의하자 석 달 더 기간이 연장되긴 했지만, 3월 29일부터 잠수사들은 정부의 보조 없이 자비로 치료를 받는 형편입니다. 한마디로 탁상공론의 극칩입니다. 법에 따라 행한 조처라는 정부 관계자의 설명을 나도 방송에서 들었습니다. 잠수의학 전문의로서 말씀드리자면, 법 조문이 왜 그따위로 한심하게 정해졌는지 모르겠습니다.

몇 년 동안 지속적으로 치료를 받아야 하는 중증 잠수병 환자가 돈이 없어서 치료를 중단하고 우리 병원에서 나갔단 사실에 분통이 터집니다. 치료를 받지 않으면, 그 고통이 얼마나 끔찍한지 여러분은 감히 상상도 못 할 겁니다.

구조에만 골든타임이 있는 게 아니라 잠수병 치료에도 골든타임이 있습니다. 바지선에서 철수한 후 우리 병원으로 잠수사들을 데려온 것은 잘한 결정입니다. 병원에서 정밀 검사를 하여 병의 부위와 상태를 확인한 다음엔, 잠수의학 전문의 밑에서 완치될 때까지 치료를 이어가야 합니다. 치료를 중단하고 병원을 나가 버리면 나중에 다시 입원해도 늦습니다. 그땐 치료보다는 통증을 완화

시키는 것밖에 할 일이 없습니다. 손쓸 기회를 놓치는 것이죠. 지금이 바로 그렇습니다. 우리 병실에 있던 맹골수도의 영웅들은 전부 퇴원하여 뿔뿔이 흩어졌습니다. 그들은 지금 어디에 있을까요. 어떻게 병을 치료할까요. 전문 치료가 아니라 마사지를 받거나 뜸을 뜨거나 사우나를 하는 식으로 대충 견디지는 않을까요. 트라우마 치료에선 환자의 정기적인 내원이 반드시 필요합니다. 잠수사들은 지금 방치된 상태입니다. 그들의 치료 현황을 전담 체크하는 공무원이 단 한 사람도 없습니다. 소 잃고 외양간마저 불 지르는 꼴입니다.

자, 나랑 내기할까요. 스물다섯 명의 잠수사 중에서 몇 명이나 현업에 복귀할 것 같습니까? 정밀 검사 결과를 놓고 예측해 볼까요? 최소한 절반은 산업 잠수사로 돌아가지 못할 겁니다. 대형 참사에서 실종자를 수습하기 위해 병을 얻어 가며 최선을 다한 잠수사들에게 대체 이 나라는 무슨 짓을 하는 겁니까. 아니, 자기들이 무슨 짓을 하고 있는지 알기나 할까요.

나라에서 치료비를 댄다면, 지금 당장 우리 병원으로 끌어다 놓을 잠수사가 열 명이 넘습니다. 최진태 잠수사는 신장이 매우 안 좋은 상태였습니다. 또 나경수 잠수사는 목 디스크 수술을 받았지만 배뇨에도 문제가 많았습니다. 무리하게 몸을 움직이면 하반신 마비가 올 가능성도 큽니다. 잠수사들 영웅 대접? 필요 없습니다. 저들도 인간입니다. 치료가 시급한 인간! 저들이 있을 곳은 바로 여기, 잠수병 전문 병원입니다. 급할 땐 데려와 위험한 일 다 시켜 먹고 그 와중에 병들거나 다치면 나 몰라라 하니, 어느 누가 이 나라를 위해 나서겠습니까? 망할 놈의 세상입니다, 정말!"

공소 제기

저는 목 디스크 외에도 슬관절과 배뇨 장애 그리고 두통이 문제였습니다. 골괴사가 상당히 진행되어 무릎 수술을 받아야 하는 상황이었습니다. 오줌도 줄줄 흘러 한동안 기저귀를 차고 지냈습니다. 두통은 바지선에서도 간간이 찾아들었지만 진통제 몇 알 먹곤 넘겼습니다. 모두 잔부상에 시달렸기 때문에 두통 정도는 말도 꺼내지 못했습니다. 초음파로 뇌의 혈류를 살피는 도플러 검사를 자주 했습니다. 소리까지 들려 정확한 진단에 도움을 줍니다. 의사가 환자의 관자놀이에 검사봉을 번갈아 대며 모니터로 혈관의 협착 및 폐색을 점검합니다. 저는 오른쪽은 양호한데 왼쪽이 문제였습니다. 압력이 훨씬 높았던 겁니다. 이 병원을 소개한 이가 해경이니, 잠수사들의 심각한 병세 역시 자세히 알고 있었을 겁니다. 알고 있어야 하고요.

최진태 잠수사의 병세가 특히 안 좋았습니다. 맹골수도에 오기 전엔 병원 한번 안 갈 정도로 건강했습니다만, 정밀 검사 결과 골

괴사 진단을 받았고 신장 기능이 매우 나빠졌습니다. 저도 잠수
병으로 오줌 누는 것이 편치 않았기에 최 잠수사와 함께 검사하고
치료받는 날이 많았습니다. 자연스럽게 둘이서 이야기 나눌 기회
도 늘었지요.

최 잠수사는 4월 19일에 맹골수도에 도착했고, 7월 10일까지 자
신의 잠수 차례를 모두 지킨 유일한 잠수사였습니다. 석 달 가까
이 바지선에 머물면 제아무리 강골도 몸살을 앓거나 감기에 걸리
기 마련입니다. 최 잠수사도 분명 컨디션이 나쁜 날이 있었을 겁
니다. 하지만 그는 내색하지 않고 잠수하고 또 잠수했습니다. 바
지선에선 돌부처처럼 말을 아꼈습니다.

환자 대기실 침상에 나란히 누워 처음으로 속 깊은 이야기를
나눈 오후가 떠오릅니다. 그 방엔 텔레비전도 없었습니다. 환자
복 차림으로 멀뚱멀뚱 두 눈만 뜨고 누워 기다리자니, 뭐든 이야
길 꺼내지 않고는 참기 힘들었습니다. 최 잠수사가 먼저 제법 긴
이야기를 들려줬습니다. 이혼을 했고, 고등학교 2학년인 딸 숙희
와 단둘이 인천 중구에서 산다고 했습니다. 맹골수도로 가기 전에
도 일이 들어오면 몇 달씩 집을 떠나 있었기 때문에, 숙희는 혼자
지내며 학교 다니는 데 익숙하다고 했습니다. 그래도 미안하다더
군요. 바지선에서 자주 연락을 했느냐고 물었더니, 겨우 두 번 전
화를 했다고 합니다. 석 달에 두 번은 너무 적은 것 아니냐고 다시
물었습니다. 최 잠수사는 천장을 쳐다보며 동문서답을 했습니다.
이번에 돌아가면 딸아이와 함께 1박 2일로 여행이라도 다녀오고

싶다고요. 그리고 저는 잠이 들었습니다. 담당의사가 그날따라 진료할 환자들이 많았나 봅니다. 얼핏 잠들었다가 이상한 기분이 들어 눈을 떴습니다. 최 잠수사가 침대에 걸터앉아 제 얼굴을 빤히 내려다보고 있었습니다.

"내가 왜 전화를 안 했는지 알아? 딸내미 목소릴 들으면 잠수할 때 자꾸 그 아이가 눈에 밟혀서 그래. 평정심을 가지고 최선을 다해 수색과 수습을 해야 하는데, 나도 모르게 움츠리고 주저하더라고. 그게 싫었어. 부끄럽기도 하고."

병원에 도착하고 사흘 동안, 최 잠수사는 걷지도 못했습니다. 고관절이나 슬관절도 골괴사가 진행중이었지만, 더욱 심각한 건 신장이었죠. 염증이 심각하다며 장기간 입원 치료가 필요하다고 했습니다. 딸에게 연락을 했느냐고 물었더니 카카오톡 메시지를 주고받는다더군요. 몸 상태를 말했느냐고 다시 물으니, 걱정시키고 싶지 않다며 얼버무렸습니다. 이제 더 이상 심해 잠수는 어렵겠지만, 나라에서 완치될 때까지 치료해 줄 테니 마음을 느긋하게 먹겠다고 했습니다. 저한테도 현장 복귀를 서두르지 말고 같이 이 병원에서 치료받자더군요. 목 디스크 수술까지 받았고 배뇨가 여전히 어려우니 최소한 1년은 푹 쉬어야 한다면서요. 딴 사람 걱정 말고 자기 몸부터 챙기라고 답해 줬습니다. 그리고 함께 웃었습니다.

8월 26일로 기억합니다. 류창대 잠수사에게서 전화가 왔습니다. 체임버에 들어갔다가 나온 직후였습니다. 허탈한 목소리로 먼저 제 병세부터 묻더군요. 아직 절뚝이며 다닌다고 했더니, 무슨 일이 있더라도 완치해야 한다고 강조하더군요. 짚이는 구석이 있어 물었습니다.

"편안하십니까?"

류 잠수사의 목소리가 무척 떨렸습니다.

"오늘부터 피고인이란다. 참고인에서 피의자로 바뀐 것도 기가 막힌데, 이제 피고인이래."

나중에 국어사전을 찾아봤습니다.

'피고인: 형사 소송에서, 검사에 의하여 형사 책임을 져야 할 자로 공소 제기를 받은 사람.'

국가에게서 위임을 받은 검사가 류창대 잠수사에게 형사 책임을 묻기로 한 겁니다.

"오늘 공소 제기를 했대. 업무상과실치사. 불구속 상태로 재판을 받아야 한대."

"기어이 형님 인생에 붉은 줄을 쫘악 긋겠단 거군요."

"사람이 죽었으니 누군가 책임을 져야 한다는구나."

"그 책임을 왜 형님이 집니까? 형님이나 우린 나라에서 못 하는 일 대신 가서 열심히 한 죄밖에 없습니다. 형님! 마음 단단히 먹고 계세요. 우리도 여기서 의논을 해 보겠습니다."

"경수야! 하나만 묻자. 바지선에서 내가 '감독관'으로 불린 적 있어? 내 기억엔 그런 직책을 맡은 적이 없는데, 저 사람들이 자꾸 나를 감독관이라고 하네."

바지선에서 해군, 해경, 민간 잠수사 통틀어 그 누구도 류창대 잠수사를 감독관이라고 부르지 않았습니다. 우리에겐 형님이었고요, 해경이나 해군 간부들에겐 '민간 잠수사 류창대 씨'였습니다.

나중에 담당 변호사를 통해 들었지만, 이번 재판의 핵심은 류창대 잠수사의 '직분'이 무엇인가 하는 것이었습니다. 그 직분에 따라 업무의 성격과 범위가 결정됩니다. 다른 민간 잠수사와는 달리 '감독관'이라는 특별한 직책이 있었다면, 민간 잠수사를 지휘 감독하는 것이 류 잠수사만의 직분이 됩니다. 다시 강조하지만 류 잠수사는 감독관으로 불린 적이 단 한 번도 없습니다.

저나 류창대 잠수사에게 수난구호업무 종사명령서가 내려온 날이 5월 26일입니다. 고인의 사고가 나고 20일이나 지난 뒤였습니다. 명령이 내려오지도 않았는데 류 잠수사가 무슨 직분을 공식적으로 받았겠습니까. 게다가 늦게 나온 명령서엔, 제 것도 류 잠수사의 것도 모두 업무에 '여객선 침몰 사고 관련 수중 실종자 수색'이라고 적혀 있었습니다. 류 잠수사가 저희와 다른 감독관이었다면, 담당 업무에 '관리'라거나 '감독'과 같은 단어가 적혀 있어야 하지 않겠습니까. 해경이 현장 지휘권을 갖는 구조본부장의 권한을 류창대 잠수사에게 전혀 넘기지 않았다는 것을 바로 이 구호업무 종사명령서를 통해서도 확인할 수 있습니다.

어떤 이는 류창대 잠수사가 다른 잠수사에 비해 일당을 더 받았다고 문제 제기를 합니다. 돈을 그만큼 더 받은 것은 업무가 더 있었기 때문이 아니냐는 겁니다. 여기서 돈 문제까지 거론하고 싶진 않습니다만, 정확한 사실 관계를 밝히는 것이 오해를 푸는 지름길이겠지요. 우선 고인의 사고가 일어나기 전까지 민간 잠수사 중에서 그 누구도 자신의 일당이 어떻게 얼마나 결정되는지 몰랐습니다. 한 사람이라도 더 실종자를 모시고 나올 생각뿐이었으니까요. 잠수사 100퍼센트, 텐더 30퍼센트 그리고 총감독이란 명목으로 류 잠수사에게 130퍼센트 일당 지급이 결정된 것은, 고인의 사고가 발생하고 41일이 지난 후인 6월 17일 제9차 중앙재난안전대책본부 회의에서입니다. 그 비율에도 류 잠수사는 물론 민간 잠수사누구도 의견을 내거나 개입한 적이 없습니다.

류 잠수사가 피고인이 되었다는 소식을 듣자마자 잠수사들이모여 의논을 했습니다. 모두 울분을 토로했습니다. 류창대 잠수사를 업무상과실치사란 죄명으로 공소 제기한 것은, 류 잠수사 개인의 문제가 아니라 바지선에서 일한 민간 잠수사 전체의 문제였습니다. 류 잠수사가 죄를 지었다는 곳이 어디입니까. 바지선입니다. 그 바지선에서 숙식하며 류 잠수사와 함께 생활한 사람들이 누굽니까. 바로 이 병원에 모인 우리입니다. 류 잠수사가 누군가를 죽음에 이르게 할 만큼 과실, '부주의로 인하여, 어떤 결과의발생을 미리 내다보지 못한 일'을 저질렀다면, 우리는 류 잠수사의범행을 지켜본 증인인 셈입니다. 아무리 곰곰이 되짚어도 류 잠수사는 과실이라 칭할 잘못을 한 적이 없습니다. 모든 잠수사를 공평하게 대했고, 적절하면서도 신속하게 상황에 대처했습니다. 그덕분에 저처럼 목숨을 건진 잠수사가 한둘이 아닙니다. 칭찬을 들고 훈장을 받아도 부족한 사람이 범법자로 몰린 겁니다.

최진태 잠수사로부터 사자성어를 얻어들은 날이기도 했습니다. 토사구팽兎死狗烹! 사냥감인 토끼를 잡고 나면 사냥개는 더 이상 쓸모가 없으니 삶아 먹는다는 뜻입니다. '팽'이란 글자의 어감이 묘해서, 잠수사들끼리도 종종 까불면 팽 당한다, 마음 주면 팽 당한다는 식의 농담을 주고받곤 했습니다만, 정확히 지금 류창대 잠수사의 처지가 '팽'이었습니다. 되돌아보니 그와 같은 토사구팽은 첫머리에 보여 드렸던 7월 9일 문자로부터 시작된 것인지도 모릅니다. 참사 후 두 달을 훌쩍 넘겨 맹골수도에서 실종자를 수습한 잠수사들에게 문자만 날려 철수를 명령하는 방식 말입니다. 거기에는 우릴 바라보는 범대본과 해경의 시선이 담겼습니다.

그전에 토사구팽을 하려는 조짐이 두 가지 더 있었습니다. 하나는 비밀유지 서약서입니다. 잠수사는 입이 없다는 말씀을 벌써 드린 적이 있습니다만, 맹골수도에서 보고 듣고 말하고 행한 것들을 외부에 발설해선 안 되며, 만약 발설할 경우 민사상 형사상 책임을 물리겠다는 서슬 퍼런 조항이 있었습니다. 나랏일엔 비밀유지 서약서를 쓰는 법이라기에 서명을 했습니다. 지금도 잠수사들은 이 서약서 때문에 맹골수도의 경험을 말하는 데 큰 부담을 느낍니다. 물론 외부로 알리면 안 되는 기밀 사항이 있을 수도 있습니다. 하지만 맹골수도에서의 작업 전체를 함구하라는 것은, 우리가 스파이 활동을 한 것도 아닌데, 지나치다는 것이 제 생각입니다. 우리가 맹골수도에서 겪은 일들 역시 국민들이 꼭 알아야 하는 소중한 경험입니다.

또 하나는 앞에서도 설명드렸듯이, 업무상과실치사 혐의로 법정에서 죄를 묻는데 바로 그 업무를 바지선에서 계속 하도록 둔 겁니다. 범행 인지를 했다면, 그 일에서 손을 떼게 하는 것이 옳지 않습니까. 류 잠수사는 사법 경찰관을 만나 조서를 만들긴 했지만, 곧바로 바지선으로 돌아와서 평소와 다름없이 맡은 일들을 했기 때문에, 참고인에서 피의자로 바뀌는 것을 심각하게 여기지 않은 측면도 있습니다. 류 잠수사뿐만 아니라 곁에 있던 우리도 형사 기소까진 정말 생각지 못했습니다. 그런데 참고인에서 피의자를 거쳐 피고인으로까지 널을 뛰듯 옮겨간 겁니다.

두통과 함께 그 밤을 꼬박 새웠습니다. 빛 한 줌 없는 심해로 떨어지듯 온몸이 축축 처졌습니다. 약을 먹어도 통증이 가라앉지 않았습니다. 공소 제기가 끝이 아니라 시작이란 느낌이 강하게 들었습니다. 잠수사들은 국가를 믿고 해경을 믿으며 맹골수도의 나날을 버텨 왔습니다. 부족한 부분이 있더라도, 실종자 수습이 먼저라고 스스로를 설득했습니다. 그런데 이렇듯 국가가 류 잠수사를 피고인으로 법정에 세우려 한다는 것은, 류 잠수사와 함께 맹골수도에서 일했고 지금은 잠수병 치료를 받고 있는 우리에게도 적신호였습니다. 업무상 과실치사란 죄명을 디밀어 류 잠수사를 궁지로 몰듯, 어느 날 갑자기 우리가 모르는 법 조항을 들이대며 민간 잠수사들을 병원에서 내쫓는 것은 아닐까 불안했습니다. 주무 장관이든 그 아래 담당 공무원이든, 잠수사들이 완치될 때까지 국가에서 치료비 전액을 부담하겠단 약속을 하지 않았습니다.

한번 이쪽으로 고민이 깊어지자 울증이 사라지지 않았습니다. 두통은 더욱 심해졌고 불면증까지 겹쳐, 밤마다 팽 팽 팽 팽을 당하는 상상을 하다가 새벽을 맞았습니다. 불안한 마음을 시원하게 털어놓고 상담할 의사가 곁에 없었습니다. 이 가슴속 시커먼 절망을 토해낸 것은 해를 넘겨 사 개월이나 지난 후였습니다. 그 역시 국가에서 지정한 병원이 아니라 제 발로 찾아간 민간 치유공간에 서였습니다.

공소 제기는 병원에 입원한 잠수사들을 모두 불면증에 빠뜨렸습니다. 우리가 이렇게 분통이 터지는데, 류창대 잠수사의 충격은 얼마나 컸겠습니까. 혹시 마음을 잘못 먹기라도 할까 걱정하여, 다음 날부터 류 잠수사에게 매일 전화를 했습니다. 다른 잠수사들도 저와 같은 마음이었는지, 일주일쯤 지난 뒤엔 류 잠수사가 다정한 욕설과 함께 저를 안심시켰습니다.

"야 이 청개구리 새끼야! 왜 또 전화했어? 전화통이 아주 불이 난다. 경수야! 전화는 이제 그만해도 된다고, 다들 고맙다고 전해라. 미친개에게 물린 셈 치고 끝까지 가 봐야지. 이왕 이렇게 된 거 옳고 그름을 낱낱이 따져 봐야겠다. 내가 뭘 그렇게 큰 잘못을 했는지, 법의 심판을 받아 보자고."

◎

　우리는 소인범(가명, 29세) 씨를 2015년 9월 6일 광화문 세종대왕 동상 아래에서 만났다. 문답식 인터뷰는 자기 스타일이 아니라며, 우리가 준비한 질문지를 읽고 나서, 자기가 하고 싶은 이야기만 장황하게 늘어놓았다.

　"906 대첩을 말해 달라? 이름이 낯설다고? 우린 그렇게 불러. 당신들이 2014년 9월 6일 폭식 사건이라고 부르는 바로 그거. 벌써 1년이 지났네. 설마 지금 이게 대첩 1주년 기념 인터뷰?

　얼마든지! 난 꿀릴 거 없어. 대첩에 참가한 게 자랑스러워. 그날 나를 비롯한 오백 명의 날 선 비판은 지금도 여전히 유효해. 아직도 유족충들이 저렇게 광화문 광장을 독차지하고 있으니까.

　교통사고야, 바다에서 일어난 교통사고! 304명이나 갑자기 죽은 건 나도 유감이야. 어묵이니 홍어니 하는 글도 올라왔지만 난 그건 찬성 안 해. ……교통사고로 돌아가서 보자면, 교통사고로 가족이 죽었다고, 서울 시민이 다 같이 이용하는 광장을 점거하고 농성하는 인간들은 저것들이 처음이야. 생떼를 부리며 굶는 미친 짓도 처음이고. 죽은 자들을 애도하며 방구석에서 혼자 조용히 식음을 전폐한다면, 누가 뭐래? 왜 광장까지 기어 나와 벌벌 떨며 여봐란 듯 굶느냐고. 앵벌이도 저렇겐 안 한다진짜.

　굶는 사람 옆에서 배불리 먹는 짓은 지나치지 않냐고? 어느 신문사 입진보들의 칼럼을 읽고 왔는지 훤히 보이네. 자, 보자고. 단식도 무엇인가를 주장하는 거고 폭식도 무엇인가를 주장하는 거야. 난 광화문 광장에서 굶는 놈들을 볼 때마다 짜증이 나고 불쾌했다고. 사정이 얼마나 딱하면 굶겠느냐는 식의 꼰대 소릴 내게 하려는 건 아니지?

유족충들이 뭣 땜에 안산을 떠나 서울 광화문 광장까지 떼거지로 몰려 올라와서 굶기 시작했을까? 간단해. 자기들을 위한 특별한 법을 만들어 달라는 거야. 웃기는 개소리지. 교통사고를 당했는데, 다치거나 죽은 숫자가 좀 많다고, 교통사고를 다루는 기존 법 말고 특별한 법을 만들어 달라? 게다가 교통사고를 조사할 위원회까지 만들고, 그 위원회에서 범인을 수사하고 잡아들일 권리를 자기들한테 달라는 거야. 그걸 몽땅 다 주기 전까진 굶겠대.

대한민국 검찰과 경찰이 할 일을 왜 자기들이 해? 여객선을 불법 증축하고 중량을 초과해서 선적한 혐의로 해운 회사 관계자들을 모조리 잡아들여 구속했어. 구조 책임을 다하지 않은 선장과 선원들도 역시 잡아들였고, 해경 함정 정장까지 구속되어 재판을 받고 있다고. 잡아들일 놈들 다 잡아들여 엄하게 죄를 묻고 있는데, 유족충들은 도대체 누굴 더 잡아들이려고 수사권에 기소권까지 얹어 달라고 저 지랄들을 할까?

유족충들이 왜 그리 필사적으로 굶는 줄 알아? 그게 다 보상금 더 받아먹으려는 수작이야. 가만히 있으면 어련히 관련 법률에 따라 보상금을 지급할 텐데, 벌써부터 나서서 돈 필요 없다며 속이 뻔히 들여다보이는 쇼를 하는 거야.

천안함, 알지? 단순한 교통사고로 가라앉은 여객선과는 차원이 달라. 천안함은 북한에게 격침된 군함이야. 천안함 유족이 농성한다는 소리 들어 봤어? 수사권에 기소권 달란 소린? 보상금 운운하며 이목을 끌려고 수작 부리는 건? 천안함 유가족은 경건하게 전사자를 애도하며 조용히 지내는데, 유족충들은 왜 자랑하듯 굶는 거야? 나라를 지키다가 죽은 것도 아니고 제주도로 놀러 가다가 당한 교통사고라고.

광장을 배회하는 이상한 인간들이 점점 늘어났어. '연대'니 뭐니 하며 유족충도 아니면서 유족충처럼 꾸미곤 앞장서서 정부 비판을 해 대는 새끼들. 지금도 있어. 멀리서 딱 봐도 내 눈에 벌써 세 놈이나 보이는데. 그 종북 좌빨 불순 세력이 어리석은 유족충들을 부추기는 거라고. 이상하지 않아? 한번도 집회나 시위 따윈 하지 않았다던 유족충들이 어쩜 하루아침에 거리에서 먹고 자고 굶는데 이렇듯 익숙할까?

말로 해선 안 들으니까 우리가 나선 거야. 단식을 중단하고, 광화문 광장을 시민들에게 돌려주고, 특별법이니 특조위의 수사권이나 기소권 같은 말도 안 되는 요구 하지 말고, 조용히 집으로 돌아가서 기다린다면, 내가 이 아까운 시간 쪼개어 거기까지 갈 턱이 없지.

오백 명이나 모일 줄은 몰랐어. 나도 인터넷으로 글 읽고 참가한 게 다니까. 거기서 그럼 우리가 뭘 해야 해? 구호라도 외칠까? 굶고 있는 사람들 입에 피자나 치킨이라도 쑤셔 박아? 그건 아니잖아.

난 그딴 짓 안 해. 굶는 것만 힘든 줄 알아? 배불리 먹는 것도 엄청 힘들어. 나같이 빼빼 마른 체질은 특히 더 그렇다고. 게다가 난 피자가 이 세상 음식 중에 제일 싫어. 단식에 대한 나의 불쾌감을 확실히 보여 주려고. 정말 몸서리치게 먹기 싫은 피자를 두 조각이나 꾸역꾸역 먹었어.

대한민국은 민주공화국이야. 남이야 광장에서 피자를 먹든, 치킨을 뜯든, 맥주를 마시든 상관할 일 아니라고. 유족충들도 우리한테 그랬잖아. 얼마든지 와서 먹으라고. 말이야 맞는 말이지. 광화문 광장은 서울 시민 나아가 대한민국 국민 모두의 것이니까. 그런데 왜 우리가 맛있게 먹는 걸 갖고 시비냐고.

1년 전이나 지금이나 내 생각은 같아. 유족충의 특권을 인정 못해. 교통사고 하나로 도대체 뭘 더 가지려는 건지 모르겠어. 염치가 있어야지. 얻어걸린 일로 한 건 잡아 한몫 챙기려는 인간들 때문에 이 나라가 이 모양 이 꼴인 거라고.

폭식 투쟁을 또 할 생각이 있냐고? 그거야 유족충들이 어찌하느냐에 달렸지. 나도 바빠. 쓸데없이 광장에서 시간 낭비할 생각은 추호도 없어. 하지만 유족충들이 피해자 코스프레를 계속 하며 꼴값을 떤다면, 그게 날 몹시 불쾌하게 만든다면, 또 하지 말란 법도 없지. ……그래도 피자는 사양하겠어. 그때 속이 뒤집혀 이틀 꼬박 설사를 했다고.

나도 하나만 묻자. 나처럼 생각하는 게 이상한 거야? 교통사고로 가족을 잃은 사람들에게 우리가 낸 세금을 왜 줘야 해? 나라를 지키다가 전사한 천안함이나 서해교전 장병이라면 당연히 희생정신을 기려야겠지. 아무리 눈과 귀를 씻고 찾아봐도, 광화문 광장 저기 모인 인간들에겐 배울 게 티끌 하나도 없어. 죄다 치워 버려야 할 악취 나는 쓰레기라고. 우리가 왜 저들에게 벌레 충蟲을 붙였겠어? 저들은 교통사고 이후 대한민국 정부와 국민에 기생해서 배를 채워 왔어. 보상금이 억이고 국민 성금이 또 억이야. 그렇게 불러터진 배를 감추고 단식을 하겠다니 기가 막힐 노릇이지. 광장이 무대고 자기들은 연극배운 줄 아나봐. 유족충들이 그러더라. 진실은 침몰하지 않고 꼭 밝혀진다고. 맞는 말이야. 저것들이 얼마나 형편없는 미물들인지 곧 밝혀질 테니 두고 봐. 내 말 못 믿겠어? 내기할까? 내년 2016년 9월 6일이면, 저 노란 리본과 하얀 천막들 싹 다 사라질 거야. 지금까지 광장을 빼앗긴 것만 해도 화가 나. 무슨 일이 있어도 올해 안엔 저 광장은 서울 시민 품으로 돌아갈 거야. 이게 바로 건전한 시민의 상식이라고. 내 말 못 믿겠으면, 내년 바로 오늘 다시 한 번 만나. 어때?"

완전한 팽

  심해 잠수사에게 싫어하는 계절을 물으면 백이면 백 겨울이라
고 답할 겁니다. 겨울엔 수중 작업 자체가 줄어 밥벌이도 힘에 부
칩니다. 운 좋게 작업을 따내더라도, 겨울 바다에서 몸을 놀리는
일이 간단치 않습니다. 수중으로 내려가면 계절을 잊기도 하지만,
바지선에서 삭풍을 맞아가며 꽁꽁 언 손으로 잠수복을 입을 땐 견
디기 힘듭니다. 겨울 바다에 떠 있는 바지선이 아닌데도, 제 인생
에서 가장 추운 겨울을 사천에서 맞았습니다.

  2014년 12월 31일로 민간 잠수사에 대한 치료비 지원이 중단된
다는 것을 병원에서 알려 준 겁니다. 잠수병은 경증일 경우 몇 달
안에 호전되기도 하지만 중증은 몇 년을 고생합니다. 하반신 마
비가 오거나 신장 혹은 심장에 이상이 생기면 평생 치료를 받아야
할 수도 있습니다. 그런데 정부는 잠수사 각자의 병명과 병세를
면밀히 파악하지도 않고 일방적으로 날짜를 정해 치료비 지원을
끊겠다는 겁니다.

충격이 매우 컸습니다. 정부에 대한 마지막 기대마저 사라진 겁니다. 몸 망가지는 것을 알면서도 잠수한 것은 이 나라가 우리를 끝까지 책임지리라 믿었기 때문입니다. 맹골수도로 뛰어들기 전에 치료 조항이 들어간 계약서를 왜 받아 두지 않았느냐고 지적하는 사람도 있습니다. 하지만 그때는 실종자 수색과 수습에 일분일초가 아까웠습니다. 범대본과 해수부와 해경과 해군 관계자들이 모두 바지선으로 왔고, 민간 잠수사들의 작업 환경과 작업량을 직접 봤으니, 당연히 이후 치료도 책임지리라 믿었던 겁니다. 재판장님이 그 당시 민간 잠수사였다면, 정부를 믿는 것 외에 다른 길이 있었겠습니까.

잠수사들이 자비로 치료비를 내며 단기간 입원할 순 있습니다. 하지만 치료 기간과 치료비를 예측하기 힘든 상황에서, 일방적으로 치료비 지원을 중단하겠다는 것은 우리에겐 청천벽력과도 같았습니다. 장기간 치료가 필요한 잠수사들은 현업 복귀가 어렵습니다. 치료비 지원을 중단한 정부가 잠수사들의 생계까지 살펴 줄 턱이 없습니다. 때마침 겨울이었고, 우리는 발가벗겨진 채 겨울 바다에 버려진 신세였습니다. 몇 차례 항의를 하고 애원도 해보았지만, 법대로 할 수밖에 없다는 냉정한 답만이 돌아왔습니다.

법대로 한다면, 저나 잠수사들이 맹골수도에 갈 이유가 없습니다. 우리는 징집 대상이 아닙니다. 법 때문이 아니라 돕겠다는 마음으로 간 겁니다. 그 차가운 바닷속에서 숨진 이들을, 시신이라도 찾아 가족 품에 돌려주고 싶다는 마음, 그 작업을 마침 내가 할 수 있으니 돕겠다는 마음, 내 몸이 힘들더라도 조금 더 빨리 실종자를 찾겠다는 마음! 잠수사들이 마음으로 한 일을 정부는 법으로 판단한 겁니다. 이 나라는 마음이 없습니까. 이 정부는 잠수사들의 마음을 법으로 짓밟아도 됩니까. 국가부터 정직해야 합니다. 맹골수도로 달려간, 혹은 달려가려는 잠수사들에게, 여러분이 혹시 잠수병에 걸리면 올해까지만 치료비를 지원한다고, 산업 재해로 인정받을 수도 없다고, 현업에 복귀하지 못하더라도 나라에선 따로 세워 둔 대책이 없으니 각자 살길을 찾아야 할 것이라고 밝혔어야 합니다. 그랬다면 맹골수도 그 거친 바다로 하루에 세 번씩 뛰어들 잠수사는 없었을 겁니다.

잠수사들은 12월로 접어들면서 뿔뿔이 흩어졌습니다. 많지 않은 돈으로 잠수병을 치료해야 하는 현실에 맞닥뜨리자 덜컥 겁부터 났던 겁니다. 저 또한 12월 초에 일산 H병원으로 옮겼습니다. D병원 전문의는 슬관절 골괴사 수술을 강력하게 권했습니다. 시간을 끌면 점점 더 악화된다는 겁니다. 11월엔 마음이 흔들리기도 했습니다. 이왕 수술을 받아야 한다면 잠수병을 전문적으로 치료하는 D병원이 최선이었습니다. 그러나 회복과 재활에 필요한 입원비와 치료비를 제가 부담하는 쪽으로 상황이 바뀌는 바람에 수술대에 눕지 못했습니다. 치료비가 얼마나 들어갈지도 모르고, 치료를 끝마친다 해도 현장 복귀를 장담하기 어려운 상황에서, 선뜻 목돈을 쓰기가 두려웠습니다.

일산으로 병원을 옮겼다는 소식을 들은 친척과 친구들이 문병을 왔습니다. 고맙기는 한데, 솔직히 그들과 웃으며 잡담을 나누는 것이 부담스러웠습니다. 4월 21일에 맹골수도에 도착한 후 현장 동료가 아닌 일반인들을 여럿 만난 적은 그 겨울이 처음이었으니까요. 문병객들에게 맹골수도는 외국의 유명 도시보다 훨씬 낯선 지명입니다. 겨우 여덟 달밖에 지나지 않은 참사를 8년, 아니, 80년 전쯤 일로 간주하더군요.

그들은 민간 잠수사 대부분이 잠수병에 걸렸다는 사실부터 몰랐습니다. 잠수병 자체를 생소하게 받아들이더군요. 우리의 고군분투를 알고 칭찬하는 목소리를 단 한 번도 듣지 못했습니다. 제가 맹골수도로 내려간 날짜를 정확히 모르는 이들은 왜 서둘러 선내로 들어가서 승객들을 구조하지 않았느냐고 따지기까지 했습니다. 구조가 아니라 실종자 수색과 수습을 위해 간 것이라고 설명하면, 사람 다 죽은 후에 그딴 게 무슨 소용이냐며 헛고생만 했다고 혀를 찼습니다. 문병객들과 언쟁을 벌이진 않았습니다. 주검이나마 확인한 유가족과 미수습자 유가족의 간극을 그들은 몰랐습니다. 미수습자 유가족들이 지금도 팽목항에서 왜 그토록 자식의 이름을 부르는지, 꼭 배를 인양해서 주검을 거두려 하는지, 그들은 무관심한 겁니다. 목숨이 끊겼으니 시신이 수중에 있더라도 상관없다는 유가족이 있을 수 있을까요. 주검을 거둬 장례를 치른 후에야 비로소 죽은 자는 죽은 자가 되는 겁니다. 그들을 살리는 일에 동참했더라면 좋았겠지만, 그들을 온전히 죽은 자로 만드는 일 역시, 민간 잠수사에게도 유가족에게도 매우 중요했습니다.

가장 난감한 순간은 돈을 빌려 달라는 부탁을 받을 때입니다. 법에 따라 잠수사들이 일당을 받긴 했지만 그리 많지 않고, 또 장기간 치료를 개인 부담으로 받아야 하기 때문에 빌려줄 돈이 없다고 설명했습니다. 이따위 설명을 해야 한다는 것 자체가 한심하고 화가 났습니다. 쉽게 단념하지 않는 지인들로부터, 시신 한 구당 오백만 원을 받지 않았느냐는 소릴 또 들어야 했습니다. 한번 매스컴을 탄 오보는 아무리 정정 보도를 하더라도 오랫동안 사람들 뇌리에 박히나 봅니다. 오백만 원은 터무니없는 헛소리라고 화를 내는 것도 짜증이 났습니다. 멀쩡해 보인다거나, 몸에 조금 이상이 생겨도 나라에서 치료해 줄 건데 무슨 치료비가 따로 필요하냐는 사람도 적지 않았습니다. 나라에서 치료비 지원을 12월 31일로 중단한다기에 병원을 옮겼고, 정월부턴 이 병원의 입원비와 치료비를 전부 제가 부담한다고 설명해도 믿지 않았습니다.

1시간 남짓 돈에 얽힌 이야기를 하고 나면 제 입을 찢고 싶었습니다. 저들에겐 제가 맹골수도에서 거금을 번 잠수사로만 보이는 겁니다. 게다가 그들이 저를 돈으로 보듯, 민간 잠수사도 실종자들을 돈으로 보고 간 것 아니냐는 의심을 거두지 않는 겁니다. 처음 그 얘길 들었을 땐 너무 화가 나서 고래고래 고함을 질렀습니다. 아무리 설명해도 제 말을 믿어 주지 않는 겁니다. 서러웠습니다. 잠수사들이 맹골수도에서 어떻게 버텨 왔는지 대한민국 국민은 전혀 몰랐습니다. 지구를 한 마을이라 부르며 곳곳의 특종을 실시간으로 전하는 세상에서 민간 잠수사에 대한 소식만 어떻게 쏙 빠졌을까요. 깜깜한 선내에서 흘린 우리의 눈물, 우리의 땀, 우리의 두려움, 우리의 고통, 우리의 의지, 우리의 노력은 전부 어디로 가 버린 걸까요.

돈을 빌리러 온 이들과 말다툼 아닌 말다툼을 한 날엔 잠이 오지 않았습니다. 그들은 돈 몇 푼에 우정과 의리를 깨지 말라는 충고까지 하더군요. 빌려주려 해도 정말 줄 돈이 없었습니다. 더 이상 잠수를 못 할지도 모른다는 의사의 진단이 얼마나 까마득한 절망을 낳는지를, 그들은 영원히 모를 겁니다.

재판장님!

새벽까지 뒤척이다 겨우 잠들어도 무엇인가가 온몸을 짓누릅니다. 눈을 떠도 손가락 하나 움직이기 힘들 지경이지요. 숨이 막혀 왔습니다. 눈을 질끈 감았다가 다시 뜹니다. 아무렇지도 않게, 아주 오래전부터 그곳에 있었다는 듯이, 어두컴컴한 방을 유유히 떠다니는 부유물들이 보입니다. 여행가방도 있고, 이불도 있고, 교복 상의도 있고, 베개도 있습니다. 저것들이 편안한 만큼 저는 당혹스럽습니다. 두 번 다신 저런 물건을 보지 않으리라 결심했습니다. 맹골수도 깊숙한 수중에 90도로 침몰한 선내에 있던 물건들이 제 입원실을 차지한 겁니다.

고개를 겨우 젖혀 침대 옆 비상벨을 찾습니다. 그 벨 옆에 인공호흡에 필요한 구멍 하나 둘 셋 네 개가 나란합니다. 지금 제겐 신선한 공기가 필요합니다. 부유물이 떠다닌다면 이곳은 수중이며,

아가미가 없는 저는 구멍에 공기 호스를 연결한 뒤 마스크를 써야 합니다. 시간이 없습니다. 마스크가 없다면 저는 질식해서 죽을 겁니다.

삐거걱!

벽과 천장에서 뒤틀리는 굉음이 들립니다. 잘 보이진 않지만 저 벽과 천장은 콘크리트로 튼튼하게 지은 것이 아닙니다. 제가 잠든 사이 건물이 바뀌기라도 했을까요.

쿠쿵!

더 큰 소리가 바로 제 머리 위에서 울립니다. 이 방은 안전하지 않습니다. 곧 무너질 겁니다. 탈출해야 합니다. 일어나 앉으려다가 중심을 잃고 침대로 쓰러집니다.

아, 이번엔 침대가 출렁이기 시작합니다. 두 다리는 아래로 뻗고 두 손은 위로 밀어 댑니다. 환자복이 뜯겨 나갑니다. 가슴이 더 답답해 옵니다. 겨우 두 손이 움직입니다. 팔을 뻗어 먼저 비상벨부터 누르려 합니다. 그런데 비상벨이 보이지 않습니다. 늘 있던 자리를 아무리 더듬어도 매끈한 벽입니다. 주변을 더듬어도 벨은 없습니다. 그 벽에서 갑자기 금이 만져집니다. 처음엔 손끝에 겨우 닿는 실금이었는데, 곧 그 금 사이로 검지가 쑥 들어갑니다. 벽 너머에서 누군가 제 검지를 붙잡고 당깁니다. 검지 다음엔 중지가 그다음엔 약지가 곧 다섯 손가락이 모두 벽 너머로 들어갑니다.

철커덩!

수갑이라도 채웠는지, 손목이 얼얼 차고 무겁습니다. 남은 왼손을 겨우 가슴으로 가져갑니다. 그런데 손을 심장 위로 완전히 뻗지 못합니다. 보이진 않지만, 바로 여기, 심장 위에 무엇인가가 있습니다.

기절할 지경이지만 정신을 놓진 않습니다. 더듬습니다. 놀라 손을 오그립니다. 사람의 머립니다. 어깹니다. 팔입니다. 다립니다. 손을 더 뻗어 그 사람 위를 더듬습니다. 역시 사람의 머립니다. 어깹니다. 팔입니다. 다립니다. 손을 더욱더 뻗어 두 사람 위를 더듬습니다. 거기도 만져집니다. 제 몸 위에 보이지 않는 세 사람이 겹쳐 누운 겁니다. 그래서 제 가슴이 답답했고 몸을 움직이기 힘들었던 겁니다.

냄새가 밀려듭니다. 곧장 콧구멍으로 들어오는 것이 아니라, 능구렁이처럼 발가락부터 발목과 무릎과 엉덩이를 지나 등과 배와 가슴과 목을 통해 올라옵니다. 온몸이 코가 되어 냄새를 맡습니다. 마지막으로 그 냄새가 코로 들어오려 할 때, 숨을 멈추고 버팁니다. 그 냄새의 위력을 이미 몸으로 느낀 겁니다. 제 코와 입과 폐로 들어가 요동칠 냄새를 견딜 자신이 없습니다.

기껏해야 1분 만에 저는 숨을 몰아쉬었고, 그 틈으로 냄새가 점령군처럼 달려들었습니다. 제 콧속이 넓다는 것을 그때 처음 알았습니다. 정수리부터 턱까지 두개골 안이 모두 냄새로 가득 찼으니까요. 그 냄새를 글로 표현하는 것은 능력 밖입니다. 아무리 뛰어난 작가라도 그 밤 제가 맡은 냄새를 묘사하긴 불가능할 겁니다. 저는 그 냄새를 이렇게 생각했습니다. 침몰한 여객선 안의 모든 생물과 무생물이 뒤엉켜 하나로 눌어붙은 냄새!

그 냄새가 코로 들어왔을 땐 두렵고 놀랐습니다. 도대체 이런 냄새를 태어나서 맡아 본 적이 없었으니까요. 그 뭉친 냄새는 두 개골로 들어가더니 역사를 되짚듯 스스로 나뉘기 시작했습니다. 진흙 뻘 냄새로부터 시작해서 녹슨 쇠 냄새와 썩은 나무 냄새 그리고 땀과 피가 섞인 살 냄새에 이르기까지. 세 사람의 살 냄새가 머릿속을 둥둥 울릴 때, 저는 정말 젖 먹던 힘까지 다 쏟아 몸을 흔들었습니다. 그들이 눈을 번쩍 떴습니다. 여섯 개가 아니라 단 둘뿐이었습니다. 제일 윗사람의 안광眼光이 중간 사람의 뒤통수를 뚫고 들어와 합치고, 합쳐진 안광이 다시 바로 제 가슴을 누르는 사람의 뒤통수를 뚫어 합쳤습니다. 그렇게 세 겹으로 합쳐진 안광은 제 얼굴 살갗을 태울 정도로 뜨거웠습니다.

정말 머리카락이 타기 시작했습니다. 귀와 코도 함께 지글거리더군요. 이 냄새들까지 두개골 속 냄새에 얹혔습니다. 안광이 점점 아래로 내려가자 제 목과 어깨에서도 불꽃이 일었습니다. 마지막으로 심장에 이르렀지요. 이대로 누워 있다간 산 채로 화장을 당할 지경이었기에, 저는 발작하듯 벌떡 일어나 섰습니다. 그런데 몸이 자꾸 앞으로 기우는 겁니다. 똑바로 서면 세 사람이 제 몸에서 떨어질 줄 알았지만, 그들도 따라 직립한 채 제 몸에 붙은 겁니다. 안광도 여전했고 제 몸을 누르는 압력도 똑같았습니다. 천장이 벽이고 벽이 천장이었습니다. 누운 것이 선 것이고 선 것이 누운 것이었습니다.

주먹을 힘껏 내질렀지만 세 사람은 떨어지지 않았습니다. 오른
팔이 허전하여 보니, 벽 너머로 갔던 팔목과 손이 이미 타 검은 뼈
만 남았습니다. 심장에서도 검붉은 연기가 올라왔습니다. 고개를
돌리니 창이 보였습니다. 창밖에서 누군가의 발이 왔다 갔다 하더
군요. 소리를 쳤지만 그 발은 멈추지 않았습니다. 저는 힘껏 내달
렸습니다. 창을 향해 온몸을 던졌습니다. 머리가 창을 부수며 울
렸습니다. 쩡!

◎

전라남도 해남 앞바다에서 플로리스트인 박세희(29세) 씨를 만
났다. 하늘과 바다가 시원한 오후였다. 스쿠버 잠수를 마치고 배
로 올라온 그녀는 목이 마른지 생수부터 병째 마셨다. 큰 키에 콧
날이 오똑하고 눈이 서글서글하여 인도 여인 같았다. 갑판 아래로
들어가서 전기난로까지 켰지만, 2015년 2월 17일의 바닷바람은
두 뺨을 붉게 얼렸다. 문을 닫아도 그 바람이 틈새로 비집고 들어
와선 등을 긁어 댔다

"파혼한 약혼자에 관한 이야길 들려 달라니, 당연히 기가 막히
고 불쾌하죠. 그쪽이 나라도 거절하지 않겠어요?"

인터뷰를 청하는 전화를 하고 한 달을 기다렸다. 일주일에 한
번씩 모두 네 번 메일을 띄웠지만 묵묵부답이었다. 어려운가 보다

하고 포기하려던 일주일 전 딱 한 줄 답 메일이 왔다. '2월 17일 정오, 해남으로 와서 전화하세요.'

"경수 오빠가 맹골수도로 내려가지 않았다면, 우린 작년 10월 결혼했겠죠. 오늘처럼 이렇게 국내외 바다를 누볐을 겁니다. 오빠가 그랬거든요. 결혼하면 이 지구에서 매혹적인 화원과 이름난 바다를 모두 보러 다니자고. 저축 같은 건 하지도 말고 목돈이 생길 때마다 떠나자고……. 근데, 경수 오빠 요즘 어떻게 지내나요?"

갑작스러운 물음에 우린 적절한 답을 찾지 못했다. 나 잠수사의 근황을 더듬더듬 전하는 것이 옳은지 얼버무리는 것이 옳은지 확신이 서지 않았다. 박세희 씨를 만나러 간다고 전화로 알렸을 때, 나경수 잠수사는 걱정부터 했다. 세희까지 만나야 하겠느냐고. 상처를 더하는 일이 되지 않겠느냐고. 그래도 우리가 만나겠다고 하자 거듭 당부했다. 파혼의 책임은 전적으로 자신에게 있으니, 세희가 어떤 비난을 퍼붓더라도 이의를 달지 말아 달라고. 짧은 침묵이 흐르는 동안 박세희 씨는 턱을 들고 손부채질을 했다. 고인 눈물을 우리에게 보이지 않으려는 것이다.

"오빠에 대한 얘긴 다시 할 일 없을 줄 알았는데……. 참 매정한 사람이에요. 2014년 크리스마스이브에 그 일이 있고 나선 문자 한 줄 없어요. 생명의 은인한테 이러는 법도 있나요? 결혼은 물 건너갔더라도 목숨을 구해 줬으면 감사 인사라도 해야 하는 것 아닌가."

감정이 북받치는지, 질문을 마구 쏟아 놓곤 기어이 눈물을 흘렸다. 우리가 건넨 손수건을 받아 닦았다. 우리는 최대한 단정하게, 준비한 질문을 던졌다.

□ 2014년 10월 4일 결혼식은 연기한 것이죠? 파혼이 아니라 식을 미룬 게 맞나요?

■ 연기한 게 맞아요. 오빠가 도저히 결혼식장엘 걸어 들어갈 형편이 아니었어요. 목 디스크는 수술을 해서 고쳤지만, 왼 무릎이 아파 절뚝거렸고 허리와 어깨 통증도 심했어요. 저도 경남 사천에 세 번이나 내려갔죠. 7월에 처음 갔던 날이 떠오르네요. 오빠 8월 이후에나 오라 했지만 보고 싶어 견딜 수가 없더라고요. 연락도 하지 않고 그냥 갔어요. 병실로 들어서는데, 오빠가 목에 붕대를 두른 채 휠체어에 앉아 있는 거예요. 제겐 연락도 하지 않고 목 디스크 수술을 해 버렸더군요. 너무 놀라 병실 바닥에 주저앉았죠. 오빠가 놀란 눈을 하고 휠체어를 끌며 제게 왔습니다.

잠수병에 걸렸다고 했어요. 맹골수도에서 일한 잠수사들 대부분이 그 병원에서 치료를 받는 중이었죠. 오빠 곧 나을 거라 했지만, 저는 믿지 않았어요. 저도 스쿠버 잠수를 다니며 보고 들은 게 있으니까요. 제주도에 잠수하러 가면 해녀들과 어울릴 때가 가끔 있어요. 잠수 경력 20년이 넘는 해녀들이 그랬어요. 무릎이나 사타구니나 어깨가 썩어 버리면 끝장이라고. 평생 골병들어 앓다가 간다고. 오빠에게 사실대로 말해 달라 했어요.

치료 기간을 얼마나 잡느냐고. 완치는 가능하냐고. 오빠 표정이 진지하게 바뀌었습니다. 최소한 2년은 치료를 받아야 할 것 같다고 했어요. 함께 입원한 잠수사 중엔 그보다 긴 시간 치료가 필요한 사람도 있댔어요.

결혼식을 10월에 올리긴 어렵겠다고 하더군요. 사실 저는 10월에 예정대로 해도 상관없었어요. 신랑이 다리병신처럼 절뚝거리며 식장으로 입장하는 게 이상하긴 하지만, 나쁜 짓 하다가 그리된 것도 아니고, 맹골수도에서 실종자들 모시고 나오다 얻은 병이니 오히려 영광의 상처 아닌가요? 하지만 오빠 10월엔 어렵겠다고. 제게 할 짓이 아니라고 고집을 부렸습니다. 나중에 알았죠. 오빠 무릎뿐만이 아니라 배뇨 장애가 심각했습니다. 식장에서 갑자기 오줌이라도 눠 버리면 정말 그 결혼은 엉망진창이 되니까요. 그날에는 차마 그것까진 제게 말할 순 없었나 봐요. 연기하자고만 했어요, 자꾸.

□ 12월 24일 이야길 자세히 해 주시겠습니까?

■ 오빠가 갑자기 일산으로 병원을 옮겼어요. 서울 가까우니 반갑기도 했지만, D병원이 잠수병 치료엔 으뜸이란 설명을 들었던 터라 이상하단 생각이 들었죠. 12월 7일 오빠를 병실에서 만났습니다. 6인실이었죠. 그 병원에 민간 잠수사는 오빠 혼자였어요. 다른 잠수사들은 어디 있느냐고 물었더니 다 흩어졌다고 했어요. 그러고는 불쑥 황당한 얘길 꺼내는 겁니다. 아무래도 결혼을 못 하겠다고. 그 말을 듣는 순간 미치겠더라고요, 정말!

산업 잠수사들은 결론부터 말해요. 잠수를 하다 보면 급박한 상황을 만나는데, 그땐 이러쿵저러쿵 설명할 시간이 없거든요. 먼저 결론부터 세게, 욕설을 섞어 가며 말해, 듣는 사람에게 충격을 주는 겁니다. 경수 오빠 말버릇을 알지만, 그 얘기를 한 곳이 바지선이 아니고 병실이잖아요? 그런데도 아무 설명 없이 곧장 통보했어요. 바다 한가운데서 하듯이.

너무 화가 나니까 대꾸도 못 하겠고 눈물부터 흘렀죠. 이유를 물었더니, 자기가 너무 부족한 사람이래요. 자기랑 결혼하면 불행해질 거라고요. 이유 같지 않은 이유를 들으니 더 화가 나고 서러웠어요. 진짜 이유를 말해라, 딴 여자가 생긴 거냐. 오빠는 제 얼굴을 잠시 쳐다보다가, 자기는 평생 치료받아야 하는 환자라고 했습니다. 완치가 어렵대요. 저는 곁에 있겠다고, 완치되지 않아도 좋으니 간병하며 살겠다고 했지만…….

경수 오빠 황소고집인 거 아시죠? 한번 정하면 바꾸는 법이 없어요. 그러니까 맹골수도로도 자원해서 내려갔죠. 그전까지 의견 대립이 생기면 대부분 제가 졌어요. 하지만 이번만은 그 고집을 받아들일 수 없었습니다.

동해 바다에서 경수 오빠 만나고 5년이 흘렀어요. 5년, 짧지 않은 시간이죠. 오빠 스쿠버 강사만 해도 먹고사는 데 전혀 문제가 없어요. 각 단계별로 수강생의 심신 상태를 충분히 고려하여 지도하기 때문에 인기가 높았지요. 그렇게 꼼꼼하고 자상한 남자를 어찌 사랑하지 않을 수 있겠어요.

기다리겠다고 했어요. 맘이 바뀔 때까지. 제 가족들에게도 오빠 병세가 호전되어 일산 병원으로 옮겼다고만 둘러댔지요. 저는 정말 파혼할 뜻이 손톱만큼도 없었어요. 그런데…….

박세희 씨는 말을 끊고 잠시 바람이나 쐬고 오겠다며 밖으로 나갔다. 문만 열어도 바닷바람이 밀려들어 가슴과 얼굴을 때렸다. 우리는 박 씨가 놓고 간 휴대전화 커버에 붙은 하트를 내려다보았다. 뒷면 전체를 가득 채울 정도로 큰 붉은 하트였다. 저 사랑의 표식이 누구를 향하고 있을지 궁금했다. 나경수 잠수사에게 미련이 남았을까. 맹골수도로 내려가기 전 나 잠수사와 함께 붙인 하트일까. 15분쯤 뒤, 박 씨가 돌아왔다. 담배 냄새가 났다.

■ 12월 24일 밤에 병원으로 찾아갔어요. 7일에 통보를 한 후, 오빠 저를 자꾸 피했어요. 면회 시간에 찾아가도 만나 주지 않고요. 담당 의사는 환자에게 절대 안정이 필요하니 면회를 삼가 달라고 제게 정식으로 요구했습니다. 무릎도 문제지만 불안 장애가 심각하다더군요. 압박감을 느끼거나 감정의 출렁임이 심해지면, 불안 지수가 극도로 높아져 통제하기 어려워진다고 했어요. 그래서 참고 또 참았어요. 오빠가 전화도 문자도 씹었기 때문에 완전히 단절된 거죠. 물론 오빠가 맹골수도에 있을 때도 2주나 3주 연락이 끊어지기도 했지만, 그땐 얼마나 고될까 걱정은 했어도 참을 만했지요.

크리스마스이브엔 도저히 못 참겠더라고요. 자고 있는 오빠 얼굴이라도 잠깐 보잔 마음으로 무작정 간 거죠. 면회 시간이 끝났지만, 용케 눈들을 피해 병실 앞에 도착했어요. 조용히 문을 열었습니다. 그런데 문 옆 침대에 누워 있어야할 사람이 없는 겁니다. 화장실에라도 갔나 했죠. 병실 안에 화장실이 붙어 있었거든요. 문을 조금 더 여니까, 누군가 창을 바라보며 침대 발치에 서 있는 겁니다. 오빠였어요. 병실은 꼬마등 하나만 켜 둬서 실루엣만 비칠 정도로 어두웠지만, 뒷모습만 봐도 저는 경수 오빠란 걸 알아요.

뒤에서 오빠를 안고 싶었어요. 왜 왔냔 말, 어김없이 듣겠지만, 그래도 오빠 체취라도 맡고 싶었거든요. 천천히 병실로 들어섰어요. 갑자기 오빠가 왼팔을 들어 허공을 휘젓더군요. 얼굴과 목을 가렸고 곧 왼 가슴을 보호하듯 덮었습니다. 제가 헛것을 본 게 아니라면, 그게 좀 이상했어요. 불이라도 붙은 것처럼 경련을 일으키면서, 손가락은 손가락대로 손목은 손목대로 팔꿈치는 팔꿈치대로 어깨는 어깨대로 각각 다른 방향으로 뒤틀려 꺾였어요. 일부러 꺾으려 해도 꺾기 힘든 방향과 각도였습니다. 오른팔도 이상했어요. 왼팔이 격렬하게 꺾이는 동안 오른팔은 축 늘어진 채 꿈쩍도 하지 않았거든요. 거대한 쇳덩이라도 든 것처럼.

— 오빠!

우선, 저 경련부터 없애자 싶었죠. 제 말이 들리지 않는지, 오빠 한 걸음 나아가며 왼팔을 꺾었고 그 바람에 온몸이 덩달아 떨렸지요. 더 이상 안 되겠다 싶었습니다. 한 걸음 두 걸음 세 걸음 다가가서 안으려는 순간, 오빠가 창문을 향해 달렸어요. 저도 덩달아 뛰었고요. 오빠는 온몸을 날려 유리창에 머리를 찧었습니다. 쩡! 소리와 함께 유리가 부서졌어요. 파편들이 튀었고 오빠의 머리와 가슴과 배까지 창문 밖으로 거의 다 나갔죠. 그냥 뒀으면 달려가던 관성에 몸 전체가 나가 버렸을 거예요. 추락했겠죠. 그 순간 제가 오빠의 두 발을 붙잡았어요. 새가 날개를 접어 알을 품듯이, 두 발을 잡은 겁니다. 그 상태로 끌려갔죠. 무릎을 꿇으며 앞으로 넘어지고, 어깨를 강하게 바닥에 부딪쳤지만, 두 손으로 잡은 발목만은 놓지 않았어요. 환자들이 달려들고, 간호사와 당직 의사가 뛰어와서 겨우 오빠를 구했습니다. 그 사이 오빠 머리에선 피가 흘러내렸고, 저도 유리 파편에 찍혀 목과 손등을 다쳤어요. 피범벅이었죠. 가끔 그 생각은 해요. 제가 그 밤에 오빠를 만나러 가지 않았더라면, 오빠 병실에서 떨어져 이승과 작별했을 거라고요.

□ 그리고 파혼하신 건가요?

■ 제 마음이 닫혔어요. 오빠 다음 날 아침 병원을 옮겼어요. 그런데 제게 병원을 알려 주지도 않는 거예요. 나중에 수소문해 보니 한방병원으로 갔더군요.

오빠가 회복하기까지 시간이 많이 필요하다는 건 사천에 처음 내려간 날부터 알았어요. 휠체어에 앉아 있었으니까요. 마음을 다친다는 게, 트라우마가 뭔지는 정확히 몰랐지만, 수면 장애에 우울증 그리고 망상증을 앓는다 했을 때도 병원에서 푹 쉬면, 시간이 흐르면 저절로 나을 것이라고 생각했죠.

소동이 있던 밤, 저는 오빠가 걱정한 게 뭔지 확실히 깨달았습니다. 정말 무서웠거든요. 달려들어 다리를 붙들긴 했지만, 오빠 매일매일 그와 같은 환청과 환영에 시달리며 지냈던 겁니다. 오빠에게 결별을 통보받은 후 파혼당했다며 화도 내고 눈물도 쏟았는데, 지금 생각해 보니 그게 꼭 오빠의 잘못만은 아닌 것 같아요. 제가 더 적극적으로 곁에 남으려 했다면 아무리 오빠가 밀어내도 지금처럼 남남이 되진 않았을 겁니다. 솔직히 무서웠어요. 피 칠갑의 상황도 그랬지만, 제가 이 남자를 위해 해 줄 게 없는 거예요. 몸이 아프면 약이라도 줄 텐데, 마음이 아프니 그 마음을 다독이기가 정말 힘들었습니다. 그렇게 정리된 겁니다. 오빠가 한방병원으로 옮긴 후론 연락이 끊겼습니다.

□ '이 남자를 위해 해 줄 것이 없다'는 게 정확히 어떤 의미인가요? 트라우마 때문에 나 잠수사가 힘겨워한 건 저희도 압니다만…….

■ 너무 간단히 관계를 정리한 게 아니냐 이 말씀이시죠?

□ 꼭 그렇다기보다는, 그래도 좀 더 나 잠수사 곁에 머물 수도 있지 않았을까요? 만나는 게 부담된다면 몇 달 서로 보지 않는 것도 방법일 테고. 얼마나 힘겨웠으면 그런 결정을 내렸을까

생각합니다만, 그렇지 않은 경우도 있긴 하니까요.

■ 이것까진 말하지 않으려고 했는데……. 좋아요, 하겠습니다. 저도 학창 시절 근성 있단 소릴 들었어요. 철봉 오래 매달리기는 교내에서 줄곧 1등이었죠. 맞아요, 오빠가 유리창을 부수고 뛰어내리려 했다고 헤어질 결심을 한 건 아니에요. 스쿠버이긴 해도 저 역시 잠수사의 세계를 조금은 맛봤잖아요? 심해 잠수사들은 극한 체험을 하니까, 마음에 상처를 입으면 극단적인 행동을 저지르기도 한다는 걸 여러 번 들었습니다. 병실에선 무척 놀랐지만, 그것뿐이었다면 어떻게 해서든 오빠 곁에 머물며 넘기려고 했을 거예요. '이 남자를 위해 해 줄 게 없다'고 제가 아까 말했죠? 사실 그 말은 오빠가 제게 한 거예요. 저를 위해 해 줄 게 없다고.

이런 것까지 밝히긴 뭣하지만…… 우리는 만나면 딱 붙어 지냈습니다. 몸의 일부를 상대에게 붙이지 않고는 불안할 정도였어요. 키스도 시시때때로 하고, 이런 말 어떻게 들릴지 모르겠지만, 정말 맘도 잘 맞고 몸도 잘 맞았어요.

D병원에 처음 내려갔을 때부터 오빠가 이상했어요. 보자마자 달려가 안기려 했는데, 오빠가 휠체어에 앉아서도 허리를 젖히는 거예요. 쇼크 때문에 몸 전체가 정상이 아니라고 둘러대더군요. 저는 당장 서울로 올라가자 졸랐습니다. 오빠는 맹골수도로 돌아가겠다고 고집을 부리더군요. 오빤 제 뜻을 대부분 들어줬지만, 잠수에 관해선 자기 입장이 분명했습니다. 저

는 눈물을 쏟으며 오빠를 안았어요. 그때도 오빠는 움찔 떨더군요. 그 느낌 아세요? 밀쳐내고 싶은데 타이밍을 놓쳐 이러지도 못하고 저러지도 못하는 순간! 오빠는 딱 그런 상황에 처한 사람처럼, 어깨와 허리가 굳었어요. 딱딱한 통나무처럼. 그래도 저는 멈추지 않고 오빠 입술에 제 입술을 댔어요. 겨우 일주일이었지만, 오빠와 입 맞추는 꿈을 매일 꿀 정도였습니다. 오빠 입술이 또 한 번 움찔 떨리더군요. 이번에도 제 입술을 받아들이긴 했지만, 깊고 달콤한, 우리가 하루에도 열두 번씩 하던 입맞춤이 아니었어요.

오빠가 목 디스크 수술을 받은 직후니까, 더 깊은 사랑을 나누긴 어려웠어요. 그건 저도 충분히 이해해요. 하지만 정말 이상하게도 그날 오빠는 제 손가락 하나 만지지 않았어요. 제가 억지로 안고 입 맞추니 겨우 응하긴 했지만, 제 곁에 가까이 다가올 뜻이 전혀 없었던 겁니다.

□ 솔직히 말씀해 주셔서 감사합니다. 나 잠수사와 다른 민간 잠수사들이 트라우마를 설명한 적은 여러 번 있지만, 이런 얘긴 오늘 처음 듣습니다.

■ 그럴 겁니다. 가장 감추고 싶은 부분일 테니까요. 약혼녀에 관해서 이야길 하긴 하던가요? 오빠를 제가 좀 아는데, 저에 관한 이야긴 최대한 감췄을 거고, 한다 해도 우리 사이에 전혀 문제가 없었다고 장담했을 겁니다. 평소에도 아주 낭만적인 사랑을 하고 싶어 했거든요.

맹골수도의 잠수가 너무 힘들었으리라 여기고 그때는 넘겼어요. 그런데 일산 H병원으로 올라온 뒤에도 오빠의 태도는 달라지지 않았습니다. 자기 몸에 손을 대는 것 자체를 허락하지 않더군요. 제가 손이라도 뻗으려 하면, 먼저 도끼눈을 떴어요.

— 이럴 거면 돌아가.

맞받아치며 다퉜죠.

— 이럴 거? 못 할 짓이야, 이게? 오빠! 난 당신 약혼자야. 오빠가 맹골수도에 안 갔다면, 우린 벌써 결혼했을 거고, 난 당신 와이프였을 거라고.

그때 오빠가 제게 그 말을 했어요.

— 세희야, 너를 위해 해 줄 게 없어!

저는 그게 무슨 말인지 금방 알아차리지 못했어요.

— 예전처럼 하면 돼. 오빠가 맹골수도에 내려가기 전처럼.

— 아직도 모르겠어? 난 그전으로 못 돌아가. 난 이제 어떤 여자와도 손을 잡거나 포옹하거나 입 맞추지 않을 거야. 잠자리는 더더욱……. 그러니 네가 날 버려. 널 위해 전부를 바칠 남자를 찾아.

여러분이라면 이따위 헛소리를 받아들이겠어요. 견딜 수가 없었어요. 오빠 품으로 뛰어들었죠. 오빠가 두 팔을 뻗어 제 어깨를 이렇게 밀어 대는 겁니다. 너무 분하고 화가 나서, 뒤돌아선 채 벽에 이마를 대고 울었습니다. 오빠는 그때도 멀찍이 서서 안타깝게 바라만 볼 뿐 다가와서 제 손을 잡거나 눈물을 닦아

주지 않았어요.

□ 그래서 헤어지신 거군요.

■ 속단하지 마세요. 아직 하나가 더 남았어요. 오빠 다른 사람과 살갗이 닿는 게 끔찍하게 싫어진 거예요. 딴 사람 체취나 화장품 냄새까지도 꺼려서 거리를 뒀습니다. 맹골수도 바지선에서 지내며 큰 충격을 받은 건 확실한데, 그게 왜 저런 식으로 드러나는지는 아직도 정확히 모르겠어요. 아는 정신과 의사에게 문의했더니, 일종의 공포증이라고 하더라고요. 강제로 좁은 공간에서 여러 명이 장기간 함께 지낸 경우에 살갗이 스치는 것만으로도 발작을 일으킬 수 있다고. 바지선이 좁긴 했지만 오빠처럼 능숙한 잠수사가 바지선 생활로 공포증을 앓는다는 건 믿기 힘들죠.

일주일쯤 지났을까요. 이대로 끝내긴 너무 억울해서 한방병원에 찾아갔어요. 그 병원에서 오빠 독방을 쓰고 있었어요. 그것부터 이상했죠. 정부에서 치료비 지원을 중단할 예정이라 걱정이라고, 골괴사가 심한 무릎 수술도 당분간 미뤄야겠다고 말했거든요. 2인실도 비싸다고 할 사람이에요. 4인실이나 6인실에 있겠거니 하고 갔는데. 환자들이랑 나란히 눕는 것도 꺼릴 만큼 공포증이 심해졌을까 걱정하며 병실 문을 가만히 열었죠.

벌거벗은 등이 보였습니다. 시뻘겋게 피멍이 들고 검은 딱지가 덕지덕지 뒤덮인 흉측한 등이었습니다. 돌아본 사내의 얼굴도 마찬가지로 엉망이었습니다. 머리엔 일주일 전 자살 소동을 증명이라도 하듯 흰 붕대를 둘렀고, 그 아래 짓무른 눈과 코에선 누런 진물이, 입술은 온통 갈라져 피가 턱까지 흘렀습니다. 뺨에는 포크로 후벼 판 듯 붉은 줄이 제멋대로 좍좍 그어져 있고요. 일주일 전 유리 파편 때문에 생긴 상처가 아니었어요. 딱지 앉은 검붉은 줄이 목덜미와 가슴을 지나 배꼽까지 내려왔으니까요.

맞아요. 오빠 실오라기 하나 걸치지 않은 알몸이었습니다. 인기척을 느끼고 돌아서다가 저와 눈이 마주친 뒤 멈췄습니다. 10초 정도였던 것 같아요. 우린 서로를 쳐다보며 서 있었습니다. 오빠는 갑작스러운 저의 방문에 놀랐고, 상처투성이 알몸을 고스란히 들켜 놀랐고, 제 놀란 눈을 보고 다시 놀랐죠. 저는 일주일 만에 더 끔찍하게 변한 오빠를 보며, 무슨 말을 건네야 할지, 시선을 어디에 둬야 할지 몰랐습니다.

그래도 저는 마지막 용기를 내서 한 걸음 디뎠어요. 그러자 오빠가 갑자기 괴성을 질러 댔습니다. 아, 그 소리가 지금도 귀청을 울립니다. 무서웠어요, 정말! 손을 잡지 않거나 입맞춤을 피하거나 잠자리를 거절할 때는 화가 났지만, 상처투성이 알몸을 보고서도 불쌍하단 생각이 앞섰지만, 그 목소린 정말 무섭고 끔찍했어요. 벌거벗은 오빠의 몸이 내 삶 전체를 두들겨 패는 것 같았어요. 담당 한의사가 황급히 달려왔습니다. 저를 데리고 병실을 빠져나갔지요. 그래요, 그날이 정말 끝이었어요.

□ 나경수 잠수사에 대한 소식을 그 후로 들은 적은 있나요?

■ 들긴 했어요. 그런데 오빠가 한방병원에 두 달 넘게 입원한 사실을 아는 사람은 거의 없더군요. 오빠 타인의 살갗을 꺼리다가 급기야 옷 입는 것조차 거부하게 된 거예요. 한의사는 화火의 기운이 온몸에 퍼져 그렇다더군요. 알몸으로라도 편안했으면 좋으련만, 잠시도 참지 못할 만큼 온몸이 근지럽대요. 손톱으로 긁는 것으론 턱없이 부족하여, 펜이든 송곳이든, 뾰족한 것이면 무엇이나 들고 긁어 댄 거예요. 제가 갔을 때, 오빠 몰골이 왜 그러했는지, 그제야 이해가 되더라고요.

잠수사들 세계가 넓진 않으니, 오빠 이름이 가끔 툭 튀어나오곤 합니다. 저와 오빠 관계를 모르는 잠수사들은 오빠를 함부로 비웃고 욕해요. 잠수사가 잠수만 열심히 하면 되는 것 아니냐는 논리죠. 잠수사는 입이 없어야 하는데, 왜 입을 열어 사달을 내냐는 한심한 논리! 그때마다 제가 쏘아 줘요. 당신들이 말하는 그 사람, 맹골수도에서 몸이 망가져 더 이상 잠수를 못 한다고. 잠수병에 걸릴 정도로 재난 현장에서 일한 적 있느냐고. 마음까지 다쳐, 사랑하는 여자의 손가락 하나 만지지 못하는 신세로 전락했다고. 그러니 그 입 다물라고.

□ 당장은 아니라고 해도, 나경수 잠수사를 다시 만나 보고 싶으세요?

■ 아뇨, 아니에요! 각자 다른 바닷길로 접어들었어요. 사람 힘으로 되돌리려 덤볐다간, 둘 다 위험해져요. 완전히 끝났어요, 우린!

대리운전의
날들

 H병원을 나온 저는 S한방병원에 입원하여 두 달을 더 쉬었습니다. 한의사는 체질 개선을 위해 식이요법과 침과 다양한 탕약을 병행하였습니다. 무릎도 무릎이지만, 머리가 찢어지고 목과 얼굴에도 상처가 깊어 그걸 치료하느라 바빴습니다. 유리창은 박살났지만 다행히 저는 병실에서 추락하진 않았습니다.

 저만 특별히 환청을 듣고 환영을 본다고 생각하진 않습니다. 맹골수도에 머문 민간 잠수사 대부분이 저와 같은 마음의 병을 앓고 있습니다. 지금 당장 증상이 나타나지 않더라도, 치료하지 않으면 언젠간 이 병이 잠수사는 물론이고 그 가족과 이웃까지 집어삼킬 겁니다. 막연한 저만의 추측이 아니라, 잠수사들과 내밀한 이야기를 나눈 정신과 전문의들의 진단에 근거한 겁니다.

 한방병원에 입원하고 한 달 반 뒤 반가운 손님이 찾아왔습니다. 바지선에서 동고동락한 홍길직 물리치료사입니다. 잠수사들은 형님, 형님 하며 홍 치료사를 따랐지요. 물어물어 제 근황을 듣고 한

방병원까지 차를 몰고 올라온 겁니다. 병원장에게 양해를 구한 뒤 오랜만에 마사지를 받았습니다. 맹골수도에서 잠수하던 시절로 금방 넘어가더군요. 실종자를 모시고 나온 날엔 더 오래 마사지를 받았습니다. 근육을 충분히 풀어 주는 것도 필요했지만, 홍 치료사에게 이런저런 이야기를 쏟아내고 나면 한결 마음이 가벼웠습니다. 홍 치료사는 귀찮다거나 지겹다는 표정을 전혀 짓지 않고 잠수사들 이야기를 끝까지 들어 줬습니다. 우리가 맹골수도를 나와서 사천 D병원으로 옮긴 뒤에도 가끔 전화로 안부를 묻곤 했습니다. 민간 잠수사에게 치료비 지원이 중단된다는 소식을 들은 후로 홍 치료사는 전국을 돌며 잠수사들을 만나러 다녔습니다. 마음이 시키는 일이라고 하더군요. 마사지를 정성껏 한 후 수고비도 받으려 하지 않았습니다. 잠수사들이 어찌 지내는지 보고 싶어 왔다고 했습니다.

홍 치료사는 제 머리와 얼굴의 상처를 보고도 묻지 않았습니다. 잠수사들은 스스로 말문을 열기 전엔 절대로 속을 드러내지 않습니다. 마사지를 받으며 제가 먼저 고민들을 털어놓았습니다. 홍 치료사는 다른 잠수사들도 마찬가지라고 했습니다. 당분간 '잠수'라는 글자도 떠올리지 말라고 충고하더군요. 먹고살기 힘들다 했더니 대리운전이라도 하겠느냐고 제게 물었습니다. 잠수만큼은 아니지만, 한때는 차에 푹 빠져 산 적이 있습니다. 왼 무릎이 시원찮지만, 하루 종일 운전하는 것도 아니니 문제 될 것이 없다 여겼습니다. 홍 치료사는 고향 선배가 경영하는 대리운전 회사라며 전화번호를 하나 줬습니다.

재판장님!
제가 대리운전을 하게 된 진짜 이유를 아십니까?
병원에선 수면 장애라더군요. 앞에서도 적었듯이 맹골수도에선
6시간마다 정조기가 옵니다. 그때를 놓치면 잠수가 힘들지요. 1시
간 전엔 입수 준비를 해야 하고, 잠수를 마친 뒤엔 체임버에서 감
압하고 특이사항 보고하고 또 마음을 다스리느라 1시간이 금방 갑
니다. 정조기와 정조기 사이에 많이 자야 3시간 남짓 눈을 붙이는
겁니다. 이마저 회의가 있거나 바지선에서 잡무를 도와야 할 때면
더 줄어듭니다. 그렇게 두 달 넘게 지내고 나니 잠이 들더라도 금
방 깼습니다. 운이 좋아 3시간을 자도 개운하지 않았습니다. 수면
중에도 30분마다 한두 번씩 깜짝깜짝 놀라 깼다가 잠들기를 반복
하는 겁니다. 뇌파 검사를 한 의사는 수면 장애가 심각한 수준이
라고 했습니다.
밤엔 더더욱 잠이 오지 않습니다. 해가 지고 나면 불안감이 커
집니다. 안개가 끼거나 비와 눈이 올 땐 심해지지요. 스프링이 들
어간 회전의자나 침대엔 앉지도 못합니다. 딱딱한 바닥에 등을 대
고 누워도 폭풍을 만난 조각배처럼 출렁이니까요. 갑자기 제가 어
디에 있는지 헷갈립니다. 분명히 제 방에 잠옷 차림으로 누웠는
데, 가슴이 답답하여 살펴보면 어느새 잠수복을 입었습니다. 풀페
이스 마스크를 썼고 물갈퀴까지 꼈습니다. 눈앞이 흐려지다 못해

깜깜해지기도 합니다. 스탠드는 물론 형광등까지 환하게 켰지만 코앞의 사물도 구별하기 힘듭니다. 팔을 뻗어 휘휘 저을 수밖에 없습니다. 물컹하게 무엇인가가 잡힙니다. 저는 곧 그것을 알아차립니다. 그건 사람의 살입니다. 그 살을 잡아당깁니다. 풀어 헝클어진 머리카락이 제 얼굴을 덮습니다.

악몽이 아닙니다. 집에 혼자 우두커니 있으면 이런 망상이 거의 매일 찾아옵니다. 제가 무슨 짓을 저지를지 저 자신도 모를 지경입니다. 죽고 싶단 생각밖에 안 듭니다. 어떤 방식으로 죽을까 고민하다가 밤을 꼬박 새운 적도 있습니다. 그래서 차라리 대리운전을 택한 겁니다. 비와 눈과 안개가 찾아들 때는 스스로 운전을 쉬긴 합니다만, 그렇게 궂은 날을 제외하곤 집에 혼자 있으니 차라리 거리를 떠도는 편이 낫습니다. 일 없이 거리에서 밤을 보내기란 무척 힘들지만, 제게는 대리운전이란 일이 있으니 그나마 다행이었습니다. 어차피 밤을 새울 건데 용돈까지 버니까요.

혼자 방구석에만 있으면 말 한 마디 않고 하루가 갑니다. 예전에도 여럿이 바다로 나가 잠수를 즐기고 돌아와선 혼자 열흘 넘게 방에만 박혀 지낸 적도 있긴 합니다. 그렇게 계속 홀로 지내다 보면 대화가 그리워지는 순간이 저절로 찾아옵니다만, 이번엔 달랐습니다. 사람들에게 둘러싸여 질책당하고 비난받고 욕먹는 제 모습만 자꾸 그려졌습니다. 씻을 수 없는 죄를 지은 사람은 바로 저였습니다.

맹골수도에서 함께 고생한 잠수사들을 만나는 것도 꺼려졌습니다. 그들을 만나면 신세 한탄을 들을 테고, 그 후엔 더 우울해질 듯했습니다. 가족이나 친척 혹은 친구들에게도 선뜻 연락하기 어려웠습니다. 시시콜콜한 세상 소식에 제가 도통 관심이 없는 탓에 분위기만 깼던 겁니다. 가벼운 대화는 주고받되, 저를 전혀 모르는 사람과 스치듯 만나고 재회하지 않길 바랐습니다. 대리운전 기사는 그 바람에 가장 근접한 직업이었습니다.

홍 치료사가 알려 준 회사로 찾아갔습니다. 사무실에 있는 사람은 대표와 전화 받는 여직원 두 명이 전부였습니다. 대리운전 기사들은 약속된 장소에서 대기하다가 발 빠르게 손님 차를 운전하러 움직일 뿐, 사무실로 출근하는 경우는 드물었습니다. 그날은 대리기사 경험이 많은 공환승 씨가 대표와 함께 저를 기다리고 있더군요. 대표는 공 씨에게 신참 교육을 맡기곤 약속이 있다며 자리를 떴습니다. 공 씨는 제게 전에 무슨 일을 했느냐며 꼬치꼬치 캐물었습니다. 제가 대충 둘러대자, 자신도 이런 질문 던지긴 싫지만 대표에게 보고해야 하니 협조해 달라고 했습니다. 전과자나 약물 중독자를 걸러내야 한다는 말을 덧붙이지 않았다면, 제가 민간 잠수사로 맹골수도에서 일했다는 사실까진 밝히지 않았을 겁니다. 공 씨는 제 얼굴을 가만히 뜯어보다가 고개를 갸웃거리며 물었습니다.

"거기서 일했으면 돈푼깨나 만졌을 텐데, 대리운전은 왜 하려고? 혹시 갬블링으로 큰돈이라도 날렸소?"

갬블링 따윈 하지 않는다고 답했습니다. 거금을 만진 적도 없다고 했습니다.

"나한텐 솔직히 털어놔도 됩니다. 유가족이 제일 많이 벌고, 잠수사도 못지않게 벌었다는 걸 모르는 국민이 어딨소?"

참을 수 없어서 일어났습니다. 공 씨는 고개를 삐딱하게 든 채 언성을 높였습니다.

"이렇게 더티하게 굴어서야 어디 대리운전 하겠나? 관두려면 지금 관두쇼."

다시 앉았습니다. 공 씨는 저를 째리며 경고했습니다.

"명심하쇼. 손님이 무슨 소릴 해도 절대로 맞상대를 하면 안 됩니다. 방금처럼 욱하는 순간 우리 회사에선 나경수 씨를 디스미스 dismiss할 겁니다. 손님이 묻기 전엔 먼저 말을 꺼내지도 마쇼. 대답은 최대한 간결하게! 알아들었소?"

알겠다고 대답한 후 돌아서는 제 뒤통수를 향해 혼잣말로 확인 사살을 했습니다.

"소문처럼 많이 받진 못했나 보네. 그래도 한몫 단단히 챙겼을 텐데……."

공환승 씨의 충고는 들었을 땐 불쾌했지만 두고두고 도움이 되었습니다. 뒷좌석에 조용히 앉아 쉬는 손님도 있지만 조수석에서 목소리를 높이는 손님도 적지 않았습니다. 멀쩡하게 네비게이션이 시키는 대로 운전을 하는데도 엉뚱한 길로 돌아간다는 손님도 있고, 브레이크를 지나치게 자주 밟는다고 나무라는 손님도 있고, 속도가 지나치게 느리다고 짜증 내는 손님도 있었습니다. 이 정도는 양호한 편입니다. 어떤 손님은 제 인상이 전과자처럼 흉측하다 했고, 어떤 손님은 제 몸에서 하수구 냄새가 난다고 했습니다. 성질대로라면 맞받아 싸웠을 겁니다만, 공 씨의 충고를 떠올리며 참았습니다.

참지 못한 밤이 딱 하루 있습니다. 대리운전 마지막 날이었습니다. 토요일 밤이었고, 남대문 시장에서 상암 디지털미디어시티까지 가는 차였습니다. 아이보리색 원피스 정장을 입은 중년 여인은 겉보기엔 전혀 취기가 느껴지지 않았습니다. 저는 자동차 열쇠를 넘겨받아 운전석에 앉았습니다. 그녀는 광화문 앞까지 가서 좌회전을 하자더군요. 손님이 미리 행로를 밝히면 마음이 편합니다.

청계천을 지나 곧장 올라가던 차는 종각을 지나자마자 멈춰 섰습니다. 밤 11시가 넘은 시각입니다만, 의경들이 미국 대사관 앞으로 나와 도로를 막다시피 서 있었습니다. 광장에서도 시위대가 차선으로 접어들고 있었고요. 다른 차들이 제 뒤로 바짝 붙었기 때문에 돌아서 나가는 것도 불가능했습니다. 뒷좌석의 여인이 그때부터 불평을 늘어놓기 시작했습니다. 세련된 옷차림과는 달리 입이 아주 험했습니다. 한꺼번에 이야기를 늘어놓진 않고, 잠시 멈췄다가 말하고 또 멈췄다가 말하는 식이었습니다.

"교통사고로 자식들 뒈진 게 무슨 자랑이라고 저 지랄들을 하는 거야?"

"저것들이 다 종북이야 종북. 대통령 흔들려고 저러는 거라고."

"대학까지 특별하게 보내 달라 했다며? 아예 대한민국 특별인이라고 이마에다 써 붙이고 다녀라."

"8억이나 받아 처먹어 놓고, 얼마를 더 내라는 거야? 20억이란 소문도 돌더라고. 그 돈 전부 내가 낸 세금이야. 난 나라에서 돈 한 푼 받은 적 없는데, 아귀 새끼가 따로 없어. 시체 장사를 해도 유분수지. 버러지들."

"진상 규명? 규명할 진상이 뭐가 또 남았어? 죄 지은 사람들은 모두 잡아넣었잖아? 선장도 선원도, 해경 정장도 전부 다. 도대체 무슨 진상이 더 남았다고 저러는지, 쯧쯧……. 내 보기엔 저것들이 진상 부리는 거라고."

"저 연놈들 땜에 나라가 기우는 거야. 경제도 엉망이고……."

"돈 잔치지. 저 연놈들 배 불리고, 잠수사 놈들도 덩달아 횡재하고. 안 그래요?"

"그, 그게……."

저는 말을 더듬었습니다. 그녀가 비난을 뱉을 때마다 침이 제 뒤통수와 어깨까지 튀었습니다. 이상한 냄새가 코로 스며들었습니다. 처음엔 술 취한 여인의 입 냄새라고 여겼습니다. 그녀의 비난이 이어지자, 그 냄새도 점점 짙어졌습니다. 오늘 처음 맡은 냄새가 아니라, 오래 계속 맡았던 냄새. 병실에서 창으로 돌진하기 전에도 맡았던 바로 그 냄새였습니다. 차창을 열어 환기시키려 했지만, 버튼이 어디 붙었는지 금방 눈에 띄지 않았습니다. 엉뚱하게 에어컨 버튼을 눌러 냉풍이 그녀 얼굴로 몰아쳤습니다.

"아저씨! 돌았어? 이게 뭔 짓이야? 안 그래도 저 쓰레기들 땜에 복장 터져 죽겠는데…….”

　그녀가 발로 운전석 등받이를 세게 걷어찼습니다. 저는 대꾸도 못 한 채 입과 코를 손으로 막았습니다. 분명히 그 냄새였습니다. 맹골수도 선내에서 밀려오던, 보이진 않지만 온몸으로 자신의 위치를 알리는 실종자들 냄새! 그 냄새가 차 안을 가득 메우고 제 눈과 코와 입과 귀로 밀려들었습니다.

　가까스로 차 문을 열고 나갔습니다. 그대로 차를 세워 둔 채, 도로를 벗어나서 골목으로 향했습니다. 뒤따라 내린 그녀가 등 뒤에서 고래고래 소리쳤습니다. 귀머거리처럼 곧장 앞만 보고 걸었습니다. 걸음이 점점 빨라졌습니다. 제가 멈추지 않자, 그녀는 대사관 앞을 막고 선 의경들에게 도움을 청했습니다.

　“잡아. 저놈, 저 새끼가 날 덮쳤어. 강간범! 강간범 잡아라!”

　뒤따라오는 발소리가 여럿이었습니다. 저는 힘껏 달렸습니다. 30분 잠수 시간을 다 쓴 뒤 수면으로 올라가는 순간처럼 필사적이었습니다. 그렇게 달리며 제 몸이 작아졌으면 좋겠단 생각을 했습니다. 아주 아주 작아져서 보도블록 틈으로 숨고 싶었습니다. 아무도 저를 찾지 못하게, 그렇게 완전히.

　대리운전을 그만두는 순간이었습니다.

◎

"종종 서울로 가지예. 큰 집회가 열리는 날엔 중대 분위기부터 다릅니더. 잔뜩 긴장하고 더 날이 서 있다고나 할까예. 우리도 대충 짐작은 합니더. 요즘 세상에 비밀이 어디 있습니꺼?"

경상도 사투리를 심하게 쓰는 김종관(가명, 23세) 씨는 경기도 기동대에서 의경으로 복무하고 2015년 6월 전역했다. 지금은 의정부의 부대찌개 식당에서 하루에 10시간씩 서빙을 하고 있다. 우리를 만나기 위해 하루 휴가까지 냈다. 고향이 어디냐고 물었다.

"부산에서 태어나 여섯 살 때 대구로 왔지예. 그러다가 2010년 여름에 의정부로 이사를 했심더. 사투리 땜에 의경 복무하는 동안 고생도 억수로 했심니더. 또박또박 표준말을 써라 카는데, 지는 표준말 쓴다고 하는데, 도통 못 알아먹는 거라예."

김종관 씨는 인터뷰를 하고 싶다고 먼저 연락한 몇 안 되는 사람이었다. 첫 통화에서 그는 자신이 광화문 광장 주변에서 근무한 적이 있는 의경이라고 했다. 우리는 곧장 약속을 잡고 의정부로 갔다. 그에 관한 기본 정보가 전혀 없었다. 그동안 진행한 인터뷰 대상자는 유가족이나 생존자, 잠수사와 자원봉사자가 대부분이었다. 의경은 처음이었다.

"1주기 때도 차출되어 가고 또 그 이틀 뒤 토요일에도 서울로 갔지예. 그날은 분위기가 더 험악했심니더. 지는 전역하기 겨우 두 달 전이었지예. 그 정도면 소대장이 알아서 열외를 시켜 주기도 하는데, 그날은 전원 비상 대기였심더. 서울로 가는 버스 안에서도 정신 무장을 단단히 시키더라고예. 만 명 이상 모일 테니까 까딱 잘못하면 큰일 난다고. 밀리거나 뚫리면 앞으로 일절 외박이나 휴가는 없다고. 정오쯤 도착했심더. 그때만 해도 아직 시위대가 모여들기 전이라, 시청 광장이고 광화문 광장이고 한가로웠어예.

우리가 갔을 때 벌써 경찰차로 벽을 좌악 쳤더라고예. 우리 차도 그 벽 제일 귀퉁이를 차지했지예. 버스에서 내려 오줌부터 눴심더. 그날따라 이상하게 오줌이 자주 마려워 혼이 났지예. 열 명씩 조를 짜서 화장실을 찾아갔는데예. 그게 참 어렵더라고예. 처음 들어간 빌딩에선 화장실이 없다며 내쫓기까지 했어예. 화장실에 겨우 다녀와선 대기했지예. 지는 주로 차에 타고 있었심더. 차창으로 광화문 광장이 보이더라고예. 뉴스에서 볼 땐 엄청 커 보였는데 그리 크지도 않았어예. 멀리서도 노란색은 엄청 잘 보입디더. 참사를 뜻하는 색깔이 노란색 아임니꺼. 천막 주위에 사람들이 모여 있고, 또 몇몇은 피켓을 든 채 광장을 빙빙 돌기도 했심더. 서명을 받는 사람도 보였고예. 맘이 참말로 복잡하더라고예. 진도 근해에서 끔찍한 사고가 나고 벌써 1년이 지난 김니더. 솔직히 참사는 안타까웠지만, 1년 뒤까지 유가족이 광화문에서 농성을 하고, 또 경찰이 차벽을 저래 만들 줄은 짐작도 못 했심더. 시청 광장에서 열리는 1주기 추모식은 허락이 났다고 들었심더. 우리가 차출되어 온 건 추모식을 전후해서, 허락받지 않은 구역으로 넘어오는 과격한 시위대를 막기 위해서였지예. 가서 보니까, 시위대가 가서는 안 될 곳을 경찰차로 벌써 다 막아 놨더라고예.”

우리도 그날 광화문 광장 분향소에 들렀다가 시청 광장으로 갔다.

“기다리는 게 얼마나 힘든지 아십니꺼? 일단 시위대와 맞붙기 시작하면 잔뜩 긴장한 채 바삐 움직이느라 힘든 줄도 모릅니더. 방패 들고 철모 쓴다고 두려움이 사라지는 것도 아닙니더. 시위대는 수백 혹은 수천 명이 한꺼번에 몰려들 수도 있지만, 우린 정해진 구역에 많아야 백 명 안팎이니까예. 잠깐만 방심해도 당하는 겁니더. 제대 두 달 남겨 놓고 이게 무슨 짓인가 싶었심니더. 우리 부대에 제대 불과 보름 전에 다리가 뿔라져 병원에 입원한 선배도 있었심니더. 서울에 올라왔다가 덕수궁 앞에서 벌어진 일이지예. 지한테도 그런 불행이 닥칠까 걱정이 되었심니더. 그 걱정을 후임들에게 떠 넘겼지예. 정신 똑바로 차리라고 더 세게 다뤘심니더.

시위대가 행진을 시작했심니더. 해는 벌써 졌지예. 차벽을 넘어 자꾸 광화문 쪽으로 올라오려고 하는 김니더. 청와대로 가자는 구호도 들렸심니더. 사실 청와대는 가 봤자 소용없는 거 아닙니꺼. 벌써 대통령은 해외 순방길에 올랐잖심니꺼. 우옛든 우린 명령에 따라, 청와대로 가겠다는 시위대를 막아야만 했심니더. 우리 부대는 차벽 뒤는 아니고, 인도 쪽으로 이어진 곳을 지켰심니더. 골목 하나를 완전히 막았심니더. 그 골목이 뚫린다 해도 차벽이 광화문을 에워쌌기 때문에 사실 시위대가 갈 길은 없심니더. 하지만 우리는 거길 지켜야 하는 김니더. 소대장은 지를 불러 앞줄에 서라 했심니더. 모범을 보이라고예. 처음에 고생을 하면 곧 뒤로 빼주겠다고 하더라고예. 짧게 선두에서 막고 뒤로 빠져 쉴 건지, 아니면 선두를 거절하고 계속 오래 고생할 건지 정해야 했심니더. 지는 소대장의 제안을 받아들였심니더. 시위대가 처음부터 과격해지진 않심니더. 부딪쳐 옥신각신하다가 과열되는 거지예.

시위대가 왔심니더. 달리거나 빠른 걸음으로 걷지도 않고 아주 천천히 왔지예. 제일 앞줄에 노란 옷을 입은 여자들이 섰심니더. 열 명쯤 되었을 김니더. 이상한 일이었지예. 지금까지 시위대 선봉은 건장한 남자들 차지였심니더. 척 봐도 마흔 살은 모두 넘긴 아지매들이 노란색 점퍼를 입고 아무렇지도 않게 의경을 향해 다가오는 김니더. 그분들 가슴이 방패에 닿을 정도로 가까워졌심니더. 지 앞에도 아지매 한 분이 섰심니더. 갑자기 그 아지매가 품에서 사진을 한 장 꺼내 지 눈앞에 들어 보여 주는 김니더. 사진 속에선 교복을 입은 긴 머리 여학생이 웃고 있었심니더. 아지매가 말했심니더.

— 봐요. 내 딸 강나래입니다. 1년 전 하늘나라로 가서 별이 됐어요. 내 딸이 왜 그 차디찬 맹골수도에서 죽어야 했는지, 알고 싶어 왔어요. 그런데 저렇게 차벽으로 막네요. 당신이 나라면 어떻게 할래요? 가족을 참사로 잃었다면 어떻게 할 것 같아요? 자, 두 눈 크게 뜨고 똑똑히 봐요. 강나래. 내 귀염둥이 막내딸. 이 나라가 왜 내 딸을 구조하지 않았는지 따지

기 위해 청와대로 가야겠어요. 그러니 비켜 줘요, 제발. 비키라고!

주먹으로 지가 든 방패를 쳤심니더. 다른 아지매들도 1년 전 참사로 죽은 자식들 사진을 꺼내 보이며 눈물을 쏟았심니더. 아, 정말 그 자리에 있기 싫었심니더. 차라리 건장한 사내들이 달려들어 힘으로 밀어붙인다면 맞서 싸우기라도 할 건데, 자식 잃은 엄마들이 방패를 잡고 흐느끼는 모습은 정말 너무 맘이 아팠심니더. 슬쩍 옆을 보니, 신참들 대부분이 고개를 반쯤 숙였어예. 눈물을 글썽이는 놈들도 있었심니더. 그때 뒤에서 고함이 들려왔심니더.

— 일보 앞으로!

소대장이 우리 마음을 다잡으려고 명령을 내린 김니더. 우린 훈련받은 대로 망설임 없이 동시에 걸음을 내디뎠심니더. 그 바람에 아지매들이 밀리며 쓰러졌지예. 엉덩방아를 찧은 분도 있고 모로 쓰러지면서 뒹군 분도 있심니더. 지도 바로 앞의 아지매를 밀치긴 했는데, 그 아지매가 일어나질 않는 검니더. 다른 아지매들은 다 일어났는데, 그 아지매만 자빠진 채 꿈쩍도 않는 김니더. 자연스레 시위대의 시선이 그 아지매에게 쏠렸지예. 혹시 졸도라도 했나 걱정스러웠심니더. 졸도할 정도로 세게 밀진 않았심니더, 맹세코. 그때 지 방패 밑에서 아지매 목소리가 들렸심니더.

— 발을…… 제발, 들어 줘…….

시선을 내렸더니, 아지매 두 손이 보였심니더. 일보 전진하며 아지매를 밀칠 때 사진이 떨어졌는데, 그 사진을 지가 밟았던 김니더. 얼른 다리를 들었지예. 아지매는 그 사진을 품에 꼭 안곤 일어섰심니더. 지는, 참았던 눈물을 바로 그때 쏟았심니더. 신참들이 돌아볼 정도로 소리 내어 울었심니더. 아지매도 놀랐는지 지 얼굴을 쳐다봤심니더. 천천히 호주머니에서 손수건을 꺼내더니, 손을 번쩍 들어 지 눈에서 눈물을 닦아 줬심니더. 시위대도 그렇고 의경도 그렇고, 모두 잠깐 동작을 멈췄지예. 그때 소대장이 지 어깨를 붙들고 뒤로 세게 당겨 뺐심니더."

우리는 잠시 기다려야 했다. 김종관 씨가 고개를 숙인 채 거친 숨을 몰아쉬었기 때문이다.

한 시간 남짓 더 인터뷰가 진행되었다. 물대포나 캡사이신에 대해서도 질문을 던졌지만, 김종관 씨는 자신은 물대포 가까이에 서 있지 않았고 캡사이신을 사용한 적이 없다고 했다. 과잉 진압에 관한 질문은 의경이었던 자신이 판단할 문제가 아니라며 미리 발을 뺐다. 용두사미라고나 할까. 1주기 집회에 관한 이야기를 털어놓을 땐 한껏 기대를 하게 만들었지만, 거친 숨을 몰아쉬고 나선 방어적인 태도로 일관한 것이다. 인터뷰를 마치며 어떻게 먼저 연락할 생각을 했느냐고 물었다. 김종관 씨는 지갑에서 증명사진 한 장을 꺼내 내밀었다. 30대 중반쯤으로 보이는 파마 머리 여자였다.

"어머님임니더. 2003년 2월 18일에 중앙로역에서 돌아가셨심니더. 맞심니더, 대구 지하철 참사! 지는 어렸을 때부터 잘 울었어예. 지가 울고 있으면 어머니가 손수건을 꺼내 눈물을 훔쳐 주곤 하셨심니더. 그랬심니더. 다 잊은 줄 알았는데예. 어머니가 그래 돌아가시고 나선, 아무도 제 눈물을 닦아 준 사람이 없심니더. 그날 그 아지매와 맞닥뜨리기 전까진. 이 얘길 꼭 하고 싶었심니더. 밖에서 보기엔 두 패로 나뉘어 싸우는 거 같지만, 결국 다 똑같은 김니더. 유가족인 지가 자라 의경이 되어 또 다른 유가족을 막을 줄 누가 알았겠심니꺼. 지 같은 사람이 없어야 함니더. 유가족이 유가족을 막는 이런 기절초풍할 비극이 다시 있어선 안 됨니더. 그래서 전화드린 김니더. 그게 답니더."

우리가
만날
곳

재판장님!

도심을 걷다 보니 다시 제자리로 돌아왔습니다. 제게 욕설을 퍼붓던 손님은 다른 대리기사를 불러 귀가했는지 보이지 않더군요. 회사에선 계속 호출 전화가 왔지만 받지 않았습니다. 어차피 이 회사와의 인연도 오늘로 끝이었습니다.

새벽 3시, 주위는 어두웠지만 광장 농성장엔 불이 환했습니다. 야간 잠수를 위해 바지선을 밝히던 선실 옥상 작업등이 떠올랐습니다. 겨울옷을 껴입은 채 광장을 걷는 이들도 보였지요. 노란 점퍼가 눈에 띄었습니다. 그 불빛을 바라보며 걷다가 교보문고 앞 건널목에 도착했습니다. 시선은 계속 다른 길을 향했지만, 두 다리는 자석에 끌리듯 자꾸 광장 가까이로 향한 겁니다. 광장에 갈 계획도, 가서 하고 싶은 일도 없었습니다. 오히려 혹시 근처에 가더라도, 농성장으론 가지 말아야겠단 생각은 몇 번 했습니다. 아직은 유가족과 마주 앉을 자신이 없었습니다.

건널목을 따라 도로를 가로질러 걷다가 광장으로 빠지면 곧 농성장이 나옵니다. 지극히 간단합니다. 그 자리에 서니 발이 떨어지지 않더군요. 냉기가 등줄기를 타고 내려갔습니다. 두려웠습니다.

추악한 소문들이 유가족에게만 덧씌워진 것은 아닙니다. 잠수사에 대한 악담도 인터넷에 가득했습니다. 몸값을 올리기 위해 시신을 발견하고도 일부러 선내에 두고 꺼내 오지 않았다는 댓글을 읽었을 땐 피가 거꾸로 솟는 듯했습니다.

이 새벽에 농성장으로 가서 유가족을 만나면, 과연 저는 어떤 이야기를 할 수 있을까요. 무엇을 첫 인사로 삼을까요. 맹골수도에서 작업한 민간 잠수사 나경수라고 소개하면 그들의 반응은 어떨까요. 민간 잠수사와 유가족이 맹골수도 바지선 밖에서 만나 사적인 대화를 나눈 적은 아직 없습니다. 참사를 겪은 이들 사이에도 각자의 입장에 따라 거대한 벽이 놓여 있었습니다. 어리석게도 저는 건널목에 도착해서야 그 벽을 실감한 겁니다. 보행자 신호가 다섯 번이나 들어왔지만, 건너지 못하고 주저했습니다.

여섯 번째로 보행자 신호가 들어왔을 때, 정복을 입은 경찰관 두 사람이 저보다 먼저 차도를 건너가다가 슬쩍 돌아봤습니다. 신호가 바뀌었는데도 왜 건너지 않습니까, 하는 눈길이었습니다. 불과 몇 시간 전에 대리운전하던 차를 버리고 떠났으며, 여자 손님이 제 뒤통수를 향해 강간범이라고 소리쳤던지라, 의심받기 싫어 걸음을 뗐습니다. 발걸음이 심장의 두근거림을 따라 빨라졌습니다. 신속하게 농성장을 스쳐 반대쪽 거리로 사라져 버리고 싶었습니다.

누군가 제 손목을 쥐었습니다. 너무 놀라 그 손을 뿌리치려 했습니다. 상대는 손을 놓치지 않고 더 강하게 끌더군요. 따지고 들었습니다.

"왜 농성장을 훔쳐봐? 소속이 어디야?"

건널목에서 머뭇거리는 저를 줄곧 지켜봤던 겁니다. 사복형사라는 의심을 품었나 봅니다. 담배를 피던 사내 둘이 더 다가오는 것이 보였습니다. 제가 민간 잠수사라고 밝히면 저들이 믿어 줄까요. 해명하고 싶었지만 말이 나오지 않았습니다. 이 자리를 벗어나 숨고 싶은 마음뿐이었습니다. 상대의 발등을 힘껏 밟으면서 팔을 휘돌려 빼곤 건널목을 내달렸습니다. 뒤통수로 고함 소리가 날아와 박혔습니다.

"저놈 잡아라!"

여기서도 쫓기고 저기서도 쫓긴 이상한 밤이었습니다.

집으로 돌아와선 이불도 펴지 않고 맨바닥에 웅크린 채 이틀을 꼬박 잤습니다. 48시간 동안 화장실에 가느라 두 번 깼을 때 외에는 계속 잔 겁니다. 꿈도 없는 깊은 잠이었습니다. 그렇게 자고 자고 또 자다가 시냇물처럼 재잘대는 소리에 눈을 떴습니다. 간간이 웃음소리까지 얹혀 들렸습니다. 밤이었습니다. 캄캄한 천장이 환하게 밝아지더니, 교복을 입은 여학생 두 명이 시끄럽게 떠들며 나란히 복도를 걸었습니다. 계속 깔깔대며 웃다가 손바닥을 마주

치며 하이파이브를 했습니다. 교실 문이 열리더니 남학생 얼굴이 복도로 삐죽 나왔습니다. 그가 팔을 들어 빨리 오라고 흔들자, 여학생들이 복도를 뛰어 교실 뒷문으로 들어갔습니다. 그들을 따라 교실로 들어가니 서른 명 정도의 학생이 앉아 있었습니다. 남학생과 여학생이 반반이었습니다. 칠판엔 '수학여행 준비 모임'이라고 적혀 있습니다. 방금 들어선 여학생들이 교실 제일 뒷자리에 앉습니다. 그들에게 손짓한 남학생의 옆자리입니다. 남학생의 가슴에 달린 명찰이 먼저 눈에 들어왔습니다. 그 옆 여학생 명찰도 함께. 윤종후 그리고 강나래!

재판장님!
재판장님은 희생 학생 교실을 방문하신 적이 있습니까? 목포에서 안산은 아주 먼 곳이니, 선뜻 시간을 내긴 어려우실 겁니다. 류창대 잠수사에 대한 판결을 내리기 전에 꼭 한번 교실을 둘러보셨으면 합니다.
너무 조용했습니다. 계단을 오를 때까진 괜찮았는데, 복도로 접어드니 두 손이 떨리고 왼 무릎이 아리고 숨이 막혀 왔습니다. 복도 바닥이 출렁거렸습니다. 잠시 벽에 기대어 눈을 감았습니다. 왔던 길을 내려가야 할까 망설였습니다. 숨을 천천히 들이마셨다가 내쉬기를 반복했습니다. 눈을 뜨곤 조심조심 걸음을 뗐습니다. 어지럽긴 했지만 균형을 못 잡을 정도는 아니었습니다.
윤종후를 먼저 찾으려 했습니다. 이름만 알 뿐 그 학생이 몇 반인지 몰랐습니다. 결국 남학생반을 모두 찾아 들어가기로 했습니다. 여학생반을 지나 X반 앞에 도착했습니다. 뒷문이 열려 있었습니다. 바로 들어가지 않고 슬쩍 머리만 넣어 교실을 살폈습니다. 칠판 가득 적힌 크고 작은, 하얗고 노랗고 빨간 글씨들이 눈에 띄었습니다.

'보고 싶다'

'사랑해'

'꼭 다시 만나'

'고마웠어'

이런 문장들 사이사이에 학생들 이름이 적혀 있었습니다. 크고 굵은 글씨로 적힌 이름들도 있고, 둘 혹은 셋씩 적고 하트 표시로 가둬 놓은 이름들도 있고, 밋밋하게 주르륵 적어 놓은 이름들도 있었습니다. 칠판 왼쪽 제일 구석에서, '종후'란 이름을 찾았습니다.

'종후야! 신나게 드럼 치며 기다려 꼭 다시 만나자'

동명이인일 수도 있으니 확인을 하려고 들어갔습니다. 책상마다 물건들이 가득했습니다. 그 자리의 주인인 학생의 독사진이나 가족사진, 과자와 사탕들, 필기구와 인형들, 좋아하는 가수의 CD나 즐겨 읽던 책들, 작은 화분 그리고 누구나 적을 수 있는 공책까지! 푸른 겉장에 적힌 문구를 눈으로 따라 읽었습니다. '함께 있음을 기억할게요.'

뒤에서 둘째 줄 창가 책상에서 윤종후란 이름을 찾았습니다. 겨울 햇살이 종후의 책상을 따듯하게 데워 줬습니다. 종후의 의자에 앉아, 책상 위에 놓인 드럼 스틱을 양손에 쥐었습니다. 얼마나 연습을 많이 했는지 손때가 묻어 반들반들 윤이 났습니다. 가족사진이 스틱 옆에 놓여 있었습니다. 사고 나기 며칠 전에 찍었던 걸까요. 활짝 핀 벚꽃 아래 종후 엄마를 중심으로 왼쪽엔 종후, 오른쪽에 종후 아빠가 앉았습니다. 세 사람은 손을 꼭 잡은 채 꽃처럼 웃었습니다. 작정하고 사진을 찍은 듯, 종후는 교복을 깔끔하게 입었고, 아빠는 양복 차림이었으며, 엄마도 미장원 머리를 한 데다 화장까지 짙었습니다. 그러고 보니 환하게 웃는 세 사람의 표정이 조금 어색하고 과장이 섞였습니다. 카메라를 든 사진사의 요청에 마지못해 포즈를 취했나 봅니다.

공책을 당겨 폈습니다. 책상 위엔 제각각 다른 물건들이 놓였지만, 공책만은 색깔과 크기와 두께가 똑같았습니다. 첫 장엔 '윤종후'란 이름 석 자가 적혀 있었습니다. 종후 엄마 글이 절반을 차지했고, 아빠 글은 다섯 개였습니다. 조현이란 친구 글이 종후 아빠 글보다 하나 더 많았습니다. 그리고 종후를 아는 선배나 후배, 친척의 글이 공책을 가득 메웠습니다.

바지선에 있을 땐 우리가 모시고 나온 실종자들에 관한 이야길 나눌 여유가 없었습니다. D병원으로 들어간 뒤론 가끔, 우리가 모시고 나온 실종자들의 뒷이야기를 전해 들었습니다. 학생들은 세 군데 추모 공원에 나누어 모셨다더군요. 그 공원에 가 보고 싶다고 말한 잠수사는 없었습니다. 학생들 교실이 찍힌 사진을 인터넷으로 본 저녁에도 감히 함께 가 보자고는 못 했습니다. 대놓고 말은 안 했지만, 각자 자신이 모시고 나온 학생의 교실과 책상은 어떨까 한번쯤 그려 보긴 했을 겁니다. 잠수사들이 왜 교실로 가는 걸 두려워하는지 아십니까. 여객선의 큰 객실엔 한 반 전체가 머물렀지요. 교실로 들어서는 순간, 바닷속 객실과 겹치지나 않을까 겁이 났던 겁니다.

공책을 넘겨 아직 한 글자도 적히지 않은 빈 페이지를 펼쳤습니다. 많은 말이 떠올랐지만 어떻게 시작해야 할지 감이 잡히지 않았습니다. 앞에 적은 이들은 모두 종후가 살아 있을 때 함께 추억을 쌓았지만, 저는 목숨이 다한 뒤 그것도 차가운 바닷속에서 종후를 만난 겁니다. 저는 지금까지 죽은 사람을 향해 무엇인가를 쓴 적이 없습니다. 멍하니 아무것도 적혀 있지 않은 빈 페이지만 쳐다보는데, 눈물 한 방울이 뚝 떨어져 번졌습니다. 고개를 들고 손등으로 눈을 비볐습니다. 엄지로 눈물 자국을 누른 뒤 그 위에 적었습니다.

미안하다 모든 게 너무 늦어서

꼭 찾아보고 싶은 학생이 한 명 더 있었습니다. 강나래. 제가 체임버에서 쓰러졌던 그날 모시고 나온 여학생. 종후와 마찬가지로 저는 나래가 몇 반인지 몰랐습니다. 다시 여학생반 교실을 하나하나 찾아야 했습니다.

여학생반 교실은 남학생반 교실과 많이 달랐습니다. 봄이 오지 않았는데도 벌써 봄기운이 가득한 기분이 든다고나 할까요. 책상에는 머리핀과 빗과 손거울이 놓였고, 방석과 담요가 놓인 의자도 드문드문 있었습니다. 칠판의 글과 그림도 남학생반보다 훨씬 아기자기하고 화사했습니다.

종후는 금방 찾았지만 나래의 책상은 교실을 세 개나 들어갔다 나온 뒤에야 발견했습니다. 첫줄, 교탁 바로 앞자리였습니다. 나래의 책상엔 다양하게 접은 쪽지들이 유난히 많았습니다. 앉아서 세어 보니 스물한 개였습니다. 다른 사람이 읽지 못하도록 꼬깃꼬깃 접고 테이프까지 붙였습니다. 나래란 이름 앞뒤엔 하트가 가득했습니다. 그 쪽지들을 모두 펼쳐 읽고 싶었습니다. 그것들을 읽으면, 제가 목숨을 걸고 구한 강나래가 어떤 사람인지 알 것 같았습니다. 종후의 공책은 거의 다 찼는데, 나래의 공책은 어디 있는지 보이지 않았습니다. 그래서 더욱 쪽지가 읽고 싶었나 봅니다. 손끝으로 쪽지들을 만지작거리는데, 갑자기 날카로운 목소리가 등을 찔렀습니다.

"누구신지……?"

고개를 돌리며 일어서려 했습니다. 의자와 책상 사이가 좁아서 하마터면 무릎으로 책상을 쳐올릴 뻔했습니다. 겨우 책상을 양손으로 붙들곤 앉지도 서지도 못한 채 어정쩡한 자세를 취했습니다. 앳된 얼굴의 아가씨가 저를 노려보며 서 있었습니다. 40대 중반은 넘어 보이는 아줌마가 교실 뒷문으로 막 들어섰습니다. 저는 그 아줌마를 먼저 알아봤습니다. 가족사진에서 본 종후 엄마였던 겁니다. 아가씨가 다시 저를 몰아세웠습니다.

"누구시냐고요?"

제가 답하기도 전에 앞문이 드르륵 열렸고, 검은 티셔츠와 바지에 재킷을 깔끔하게 입은 사내가 들어왔습니다. 세 사람의 시선이 일제히 그에게 쏠렸습니다. 사내는 우리를 전혀 의식하지 않고, 혼자 이 공간에 머무는 듯, 교탁 앞에 서서 교실을 천천히 훑어봤습니다. 슬로비디오처럼 왼쪽에서 오른쪽으로 다시 왼쪽으로 움직이는 사내의 얼굴엔 다양한 표정이 만들어졌습니다. 그 표정은 지워지지 않고 그 위에 다른 표정이 덧붙여지는 느낌이 들었습니다. 기쁨 다음에 슬픔이 올 때 그 슬픔은 기쁨을 바탕에 둔 슬픔이고, 그다음에 놀람이 올 땐 기쁨과 슬픔을 바탕에 둔 놀람이며, 그다음에 두려움이 올 땐 기쁨과 슬픔과 놀람을 바탕에 둔 두려움인 겁니다. 표정이 다양해질수록 사내의 눈 코 귀 입이 제각각 이야기를 품은 듯 묘했습니다. 그렇게 열 번 정도 표정이 바뀌자, 이제 그 표정이 어떤 감정을 표현하는지도 모를 지경에 이르렀습니다. 무표정해서가 아니라 너무 많은 감정이 표정 하나에 쌓여 섞인 겁니다. 그 표정을 유지하며 사내는 교실이 갖는 의미를 중저음의 목소리로 읊어 나갔습니다. 나중에 알았지만, 이 불청객은 대학로에서 활동중인 연극배우 동진각(35세) 씨였고, 저와 맞닥뜨린 날이 자원봉사를 시작한 첫날이었습니다. 이 특별한 일인극의 대사를 전부 기억하진 못합니다만, 몇 구절은 평생 잊히질 않을 겁니다.

"아무리 뛰어난 비유나 상징을 동원한 추모 공간도, 생생한 교실에 미치지 못한다. 학생들을 존중하고 그 삶의 가치를 되새겨야 한다면 이 유일무이한 공간에서부터 시작하는 것이 옳다. 일찍이 영국 작가 존 버거는 인생에서 너무나 소중하지만 안타깝게도 먼저 죽은 이들과 재회하는 소설 『여기, 우리가 만나는 곳』을 발표한 적이 있다. 거기서 그가 가장 고민한 문제는 망자들을 어디에서 만나는가 하는 것이었다. 2014년 2학년인 열여덟 살 학생들과 만나 그들의 이야기에 귀 기울이고 싶다면, 누구나 이 기억의 교실로 오면 된다. 오늘처럼."

◎

2015년 6월, 방욱현(가명, 38세) 씨는 담당부서와 본명을 밝히지 않는다는 조건으로 인터뷰에 응했다. 그는 서류 봉투에 넣어 온 관련 법률 서류와 자료를 꺼내 보거나 필요한 경우 직접 읽기도 했다. 점심시간을 이용하여 30분밖에 인터뷰를 허락하지 않았기 때문에 우리는 만나자마자 본론으로 들어갔다.

□ 치료비 지원을 할 때 가장 고민한 부분은 뭔가요?
■ 여러 가지를 총체적으로 검토하기 때문에 가장 고민한 걸 꼭 집어 말씀드리긴 어렵습니다. 먼저 형평성을 고려하겠죠. 해경

의 '수난구호명령'에 따라 맹골수도에서 실종자 수색과 수습 작업을 한 잠수사들이 다쳤다면, 정부에서 치료비를 적절히 지원해야 합니다. '수난구호법'에도 '수난구호 업무에 종사한 자가 부상을 입은 때에는 치료를 실시하고, 사망(부상으로 인하여 사망한 경우를 포함한다)하거나 신체에 장애를 입은 때에는 그 유족 또는 장애를 입은 자에게 보상금을 지급하여야 한다'고 나와 있습니다. 그 법에 따라 치료비를 지원한 겁니다. 수난구호 명령에 따라 일한 뒤 치료를 받은 사례가 꽤 됩니다. 다른 사건들의 치료 기간과 비용을 이번 참사의 경우와 비교, 검토했습니다.

☐ 7월 10일 바지선에서 철수한 뒤 12월 31일에 치료비 지원을 중단했으니, 오 개월이 조금 넘는군요. 너무 짧지 않습니까? 2014년 4월엔 보건복지부에서 치료비를 사전에 지급 보증하고 사후에 정산할 계획이라는 범대본의 브리핑도 있었습니다만⋯⋯.

■ 수난구호명령에 따라 일한 잠수사들을 충분히 치료해야 한다는 정부의 입장은 한 번도 바뀐 적이 없습니다. 2014년 4월 중앙재난안전 대책본부에서 구조 활동 참여자의 치료비를 그해 12월 31일까지 지원하기로 의결한 것은 맞습니다. 하지만 그건 치료비 지원을 중단하겠다는 뜻이 아니라, 2015년 1월부터는 배·보상 특별법에 근거하여 지원을 이어가기 위해서였습니다. 회의에서 의결한 것보다는 특별법으로 치료비 지원을 규

정하는 것이 더욱 확실하지 않겠습니까?

□ 특별법은 1월 1일부터 시행되지 못했습니다. 그 와중에 잠수사들은 치료비 지원이 중단되는 상황과 맞닥뜨린 것이죠?

■ 특별법이 해를 넘겨서도 제정되지 않으리라곤 2014년 4월 그 누구도 예측하지 못했습니다. 시간이 충분하다 여겼지요. 중앙 재난안전 대책본부의 의결에 따라 12월 31일로 치료비 지원이 중단될 위기였습니다만, 정부에선 2015년 1월에 곧 다시 회의를 열어 치료비 지원 연장을 의결했습니다.

□ 12월이 가기 전에 미리 그와 같은 연장 계획을 마련하여 잠수사들에게 안내할 순 없었습니까? 12월에 치료비 중단을 걱정하며 병원을 옮기거나 퇴원한 잠수사들이 많습니다.

■ 잠수사 관리는 제 소관 업무가 아닙니다. 수난구호명령을 내린 쪽도 해경이고, 바지선에서 철수한 잠수사들을 사천 D병원에 입원시킨 쪽도 해경입니다. 잠수사들이 동요하지 않고 조금만 더 정부를 믿고 기다려 줬으면 좋았을 거란 생각은 합니다. 국가를 위해 봉사한 국민을 버리지 않는다는 현 정부의 원칙은 확고합니다.

□ 다시 한 번 확인 받았으면 하는데요. 12월 31일로 치료비 지원이 중단된다는 것을 잠수사들에게 전화나 문자로 혹은 만나서 안내하셨나요?

■ 제 소관 업무가 아니라고 말씀드렸잖습니까? 해경에서 했겠지요.

□ 저희가 만난 잠수사들은 병원을 통해 치료비 지원이 끊긴다는 말을 들었다고 했습니다. 정부로부터 공식 통보를 받은 적은 없답니다. 방금 말씀하신, 치료비 지원 연장 결정을 잠수사들에게 안내하셨습니까?

■ 제 소관 업무가 아닙니다. 그리고 그게 뭐 그렇게 중요합니까?

□ 민간 잠수사들은 이미 D병원을 떠나 전국으로 흩어졌습니다. 치료비 지원이 끊길 줄 알고 말이죠. 잠수사들이 치료비 지원을 계속 받을 수 있게 되었단 소식을 못 들을 가능성도 있지 않습니까? 저희와 인터뷰한 잠수사 중엔 개별적으로 병원에 가서야 그 사실을 알았다고 했습니다. 치료비 지원이 끊겼다고 낙담하여 병원에 안 간 잠수사들은 그 소식을 몰랐을 수도 있습니다.

■ 디지털 세상 아닙니까? 뉴스로도 나갔고요. 제 소관 업무가 아니었단 것만 다시 밝혀 드립니다.

□ 다음으로 넘어가죠. 어쨌든 치료비 지원 연장은 2015년 3월 28일로 끝났습니다.

■ 2015년 3월 29일에 특별법이 시행되었기 때문입니다. 앞에서도 밝혔듯이, 그날부터 피해 구제 및 지원은 이 법에 따릅니다. 특별법에서 정한 '피해자'는 다음 네 가지 경우입니다. 조항을 읽어 드리겠습니다. 제2조 3항이군요.

  3. '피해자'란 다음 각 목의 어느 하나에 해당하는 사람을 말

한다.

가. 참사 당시 승선한 사람 중 희생자 외의 사람(선원으로서
   여객의 구조에 필요한 조치를 하지 아니하고 탈출한 사람
   은 제외한다)

나. 희생자의 배우자 · 직계존비속 · 형제자매

다. 가목에 해당하는 사람의 배우자 · 직계존비속 · 형제자매

라. 그 밖에 참사와 관련하여 희생자 또는 가목에 해당하는
   사람과 나목 · 다목에 준하는 관계가 있는 경우 등 제5조
   에 따른 참사 배상 및 보상 심의위원회에서 인정한 사람

잠수사는 특별법에서 정한 '피해자'에 속하지 않기 때문에 각종
지원을 받지 못한 겁니다. '피해자'에서 잠수사가 빠진 이유는
제 소관 업무가 아니라서 모르겠습니다.

□ 결국 2014년 12월 31일로 정한 시한을 2015년 3월 28일로 늦
춘 셈이잖습니까? 겨우 석 달 연장되었군요. 지금 이 시각에도
골괴사를 앓는 잠수사들의 어깨와 고관절과 무릎뼈는 썩어 들
어가고 있습니다. 신장병이 악화되어 투석을 받는 잠수사까지
나왔고요. 특별법으로 치료비 지원이 어렵다면, '수난구호법'에
따라 보상과 치료를 계속 받을 순 없습니까? 보상 조항이 있지
않습니까?

■ 보상의 경우는 수난구호명령에 따라 일하다가 장애를 입었다
는 판정이 나야 합니다. 치료중인 환자인 것은 맞지만 과연 잠

수사들이 장애인인가 하는 건 따로 검토할 문제입니다. 치료의 경우도 2014년 7월부터 2015년 3월 28일까지 정부는 계속 치료비를 지원했습니다. 정부 예산은 국민의 소중한 세금으로 책정되는 것이기 때문에 1원도 함부로 쓸 수 없습니다. 민간 잠수사의 경우 전문병원에서 정밀 검사를 우선 받았는데, 치료가 필요한 부위와 병의 경중이 제각각 달랐습니다. 그 병이 과연 수난구호명령을 받고 작업하던 중에 생긴 것인지 아니면 그 전부터 지병으로 갖고 있던 것인지를 가리는 일도 필요합니다. 또 지병이라고 하더라도, 맹골수도에서 작업하며 악화된 경우는 참작 사유에 넣어야 하겠지요. 여기서 지적하고 싶은 것은, 이건 제 개인적인 생각입니다만, 모든 잠수사가 완치될 때까지 정부가 치료비 전액을 부담해야 한다는 식으로 이상론을 펴면 안 된다는 겁니다. 나쁜 선례를 만드는 것은 피해야 합니다. 치료비 지원은 앞서 말씀드린 '형평성'과 '적절성'을 고려하여 결정될 겁니다.

□ 구체적으로 '수난구호법'에 따른 치료비 지원을 반대하는 곳이 어딥니까? 해경입니까? 전라남도 도청입니까? 아니면 보건복지부입니까?

■ 그건 제가 확인해 드릴 위치에 있지 않습니다.

□ 부서끼리 폭탄돌리기 하는 건 아닙니까? '수난구호법'에 치료 기한이 구체적으로 정해져 있지 않은 것은 정부가 형편에 맞춰 치료비를 지원할 수 있다는 것으로도 해석할 수 있습니다. 지

금 정부는 치료비 지원에 적극적인 의지가 없는 것이죠. 선례가 없는 일을 했다고 감사에서 지적이라도 당할까 걱정하는 건 아닌가요?

■ 폭탄돌리기는 지나친 비유입니다. 법에 따라 치료비를 지원하면 감사에서 지적을 당할 리도 없습니다.

□ '수난구호법'에 근거하여 보상을 하거나 장기간 치료비를 지원하는 건 결국 어렵단 것이군요. 그럼 산재 처리로 돌려 치료하는 방법은 어떻습니까? 산업 잠수사의 경우, 잠수병이 발생한 마지막 작업장에서 보통 산재 처리를 하는 경우가 많다고 들었습니다.

■ 그것도 소관 업무가 아니라서 의견을 내기 곤란합니다. 제 개인적인 생각으로는, 잠수사들이 산재 즉 산업 재해를 당했느냐 하는 문제가 있겠습니다. 그분들은 수난구호명령을 받고 구호 활동을 하러 왔지, 회사와 계약을 맺고 말 그대로 산업 잠수사로 잠수 작업을 하러 온 건 아니지 않습니까? 그분들도 맹골수도에 머무는 동안엔 자신들을 산업 잠수사가 아니라 민간 잠수사라고 불렀고 지금도 그렇게 불리는 걸 자랑스러워하신다 들었습니다.

□ '의사상자'로 지정하여 지원하는 건 어떻습니까?

■ 역시 소관 업무가 아니라서 의견을 내기 곤란합니다. '의사상자 등 예우 및 지원에 관한 법률' 제2조에 따르면 의사자와 의상자는 이렇게 정의됩니다.

2. 의사자(義死者)란 직무 외의 행위로서 구조행위를 하다가
   사망(의상자가 그 부상으로 인하여 사망한 경우를 포함한
   다)하여 보건복지부장관이 이 법에 따라 의사자로 인정한
   사람을 말한다.

3. 의상자(義傷者)란 직무 외의 행위로서 구조행위를 하다가
   대통령령으로 정하는 신체상의 부상을 입어 보건복지부장
   관이 이 법에 따라 의상자로 인정한 사람을 말한다.

잠수사들이 의상자인가 하는 문제는 보건복지부에서 면밀히
검토하고 의논하여 결정할 사항입니다. 맹골수도에서 심신을
다쳐 가며 실종자 수색과 수습을 위해 노력한 민간 잠수사들을
저도 개인적으로 존경합니다만, 치료비 지원은 개인의 존경심
과는 별도로 법에 따라 엄격하게 진행할 수밖에 없습니다.

□ 지금으로선 지원 계획이 전혀 없단 건가요? 지속적으로 치료
를 해도 완치를 자신하기 힘든 상황입니다. 치료를 중단하면
급격히 병세가 악화될지도 모릅니다.

■ 대한민국은 법치국가입니다. 공무원은 법에 근거한 업무만 책
임지고 하는 사람입니다. 이것만 끝으로 말씀드리겠습니다. 저
는 법의 한도 내에서 잠수사들을 최대한 위하고 있습니다. 모
자라거나 아쉬운 부분이 있다면 언제든 알려 주십시오. 법률
검토를 거쳐 적극 수용하겠습니다. 30분이 지났군요. 먼저 일
어나겠습니다.

우리의
선장

    건장한 체구의 사내가 동생 자리에 앉아 한숨을 푹푹 내쉬고 있었으니, 강현애 씨가 당신 누구냐고 따질 만합니다. 뒤따라 들어온 종후 엄마 오주선 씨가 아니었다면, 저는 저를 설명하는 데 한참 더 시간이 필요했을 겁니다. 종후 엄마가 제 손을 붙잡곤, 우리 종후를 데리고 나온 분이시죠? 라고 물었던 겁니다. 그 순간 현애 씨 품에 안긴 공책 두 권이 바닥으로 떨어졌습니다. 한 권을 끝까지 채운 바람에 새 공책을 가져오는 길이었습니다. 현애 씨가 울먹이며 물었습니다.

"맞죠?"

"······그, 그게······."

말을 더듬었습니다. 교실에서 이렇게 마주칠 줄은 몰랐던 겁니다.

"우리 나래 데리고 나오셨죠?"

"······예."

겨우 답했습니다. 현애 씨가 제 손을 당겨 잡았습니다.

"나래가 돌아오기 전날 진도체육관에서 꿈을 꿨어요. 둘이 신나게 바닷가 모래사장을 달리는데, 자꾸 나래가 뒤처지는 거예요. 저보다 훨씬 달리기를 잘했거든요. 되돌아가진 않고, 10미터쯤 앞서가다가 돌아서선 왜 그러냐고 물었어요. 나래가 자꾸 발목을 만지며 우는 거예요. 그러다가 꿈에서 깼는데 다음 날 나래가 왔어요. 팽목항으로 엄마 아빠랑 가서 나래를 봤어요. 정말 발목이 부러지고 살갗이 벗겨져 있는 거예요. 동생이 죽었는데, 저는 나래의 다친 발목이 더 안타까웠어요. ……고맙습니다. 우리 나래 포기하지 않고 데리고 나와 주셔서."

저는 더듬더듬 말했습니다.

"그게…… 내 일입니다……. 마땅히 할."

현애 씨가 말꼬리를 붙잡았습니다.

"마땅히 할 일을 하지 않아서 304명이 죽은 거예요. 배가 침몰한 뒤에도 마땅히 이뤄져야 할 일들이 생략되거나 무시되거나 연기되었습니다. 진도체육관과 팽목항에서 제가 두 눈으로 똑똑히 다 봤어요. 장관은 장관답지 못했고 해경은 해경답지 못했고 기자는 기자답지 못했어요. 처음엔 우리도 당황해서 우왕좌왕했지만, 하루하루가 지날수록 알겠더라고요. 제 동생을 맹골수도의 침몰한 배 안에서 데리고 나올 사람은 민간 잠수사뿐이라는 것을. 전쟁으로 치자면 잠수사들이 있는 곳이 최전선이고 나머진 전부 후방이라고. 그런데 잠수사들 작업 내용을 제대로 알려 주지 않는 거예요. 어떤 날은 파도가 높아 선내 진입을 못 했다고 하고, 어떤 날은 파도는 잠잠한데 유속이 빨라 어렵다고 하고, 또 어떤 날은 국회의원이니 뭐니 고위 관료들이 온다고 잠수 횟수를 줄였다는 소리만 들려왔습니다. 범대본에 가서 항의도 했지만 기다리란 말뿐이었어요. 기도했습니다. 잠수사들이 포기하지 않고 선내로 들어가 내 동생 나래를 데리고 나와 달라고. 내 동생을 데리고 나온 잠수사를 평생의 은인으로 알고 보답하겠다고. 나래가 돌아오고 나서 안산으로 올라가 장례 치르고 눈앞에 당장 닥친 일들 해 나가느라 분주하긴 했어요. 아니에요, 이건 다 핑계죠. 기도대로 했어야 하는데, 결국 저도 거짓 맹세를 한 꼴이었네요. 그런데 바로 지금 제 앞에 잠수사님이 기적처럼 앉아 계신 겁니다. 그것도 나래의 생일 하루 전날."

재판장님!

유가족에겐 하루하루가 고통이지만, 그래도 특별히 견디기 힘든 날이 언제인지 아십니까? 우선 누구나 짐작하듯이 배가 침몰한 4월 16일입니다. 제가 만난 유가족 대부분은 기억력이 현저하게 감퇴되었습니다. 좀 더 따져 보면, 그들이 가장 선명하게 기억하는 날은 4월 14일 저녁 혹은 4월 15일 아침입니다. 수학여행 준비로 들뜬 자식에 대해 이야기하는 부모의 얼굴엔 언뜻 웃음이 감돌기도 합니다. 16일로 넘어가면 표정이 순식간에 어두워집니다. 화를 내는 분도 있고 눈물을 쏟느라 이야기를 잇지 못하는 분도 있고 자리를 박차고 나가 버리는 분도 있습니다. 실종자가 나오기까지 진도에서 버틴 이야기도 비교적 상세합니다. 그런데 4월 14일 이전이나 실종자가 나와서 장례를 치른 후의 일들은 깜빡깜빡 잊는 겁니다. 참사 이전의 행복한 날들을 떠올려 봤자 자식이 돌아오지 않는다는 것을, 참사 이후의 불행한 날들을 말해 봤자 자식이 돌아오지 않는다는 것을 아는 겁니다. 그깟 기억들 대충대충 던져두고 지나가다 보니, 시간과 장소와 인물과 사건들이 희미해졌나 봅니다.

유가족이 또 고통스러워하는 날은 실종자가 수습되어 팽목항으로 온 날입니다. 4월 16일엔 추도식도 열리고, 유가족들이 함께 움직이기 때문에, 바쁘게 몸을 놀리다 보면 하루가 어느새 지나가 버리기도 합니다. 슬픔의 무게는 감당하기 힘들지만, 그 눈물과 한숨도 다른 유가족과 함께여서 버틸 수 있습니다. 하지만 실종자가 돌아온 날은 제각각 다릅니다. 장례를 치른 날도 다르고요. 그날의 아픔은 오직 가족만이 감내할 수밖에 없습니다. 그래서 친한 유가족들끼린 자식이 돌아온 날에 서로를 더 챙깁니다.

그리고 생일이 있습니다. 내 아이가 태어난 가장 축복된 날이건만, 생일상을 받을 주인공이 없는 겁니다. 아이가 없는 생일을 어찌 지내야 할지 막막합니다. 어떤 가족은 추모 공원에 가서 납골함을 들여다보며 울다가 돌아오고, 어떤 가족은 교실에 와서 아이 책상에 우두커니 앉았다가 돌아오고, 어떤 가족은 멀리 여행을 떠났다가 돌아옵니다. 그렇게 다들 돌아오는데 미역국을 먹어야 할 아이만 돌아오지 못하는 날입니다.

강현애 씨가 진도에서 나래를 기다리며 보낸 날들을 제법 길게 회상하다가 제 눈을 똑바로 들여다보며, 또박또박 말했습니다. 주문처럼.

"초대하고 싶어요."

치유공간에서 생일 모임을 갖는다는 사실조차 저는 몰랐습니다. 현애 씨는 문자로 약도를 보내 줬습니다. 종후 엄마도 현애 엄마를 위해 참석할 것이라고 했습니다.

"나래의 다리가 왜 부러졌는지는…… 나도 모릅니다. 집기에 낀 건 아닙니다. ……선내가 너무 좁고 어두웠습니다. 나래와 함께 나올 때 장애물에 부딪치지 않으려고 최대한 노력했습니다. 그 상처는…… 배 밖으로 나온 후에야 발견했습니다. 미안합니다."

조치벽 잠수사에게 진작 연락처를 받았지만 전화를 걸진 않았습니다. 나래의 발에 난 상처에 관하여 설명할 길이 없었기 때문입니다. 현애 씨가 제 손을 잡으며 말했습니다.

"잠수사님 덕분에 나래를 찾은걸요. 진작 찾아뵙지 못한 저희가 미안하죠. 오세요, 내일 꼭! 오실 거죠?"

"……내가, 정말 가도 됩니까?"

"그럼요. 나래도 기뻐할 거예요."

모임은 7시부터였습니다. 1시간 일찍 치유공간에 도착했습니다. 퇴근 시간을 피하려고 서둘러 집에서 출발한 건데, 너무 일찍 목적지에 닿은 겁니다. 지하철과 버스를 이용하는 대신 직접 운전

을 해서 왔습니다. 네비게이션에서 실시간으로 도착 시간을 알려
줬지만, 혹시 교통사고라도 나서 길이 막힐지 모르기에 곧장 왔습
니다. 이상하게 마음이 바쁜 날이었습니다. 문자를 보내니 현애
씨가 내려왔습니다.

문을 열자 음식 냄새부터 났습니다. 부엌에서는 하얀 앞치마를
두른 대여섯 명의 여인들이 음식 준비를 하느라 바빴습니다. 생
일 모임을 가질 치유공간은 오십 명 정도가 넉넉히 둘러앉을 만한
곳이었습니다. 벽에는 태어나서부터 고등학교 2학년까지의 나래
의 사진이 걸렸고, 그 앞엔 앉은뱅이 탁자 세 개가 나란히 놓였습
니다. 초등학교·중학교 졸업 앨범과 가족 앨범이 놓인 탁자, 나
래의 소지품과 책들이 놓인 탁자, 스케치북이 놓인 탁자였습니다.
반대쪽 구석엔 종후 엄마와 수녀 세 명이 둘러앉아 종이 가방에
노란 리본과 엽서를 담는 중이었습니다. 참석자들에게 나눠 줄 선
물입니다.

천천히 나래의 사진을 들여다봤습니다. 교실 책상에 앉았을 때
와는 또 다르더군요. 이 아이가 어디서 누구와 함께 어떻게 살았
는지, 무엇을 좋아하고 무엇을 싫어하며, 무엇을 읽고 듣고 보았
는지, 그 모든 순간이 슬라이드처럼 떠올랐습니다. 책과 스케치북
까지 넘겨 보고 나니, 나래가 당장 웃으며 제 앞에 나타날 것만 같
았습니다.

6시 30분쯤 되자 참석자들이 하나둘 모여들었습니다. 나래가
유난히 좋아했다는 초코 케이크가 상 위로 올라왔고, 교회 친구

들, 중학교 친구들, 동네 친구들이 스무 명 정도 왔습니다. 유가족을 돕는 분들도 왔습니다. 참사 직후부터 법률 자문을 무료로 하고 있는 송은택 변호사를 실물로 본 것도 그 밤이었습니다. 현애 씨가 저를 소개하자, 송 변호사의 안경 속 작은 눈이 잠깐 커졌습니다. 생일 모임에서 민간 잠수사를 만나는 건 처음이라고 했습니다. 우연히도 생일 모임이 진행되는 내내 송 변호사 옆에 앉았습니다.

나래 엄마·아빠는 7시 정각에 도착하였습니다. 엄마는 생일을 준비한 분들 손도 잡고 슬프지만 엷은 미소도 지었습니다만, 아빠는 고개를 숙인 채 방바닥만 내려다봤습니다. 참사 후 나래 방에도 못 들어가고 나래 사진을 제대로 본 적도 없다고 합니다.

생일 모임의 형식은 간단했습니다. 친구들이 전부 돌아가며 오로지 강나래에 관한 이야기만 하는 겁니다. 사회자는 이야기의 시작을 열고 끝을 정리하는 역할만 할 뿐 그렇게 쌓여 가는 이야기에 개입하지 않습니다. 자연스럽게 질문과 대답이 오가면서, 강나래란 인간을 참석자 모두가 느끼고 알게 됩니다.

친구들 이야기를 종합해 보자면, 강나래는 붙임성이 좋고 무엇이든 열심히 하며 신앙심이 깊었습니다. 나래도 바랐던 미술교사가 딱 어울린다고 친구들이 한목소리로 말했습니다.

저와 송 변호사는 부모님 뒤쪽에 앉아 있었습니다. 나래 엄마는 처음부터 고개를 들고 나래 친구들과 눈을 맞추며 경청했습니다. 가끔 사회자보다 먼저 질문을 던지기도 했습니다. 나래 아빠는 이야기가 시작되기 전까지만 해도, 손수건으로 눈물을 훔치며 안절부절못했습니다. 저러다가 자리를 박차고 뛰쳐나가 버리는 건 아닐까 걱정할 정도였습니다. 친구들이 나래 이야기를 시작하자, 아빠 허리가 서서히 펴지더니 턱도 올라갔습니다. 친구들 이야기를 귀 기울여 듣는 겁니다.

모임이 끝나갈 무렵 출입문을 열고 교복 차림의 단발머리 여고생이 조용히 들어왔습니다. 친구들이 그녀를 알아보곤 눈이 동그래졌습니다. 사회자는 아무렇지도 않게, 더 편안하고 따뜻한 목소리로 새로 온 친구가 자리에 앉을 때까지 기다렸다가 물었습니다.

"넌 누구니? 나래랑 언제부터 친구였어?"

"박윤솔이에요. 2학년 때 같은 반이었고요."

"중학교 때?"

"아니, 고등학교 때요."

그 순간 우리는 모두 알아차렸습니다. 윤솔은 생존 학생인 겁니다. 지금까지 친구들 이야기는 나래의 초등학교와 중학교 시절 이야기가 대부분이었습니다. 고등학교 때 이야기를 하더라도 학교가 아닌 교회 생활이 중심이었지요. 그런데 2014년 3월 나래와 같은 반이 되었고, 4월 15일에 같이 인천 연안부두에서 여객선에 탔으며, 함께 그 밤에 선상에서 불꽃놀이를 구경했고, 4월 16일 아침 배가 기울 때 두려움에 떨었던 친구가 온 겁니다. 사회자가 물었습니다.

"윤솔인 나래에 대해 무슨 이야길 하고 싶어?"

그 질문만으로도 윤솔의 작은 어깨가 떨리고 두 눈에 눈물이 차올랐습니다. 주먹을 꼭 쥐곤 이야기를 시작했습니다.

"……생일 축하한다고 말하고 싶어요. 4월 14일이 제 생일이거든요. 그때 나래가 제게 생일 카드를 줬어요. 사실 전 그럭저럭 지내는 아이였어요. 공부에도 그다지 취미가 없었고, 혼자 이어폰 꽂고 음악이나 들으며 1학년을 보냈어요. 나래는 달랐죠. 우리 반 반장인 데다가, 공부도 잘하고 그림도 잘 그리고 모르는 노래도 없었고 춤도 잘 췄어요. 친구들 이끌고 영화관에도 가고 노래방에도 가고 커피숍에도 가고 그랬죠. 전 거기에 한번도 낀 적이 없었어요. 가고 싶긴 했지만, 그냥 전 혼자 조용히 지내는 아이였거든요. 왕따나 그런 걸 당한 건 아니에요. 그냥 전 그랬어요. 그런데 나래가 제게 생일 카드를 줬어요. 제 생일을 기억하고 카드를 준 유일한 친구였어요. 그래서 저도 마음먹었어요. 2015년 2월 나래 생일엔 나도 꼭 생일 카드와 선물을 주겠다고. 나래에겐 다른 친구들도 생일 카드와 선물을 왕창 안기겠지만, 저도 그땐 빠지지 않고 축하를 해 주겠다고. 카드는 한 달 전에 벌써 만들었어요. 나래만큼 잘 그리진 못하지만, 나래가 좋아하는 장미를 한 아름 그렸어요. 카드에 생일 축하하는 글을 써야 하는데…… 못 쓰겠어요. 무슨 말을 써야 하는지……. 그래서 늦었어요. 축하 글도 못 쓰고 그냥 왔어요."

'그냥'이란 단어가 그토록 아프게 들린 적이 없었습니다. 사회자는 잠시 말을 하지 않고 침묵이 흐르도록 내버려 뒀습니다. 윤솔이 '그냥' 오기까지 얼마나 많은 생각을 했는지, 참석자들이 충분히 가늠할 시간을 준 겁니다. 윤슬이 양손을 가슴에 포개 얹곤 이야기를 이어갔습니다.

"나래가 아니었으면 저뿐만 아니라 친구들도 그 배에서 나오지 못했을 거예요. 모두 두려워 떨기만 했거든요. 선내 방송에선 가만히 있으라고 귀가 따갑게 계속 떠들어 대고. 구명조끼를 입고 가만히 있긴 했는데, 친구들이 하나둘 울음을 터뜨렸어요. 엄청나게 기운 여객선에서 구조를 기다리는 일이 제 인생에 일어나리라곤 상상도 못 했으니까요. 나가야 하는 것 아니냐고 말하는 친구도 있고, 밖은 더 위험하니까 방송에서 시키는 대로 방에 있자는 친구도 있었어요. 시간은 가는데 구조대는 오지 않고 배가 점점 더 기우는 거예요.

물이 들어오기 시작했어요. 물이 들어오는데도, 가만히 있으라는 방송이 나왔어요. 선원이든 해경이든, 와서 우리에게 지침을 내려 주는 어른은 없었어요. 그때 반장인 나래가 나섰어요. 침착하게 일단 복도로 올라간 뒤에 선미 갑판으로 함께 나가자고. 배가 이미 심하게 기울어서, 바닥과 벽이 뒤바뀐 상황이었어요. 복도로 나가는 문이 머리 위에 있었습니다. 거기로 나가려면, 친구들이 힘을 모아 다 같이 밀어 올려야 했고요. 나래는 마치 담임선생님처럼, 선장이나 해경처럼, 우리에게 말했어요. 맞아요. 나래는 그때 우리의 선장이었어요. 나래 말에 의지하여 한 명씩 문으로 올라갔어요. 서로 어깨를 대고 밀어 올리느라 손과 목에 온통

멍이 들었습니다. 물이 점점 차올랐어요. 나래가 계속 외쳤어요.

— 침착해! 우리 다 같이 나갈 수 있어. 겁먹지 말고. 조금만 더
   빨리 움직이자.

친구들이 문으로 올라가는 동안, 저는 뒤쪽에 서 있었어요. 물
이 벌써 허리까지 차올랐어요. 저는, 저는 어려서부터 물이 무서
웠어요. 수영도 못 했고요. 나래가 고개를 돌려 저를 봤어요.

— 윤솔아! 이리 와. 어서.

겁이 나서 다리를 들 힘도 없었어요. 나래가 허벅지까지 차오른
물을 가르며 제가 있는 곳까지 와선 팔을 잡아끌었어요. 그러곤
엉덩이를 밀어 문 위로 올리려 했어요. 이미 올라간 친구들이 손
을 뻗어 팔을 잡아 당겼어요. 제가 너무 겁을 먹는 바람에 그 손을
놓치고 떨어졌어요. 아주 잠깐 물이 차오르지 않고 멈췄던 것 같
아요. 허리까지밖에 물이 없는데도 저는 그 물 속에서 허우적댔어
요. 나래가 제가 있는 곳까지 내려와선 다시 손을 잡아 일으켰어
요. 그러고는 제 눈을 쳐다보며 말했어요.

— 윤솔아! 단번에 올라가야 해. 할 수 있지?

울먹이면서도 고개를 끄덕였어요. 솔직히 나래가 저만 두고 먼
저 가 버릴 것 같아 두려웠어요. 물론 나랜 그런 친구가 아니지만,
그땐 혼자 남는 것이 정말 싫었어요. 나래가 다시 제 엉덩이를 힘
껏 밀어 올렸고, 저는 조금 전과는 달리 악착같이 두 팔을 뻗고 다
리로 벽을 밀며 매달렸어요. 겨우겨우 문을 넘어갔답니다.

— 됐다!

손뼉을 치며 좋아하는 나래의 목소리가 들렸어요. 저는 급히 몸을 돌려 제가 빠져나온 방을 내려다봤어요. 당장 나래를 붙들고 끌어올리려고요. 그런데 나래가 문 아래에 없는 거예요. 다시 물이 차오르기 시작했어요.

— 나래야! 빨리 와.

— 잠시만 기다려. 영지랑 갈게.

나래는 뒤엉킨 집기들 사이에서 떨고 있던 공영지를 구하려고 갔던 거예요. 물이 점점 더 빨리 차올랐어요. 가슴과 목은 물론이고 머리 위까지 물이 찼어요. 이불과 베개와 손가방 같은 것들이 둥둥 떠다녔어요. 구명조끼를 입은 영지의 몸도 떴고요. 영지는 저와 눈이 마주쳤지만, 문 쪽으로 헤엄을 쳐 나오진 못했어요. 눈물을 쏟는 영지의 입술이 심하게 떨렸어요.

— 나래야!

저는 소리쳐 나래를 찾았어요. 그때 나래가 영지를 등 뒤에서 붙들었어요. 나무 캐비닛이 갑자기 둘을 향해 곧장 흘러왔어요. 피할 틈도 없이 캐비닛 모서리가 나래의 등을 찍었죠. 그 바람에 영지가 출구에서 멀어졌어요.

— 괜찮아?

나래가 저를 보며 오른손을 들더니, 곧장 영지가 있는 곳으로 다시 헤엄쳐 갔어요. 둘은 다른 캐비닛을 앞뒤에서 붙들곤 문 아래로 왔답니다. 제가 배를 깔고 엎드리자, 복도에 있던 두 친구가 제 발을 각각 잡았어요. 저는 상체를 거의 방으로 내려 넣으며 양손을 뻗었어요.

— 어서, 어서 잡아.

나래와 영지가 제 손을 잡으려는 순간, 배가 더 심하게 기울었어요. 집기들이 무너져 부딪치는지 고막을 찢을 듯한 굉음이 들렸어요. 저는 두 친구의 손을 하나도 잡지 못했어요. 하마터면 저까지 다시 방으로 떨어질 뻔했답니다. 저도 모르게 엉덩이부터 빼며 허리를 들었어요. 그랬다가, 아차, 싶어서 다시 문으로 고개를 들이밀고 내려다보니, 영지가 어느새 밀려든 캐비닛들 사이에 끼어 물살에 휩쓸리는 것이 보였어요. 영지가 두 손을 흔들었지만 제가 도울 방법은 없었어요.

그때 다시 나래의 손이 제 앞으로 쑥 튀어나왔답니다. 불어난 물살에 잠깐 수중으로 잠겼다가 구명조끼를 입은 탓에 떠오른 겁니다. 그 손을 얼른 잡고 힘껏 당겼어요. 그런데 나래가 끌려 나오질 않는 거예요.

— 아!

나래가 비명을 질렀어요. 나래의 얼굴을 봤어요. 그런 표정 아세요? 너무 아파 말도 하기 힘든 얼굴. 나래가 겨우 한 마디 했어요.

— 발…….

집기 사이에 발이 낀 것 같았어요. 발목이 부러지더라도, 나래를 끌어내는 것이 급했어요.

— 참아! 나래야.

나래의 팔을 잡고 당기는 순간, 거대한 물살이 복도를 따라 밀려왔어요. 그 물살이 제 머리를 때리더니, 저를 5미터, 아니 10미터쯤 밀고 갔어요. ……그 와중에 나래의 손을 놓쳤어요. 나래가 분명히 끌려나오긴 했거든요. 발을 다쳤을 수도 있지만, 방에서 빼내긴 했어요. 하지만 제가 배에서 빠져나올 때까지 나래는 곁에 없었어요. 복도에도 물이 어느새 가득 차서 다시 거슬러 들어가는 건 불가능했습니다. 여기 선미 갑판에서 열 걸음만 들어가면 나래가 있는데, 갈 수가 없는 거예요. 무슨 일이 있어도 붙잡고 있어야 할 그 손을, 그 손을, 그 손을…….”

　윤솔은 이야기를 마치지 못하고 고개를 숙인 채 양손에 얼굴을 묻었습니다. 사회자가 윤솔을 다독였습니다.

　“고맙습니다. 용기 내어 이야기해 줘서. 윤솔이 이야기를 통해, 우린 나래가 용감한 사람이란 걸 알게 되었어요. 나래는 선장과 선원들이 달아난 배에서, 해경이 겁을 먹고 구조하러 들어오지도 못한 배에서, 마지막까지 선장처럼 친구들을 이끌었군요. 그랬어요.”

　윤솔이 갑자기 생각난 듯 이야기를 덧붙였습니다.

　“함께 구조된 친구들과 가까운 섬으로 우선 갔어요. 서거차도였어요. 거기서 텔레비전을 보는데 ‘전원 구조’ 네 글자가 뜨는 거예요. 나래와 영지도 구조되었구나. 그땐 너무 기뻐서 친구들과 끌어안고 소리도 쳤어요. 나래랑 영지를 만나 두 손 꼭 쥐고 미안하다고 사과할 수 있겠구나. 정말 다행이라고 생각했죠. 하지만……

아니었어요."

윤솔의 이야기를 들은 후에야, 현애 씨와 나래 부모님과 또 저는 나래의 발목이 부러지고 살갗이 벗겨진 이유를 알게 되었습니다. 다 함께 살기 위해 끝까지 최선을 다한 증표였습니다.

저는 고개를 돌리곤 깊은 숨을 천천히 내쉬었습니다. 나래의 사진들이 색색 가지 줄에 주렁주렁 매달려 있기도 하고 흰 패널에 다닥다닥 붙어 있기도 했습니다. 생일 모임을 시작하기 전에 찬찬히 훑어봤지요. 그런데 그 사진 중에서, 패널 한가운데 붙은 사진이 유난히 눈에 띄었습니다. 교복 차림의 두 여고생이 환하게 웃고 있었습니다. 나래의 등 뒤에서 어깨에 턱을 걸곤 웃는 얼굴이 낯익었습니다. 그 얼굴이 점점 커졌습니다. 앞선 나래보다도 커지더니, 사진보다도 커졌고, 사진들을 모아 둔 패널보다도 커졌습니다. 그 얼굴이 두둥실 풍선처럼 떠 제 코앞까지 다가왔습니다. 그녀가 눈을 살짝 감았습니다.

소리가 들려왔습니다. 치유 공간에서 저를 감싼 공기가 아니라, 풀페이스 마스크를 쓰고 수중 20미터 이상 들어갔을 때에만 들려오는, 바닷속을 흐르는 물소리였습니다. 출렁이고 휘돌고 밀고 당기고 부딪치고 감고 부수는 소리였습니다. 그녀가 감았던 눈을 크게 번쩍 떴습니다. 그와 동시에 저는 제게 익숙한 것이 그녀의 얼굴이 아니라 바로 저 감았다가 뜬 눈이라는 걸 알아차렸고, 그녀를 붙들기 위해 허우적대다가, 비명을 지르며 쓰러졌습니다.

인터뷰는 2016년 4월 2일 오전 11시부터 3시간 남짓 진행되었다. 어제 생일 모임을 마친 후유증 때문인지 최주철(53세) 선생의 얼굴은 푸석푸석했다. 작고 떨리는 음성이지만 지쳤다는 느낌이 들진 않았다. 오히려 잠시 그늘 아래 쉬며 이야기를 나누는 여행자를 닮았다. 생일 모임 사회를 한 번도 빼놓지 않고 본 최 선생은 우리 걱정부터 했다.

"힘들죠? 줄곧 이야기 듣고, 녹취하며 다시 듣고, 글로 정리하며 또다시 듣는 동안, 기억수집단 여러분도 가볍든 무겁든 트라우마를 입게 됩니다. 유가족에 비하면 이 울적한 기분은 차라리 사치에 가깝다고 치부하지 마세요. 사람 마음은 다 유리 같은 면이 있습니다. 여러분의 고통을 타인의 고통과 비교해선 안 됩니다. 고통스러우면 그 고통에서 빠져나갈 방법을 찾아야 합니다. 그땐 꼭 제게 다시 오십시오. 모두 약속하는 거죠?"

최 선생의 지적대로 우울한 기분이 계속 이어지고 있었지만, 그걸 트라우마라고 여기진 못했다.

"하나만 더! 저는 나경수 잠수사에 관해서만 얘길 할 겁니다. 경수 씨가 자기 이야기를 들려줘도 좋다고 연락했으니까요. 다른 잠수사에 관해선 말하지 않겠습니다. 그리고 이 이야긴 경수 씨의 개인적 경험이며, 다른 잠수사도 마찬가지일 것이라고 확대 추측하면 안 됩니다."

2015년 2월 나경수 잠수사가 강나래 생일 모임에서 실신한 대목으로 곧장 들어갔다.

　"놀랐습니다. 누구라도 그렇게 사람이 쓰러지면 놀랄 수밖에 없어요. 놀라긴 했지만 응급처치를 금방 했습니다. 2014년 봄 진도 체육관과 팽목항의 장면들 기억하죠? 자식 잃은 부모들이 하루에도 몇 사람씩 오열하다 쓰러져 기절했습니다. 정신을 놓지 않고는 견딜 수 없던 나날이에요. 지금도 누군가 정신을 놓으면 놀라지만 2014년 그 봄보다 놀라진 않습니다. 다행히 경수 씨는 10분 만에 깨어났어요. 병원 응급실로 가서 진료까지 받았고요. 저도 따라가서 자정까지 곁을 지켰어요. 다행히 큰 문제가 없어서 귀가를 했지요."

　실신한 이유를 그 밤 응급실에서 들었느냐고 물었다.

　"아닙니다. 그땐 절대 안정이 필요했지요. 경수 씨는 말을 하려 했지만, 제가 오늘은 복잡한 생각일랑 말고 호수처럼 고요히 쉬라고 권했습니다.

　일주일 뒤에 전화가 왔고 여기서 다시 만났습니다. 오전 11시 바로 이 시간에 마주 앉아선 저녁 6시까지 경수 씨 얘기만 들었어요. 겨울 내내 모인 물을 처음 방류하는 댐의 수문을 본 적이 있어요. 그처럼 쉼 없이 콸콸 털어놓더군요. 점심도 건너뛰었어요. 저는 듣기만 했어요. 커다란 보자기를 펼친 채, 경수 씨가 풀어놓는 이야길 토씨 하나 놓치지 않고 전부 담는 것. 그게 그날 제가 할 일의 전부였어요.

저녁 6시가 되었는데 아직 우리 이야긴 팽목항에 닿지도 않았습니다. 2014년이 되려면 5년쯤이 더 필요했지요. 저녁을 먹기로 했어요. 경수 씨는 짜장면 저는 볶음밥. 반주는 하지 않았습니다. 중화요리집에서 치유공간으로 돌아오니 어느새 해가 졌더군요. 책상을 두고 다시 마주 앉았는데 경수 씨가 눈물을 흘리기 시작했어요. 저는 손수건을 건넨 뒤 경수 씨 울음소릴 들었지요. 이런 자리에선 상대의 말만 듣는 게 아니에요. 소리를 다 듣는 거죠. 웃음소리, 울음소리, 발소리, 숨소리. 그런 소리들이 모두 모여 인간 나경수가 되는 거니까요. 경수 씨 웃음 흉내 낼 수 있습니까?"

우리는 침묵했다. 나경수 잠수사를 여러 차례 만났고, 또 웃는 모습도 봤지만, 웃음소린 떠오르지 않았다. 웃음뿐만 아니라 나 잠수사가 만든 소리 중에서 확실하게 아는 것이 없었다. 최 선생이 스스로 답했다.

"콧바람을 연이어 세 번 불어내곤 입을 벌린 채 웃음을 터뜨리더군요. 이런 식으로."

듣고 나니, 과연 나 잠수사의 웃음과 비슷했다. 우리가 따라 웃자 최 선생은 국화차를 다시 우려 따랐다. 이제부터 이야기의 핵심으로 들어가려는 것이다. 최 선생은 부하들을 계곡 아래에서 충분히 쉬게 한 뒤 단숨에 고지를 점령하는 노련한 장수였다.

"울음을 그친 뒤, 경수 씨는 맹골수도 대신 곧장 저 자리에서 실신한 밤으로 넘어갔습니다. 저기 앉아서 생존 학생 박윤솔의 이야기를 듣고 난 후 고개를 돌려 나래의 사진들을 봤대요. 그중에서 유난히 눈에 들어온 게 공영지와 둘이 찍은 사진이었습니다. 그때까지만 해도, 경수 씨는 자기가 나래를 데리고 나온 것만 알았는데, 사진 속 영지의 눈을 보자, 나래가 나오고 19일 뒤에 데리고 나온 여학생이 바로 영지였단 걸 알았대요. 얼굴은 전혀 기억나지 않지만, 저 눈만은 똑똑하게 기억한댔습니다.

이상하죠, 깜깜한 선내에서 시신의 눈을 또렷이 기억한다는 게? 경수 씨는 곧바로 그 이유를 설명하진 않고, 한숨을 내쉬며 한참을 망설였습니다. 저는 권했어요, 힘들면 지금 이야기하지 않아도 된다고. 경수 씬 고개 젓더군요. 오늘 아니면 영원히 말하지 못할 것 같다고. 이야기하는 것도 힘들지만, 평생 가슴에 묻어 두는 건 더 힘들다고. 냉수를 한 잔 청하여 마시더니 이야기를 시작했습니다. 여기서부턴 민간 잠수사 나경수 씨의 목소리를 떠올리며 들어 줬으면 합니다.

여학생을 발견해서 안고 나오는 중이었대요. 이미 여섯 번이나 민간 잠수사와 해군 잠수사가 번갈아 수색한 곳이라 더 이상 실종자가 없으리라 여긴 객실이었어요. 그런데 그 객실을 또 수색해 달란 유가족의 요청이 온 겁니다. 경수 씨가 정말 마지막이란 생각으로 자원해서 들어갔다는군요. 그런데 객실로 들어가서 10분 만에 실종자를 찾은 겁니다. 경수 씨가 자세히 설명은 안 했지만, 시각보다는 후각에 의존하여 움직였다고 합니다.

선체 밖까지 빠져나올 시간은 넉넉했습니다. 모시고 나오는 학생 이름이 공영지인 줄은 몰랐고요. 키가 작은 편이어서 품에 안

앗더니 여학생 머리가 풀페이스 마스크를 쓴 경수 씨 턱에 닿았답니다. 근 한 달 가까이 수중에 있었지만 시신이 많이 훼손되진 않았습니다. 복도로 나와 헤엄을 치는데 기분이 이상하더래요. 잠수사들은 예감이 무척 발달되어 있죠. 시야가 충분히 확보되지 않는 상황이지만, 작업 환경이 조금만 달라져도 금방 알아차린다는 겁니다. 계속 오가던 복도인데 왜 이런 기분이 들까 싶어, 처음엔 헤드랜턴으로 복도 문과 벽 들을 비춰 봤답니다. 집기와 부유물들을 모아 고정시킨 줄도 튼튼하고, 붕괴 조짐은 전혀 없었대요. 그래도 이상한 기분이 사라지지 않았고, 턱이 간질간질해서 시선을 내렸더니, 여학생이 두 눈을 부리부리 뜨고 경수 씨를 쳐다봤답니다. 객실을 나올 땐 분명히 눈을 감고 있었는데, 어떻게 해서 눈을 뜨게 되었는지는 경수 씨도 모르겠다더군요. 잠시 멈춘 후 왼손을 들어 여학생의 눈을 감겨 줬다고 합니다. 그러고는 다시 꽉 끌어안고 헤엄쳐 5미터 정도 나와선 방향을 틀어 상승하려는데, 턱 밑의 기운이 또 이상했답니다. 이번엔 간질간질하는 정도가 아니라 송곳으로 턱 밑을 푹 찌르는 것처럼 아팠대요. 시선을 내려 보니, 여학생의 두 눈이 다시 경수 씨를 쳐다보고 있었고요. 한 번 더 눈을 감겨 줬는데, 이번엔 헤엄도 치기 전에 눈꺼풀이 스르르 올라갔답니다. 뜬 눈을 감기기 위해 애쓰느라, 넉넉하게 확보했던 시간도 흘러가 버렸대요. 결국 눈을 감기지 못하고, 우선 선내를 벗어나는 데 주력하기로 마음을 바꿨다는군요. 경수 씨는 그 눈을 보지 않으려고, 왼손으로 여학생의 두 눈을 가린 채 헤엄을 쳤답니다. 서둘러 올라오다가, 오른쪽 팔꿈치가 무엇인가에 강하게 부딪쳤고, 그 바람에 여학생을 안았던 오른팔에서 힘이 빠져 버렸답니다. 실종자를 놓친 것이죠. 경수 씨가 두 팔을 휘저었지만 품을 빠져나간 여학생을 쉽게 찾을 수 없었대요. 경수 씨는 너무 놀라서, 정신없이 복도를 오갔습니다. 시야가 아주 나빴지만 여학생이 복도에 있다면 놓칠 경수 씨가 아니었죠. 복도 끝까지 갔다가 돌아오는데 발에 뭔가가 걸렸대요. 종아리를 부여잡고 당기는 기분이 들어서, 일단 발을 흔들어 뺀 후 빙글 돌았답니다. 목이 뻣뻣해지면서 등까지 덜덜 떨렸다는군요. 목 디스크 때문에 병원까지 다녀온 경수 씨였지만, 지금은 품에서 놓친 여학생을 찾을 마음뿐이었답니다. 다행히 발에 걸린 것이 그 여학생이었대요. 안도하며 헤드랜턴으로 여학생의 얼굴을 비추는 순간, 경수 씨는 너무 놀라서 다시 여학생을 놓칠 뻔했답니다. 여학생의 왼쪽 눈에 시퍼런 피멍이 들었던 겁니다. 경수 씨는 방금 발을 흔들어 뺄 때, 발뒤꿈치로 여학생의 눈두덩을 때린 것은 아닐까 하는 생각이 들어 너무너무 미안했다고 합니다. 시간이 없었기 때문에, 여학생을 두 팔로 안고 헤엄을 쳤고요. 피멍 든 여학생의 뜬 눈을, 마치 눈싸움이라도 하듯 쳐다보면서! 눈과 눈 사이 거리가 10센티미터도 떨어지지 않았답니다.

평생 잊지 못할 눈이겠죠? 그 후로 경수 씨가 뭔가 새로운 일을 하려고 하면 꼭 그 눈이 나타났대요. 그 눈을 본 날은 온몸에 힘이 쫙 빠지고 아무 일도 할 수 없었다고 해요. 그런데 바로 그 눈을 나래의 사진에서 발견한 겁니다. 그 눈이 점점 커져서, 배 안에서 처럼, 경수 씨 바로 코앞까지 성큼 나아왔대요. 그 바람에 경수 씨 는 비명을 지르곤 정신을 놓은 겁니다.

영지에게도 미안하고, 눈두덩에 피멍 든 딸의 얼굴을 보고 마음 아팠을 영지 부모님께도 미안하다더군요. 영지가 눈을 떴든 감았든, 꼭 끌어안고 나왔어야 했는데, 이상한 기분을 가라앉히느라 왼손으로 그 눈을 가리려 들었으니, 지금 생각해도 자신이 참으로 한심하다고요. 저는 경수 씨 손을 꼭 잡곤 힘주어 말했습니다.

— 경수 씨 잘못 아닙니다. 어둡고 위험한 배 안에서 영지를 무
     사히 데리고 나온 경수 씨에게 영지 엄마와 아빠도, 또 영지
     동생 찬수도 감사할 겁니다. 마음의 짐 내려놓으세요. 영지
     가 그렇게 눈을 뜬 건 자기를 데리러 온 경수 씨가 반가워서
     일 거예요. 경수 씨가 영지의 눈을 사진에서 금방 알아봤듯
     이, 영지도 경수 씨의 깊고 따뜻한 눈을 기억하려고 말이죠."

우리는 나 잠수사가 영지 부모님을 만나 이야기를 나눴는지 물 었다.

"아직 아니에요. 경수 씨랑 영지 아빠랑 우연히 같은 자리에 나 란히 앉은 걸 보긴 했지만, 영지를 데리고 나온 잠수사가 경수 씨 란 걸 영지 아빠 몰라요. 실종자들을 수습하여 모시고 나온 잠수 사들이 각각 누구인지 밝히는 게 꼭 좋은지도 진지하게 고민해 봐 야 해요. 아직까진 그와 같은 자리가 조심스러워요. 부모들이 자 기 아이를 수습하여 데리고 나온 잠수사를 만나면 뭘 가장 먼저

묻고 싶어 할까요? 아이의 마지막 모습 아닐까요? 그걸 떠올려 이야기하는 건 잠수사에게 또 다른 트라우마가 생기는 일일 수도 있습니다. 유가족은 유가족대로, 잠수사는 잠수사대로 다친 마음을 추스르는 것이 먼저입니다.

경수 씨와 함께 영지가 있는 서호 추모공원에 다녀온 적은 있어요. 희생된 학생들을 하늘, 서호, 효원 이렇게 세 군데 추모공원에서 쉬게 하고 있는 건 아시죠? 경수 씨나 다른 잠수사들은 추모공원엔 갈 엄두를 내지 못해요. 저와 함께 영지를 보러 간 게 처음이죠. 지난달에 경수 씨가 또 연락을 해 와서 한 번 더 다녀왔습니다. 납골함과 함께 들어가 있는 영지 사진들을 한참 들여다보더군요. 공영지의 이름표 옆에 강나래의 이름표가 나란히 놓여 있었습니다. 둘 다 경수 씨가 데리고 나온 아이들이죠.

추모공원을 나와 벤치에 앉아 잠깐 쉬었습니다. 담배 한 개비를 핀 경수 씨가 제게 묻더군요.

— 뭐 하나 보여 드려도 됩니까?

제가 고개를 끄덕이자 갑자기 구두에 양말까지 벗더군요. 몽고반점처럼 오른쪽 발뒤꿈치에 커다랗게 얼룩이 졌습니다.

— 영지를 데리고 바지선으로 올라온 뒤부터 자꾸 여기가 가려웠습니다. 처음엔 벌레에 물렸는가 싶어 약도 바르고 그랬습니다. 사나흘 지나자 가려움은 가라앉았는데, 대신 이렇게 살갗이 검게 변하기 시작했습니다. 처음엔 크기가 새끼손톱만 했습니다. 매일 조금씩 커지더니, 바지선에서 철수하던

날엔 손바닥만 해졌습니다. 그 후로 더 번지진 않았습니다. 의사와 한의사에게 모두 진료를 받아 봤지만 이유를 모르겠다고 하더군요. 피부암이나 피부병에 걸린 건 아니랍니다.

영지 때문이라고 생각하느냐고 최대한 가볍게 물었습니다. 경수 씨도 흐르는 물처럼 답했어요.

— 영지에게 아까 살짝 물어봤습니다. 이게 궁금해서 다시 오자고 한 거예요. 사진 속의 영지는 웃기만 하더군요. 처음엔 너무 찜찜하고 싫어서 제거 수술이라도 받을까 했는데, 최 선생님께 털어놓은 후엔 이 얼룩이 너무 귀엽고 든든한 겁니다. 영지가 저와 언제나 함께한다는 증거 같기도 하고. 제가 미친 건가요?

제가 뭐라고 답했을까요? 간단합니다.

— 나경수 씬 지극히 정상입니다."

무엇이
비밀일까

　재판장님!

　송은택 변호사에게 전화해 따로 만나자고 했습니다. 나래 생일 모임에서 인사는 나눴지만 깊은 이야길 하진 못했습니다. 둘이서 종로 거리 호프집을 세 군데나 돌며 마셨습니다. 나이도 동갑이라서 말을 편하게 놓기로 했습니다. 그날부터 저는 그를 '송 변'이라 불렀고, 그는 저를 '나 잠'이라고 했습니다.

　송 변호사에게 따져 물었습니다. 도대체 이런 참사가 왜 일어난 것이냐고. 왜 구조를 방기했느냐고. 왜 맹골수도에서 실종자 수습에 최선을 다한 류창대 잠수사가 재판을 받아야 하느냐고. 송 변호사는 쏟아지는 질문을 묵묵히 들은 후 제게 되물었습니다.

　"왜 그걸 나한테 따져? 내가 답을 갖고 있을 것 같아? 법률과 관련된 부분은 최선을 다해 자문하겠지만, 잠수사들 문제는 잠수사들이 나서서 해결하는 게 원칙이야. 하늘에서 정답이 뚝 떨어지길 기다리지 마. 난 변호사지 신이 아냐. 하늘은 스스로 돕는 자를 돕는 법이라고."

충격적인 지적이었습니다. 잠수사의 억울함은 잠수사 스스로 풀어야 한다는 겁니다. 다른 잠수사들도 마찬가지겠지만, 저 역시 그때까진 입 없이 살았습니다. 맹골수도에서 잠수사들 작업 조건이 어떠했는지, 몸과 마음을 얼마나 다쳤는지, 류창대 잠수사가 피고인으로 서기까지 과정은 어떠했는지를 세상에 알린 적이 없습니다. 알릴 생각조차 못 했습니다. 잠수사들끼리 모여 앉아 울분을 터뜨리고 암담한 미래를 서로 걱정했지만, 그걸로 끝이었습니다.

관습은 참 무섭습니다. '잠수사들은 입이 없다'는 말의 강력함. 게다가 맹골수도에서 일한 잠수사들은 모두 비밀유지 서약서를 썼습니다. 해경의 비밀이 정확히 뭔지 모르는 상황이니까, 맹골수도의 경험을 조금이라도 밝히면 잠수사 개인에게 불이익이 내려올 거라는 두려움도 컸습니다. 송 변호사가 간단히 상황을 정리했습니다.

"둘 중 하나야. 참고 가만히 벙어리처럼 기다리든가, 참지 않고 말하든가."

"잠수사들 얘길 누가 들어?"

"나 참! 이 나라가 몽땅 썩은 건 아냐. 그랬다면 벌써 무너졌겠지. 민간 잠수사 얘길 들을 사람은 많아. 우선 나부터 지금 듣고 있잖아? 엄청 궁금해. 맹골수도에서부터 병원을 거쳐 법정까지, 잠수사들에게 도대체 무슨 일이 벌어진 거야? 나도 대충대충 기사와 자료 몇 개를 찾아본 게 전부라고. 그러니 나 참! 우선 내게 털어놔. 그리고 나 참의 이야길 진지하게 들을 사람을 같이 찾자고."

"이건 네가 맡은 사건도 아니잖아?"

"네 것 내 것 따질 때야 지금?"

송 변호사를 만난 후 꼬박 이틀 고민했습니다. 탄원서 첫머리에서도 말씀드렸듯이 저는 A급 잠수사가 아닙니다. 민간 잠수사를 대표할 생각도 없고 또 그럴 실력이나 경험도 갖추지 못했습니다. 그러나 민간 잠수사들이 맹골수도에서 목숨 걸고 했던 작업이 무시되거나 왜곡된 채 잊히도록 둘 수는 없었습니다. 침몰한 배를 인양해서 정밀 조사를 하기 전까진, 선내에 가장 많이 들어간 사람이 바로 민간 잠수사입니다. 그 안에서 실종자들의 최후를 낱낱이 본 사람이 바로 민간 잠수사입니다.

당장 인터뷰를 잡거나 기자들을 만나진 않았습니다. 세상을 향해 이야기하기로 마음을 정하고 나니 참사에 대해 제가 제대로 아는 것이 없다는 생각이 들더군요. 한 달 남짓 미친 듯이 책과 자료를 읽고 관련 동영상을 찾아보며 두툼한 공책에 정리를 했습니다. 이해하기 어렵거나 모르는 대목이 나오면, 사전을 놓고 두 번 세 번 고민하다가, 그래도 막히면 송 변호사에게 도움을 청했습니다. 나이 들어 만난 무식한 친구 때문에 송 변호사가 무척 고생했습니다. 천천히 차근차근 하라는 충고를 들었지만 마음이 급했습니다. 이것 외엔 하고 싶은 일도 할 수 있는 일도 없었습니다.

제가 오해하거나 잘못 알았던 사실이 생각보다 너무 많았습니다. 송 변호사가 일대일로 과외하듯 바로잡아 줬습니다. 가령 국민의 혈세로 유가족에게 보상금을 지급한다는 이야기를 그때까지 저는 한 번도 의심한 적이 없습니다. 송 변호사가 조금 어려우니 잘 들으라며 설명했습니다.

"보상금은 국민이 낸 세금으로 지급되는 게 아냐. 국가가 먼저 보상금을 유가족에게 지급하고, 사고에 책임이 있는 기업에 구상권을 행사해서 이미 지급된 돈을 받아내는 거니까. 구상권이란 '타인이 부담하여야 할 것을 자기의 출재出財로써 변제하여 타인에게 재산상의 이익을 부여한 경우 그 타인에게 상환을 청구할 수 있는 권리'야. 이 방식은 유가족이 아니라 정부에서 먼저 제안했고, 성수대교 붕괴나 대구 지하철 참사 등 대형 재난 때도 같은 방법을 썼어. 정부는 해운 회사에 구상권 청구 소송을 제기해 뒀고, 회사가 들어 둔 보험이나 자산을 압류해 둔 상태야. 여기까지 이해하겠어?"

"국가에서 먼저 보상금을 유가족에게 지급하고, 그 돈을 사고를 낸 해운 회사에게 받는다는 거지? 그렇게 하면 세금이 들어갈 일은 없는 것이고?"

"맞아."

"하나만 더 묻자. 다른 참사에 비해 이번에 유가족에게 지급된 보상금이 지나치게 많다는 소문도 있던데…… 그건 맞는 말이야?"

"새빨간 거짓말이지. 우선 보상금을 받는 건 유가족이 가진 최소한의 권리야. 이번 참사의 보상금은 일반 교통사고 수준으로 책정되었어. 희생 학생들의 경우는 도시 일용직 노동자 기준으로 금액이 산정되었다고. 아이들의 재능과 꿈은 전혀 고려되지 않고, 가장 낮은 수준으로 일괄 정리한 거야. 그러니 다른 참사와 비교해 봐도 보상금이 많을 수가 없어. 유가족이 받은 돈은 이 보상금에 희생자들이 개인적으로 가입한 보험금과 국민들이 낸 성금을 합친 거야. 다른 참사 때도 보험금과 국민 성금은 있었고. 잊을까 싶어 다시 지적해 두자면, 이 보험금과 성금에도 세금 한 푼 나간 게 없겠지?"

"왜 그런 소문이 돌까?"

"교묘하게 숫자로 장난치는 놈들이 있어. 예전 참사의 경우엔 보상금만 제시하고, 이번 참사엔 보상금에 보험금과 성금을 모두 합쳐 놓곤 비교하는 식이지. 눈속임이야, 야비한."

재판장님!

무엇인가를 알아나간다는 것이 반드시 기쁘지만은 않더군요. 배가 기울기 시작한 뒤 충분한 시간이 있었는데도 해경이 선내로 들어와서 승객을 구조하지 않은 정황을 하나하나 정리하며 알게 되자, 절망이 밀려들었습니다.

책과 자료와 영상을 아무리 들여다봐도 결론이 나질 않았습니다. 세 가지 지점에서, 참사의 진상을 조사하여 밝혀 나가야 했습니다. 첫째는 침몰 원인이고 둘째는 구조 방기이며 셋째는 진상 은폐입니다. 이 부분은 특별조사위원회에서 조사중이니 자세한 논의는 하지 않겠습니다만 하나만 지적하고 싶습니다. 민간 잠수사가 민간 잠수사를 업무상과실치사로 죽였다고 재판이 진행되는 현재 상황을 참사의 큰 틀에서 봐야 한다는 겁니다. 진상 규명에 민간 잠수사에 관한 문제들도 포함되어야 합니다. 류창대 잠수사가 재판에서 무죄 선고를 받는 것, 잠수병에 걸린 민간 잠수사들을 나라에서 책임지고 끝까지 치료하라고 요구하는 것, 민간 잠수사에 관한 헛소문을 퍼뜨리는 이들을 찾아내 고발하는 것, 민간 잠수사의 활동을 국민들에게 널리 알리는 것 등이 잠수사들이 할 일입니다. 잠수사 스스로 가만히 있는 한, 우린 갑도 을도 병도 정도 아니고 무無입니다. 우스갯소리로 없을 무無, 없는 사람, 투명 인간처럼 군다면, 누가 잠수사의 고통과 억울함을 풀어 주겠습니까? 우리의 맏형을 범죄자로 만들려는 자들이 풀어 주겠습니까? 우리들 치료비를 끊은 이들이 풀어 주겠습니까?

일간지와 첫 인터뷰를 하기 전날, 송 변호사와 저녁을 먹었습니다. 그는 주섬주섬 가방에서 종이 두 장을 꺼냈습니다.

"기억 나?"

첫 장 제일 위에 적힌 제목이 '서약서'였습니다. 잠수사들끼리 흔히 비밀유지 서약서라고 부르는 것이었습니다.

"응. 맹골수도에서 사인한 거네. 이걸 어디서 구했어?"

"왜? 변호사인 내가 해경 사무실을 털기라도 했을까 봐? 안심해. 작년 5월에 보도 자료로 이미 나간 거야. 서약서 내용 기억해?"

솔직히 그땐 실종자 수습에만 마음을 쏟고 있었기 때문에 서약서를 꼼꼼히 읽지는 않았습니다.

"대충."

"그럼 지금 다시 읽어 봐. 난 먼저 좀 먹을게."

송 변호사가 된장찌개에 밥 한 그릇을 뚝딱 먹는 동안, 저는 천천히 '서약서'를 읽어 나갔습니다. 세 가지 소제목조차 생경했습니다. 비밀유지의 의무, 안전사고 책임의 의무, 업무 수행능력 검증의 의무.

"다시 읽은 소감이 어때?"

"이런 줄 몰랐어."

"예를 들면?"

" '안전사고 책임의 의무'에 적힌 이것! '안전사고 예방에 철저를 기하며, 만일 이를 위반하여 불미한 사고가 발생하였을 경우, 본인이 모든 책임을 질 것을 서약합니다.' 안전사고 예방에 철저를 기하지 않는 잠수사도 있나? 심해에서 사고 나면 목숨이 왔다 갔다 한다고. 안전사고 예방 운운은 하나 마나 한 소리지. 결국 사고 나면 잠수사 본인 책임이라는 거잖아?"

"그리고?"

" '업무 수행능력 검증의 의무'? 소제목 자체부터 웃겨. 잠수사들이 자신의 잠수 능력을 검증할 의무가 있단 소리네. 이 능력을 판단하는 것은 해경이고."

"맞아. '해양경찰의 판단 하에 그 수행의 능력이 현저히 떨어진다고 생각된 때에는 해양경찰의 직권으로 업무 수행을 중단, 귀가 조치할 수 있고, 이에 대한 이의를 제기하지 않을 것을 서약합니다.' 이렇게 적혀 있지. 수행 능력을 언제 어떻게 판단하는지 명시되지 않았기 때문에, 언제든 업무 수행을 중단시켜도 문제가 되지 않아. 두 달 넘게 선내로 잠수하여 많은 실종자를 수습한 나 잠을 비롯한 민간 잠수사들을 갑자기 철수시켜도 '이의를 제기하지 않을 것'을 잠수사들 스스로 서약한 셈이야."

"고약하군. 서약서가 그렇게 이용될 줄은 꿈에도 몰랐어. 송 변이라면 이런 서약을 했을까?"

"미쳤어? 나라면 절대로 안 하지. 이 서약서엔 잠수사들에게 불리한 조항만 가득해. 나 잠! 잘 들어. 내일부터 나 잠은 이 서약서를 어기는 거야. 어떤 대목인진 알지?"

"알아. '비밀유지의 의무'에서 마지막 부분이지? '특히 본 수색 및 구조와 관련한 해양경찰의 영업 비밀을 포함한 수색 및 구조 진행 관련 내용에 대해 언론 인터뷰를 금지하며, 필요 시에는 반드시 사전에 해양경찰의 허락을 득하여 진행할 것을 서약합니다.'"

송 변호사가 제 눈을 똑바로 쳐다보며 물었습니다.

"지금이라도 해경에게 연락하여 허락을 요청할까?"

"무슨 소리야? 그냥 해. 인터뷰를 허락할 리 없어."

" '만약 본 서약 사항을 위반하였을 경우에는 민, 형사상의 책임을 감수할 것을 서약합니다'라고 적혀 있어. 류창대 잠수사처럼 재판을 받는다는 소리야."

저는 그래도 하겠다고 거듭 말했습니다. 송 변호사는 손을 뻗어 제 손을 쥐었습니다. 자기가 맡을 재판이 하나 더 늘겠다는 푸념이 그렇게 든든할 수 없었습니다.

"자, 마지막으로 정리해 볼까. 류 잠수사가 업무상 게을리했다고 공소 사실에 기재된 게 뭐지?"

"실종자 수색 업무를 관리하고 감독하는 사람이 반드시 지켜야할 의무는 모두 여섯 가지야. 첫째 잠수사들을 충분히 쉬게 하고 안정시킨 뒤에 잠수하게 한다. 둘째 수중 작업에 대한 교육과 설명을 미리 해야 한다. 셋째 전문 잠수자격증 보유를 확인하고, 검증되지 않은 잠수사는 배제한다. 넷째 잠수사가 수중에서 복귀할 때까지 현장을 이탈하지 않고 작업 과정을 주시한다. 다섯째 표면 공급식 잠수에선 보조공기통을 메고 잠수하도록 해야 한다. 여섯째 잠수사의 혈압 등 건강 상태를 체크해야 한다."

"맞아. 이에 대한 나 잠의 입장은?"

"전제부터 틀렸어. 실종자 수색 업무를 관리하고 감독할 권한을 류창대 잠수사가 부여 받은 적이 없으니까. '수난구호법 시행령' 4조 3항에 따르면, 중앙구조본부장인 해양경찰청장이 대규모 수난 구호 활동의 현장 지휘와 통제를 한다고 명확히 나와 있어. 류 잠수사는 해경으로부터 어떤 것도 위임받은 적이 없어. 서류도 없고

임명장도 없어. 맹골수도에서 실종자 수색과 수습을 한 기간 내내 현장지휘권은 구조본부장에게 고스란히 있었단 뜻이지. 따라서 앞서 지적한 여섯 가지는 류 잠수사가 맡아야 할 업무상 주의 의무가 아니야. 그건 구조본부장의 의무라고."

"정확해. 하나만 더 확인할까? 5월 6일 고인의 사고가 나기 전에 표면 공급식 잠수와 관련된 안전 수칙이 해경 명의로 작업 장소에 부착된 걸 본 적 있어?"

"없어. 6월 5일인가, 그러니까 사고 나고 한 달쯤 지난 후에 '잠수안전 십계명'인가가 붙기 시작했지. 범대본에서 '민간 잠수안전 지원단'이란 걸 그때 만들었단 얘길 들었어. 소 잃고 외양간 고치는 격이긴 하지만 없는 것보단 낫지. 하지만 민간 잠수사들이 활동한 4월 17일부터 잠수 안전에 관한 수칙들이 붙어 있었다면 더 좋았을 거야. 늘 이렇게 사건이 벌어진 다음에 후속 조처를 하는 게 안타까워."

다음 날부터 낯선 이들을 많이 만났습니다. 다시 강조하지만, 저는 모르는 사람들을 만나 어울리거나 대화하는 걸 즐기지 않습니다. 홀로 수중에 들어가 물고기들을 쳐다보는 편이 백 배는 낫다고 믿는 쪽입니다. 하지만 그땐 제가 한 마디라도 더 하고 한 걸음이라도 더 딛고 한 명이라도 더 눈을 맞춰야 하는 상황이었습니다. D병원에 처음 입원했을 때 만난 은철현 기자에게도 도와 달라고 연락을 했습니다. 은 기자가 팟캐스트 세 군데를 소개해 줘 거기에도 전부 나갔습니다.

송 변호사 말이 옳았습니다. 민간 잠수사가 인터뷰를 한다는 소문이 돌자 여기저기서 연락이 왔습니다. 저는 어디든 가서 이야기했습니다. 형식이나 시간이나 장소를 가리지 않고, 맹골수도에 스스로 가서 실종자를 수색하고 수습했던 잠수사들을 이야기하고 또 했습니다. 달변은 아니었지만 많은 분이 귀 기울여 주셨습니다. 난생 처음 박수도 받았습니다.

세상일이란 것이 항상 한쪽으로만 흐르진 않습니다. 밝은 면이 있으면 어두운 면도 있기 마련입니다. 한 달 남짓 인터뷰를 하는 동안 낯선 문자들이 제 번호로 날아들었습니다. 형식이나 길이는 제각각이었지만, 대부분 협박과 비난이었습니다. 제가 나갔던 방송이나 저를 인터뷰한 신문사 사이트에도 비슷한 댓글이 올라왔습니다.

재판장님!

저는 제게 문자를 보낸 이들을 알지 못합니다. 누군지 찾아보지도 않았습니다. 어느 정도 비난은 들을 각오를 했지만 제가 상상한 것보다 훨씬 강도가 셌습니다. 제가 제법 맷집이 세다고 자신했는데 아니었습니다.

정말 제 마음이 아팠던 순간은 따로 있습니다. 작년 늦여름 류창대 잠수사가 기소될 때 민간 잠수사의 실상을 공개했어야 한다는 후회가 밀려든 저녁이었습니다.

류창대 잠수사와 둘이 만나 설렁탕으로 저녁을 먹었습니다. 류 잠수사는 한 달 동안 제가 했던 인터뷰를 대부분 알고 있었습니다. 구구절절 길게 이야기하는 선배는 아니지만, 그래도 몇 마디 소감을 들려줬습니다.

"살아 있는 전설, 그건 너무 과찬이야. 전설까진 아니지."

"형님은 가만 계세요. 저쪽에선 형님을 피고인이라잖아요? 업무상 과실로 사람 죽인 죄인이라고. 형님을 죄인으로 모는 이들도 있는데, 살아 있는 전설 정도는 약과죠. 저는 과장이나 아부 이런 걸 제일 싫어합니다. 특히 참사와 관련해선 거짓말에 질린 사람이에요. 형님은 살아 있는 전설 맞습니다. 우리가 말주변이 없어서 그렇듯 멋지게 불러 드리지 못했을 뿐이에요. 누가 칭찬하면, 아니라고 손사래부터 치지 마세요. 형님은 충분히 전설로 불릴 자격 있습니다."

이런 걱정도 하더군요.

"나 때문이라면 이 정도에서 그만해. 경수 너까지 다칠까 걱정이야."

"형님만 위해서 이러는 거 아닙니다. 맹골수도에서 목숨 걸고 일한 잠수사들 모두를 위해서예요. 형님, 제 성격 아시잖아요? 기면 기고 아니면 아닙니다. 그리고 다치긴 제가 왜 다칩니까? 다쳐 봤자, 형님처럼 업무상과실치사란 누명을 쓰고 피고인이 되진 않겠지요."

저녁을 먹은 후 W병원까지 걸어갔습니다. 1층 매점에서 음료수도 한 박스 샀습니다. 최진태 잠수사는 병실 앞 복도에 앉아 있다가 우릴 보곤 일어섰습니다. 그를 따라 입원실로 들어갔습니다. 사천 D병원에서 말로만 들었던 숙희가 교복 차림으로 인사를 하더군요. 최 잠수사는 외동딸에게 심부름을 시킨 뒤 우리에게 침대에 앉으라고 권했습니다. 류 잠수사가 억지로 그를 침대에 눕혔습니다.

"많이 안 좋아?"

최 잠수사가 별일 아니라는 듯 답했습니다.

"다른 덴 괜찮은데, 투석을 해야 한답니다."

괜찮은 게 아닌 겁니다. 심해 잠수사가 투석을 한다는 것은 더 이상 잠수를 할 수 없단 뜻입니다. 몇 달씩 바다에 머무는 경우가 보통인데, 투석 때문에 병원을 오갈 수도 없는 노릇입니다. 잠수 때문에 신장이 나빠진 것이라면 더더욱 안 됩니다. 최 잠수사는 오히려 류 잠수사를 걱정했습니다.

"재판이나 잘 받으실 일이지, 여긴 왜 오셨습니까?"

제가 끼어들었습니다.

"보상은 알아보셨습니까?"

"전화를 걸어 물어는 봤는데, 전부 어렵단 소리뿐이야. 특별법에 잠수사는 들어 있지도 않다 하고, 산재 처리도 불가능하고."

"평생 투석을 하셔야 하는데, 이 나라에선 치료비를 전혀 지원하지 않겠단 건가요?"

"우리가 순진했어. 믿을 걸 믿어야 하는데……. 남 탓할 것 없어. 우리가 멍청했던 거야."

최 잠수사는 끝까지 눈물을 내비치지 않았습니다. 그게 더 슬프고 화가 났습니다. 그의 말대로 우리가 너무 순진했던 걸까요. 이 나라를 믿고 침몰한 배에서 실종자를 수습한 것이 정말 잘못이었을까요. 배웅 나온 최 잠수사가 뜻밖의 이야길 꺼냈습니다.

"숙희에게라도 알려 주고 싶어. 아빠가 이토록 철저하게 무시당할 못된 짓을 맹골수도에서 한 게 아니라고. 나도 이제 인터뷰도 하고 방송에도 나갈 거야. 가만있다간 멍청한 아빠로 병들어 죽게 생겼어. 이렇게 죽긴 싫어. 경수야! 그동안 너한테만 무거운 짐을 맡겨 미안했다. 이제부터는 같이 하자."

병원을 나와 택시를 타고 목동으로 향했습니다. 라디오 인터뷰 녹음이 잡혀 있었던 겁니다. 사흘 전 제게 전화를 건 피디는 짧은 인터뷰가 아니라, 적어도 두세 시간 길게 인터뷰하길 원했습니다. 3시간이나 방송에 나가느냐고 물었더니, 편집을 해 봐야 하니 3시간은 보장 못 하지만 적어도 1시간은 제 목소리가 나가도록 하겠다더군요. 저녁 9시부터 자정까지 인터뷰를 했습니다. 그전에 했던 어떤 인터뷰보다도 질문이 날카로웠습니다. 민간 잠수사에 관한 자료를 충분히 읽고 정리한 표시가 났습니다.

문제는 제게 있었습니다. 최진태 잠수사를 문병하고 나니, 그도 이제 세상을 향해 입을 열겠다는 이야기를 들으니, 자꾸 가슴에서 불덩어리가 치밀어 오르는 겁니다. 차분하게 상황을 설명할 대목에서 언성을 높였고, 잠수사들을 이 지경으로 내몬 자들에 대해서 거친 적대감을 드러냈습니다. 욕설까지 내뱉었다가 잠시 녹음이 중단될 정도였습니다. 목소리를 높여야 하는 대목에선 갑자기 침울해져 말문을 닫기도 했습니다. 분노에 절망이 얹히고 거기에 다시 공허함이 밀려들었습니다. 내가 여기서 이런 얘길 한다고, 이 나라로부터 버림받은 채 중병을 앓는 잠수사들을 구할 수 있을까 하는 좌절감!

피디는 그때마다 침착하게 녹음을 끊고, 제게 마음을 가다듬을 시간을 줬습니다. 그래도 제 뒤엉킨 마음은 정리되지 않았습니다. 그 밤의 인터뷰는 30분으로 편집되어 나갔습니다. 제가 워낙 횡설수설한 탓에 솔직히 녹음된 이야기가 모두 삭제되어도 이상하지 않다고 여겼습니다. 30분이라도 건진 것은 전적으로 그 피디의 공입니다.

녹음을 마치곤 간단히 호프집에서 생맥주를 마셨습니다. 가게로 들어섰을 때 벌써 자정을 넘긴 시각이라서, 길게 술자리를 가질 형편도 아니었습니다. 1시간 남짓 만에 저는 꽤 빨리 취했습니다. 가슴의 불덩어리를 술기운으로라도 누르고 싶었던 겁니다.

택시를 타고 집 앞 골목에 내렸습니다. 골목을 따라 열 걸음쯤 뗐을 때, 사내 하나가 앞을 막아서더니 제 이름을 불렀습니다.

"나경수 잠수사시죠?"

"누구……?"

고개를 드는 순간 눈앞이 깜깜해졌습니다. 담요로 제 얼굴을 덮은 겁니다. 담요를 쥐고 끌어당기다가 중심을 잃고 쓰러졌습니다. 그 담요는 걷어 냈지만, 더 큰 담요가 제 머리를 다시 덮었습니다.

적어도 네 사람이 달려들어 두 팔과 두 다리를 붙들었습니다. 더러운 헝겊 더미를 입에 쑤셔 넣었습니다. 침을 질질 흘리며 머리를 흔들어 댔지만 벗어날 수 없었습니다. 제 이름을 물었던 목소리가 오른쪽 귀를 파고들었습니다.

"시체 팔아 재미 좀 봤어? 그 재미 혼자만 보면 쓰나? 조금만 참아. 곧 끝날 테니."

다시 담요를 덮은 뒤 발길질과 주먹질이 시작되었습니다. 무서웠습니다. 여기까지인가? 길바닥에서 개처럼 얻어맞다가 이렇게 끝난다고? 정녕 이대로?

→ 헤이, 쌩또라이 아쿠아맨 납셨네.

    └, 어벤져스가 애들 여럿 조졌군.

    └, 아쿠아맨은 어벤져스 멤버 아님. 저딴 새낄 어벤져스에 갖다 대지 마. 불쾌×∝

→ 맹골수도 잠수사가 너뿐이야?

→ 과대망상 전문 병원 010-xxxx-xxxx

→ 〈발견〉 한 입으로 두 말 하는 신기한 벌레 나경수! 앞에선, 치료비면 됩니다. 뒤에선, 우리도 유가족만큼 보상금을 원해.

→ 순수한 마음으로 가서 순수한 마음으로 일하고 지금도 순수
한 마음으로 돌아왔으면, 그걸로 딱 끝내. 사내자식이 구질
구질하잖아.

→ 〈발견2〉 헛바닥으로 헤엄치는 벌레.

→ 나진요ㅋㅋㅋ

└ 진짜 나진요 한 번 해보자. 자꾸 민간 민간 하는데 누가 너
네들더러 그 단어 쓰라고 허락했지? 그리고 너네가 어째서
민간 잠수사야? 회사에서 가져온 바지선에서 회사가 선불
로 식대를 낸 밥과 국 처먹고 잠수한 뒤 회사 소유 체임버
에서 감압해놓고, 그 회사랑 무관하다고? 너네들 돈 내고
밥 먹었어? 너네들 돈 내고 체임버 이용했어? 회사가 욕먹
으니까 슬쩍 민간으로 갈아타다니, 의리도 없는 새끼들!

→ 잠수사는 다 옳고 해경은 다 틀렸다? 난 이런 이분법 반댈
세.

→ 입 조심해, 찢어버리기 전에. 비밀유지 서약서까지 쓴 새끼
가 그렇게 나불거리면 안 되지.

└ 콩밥 먹이자.

└ 구글링하니 금방 나오네요. '수색 및 구조와 관련한.......
언론 인터뷰를 금지하며, 필요 시에는 반드시 사전에 해양
경찰의 허락을 득하여 진행할 것을 서약합니다.' 해양경찰
의 허락을 득했나요?

└ 너라면 저딴 인터뷰 허락하겠어?

→ 잠수병 걸린 놈이 방송국 투어를 다하네.

    └, 역대급 엄살남 등극.

→ 해경은 뭐한대? 비밀유지 서약서에 지장까지 찍고도 대놓고
    비밀을 떠벌리고 다니는 저딴 놈을 그냥 둬?

    └, 해체됐음, 해경.

    └, 아!

    └, 서약서는 계승 안 되나?

    └, 안 될걸? 되나?

→ 요즘 밤길 어둡던데……

→ 길바닥에서 개처럼 패본 적이 언제였더라?

→ 시체 팔아 챙긴 그 많은 일당에 두둑한 수당은 다 썼는감.

    └, 어묵이 좀 비싸야지.

→ 종북 빨갱이!

→ 무식한 잠수사 새끼가 뭘 안다고 설치고 다녀?

→ 얼마 받고 이 짓 하는 거야? 내가 두 배 줄 테니, 어릿광대
    짓 그만둬.

→ 관심병 환자.

→ 짠하다.

◎

　법원 앞 커피숍에서 류창대 잠수사를 만났다. 류 잠수사는 말이 길지 않았다. 재판 때문에 말을 아끼는 것이 아니라, 원래 과묵한 성격이었다. 바지선에선 동료 잠수사들을 구하기 위해 걸쭉한 욕설을 퍼붓지만, 꼭 필요한 말을 할 때는 빼고 평소엔 입 없는 사람처럼 지내는 것이다. 인터뷰를 진행하는 입장에선 답이 짧을수록 예상 질문을 많이 뽑아야 한다. 잠깐만 한눈을 팔아도 인터뷰가 물수제비를 뜨면서 엉뚱한 곳으로 튀기 때문이다. 탁구를 치듯 질문과 대답이 이어졌다.

□ 나경수 잠수사에게 탄원서를 써 달라고 하셨다면서요? 이유가 뭔가요?
■ 다르니까.
□ 다른 점을 하나만 꼽아 주시겠어요?
■ 법을 자꾸 따져. 나한테도 계속 법 공부를 하라 하고.
□ 어떤 법 말인가요?
■ 수난구호법, 특별법, 의사상자……. 하여튼 있어. 많아. 비밀유지 서약서도 다시 보라고 갖다 줬어.
□ 왜 그걸 공부해야 한다던가요?
■ 변호사에게만 맡겨 놓지 말고, 내가 잘 알아야 무죄를 받을 수 있대. 하도 성화라 읽어 봤지만 어려워.

□ 그전엔 법을 모르셨나요?

■ 몰랐지. 법은 판사나 변호사 같은 양반들이나 아는 거지. 우리
  같은 잠수사는 법 없이 일해.

□ 참고인에서 피의자를 거쳐 피고인이 되셨잖아요? 이렇게 달라
  진 게 법적으로 어떤 의미인지도 처음엔 모르셨단 거군요?

■ 하나도 몰랐어. 맹골수도에서 해경이랑 해군이랑 다 같이 일했
  는데, 나한테 이따위 해코지를 할까 싶었지. 내가 죄 없는 건
  그들도 알고, 하늘도 알고, 바다도 아는데.

□ 재판을 받고 계시잖아요?

■ 그러니까 죽을 맛이지.

□ 나경수 잠수사가 언론에 두루 호소해서, 류 잠수사님 재판을
  특집 프로그램으로 만들거나 뉴스로 다룬 건 아시죠?

■ 알아. 그러니까 경수가 다르단 거야. 딴 잠수사 같으면 엄두도
  못 내지.

□ 기사에서 읽었는데요. 해군, 해경, 민간 잠수사 모두에게 존경
  받는 살아 있는 전설이시라고.

■ 과찬이야. 그 정돈 아냐. 나이가 많으니 일찍 시작했을 뿐이지.

□ 맹골수도에서 민간 잠수사들을 잘 이끌어 주신 건 맞잖아요?

■ 대장을 하고 그런 건 아냐. 직무를 맡은 적도 없고. 누군가는
  전체 흐름을 파악하고 수중에서 작업하는 잠수사들에게 도움
  을 줘야 했어.

□ 바지선에서 일하실 때 원칙 같은 거 있으셨나요?

■ 평등. 모든 잠수사를 평등하게 대했어. 누군 덜 살피고 누군 더 살피고 그렇게 하지 않고, 모두 똑같이 기본부터 챙겼지. 목숨이 걸린 위험한 일이니까.

□ 그 원칙은 끝까지 지켜졌나요?

■ 거의. 맹골수도로 처음 온 잠수사들을 좀 더 챙기긴 했어. 적응 기간이 필요했으니까. 맹골수도는 잠수사들에겐 최악의 바다라고 보면 돼.

□ 가장 안타까운 순간은 언젠가요?

■ 아무래도 그날이지. 동료가 죽은 날.

□ 되짚어 보셨나요?

■ 수백 번! 바지선에서도 그랬고, 철수하고서도.

□ 다시 그날로 돌아간다면, 류 잠수사님이 다르게 말하거나 행동하실 부분이 있나요?

■ 없어. 난 똑같이 할 거야. 다른 날도 마찬가지지만, 그날도 그게 최선이었어.

□ 하지만 최악의 결과를 낳았잖아요?

■ 경수가 그러더군. 그 결과의 책임을 누가 져야 하는지, 이제부터라도 따져 봐야 한다고. 무슨 말이냐고 물었지. 맹골수도에 잠수사를 투입하여 실종자를 수색하고 수습하는 과정 전체를 면밀히 조사해야 한다고 했어. 그 과정에서 다치거나 죽은 이들에 관한 책임을 누가 어떻게 왜 져야 하는지 밝혀야 한다고. 그걸 하려면, 잠수사들이 법을 비롯하여 많은 걸 알아야 한댔

어. 그렇게 못 하면 내가 다 뒤집어쓴다더라고. 경수가 절대로 그 꼴은 못 보겠대.

□ 무죄를 확신하십니까?

■ 그럼.

□ 동료의 죽음에 대한 재조사와 책임 소재를 가려야 한다고 보십니까?

■ 유가족이 쓴 탄원서를 본 적이 있어. 그들이 원하는 것도 나를 비롯한 동료 잠수사를 벌하는 것이 아니라 진상 규명이야.

□ 해경은 그 책임을 류 잠수사님이 져야 한다고 주장합니다.

■ 법원에서 앵무새처럼 듣는 말이지. 귀가 따가울 지경이야.

□ 잠수사님 책임이 아니라면, 누가 책임을 져야 할까요?

■ 나도 궁금해. 혹시 누군지 알아?

□ 공식적으로 지목된 사람은 잠수사님뿐입니다.

■ 그렇게 말할 줄 알았어. 전부 다 모호해. 맹골수도를 덮어 버리는 해무 같아. 지독해.

□ 재판 결과가 잠수사님 예상대로 나오면 뭘 하실 건가요?

■ 돌아가야지.

□ 잠수를 하십니까?

■ 한때는 정말 밥 먹듯이 심해를 들락거렸어. 하지만 이젠 아냐. 일을 따고 바지선에서 슈퍼바이저를 맡겠지.

□ 유죄가 나오면 어떠실 것 같습니까?

■ 그딴 소리 마. 말이 씨가 돼. 난 죄 없어.

□ 나경수 잠수사가 쓴 탄원서는 읽어 보셨나요?

■ 경수가 읽지 말래. 쑥스럽다고. 그래도 읽어 볼 참이야.

□ 나경수 잠수사에 이어 최진태 잠수사를 비롯한 다른 잠수사들
도 언론 인터뷰와 방송 출연을 하기 시작했습니다. 잠수사들이
이렇듯 나서는 건 예전엔 전혀 없던 일입니다만, 어떻게 생각
하세요?

■ 심해 잠수에서 60미터보다 더 아래로 내려가려면 잠수사가 호
흡할 기체 배합을 달리해야 해. 산소와 헬륨과 질소를 섞는 트
라이믹스Trimix를 정확히 쓰지 않으면 황천길로 가 버려. 웬만
해선 60미터보다 더 아래로는 내려가지 않으려고 해. 돈을 배
로 준다 해도 꺼려지지.

□ 그게 앞서 드린 질문과 어떤 연관이 있는지요?

■ 60미터, 그 경계선이 심해에만 있는 줄 알았지. 우리네 인생에
도 있더라고. 후배들은 지금 거길 넘어가는 중이야. 그러기 위
해선 기체 배합을 다시 하듯 많은 걸 바꿔야 하겠지.

□ 개개인의 기질 문젠 아니란 뜻이군요?

■ '가만히 있으라!' 이게 304명을 죽인 말이지? 304명만 죽인 게
아니라, 잠수사들도 죽이고 또 나도 피고인으로 만든 말이야.
잠수사들이 가만히 있었으면, 여러분이 이렇게 나를 만나러 왔
을까? 민간 잠수사가, 그 뭐라더라, 팟캐스트도 나가고, 변호
사도 만나고, 기자도 만나고, 또 관심 가져 주는 국회의원도 찾
아가고 그래서, 가만히 있지 않아서, 여기까지 온 거라고. 잠수

사들 말과 행동에 흠이 있을지도 몰라. 다들 몸으로 먹고사느라 엄청 다혈질이거든. 하지만 여러분도 명심했으면 해. 가만히 있으면 흠도 없지만, 가만히 있다간 다 죽을 수도 있어.

□ 이렇게 언론에 너무 노출되면, 산업 잠수사로 돌아가 일하기 어렵단 우려도 있습니다.

■ 괜한 우려지. 우린 정당하게 우리의 권리를 주장하는 거야. 맹골수도에서 목숨을 걸고 일한 민간 잠수사들을 업계에서 배척할 이유가 없어. 오히려 칭찬하고 앞다퉈 받아야지.

□ 이 문제도 어떤 경계, 어떤 상징이란 말씀이신가요?

■ 앞으로도 우린 할 일이 많아. 특별법에서 잠수사가 빠진 이유를 찾고, 잠수사를 '피해자'에 포함시킨 법률 개정안을 낼 준비를 해야 해. 그 배에 탄 승객만 인생이 달라진 게 아냐. 침몰한 배 안으로 들어간 잠수사들도 엄청난 충격을 받았지. 그 결과 각자의 삶이 바뀌는 중이야. 당장 잠수병으로 잠수가 어려운 이들은 생활 자체가 달라질 거야. 다행히 잠수를 계속하는 이들도 평생 맹골수도의 경험을 바탕에 깔고 움직일 테고.

□ 맹골수도에 간 걸 후회하진 않으십니까?

■ 전혀!

□ 다시 똑같은 일을 바지선에서 하라고 하면 맡으시겠습니까?

■ 입 아프게 왜 당연한 걸 묻나? 하지만 두렵긴 해.

□ 뭐가 두려우십니까?

■ 우린 다 바뀌었는데, 우리에게 잠수해서 선내의 실종자를 찾아

모시고 나오라고 명령한 이들이 바뀌지 않는다면 정말 두렵지.

□ 좀 더 구체적으로 말씀해 주세요.

■ 맹골수도에서 일한 잠수사들은 갑도 아니고 을도 아니고 병도 아니었네. 갑을병정무. 그래 우린 무였어. 경수는 농담처럼 그 무가 없을 무라더군. 있지만 없는 존재. 인간도 아닌 존재. 아무렇게나 쓰고 버려도 무방한 존재. 그런 무 취급을 받았어. 그게 아니라면, 어떻게 잠수사들에게 하루에 두세 번씩 잠수하라고 명령할 수 있나? 그 열악한 바지선에서 먹고 자라고 할 수 있나? 내게 업무상과실치사 혐의를 씌울 수 있나? 잠수사들의 치료비를 일방적으로 끊어 버릴 수 있나? 맹골수도에서 함께 일한 잠수사들은 얼마든지 다시 일할 준비가 되어 있네. 하지만 지금 이 상태라면 내가 말리고 싶어. 우리에게 명령을 내린 자들이 변하지 않고 그대로라면, 잠수사가 죽고, 잠수사가 병들고, 잠수사가 누명을 뒤집어쓰고 법정에 서는 일이 되풀이될 거야. 난 그게 두렵네. 정말 두려워.

포옹하기 좋을 때

재판장님!

그렇게 얻어맞고 경찰에 신고까지 했지만 범인을 잡진 못했습니다. 증인도 없었습니다. 만취한 상태에서 발을 헛디뎌 쓰러졌고, 트라우마 탓에 환영을 본 것 아니냐는 의심까지 받았습니다. 여기서 분명히 말씀드리겠습니다. 맹골수도에서 나온 후 환청과 환영에 시달린 것은 맞지만, 그 밤에는 아닙니다. 분명 저는 괴한들에게 둘러싸여 폭행을 당했습니다. 외상이 없는 것은 그들이 담요를 씌운 채 상처가 나지 않을 부위만 요령껏 때린 탓입니다. 이런 짓을 전문적으로 하는 놈들입니다. 저는 저를 폭행한 괴한들을 끝까지 찾아낼 겁니다.

재판장님!

한 달 동안 국회의원, 변호사, 의사, 방송작가, 기자, 피디 등 많은 이를 만났습니다만, 딱 한 종류의 사람들은 찾아가지 않았습니다. 유가족입니다. 교실과 생일 모임에서 몇 사람을 만나긴 했지만, 그건 제가 이 참사를 충분히 공부해서 알기 전이었습니다. 이 끔찍한 사건을 수박 겉핥기로라도 미리 알았다면, 교실이나 생일 모임에 그렇듯 쉽게 가진 못했을 겁니다. 무식한 놈이 용감했던 겁니다. 송 변호사가 걱정 말고 광화문 분향소든 안산 합동분향소든 다녀오라 했지만, 이런저런 핑계를 댔습니다.

4월 17일 저녁에 박정두 잠수사를 만났습니다. 맹골수도에서 한 팀으로 자주 움직인 해경 잠수사가 휴가를 나온 겁니다. 맥주잔을 놓고 마주 앉은 후, 어떻게 내게 연락할 생각을 다 했느냐고 물었습니다. 박 잠수사는 인터넷을 통해 제 근황을 알았다고 했습니다. 팟캐스트도 들었다더군요. 맹골수도에 관한 이야긴 많이 나누지 않았습니다. 그 바다를 모르는 이들에겐 설명이 필요하겠지만, 우리는 이미 그곳의 참혹함을 온몸으로 견딘 뒤였으니까요. 박 잠수사는 제 몸 걱정을 많이 했습니다. 슬관절 골괴사가 어느 정도 진행되었는지 꼬치꼬치 캐묻더군요. 저는 솔직히 알려 줬습니다. 치료비 지원을 중단하지만 않았어도 벌써 수술을 받았을 거라고. 박 잠수사에게 맹골수도에 왔던 해경 중에 혹시 잠수병에 걸린 이는 없는지 물었습니다. 자기가 아는 한 없다더군요. 다행이었습니다. 박 잠수사를 제 집으로 데려가 함께 잤습니다. 잠들기 직전 그가 묻더군요.

"두렵지 않으십니까?"

제가 답했습니다.

"두렵지. 하지만 맹골수도에 침몰한 배 안까지 들어가서 실종자들을 모시고 나올 때만큼은 아냐!"

박 잠수사가 혼잣말처럼 뇌까렸습니다.

"물론 그때도 두려웠지만…… 제가 형님이라면, 지금이 더 두려울 것 같습니다."

"왜?"

"정부나 해경은 조직이고 형님은 개인이잖습니까?"

"개인은 조직을 못 이긴다?"

박 잠수사가 고개를 끄덕였습니다.

"이게 두렵다고 피할 일인가? 강현애 씨라고, 유가족이 내게 그러더라. 해경 중 한 사람만 선내로 들어가서 가만있지 말고 빨리 나오라고 소리쳤다면, 승객 대부분이 살았을 거라고. 민간 잠수사에 대한 부당한 모함도 마찬가지야. 먼저 외치는 한 사람이 필요해."

"그렇습니까?"

"그래."

"형님이 다치실 수도 있습니다."

"정두야! 작년 봄 맹골수도로 내려오란 권유를 받고 내가 무슨 생각한 줄 알아? 간단해. 이게 옳은 일인가 아닌가. 그리고 내가 할 수 있는 일인가 아닌가. 지금도 마찬가지야. 옳고 내가 할 수 있는 일이면 난 할 거다."

다음 날 아침 집 앞 식당에서 해장국을 먹었습니다. 박 잠수사가 속마음을 털어놓더군요. 해경을 그만두고 나올까 한다고. 그다음 계획이 있느냐 물었더니 웃었습니다.

"어떻게든 되겠죠. 형님처럼 산업 잠수사를 할까요?"

"산업 잠수사? 멋진 직업이지. 그런데 난 잠수도 계속 하고 싶지만, 안전한 사회를 만들기 위해 조금 다른 일도 할까 싶어."

"다른 일? 그게 뭔가요?"

"대형 참사가 다시 일어나는 걸 막아야 하지 않겠어? 바다는 그래도 내가 많이 아니까, 뜻 있는 사람들과 힘을 합쳐 해양 안전을 위한 모임을 꾸릴까 해. 정두 너도 하고 싶으면 언제든 와."

생각이 더 정리되면 다시 말씀드리겠다고 해서 그러라고 했습니다. 식당을 나서는데, 박 잠수사가 뒤에서 물었습니다.

"형님, 저 미워하시는 거 아니죠?"

제가 되물었습니다.

"내가 왜 널 미워해?"

박 잠수사가 답했습니다.

"형님을 비롯해서 맹골수도로 온 민간 잠수사들이 얼마나 고생하셨는지, 딴 사람은 몰라도 저는 알아요. 저뿐만 아니라 그때 바지선에서 줄을 잡았던, 함께 잠수하여 선체 밖에서 기다렸던, 민간 잠수사로부터 인계받은 시신을 수면까지 모시고 올라왔던, 그렇게 올라온 시신을 배에 실었던 해경 잠수사들은 다 안답니다. 위험한 일은 저희보다 백 배는 더 하시고, 처우는 저희보다 훨씬 나쁘게 받으셨잖아요. 바지선에서 더 많이 도와 드렸어야 했는데,

죄송합니다."

제가 말했습니다.

"그리 말해 주니 고맙다. 너희도 그땐 최선을 다했어. 그건 내가 알지. 민간 잠수사인 우리만 선내 진입을 전담할 땐 솔직히 불만이 컸어. 철수한 후에 생각해 보니까, 완전히 수긍할 순 없지만 그런 결정의 배경을 짐작은 하겠더라. 해경 잠수사들이 침몰한 선체로 진입하여 실종자 수색과 수습을 하는 훈련을 미리 받고 숙달되었다면 모르겠지만, 훈련이 미비한 상황이니 여러 가지로 고민되었겠지. 후카에 익숙한 해경 잠수사도 너무 적었고. 다음에 침몰한 선체로 진입하여 구조 및 수색을 할 상황이 온다면, 그땐 해경 잠수사들이 앞장서겠지."

박 잠수사가 제 어깨에 손을 얹었습니다. 그러곤 묻는 겁니다.

"형님! 저…… 분향소 한번만 가 봤으면 해요. 같이 가 주실 수 있죠?"

그는 제가 인터뷰도 여럿 하고 기사도 나고 그러니까 당연히 분향소도 종종 오가리라 짐작한 겁니다. 거기서 나도 분향소엔 가본 적이 없다고 답할 순 없었습니다.

광화문 광장에 도착하니 아침 10시를 갓 넘겼습니다. 지난번 제가 건너갔던 바로 그 건널목에 둘이 섰습니다. 우리는 야구 모자를 깊이 눌러 썼고 검은 가방을 나란히 등에 졌습니다. 제 가방엔 송 변호사가 권한 책 두 권이 들었습니다.

박 잠수사도 이곳에 오는 상상을 많이 했겠지만, 막상 도착하고

나니 떨리기도 하고 주저하는 마음이 들었나 봅니다. 보행자 신호
가 들어온 순간 제게 물었습니다.

"돌아갈까요?"

이상하게도 그 순간 오른발이 앞으로 쭉 나갔습니다. 제가 성큼
성큼 걸어가자 박 잠수사도 뒤따랐습니다.

벌써 추모객이 줄을 섰습니다. 우리는 그 줄 끝에 섰습니다. 한
번에 열 명씩 분향소로 들어갔습니다. 세 번 정도 추모객들이 들
어가고 나니 우리 차례였습니다. 분향소 앞에서 국화를 나눠 주
던, 노란 점퍼를 입은 키 크고 마른 사내가 박 잠수사에게 먼저 팔
을 뻗었습니다. 박 잠수사가 국화를 받았습니다. 사내가 이번엔
국화를 제게 내밀었고 저도 그 국화를 받았습니다. 그 순간 사내
와 눈이 마주쳤습니다. 처음 보는 얼굴이었습니다만 사내는 어깨
를 떨었습니다. 곧장 제 이름을 말했습니다.

"혹시, 나경수 잠수사님이시죠? 맞죠?"

저는 모기만 한 소리로 겨우 "네" 라고 답했습니다. 신문이나 방
송에 더러 제 얼굴이 나가기도 했으니 거기서 봤으리라 짐작했습
니다. 그가 성큼 다가와선 손을 쥐었습니다.

"제 이름은 윤태식입니다. 윤종후 아빱니다."

윤태식 씨와 악수하지 않았더라면 저는 그 자리에 주저앉았을
겁니다. 무릎에서 힘이 빠지면서 송곳으로 찌르는 듯한 통증이 발
목에서부터 무릎까지 차올라 왔습니다. 박 잠수사가 저를 부축해
서 겨우 분향소로 들어갔습니다. 분향소 정면에 희생자들의 영정

사진이 놓여 있었습니다. 얼굴 하나가 눈에 들어왔습니다. 제가 맹골수도에서 처음 모시고 나온 실종자, 윤종후였습니다.

추모객이 계속 들어오고 나가는 동안 분향소 귀퉁이에 엎드려 울었습니다. 제 평생 그렇게 눈물이 펑펑 쏟아진 적이 없었습니다. 윤태식 씨와 박 잠수사가 좌우에 앉아 손수건과 휴지를 건네며 위로했지만, 추모객들이 힐끔힐끔 쳐다봤지만, 저도 이곳에서 이런 추태를 보이면 안 된다는 걸 알았지만, 눈물을 멈출 수 없었습니다. 밖으로 나가려고 일어서려 하면 무릎이 자꾸 꺾였습니다. 두 다리를 딛고 서는 것조차 힘들었습니다.

송 변호사가 분향소로 들어왔습니다. 제 곁에 바짝 붙어 앉아서 귓속말을 했습니다.

"울보구나. 이러라고 분향소에 오라 한 게 아닌데……. 민간 잠수사는 울보라는 기사가 나겠군. 자자, 업혀! 일단 여길 벗어나자고."

송 변호사 등에 업혀 맞은편 천막으로 갔습니다. 모여 앉아 노란 리본을 만들던 여인들이 송 변호사와 인사를 나누곤 자리를 피해 줬습니다. 거기서도 저는 엎드린 채 울기만 했습니다.

세상 모든 곳은 다 가도, 세상 모든 사람은 다 만나도, 이곳 이 사람들만은 만나려 하지 않은 이유가 있었습니다. 그곳은 제게 육지의 맹골수도였고 그들은 제게 살아 있는 실종자였습니다. 그곳의 시간 역시 2015년이 아니라 2014년 4월 16일로 고정되었습니다. 시간과 공간과 인간, 이 중첩의 무게를 감당할 자신이 없었습니다. 그래서 한사코 피하고 피하고 또 피한 겁니다.

역설적으로 들리겠지만, 또 너무나도 가 보고 싶던 곳이고 만나고 싶던 사람들이기도 했습니다. 제가 2014년 4월부터 7월까지 맹골수도에서 스스로 한 잠수의 결과가 이 장소고 이 사람들인 겁니다. 그들이 끝내 민간 잠수사를 이해하고 받아들이지 못한다면, 우리가 세상 모든 사람에게 칭찬을 듣더라도 헛된 겁니다. 민간 잠수사들은 세상을 향해서만 입을 닫았던 것이 아닙니다. 유가족과도 눈 맞추고 손잡고 이야기 나누는 것을 피했습니다.

얼마나 울었을까요. 울다가 저는 그만 잠이 들었습니다. 겨우 정신을 차리고 보니 머리맡에 쪽지가 놓여 있었습니다.

경수 형님! 고맙습니다. 맹골수도에 형님이 계셔서
버틸 수 있었어요. 곧 뵈어요. 먼저 갑니다.

—정두

엎드려 누운 채 고개를 돌렸습니다. 여인들이 도란도란 이야길 나누며 리본을 계속 만들고 있었습니다. 이 광장을 빠져나갈 마음뿐이었습니다. 가만히 일어나서 밖으로 나오려는데, 교복 차림의 고등학생이 막아섰습니다. 이름표엔 '조현'이라고 적혀 있었습니다.

"따라오세요. 다들 기다리십니다."

"넌……?"

"종후 친굽니다."

저는 그 학생 얼굴을 잠시 쳐다봤습니다. 그제야 종후의 책상이 떠오르고, 그 책상 위에 놓인 공책에 삐뚤삐뚤 적힌 문장들과 조현이란 이름을 기억해 냈습니다.

"종후 얘기 해 드릴까요?"

"하고 싶어?"

"네. 잠수사님껜 꼭 해 드리고 싶어요."

"그래, 나중에! 나중에 들려다오."

저는 조현을 따르는 척하다가 도로를 힘껏 뛰어 건너 버렸습니다. 유가족과 마주 앉으면 다시 맹골수도 깊은 바다로 빠져들어 나오지 못할 것만 같았습니다.

재판장님!

시간이 얼마나 흐르는 줄도 모르고 걸었습니다. 걷지 않으면 심장이 터져 버릴 것 같았습니다. 무릎이 아팠지만 참으며, 절뚝거리지 않고 똑바로 걸음을 뗐습니다. 군데군데 의경들이 방패를 든 채 서 있고, 경찰차가 줄지어 차도와 인도를 막아 또 성벽을 이뤘습니다. 어떤 골목은 아예 통행을 차단해서 돌아서야만 했습니다.

해가 지고 밤이 왔습니다. 귀가하지 않고 계속 걸었습니다. 많은 사람이 걷고 있었습니다. 노란 리본이 그날처럼 곳곳에서 자주 눈에 띈 적이 없습니다. 도심을 걷던 사람들이 다시 광화문 광장으로 모여들기 시작했습니다. 저는 광장까진 들어가지 않고, 세종

문화회관 쪽 계단에 서 있었습니다. 차벽이 광장을 꽁꽁 에워쌌습니다. 진풍경이었습니다. 곧 노래가 울려 퍼졌습니다. '어둠은 빛을 이길 수 없다'로 시작하는 노래를 대부분 따라했지만 저는 가사를 몰라 입을 열지 못했습니다.

더 많은 사람이, 더 많은 깃발을 흔들며, 더 힘차게 노래를 부르며 광장으로 몰려들었습니다. 저는 여전히 세종문화회관 계단에 서 있었습니다. 그때 강현애 씨가 제 앞을 지나갔습니다. 이미 날이 어두워 얼굴을 자세히 보긴 어려웠지만 틀림없이 그녀였습니다. 자석에 끌리듯 그녀가 지나간 쪽으로 뛰기 시작했습니다. 사람들이 급격히 붙었고, 그들의 걸음이 대조기 맹골수도 조류처럼 빨라서, 그녀를 찾을 수 없었습니다. 사람들에게 휩쓸린 저도 어느새 광장으로 들어갔습니다.

거기서부턴 군데군데 기억이 끊깁니다. 지독한 두통이 시작되었습니다. 서다 걷고 또 서다 걷기를 반복했습니다. 걷다 보면 차벽을 만났고, 뒤돌아서서 걷다 보면 또 차벽을 만났습니다. 사방이 사람들을 가두는 벽이었습니다. 차에 등을 기대어 잠시 쉬려고 하면, 헬멧 쓴 의경이 물러나라고 경고했습니다. 서울 표준말은 물론이고 충청도 경상도 전라도 사투리가 골고루 귀를 찔러 댔습니다. 전국에서 추모객이 올라오듯 전국에서 의경이 차출된 겁니다.

깃발을 따라 걷는데 사람들이 우르르 물러났습니다. 크고 강력한 빛이 정면에서 제 얼굴을 향해 쏟아지더군요. 그 빛 앞에 멈춰 섰습니다. 심해에서 어둠에 갇혔다가 갑자기 빛을 만나면, 몸을 움직이기보단 먼저 멍하게 그 빛을 쳐다봅니다. 바로 옆에서 여자의 비명이 들렸습니다. 거기, 제가 계속 찾던 현애 씨가 양손으로 얼굴을 가리곤 돌아섰습니다. 캡사이신이 그녀의 얼굴을 향해 날아들었습니다. 경찰의 경고 방송이 귀를 때렸습니다.

"경찰은 불법 시위에 대하여 물포를 사용하겠습니다."

저는 당장 양팔을 벌리곤 그녀 앞을 막아섰습니다. 캡사이신이 제 얼굴로 날아들었습니다. 살갗이 벗겨진 듯 얼굴이 화끈거리고 눈물이 줄줄 흘렀습니다. 고개를 들고 겨우 눈을 뜨는 순간, 오른쪽 45도 허공에서 포물선을 그리며 물대포가 쏟아졌습니다. 피할 겨를도 없이 왼쪽 가슴을 강타당한 저는 뒤로 넘어졌습니다. 그때 제가 가방을 등에 매지 않았다면, 뒤통수부터 바닥에 부딪쳐 뇌진탕을 일으켰을 겁니다. 아주 짧은 순간이지만, 가방이 먼저 땅에 닿았고 그다음에 목이 꺾이면서 뒤통수를 찧었습니다. 가방이 완충 역할을 한 셈이지만, 저는 몸을 가눌 수 없을 만큼 큰 충격을 받았습니다. 정신이 흐릿했고 두 손과 두 발이 심하게 떨렸습니다. 그대로 그냥 누워 있을 수밖에 없었습니다. 쓰러진 저에게 계속 물대포가 날아들었습니다. 물이 정말 대포처럼, 제 몸을 산산조각 내기라도 할 것처럼, 다리와 팔과 배와 가슴과 얼굴을 때렸습니다. 뒤통수는 물론이고 온몸이 통째로 아팠습니다. 맹골수도의 와류에 휩쓸린 듯 관절이 제멋대로 꺾이고 소용돌이쳤습니다. 기어서라도 피해야 하는데, 마음은 급한데, 두 다리가 꼼짝도 하지 않았습니다. 무릎이 드디어 완전히 망가졌단 생각이 들었습니다.

그때 한 사내가 물대포 속으로 뛰어들어 엎드리며 저를 끌어안 았습니다. 물대포가 호리호리한 사내의 등을 사정없이 때렸습니다. 사내는 물대포를 맞으면서도 고개를 들고 제 얼굴을 쳐다봤습니다. 그리고 물었습니다.

"괜찮습니까?"

그 목소리와 그 눈빛을 보자, 저는 이 사내가 바로 윤태식, 종후 아빠란 것을 알았습니다. 제가 고개를 끄덕이는 순간, 물대포가 이번엔 윤태식 씨 목덜미를 쳤습니다. 머리가 떨어져 나갈 듯 왼쪽으로 꺾였습니다. 그는 저를 더 꽉 끌어안았습니다. 제가 겨우 말했습니다.

"……피하세요."

윤태식 씨의 차돌 같은 목소리가 들려왔습니다.

"잠수사님, 가만히 계세요. 제가 막겠습니다. 지켜 드리겠습니다."

젖은 가슴이 제 가슴을 덮었습니다. 포옹 외에는 답이 없는 순간을, 맹골수도에 이어 광화문 거리에서 다시 만난 겁니다.

◎

"반갑습니다. 제 이름은 윤종후입니다.

동명이인 아니냐고 따지진 말아 주세요. 경기도 안산시 단원구 고잔1동에 살던, 드럼 좋아하고 농구 좋아하고 게임 좋아하던, 여드름투성이 윤종후가 바로 접니다. 맹장 수술 자국과 등에 난 반점까지 보여 드릴까요.

2014년에는 열여덟 살 고등학교 2학년 학생이었습니다. 2016년 지금 제 친구들은 스무 살 대학 신입생이죠. 친구들과 나란히 대학 생활은 못 하지만, 저도 나이를 먹습니다. 주민등록증도 벌써 나왔습니다. 옛 사진을 들고 와선 귀엽네 통통하네 하진 말아 주세요. 저기 끝줄 구석에 앉은 고등학생들보단 제가 훨씬 인생 선배입니다.

나경수 잠수사님 이야길 들으니, 부럽네요. 아빠도 나 잠수사님을 부러워하셨죠? 저는 중학생이 된 후 아빠를 안아 드린 적이 한 번도 없거든요. 그건 아빠도 마찬가지고요. 그런데 나 잠수사님은 아빠와도 광화문 광장에서 물대포를 맞으며 껴안으셨고, 또 저와도 맹골수도에 침몰한 배 안에서 껴안았으니까요.

참사가 나고 나니 아주 사소한 것들이 아쉬웠습니다. 아빠 품에 꼭 안겼어야 했는데, 아빠를 꼭 안아 드렸어야 했는데, 엄마 손 꼭 잡고 시장에 갔어야 했는데, 엄마 머리를 꼭 빗겨 드리고 싶었는데……. 이렇게 얘기하는 친구들이 대부분이었습니다. 저 역시 그랬고요.

　나 잠수사님 이야기를 방금 다 들었습니다. 제가 아는 이야긴 백에 하나도 안 되고, 나머진 제가 전혀 상상도 못 한 이야기였습니다. 무척 놀랐습니다. 나 잠수사님 이야기가 매우 중요하며, 이런 말씀드려도 되는가 모르겠지만, 무척 흥미로웠지만, 순간순간 엉뚱한 생각이 떠오르기도 했습니다.

　제가 이승 친구들의 일상이 궁금하듯, 여러분도 제가 저승에서 어떻게 지내는지 궁금하시죠? 삶과 죽음의 높은 벽 때문에 제가 있는 곳으로 초대할 순 없지만, 몇 가지 이야기는 해 드릴 수 있을 듯합니다. 제가 건너간 저승도 여러분의 이승과 크게 다르지 않습니다. 잠자고 밥 먹고 친구들 만나고 다투고 또 각자 집으로 돌아가지요. 울고 웃고 성내고 즐거워합니다.

　가장 크게 느끼는 저승과 이승의 차이라면, 제가 머무는 마을의 계절이 항상 봄이고 벚꽃이 활짝 피어 있단 겁니다. 비가 와도 바람이 불어도 꽃이 지지 않습니다. 그리고 저승 사람들은 일 년에 두 번 이승으로 갈 기회가 있습니다. 한 번은 대부분 가족을 만나러 가고, 나머지 한 번은 각자의 바람에 따라 달라지지요. 가긴 하되, 이승 사람들과 대화를 나누거나 자신이 그곳에 와 있다는 것을 알려선 안 됩니다. 이를 어기면 소중한 기회가 박탈당할 수도 있습니다.

　저승에서도 친구들은 저마다 엄마, 아빠, 형제자매 자랑을 경쟁하듯 합니다.

하루 종일 이야길 해도 열 명 정도를 넘지 않기 때문에, 짧게는 사흘 길게는 열흘 대기하는 친구들이 있습니다. 누군가 자랑을 시작하면 나머진 끝까지 듣는 것이 약속이랍니다. 그런데 저는 언제나 제가 원할 때, 정해진 순서와 상관없이 제 아빠에 관한 이야길 할 수 있습니다. 같은 이야기를 하고 하고 또 해도, 친구들은 박수를 치며 좋아합니다. 왜냐하면 참사 직후부터 4월 22일까지 팽목항에 도착한 친구들 얼굴을 처음 보고 사진을 찍은 사람이 바로 윤종후 아빠거든요.

잠수사님들의 도움을 받아 침몰한 배에서 나온 뒤 팽목항으로 옮겨질 때까지 우리도 무척 마음을 졸이며 긴장했습니다. 살아서 안산을 떠났는데 죽어서 가족을 만나야 하니까요. 죽어서 가족을 만나 본 적이 저도 친구들도 없었으니까요. 엄마, 아빠 그리고 형제자매들을 무사히 만날 자신도 없었습니다. 우리를 실은 이 함정이 도착할 항구는 어딜까. 어떤 사람들이 그곳에서 어떻게 우리를 맞아 줄까 걱정한 겁니다.

제일 처음에 도착한 친구들이 특히 고생을 많이 했습니다. 부모님들은 물론이고 기자들과 해경들과 누군지도 모르는 구경꾼들이 우르르 몰려들어 친구들 얼굴을 봤다고 합니다. 동물원 우리에 갇힌 원숭이 같은 기분이 들었답니다. 얼굴을 가리고 싶고 숨고 싶은데, 알다시피 죽은 자는 움직일 수 없으니까요.

그다음 함정으로 들어온 친구들부터 바로 제 아빠와 만났습니다. 천이 걷히기 전에 먼저 아빠의 경고성 고함부터 들렸다고 합니다.

"물러나시오. 함부로 사진 찍으면 안 됩니다. 내가 누구냐고 방금 물었습니까? 나는 2학년 윤종후 아빱니다. 내 아들 종후도 맹골수도에 침몰된 바로 그 배를 타고 수학여행을 떠났고, 아직까지 연락이 없습니다. 자, 이제 알았으면, 물러나세요. 협조 부탁드립니다. 어이 거기, 줌으로 당겨 찍지 마!"

친구들 중엔 윤종후, 저를 아는 학생도 있고 모르는 학생도 있습니다. 어찌 되었든 같이 수학여행을 떠난 같은 학년 남학생의 아빠라고 하니, 누워서 잔뜩 긴장한 친구들도 마음이 조금 풀렸습니다. 아빠는 조심스럽게 천을 걷어 내곤, 눈물을 겨우 참으며 인사를 건넸답니다.

"오느라 고생 많았지? 나 윤종후 아빠다."

핸드폰을 들어 보였다는군요.

"이걸로 네 얼굴 사진을 찍을 거야. 왜냐하면 아빠, 엄마 들이 이곳 팽목항뿐만 아니라 진도체육관에도 많이 와 계셔. 안산에서 학교 선생님들도 오셨고. 내가 사진을 찍어 체육관에 내려와 있는 선생님께 보낼 거야. 그러면 아빠, 엄마 들이 모여 그 사진을 보고 네가 누군지 확인할 거고. 궁리를 했는데, 이게 가장 빨리 네 이름과 가족을 찾는 방법이야. 사진을 보고 엄마, 아빠가 곧 달려올 테니까 잠깐만 더 참자."

아빠가 제 친구들 얼굴을 한 장 한 장 전부 찍어 보냈다고 합니다. 엄마, 아빠 들이 팽목항까지 나와서 도착하는 시신에게 몰려가 일일이 얼굴을 확인하지 않아도 되었던 것이죠. 그 대신 윤종후, 바로 제 아빠는 남학생, 여학생 가리지 않고, 팽목항에 도착한 시신을 처음으로 보고 인사 나누고 사진을 찍어야만 했습니다. 그때 아빠의 인사를 받고, 그 사진을 통해 가족을 만난 친구들은 제 아빠에 대한 고마움을 지금도 잊지 못하는 겁니다. 그래서 특별히 제겐 아빠 자랑을 언제 어디서나 할 기회를 줬습니다.

친구들에게 말하지 않은 비밀이 하나 있습니다. 여긴 친구들이 오지 않았으니, 여러분께만 살짝 고백하겠습니다.

저 역시 나 잠수사님 도움을 받아 침몰한 배에서 나와 함정을 타고 팽목항으로 향했습니다. 배가 부두에 닿기 전인데, 어제 나가서 가족을 만난 친구가 제게 와선 커다란 비밀을 알려 주는 듯이 속삭이는 겁니다.

"종후 넌 도착하자마자 아빠부터 곧바로 만날 거야."

"무슨 소리야, 그게?"

더 이상 답이 없었습니다. 배가 도착한 후 친구 일곱 명과 함께 부두로 옮겨졌습니다. 인사를 건네는 남자 목소리와 한 장 한 장 사진 찍는 소리가 멀리서부터 들리더군요. 미리 귀띔을 받아서 그런지, 그 목소리를 듣자마자 저는 아빠란 걸 알았습니다. 빨리 아빠를 보고 싶었습니다.

드디어 제 머리를 가린 흰 천이 걷혔습니다. 저는 아빠가 제 이름을 부르길 기다렸지요. 그런데 제 이름은 불리지 않았고, 대신 짧은 침묵이 흘렀습니다. 제게는 인사도 건네지 않더군요. 그리고 아빠는 핸드폰을 들어 다른 일곱 친구들 때처럼 제 얼굴을 찍었습니다. 두 걸음 물러나서 그 사진을 진도체육관에 있는 선생님께 보내려다 말고, 아빠가 다시 제게 다가왔습니다. 허리를 숙이곤 제 얼굴을 뚫어져라 바라보았습니다. 그러더니 털썩 무릎을 꿇고 제 이름을 부르며 울기 시작하셨어요.

"종후야! 미안하다, 종후야!"

그때 저는 무척 놀라고 슬프고 당황스러웠습니다. 그러나 저와 같은 경험을 한 친구가 꽤 있어서 곧 아빠의 눈물을 이해했습니다. 죽은 제가 살아 있는 아빠를 만난 것도 처음이지만, 살아 있는 아빠가 죽은 저를 만난 것도 처음이니까요. 늘 먹거나 웃거나 멍 때리거나 자거나 공부하거나 텔레비전을 보거나 하품을 하는, 살아 있는 아들의 얼굴만 보았지, 물에 빠져 죽은 아들의 얼굴은 아빠도 처음 보니까요. 그래도 아빠 제 사진을 보내지 않고, 다시 와서 죽은 아들의 얼굴을 뚫어져라 바라보며 그 속에서 살아 숨 쉬던 아들의 얼굴을 발견한 겁니다. 오직 아빠만이 그런 능력을 지녔습니다. 그래서 저는 아빠가 자랑스럽습니다.

이곳에 오니, 저와 친구들의 장래희망에 관한 이야길 자주 하시는 걸 알았습니다. 이승에서 그 꿈을 이루지 못해 아쉬워하는 분도 많았습니다. 저희도 이승에서의 시간이 조금 더 길었다면 어땠을까 하는 이야기를 종종 나누기도 합니다. 이루지 못한 것은 늘

아쉬움이 남습니다.

그래서 저는 일 년에 한 번은 세계적인 드러머들을 찾아가려고 합니다. 올해는 그린데이의 드러머 트레 쿨의 연습실에 다녀왔습니다. 완벽한 방음 장치 덕분인지, 자정이 넘었는데도 미친 듯이 드럼을 치고 있더군요. 연습실에는 연주중인 드럼 외에 한 세트가 더 있었습니다. 저를 위해 준비한 자리 같았습니다. 트레 쿨이 치는 드럼의 매력은 파워와 속도입니다. 아무리 연습을 해도 그처럼 쿨하게 소리를 몰아가긴 힘듭니다. 거울처럼 트레 쿨과 마주 보고 앉아서 함께 드럼을 쳤습니다. 꿈같은 시간이었죠. 허공에서 제 스틱이 움직였을 텐데도, 조명이 어두워서인지, 아니면 연주에 심취해서언지, 제가 있단 사실을 눈치채지 못하더군요. 저는 그와 함께 드럼을 치되 스틱이 드럼에 닿기 직전에 멈췄습니다. 살아 있을 땐 1분만 쳐도 숨이 턱턱 막혀 왔는데, 세 곡을 연이어 쳐도 끄떡없었습니다. 고백하자면, 트레 쿨에게 오기 전 반년 동안 매일 밤 혼자 드럼을 치긴 했습니다. 특별히 트레 쿨이 연주하다가 때려 부수거나 불 지른 드럼들만 따로 모아 연습을 했습니다.

연주가 끝나자 트레 쿨은 스틱을 천장으로 휙 던지더군요. 저도 협주를 마친 기쁨에 스틱을 든 채 고개를 숙이곤 긴 숨을 내쉬었습니다. 바로 그 순간이었습니다. 제 이마와 뺨과 코에 송글송글 맺힌 땀들이 한꺼번에 드럼으로 떨어진 겁니다.

후드득!

소낙비가 시작하는 그런 소리였을까요. 아주 작고 짧은 소리였지만, 트레 쿨의 예민한 귀가 그것을 놓치지 않았습니다. 제가 앉은 드럼 세트를 향해 성큼성큼 걸어왔습니다. 저는 더욱 당황해서 그때까지도 허공에 들고 있던 스틱을 놓쳐 버렸습니다. 스틱이 떨어지며 드럼을 때리자, 트레 쿨은 깜짝 놀라서 연습실 문을 열고 달아났습니다. 그리고 몸살감기를 이유로 한 달 남짓 연주를 쉬었습니다.

돌아가서 선생님들께 꾸중을 들었습니다. 제가 트레 쿨의 예비 드럼에 땀방울을 흘려 그린데이의 공연 일정에 지장을 줬으니까요. 선생님 한 분이 정말 트레 쿨만큼 칠 수 있느냐고 불쑥 물었습니다. 저는 거짓말쟁이가 아니란 걸 증명하기 위해, 선생님들 앞에서 다시 드럼을 연주해야만 했지요. 세 곡 연속 완주에 성공했고, 트레 쿨의 연습실에서처럼 땀방울이 드럼으로 떨어졌습니다.

선생님들은 저를 드럼 세트에 앉혀 놓은 채, 잠시 모여 서서 회의를 하셨습니다. 최소한 1년은 이승 구경을 못 하겠다고 생각하니, 저는 갑자기 울적했습니다. 아빠 엄마가 몹시 그리웠습니다. 이윽고 회의를 마친 선생님들이 다시 제게로 돌아서셨습니다. 그중 한 분이 뜻밖의 말씀을 하셨습니다.

"한 달 뒤 이승에 가서 2시간쯤 머물 특별한 기회를 네게 주려 한다. 친구들 중 절반 이상이 너를 추천했어."

"전 약속을 어겼습니다."

"아주 심각한, 부주의한 실수이긴 해. 실수를 만회할 기회라고 생각해도 좋겠군. 우리가 회의를 해 봐도 종후 네가 적임자야. 가겠나?"

그래서 제가 바로 여러분 앞에 온 겁니다. 이승과 저승의 교류는 원칙적으로 엄히 금하지만, 바늘구멍처럼 서로 이어지는 통로가 아예 없는 것은 아닙니다. 제가 아직 공부가 부족해서인지는 모르겠지만, 이 자리에선 제가 저승에서 왔다는 사실도, 또 죽은 후에 겪은 이런저런 이야기를 해도 전혀 문제가 없다고 들었습니다. 그런가요?

오늘 제가 이 무대를 무사히 마치면, 다음엔 또 다른 친구에게 기회가 간다고도 했습니다. 나 잠수사님이 맡았던 1시간은 참 흥미진진했는데, 저는 그보다 경험도 적고 유머도 부족해서 걱정입니다. 오늘을 위해 열 손가락과 손바닥에 전부 물집이 잡힐 만큼 연습했으니, 끝까지 들어 주셨으면 합니다.

중학교 2학년 때 절친이자 기타리스트인 조현의 구박을 받으며 스틱을 잡았습니다. 그땐 솔직히 제가 기타를 맡고 싶었습니다만, 지금은 드럼 없인 하루도 지내기 어렵습니다. 가족 없는 저승의 집에선 드럼이 제 가족인 셈입니다. 드럼을 두둥 칠 때마다 제 마음도 울리고 이쪽 세상과 저쪽 세상도 모두 울리는 듯합니다.

첫 곡은 나경수 잠수사님을 위해 제가 만든 자작곡이에요.

맹골수도에 침몰한 어둡고 찬 객실로 들려온, 봄부터 시작하여 여름까지 몰아친 소리들을 담았습니다. 물소리는 물론이고, 가까운 동거차도의 새 소리와 바람 소리도 섞었습니다. 나경수 잠수사님께 감사하는 마음을 늘 갖고 있었지만, 오늘 잠수사님 이야길 끝까지 듣고 나니 잠수사님이야말로 제 가족입니다. 불행한 일을 당해 먼저 이승을 떠난 누군가를 평생 기억하며 아끼는 사람이 가족이니까요. 아빠와 잠수사님이 끌어안은 광화문 광장에서처럼, 잠수사님과 제가 끌어안은 맹골수도에서처럼, 여러분에게도 가족을 확인하는 소중한 순간이 찾아들기를 빕니다. 지금까지 윤종후였습니다. 연주를 시작하겠습니다. 곡명은 〈동거차도의 여름〉입니다."

에필로그

동거차도의
여름

재판장님께.

오랜만에 글을 씁니다. 2015년 12월, 류창대 잠수사의 1심 재판이 끝난 지도 벌써 팔 개월 남짓 흘렀습니다. 무죄를 선고하는 재판장님의 낮고 분명한 목소리가 지금도 귓가를 울립니다.

재판장님께 글 쓸 일이 다신 없으리라고 여겼습니다. 방금 수첩을 펼쳤을 때까지도 동거차도에 들어온 느낌이나 간단히 몇 줄 끼적이려 했습니다. 막상 일기를 쓰려고 하니 글이 나오지 않았습니다. 초등학교 때 억지로 학교에 내기 위해 적은 후론 일기란 것을 쓴 적이 없습니다. 가장 최근에 쓴 글이 탄원서이기에, 다시 이렇게 재판장님을 첫머리에 올리게 되었습니다.

7월 11일, 진도 팽목항에서 금오페리 7호를 타고 동거차도에 들어왔습니다. 아침 9시 40분 출항에 맞추기 위해 그 전날 밤 팽목항에 도착했고요. 분향소 옆 컨테이너에서 혁서 아빠 최용재 씨를 만나 함께 하룻밤을 보냈습니다. 미수습자 가족들이 번갈아 팽목항 분향소를 지키고 있었습니다.

새벽에 귀가 아파 잠시 깼습니다. 고개를 들고 창을 보다가 움찔 놀랐습니다. 창밖 허공에서 사람들이 흔들렸던 겁니다. 혁서를 비롯한 미수습자 아홉 명의 사진이 담긴 플래카드였습니다. 우리가 방에서 편히 잠드는 동안에도 미수습자들은 창밖 깜깜한 맹골수도 배 안에서 인양될 날만을 기다리는 겁니다.

동거차도에서 침몰 지점이 무척 가깝다는 얘길 듣긴 했지만, 정말 이렇게 가까운 줄은 몰랐습니다. 1.5킬로미터. 파도가 높지 않은 날엔 수영에 능한 이라면 헤엄을 쳐 닿을 거리입니다. 참사 초기 뉴스 영상들을 보면 망망대해에서 여객선이 침몰한 것처럼 보입니다. 배와 섬의 가까운 거리를 문제 삼으면서 둘을 함께 화면에 잡은 영상은 기억나지 않습니다.

저부터 깜짝 놀랐습니다. 2014년 4월 21일부터 7월 10일까지 두 달을 훌쩍 넘겨 바지선에 머물렀지만 동거차도를 본 기억이 없습니다. 주위에 섬들이 있는 건 알았지만 유심히 살피지 않은 겁니다. 그때 우리 잠수사는 오직 바닷속에만 관심을 쏟았으며, 실종자들을 모시고 나올 마음뿐이었습니다. 섬들의 이름이 무엇인지, 바지선과 섬 간의 거리가 어느 정도인지 알려고도 하지 않았습니다. 하지만 이건 어디까지나 잠수사들 관점이고, 2014년 4월 16일 저 바다에서 목숨을 잃은 304명의 관점에서 보면 또 다릅니다. 그들이 선내에 머무르지 않고 바다로 뛰어들기만 했어도, 아주 많은 숫자가 목숨을 건졌을 겁니다. 그러니 이 가까운 거리가 더 안타깝고 슬픈 겁니다.

팽목항에 모인 이들은 모두 일곱 명입니다. 저와 은철현 기자, 윤태식 씨와 그의 아내 오주선 씨, 그리고 반년 전 해경을 그만두고 나온 박정두 잠수사, 강나래의 언니 강현애 씨, 마지막으로 송은택 변호사입니다. 동거차도 어민 지병석 씨가 마을 앞 부두까지 마중을 나왔습니다. 지병석 씨는 4월 16일 사고 당시에도 맹골수도로 배를 몰고 가서 탈출자들을 구했습니다. 유가족이 동거차도에서 인양 과정을 감시하고 기록하도록 배려한 이도 지병석 씨입니다. 우리 손을 일일이 잡으며 환영합니다.

"어서들 오쇼잉. 짝달비라도 한 자락 퍼붓나 걱정했당께요. 여거 있는 동안에는 뭐든 내게 편하게 말씀하쇼잉. 다갈다갈 볶아 쌀칵쌀칵 씹어도 시원찮을 놈들! 싸게싸게 배 끌어 올리지 않고 뭔 거시기를 하며 짜빠졌당가. 내 가심이 요로코롬 타들어 가는디 오죽들 하시겠소잉?"

마을에서 인양 감시 천막까진 가파른 비탈을 30분 남짓 올라야 합니다. 박정두 잠수사와 윤태식 씨가 생수통을 비롯하여 햇반과 반찬이 담긴 상자를 지게에 나눠 졌습니다. 밤새 내린 비 때문에 산길이 질퍽질퍽 미끄러웠습니다. 여름에도 이렇듯 오르기 힘든데, 폭설 쏟아진 겨울 유가족들은 어떻게 이 길을 올랐을까요. 내 자식이 죽은 바다를 눈으로 직접 보고 싶은 엄마, 아빠가 아니고는 버티기 힘들 겁니다.

유가족들은 금요일마다 교대로 이 천막에 와서 일주일씩 머물렸습니다. 우리도 미리 와 있던 그들을 도와 일사불란하게 움직였습니다. 가장 중요한 것은 맹골수도에서 진행되는 인양 과정을 계속 지켜보며 동영상에 담고 특이 사항을 기록하는 겁니다. 그 외에 요리와 설거지와 청소도 분담했습니다. 윤태식 씨 부부는 이미 동거차도를 두 번이나 다녀갔고 지병석 씨를 비롯한 동거차도 주민들이 거둔 미역을 정리하는 일까지 도왔기 때문에, 앞장서서 척척 시범을 보였습니다. 지병석 씨는 모기에 물리지 않도록 조심하라고 강조했습니다. 섬 모기는 웬만한 바지도 뚫으며, 한번 물리면 상처가 퉁퉁 붓는다고 했습니다.

윤태식 씨 부부를 따라 고함지르는 것도 연습했습니다. 인양 현장까지 들리진 않겠지만, 맹골수도를 바라보며 가슴에 쌓아 둔 이야기를 몽땅 토해 놓았습니다. 주변 시선 의식하지 않고 맘껏 속마음을 드러내고 꾹꾹 눌러둔 감정을 터뜨렸습니다. 첫날엔 사고 현장과 섬이 너무 가깝다는 사실만으로도 저녁밥이 목구멍으로 넘어가지 않았습니다.

둘째 날은 새벽부터 해무가 짙었습니다. 안개에 가려 중국 상하이 샐비지의 '달리하오ᄎ𝑘DALIHAO' 바지선이 보이지 않았습니다. 안개에 휩싸인, 둥글고 흰 두 개의 보조 천막은 낯선 행성에 홀로 착륙한 우주선을 닮았습니다. 점심이 가까워도 안개가 걷힐 기미가 없자, 우리는 좀 더 인양 지점에 다가가 보기로 했습니다. 감시 천막 아래로 완만하게 뻗은 능선을 타고 내려가 보기로 한 겁니다. 마을에서 감시 천막까지 오르는 비탈도 가팔랐지만, 감시 천막에서 바다에 닿는 길은 그보다 훨씬 험했습니다. 다행히 지난겨울 이곳에 머문 엄마들이 희생자 이름을 하나하나 적어 나무에 묶어 둔 노란 리본 덕분에 안개 속에서도 길을 잃지 않았습니다. 리본이 끝나는 곳부터는 해안까지 가파른 바위뿐이었습니다. 그 바위를 원숭이처럼 양손으로 짚으며 내려갔습니다. 참사가 나기 전까진 바다 낚시꾼들이 즐겨 찾던 섬의 끝 바위에 도착한 겁니다. 때마침 바람이 강하게 불면서 안개가 걷혔고, 바지선과 예인선이 다시 모습을 드러냈습니다.

먼저 우리는 미수습자 아홉 명의 이름을 함께 외쳤습니다. 그리고 태식 씨와 주선 씨 부부가 아들 윤종후의 이름을 불렀습니다. 뒤이어 현애 씨가 동생 강나래를 외쳤습니다. 옆에 선 저는 손나발을 만든 뒤 공영지를 호명했습니다. 304명의 사진이 담긴 명부를 꺼내 놓고, 한 명 한 명 얼굴을 확인한 뒤, 주먹을 쥐거나 손바닥으로 가슴을 치거나 삿대질을 하거나 고개를 휘휘 젓거나 때론 차렷 자세로 서서, 우리는 이름들을 불렀습니다.

아직 날짜가 확정되진 않았지만, 저는 인양이 끝난 뒤 슬관절 수술을 받을 예정입니다. 잠수사로서의 임무에 충실하면서도, 안전 사회 건설을 위해 노력할 겁니다. 오늘은 모처럼 풍성하게 음식을 마련하여 만찬을 즐겼습니다. 지병석 씨가 직접 만들어 온 동거차도 미역무침은 특히 맛있었습니다. 이제 내일이면 6박 7일 일정을 마치고 이 섬을 떠납니다. 배불리 저녁을 먹고 등불 아래 둘러앉았습니다. 각자 맡은 일에 충실하느라 바빠서, 다 같이 어둠에 젖어들기는 처음이었습니다. 맹골수도 참사 현장의 작업등 불빛이 유난히 밝게 보였습니다. 윤태식 씨 부부, 은철현 기자, 박정두 잠수사, 강현애 씨, 송은택 변호사, 지병석 씨 그리고 저까지, 여덟 사람이 2016년 7월 16일 이 여름밤에 동거차도에 함께 머물리라곤 상상도 못 했습니다. 2014년 4월 16일 맹골수도를 지나던 여객선이 침몰하였고, 그로부터 2년 삼 개월 동안 각자 그 참사의 충격으로부터 달라진 나날을 때론 견디고 때론 부수고 때론 새로 일으켜 세우며 지낸 결과, 동거차도란 섬으로 오게 된 겁니다. 이 멤버가 다시 동거차도에 모일 일이 있을까요. 앞날은 예측하기 어렵지만, 제 생각에 그런 날은 영원히 오지 않을 겁니다.

인양이 끝이라고 생각하지 않습니다. 오히려 새로운 시작이지요. 배를 인양하여 미수습자를 찾은 뒤엔, 선체 정밀 조사에 착수해야 하고, 그것을 바탕으로 진상 규명을 진척시켜야 합니다. 배가 침몰한 참사에서 침몰한 배보다 더 명백한 물증은 없습니다.

2014년 4월 16일로부터 비롯된 우리 삶의 변화는 좋든 싫든 계속될 겁니다. 류창대 잠수사만 해도 1심에선 무죄가 선고되었으나 검찰이 항소하여 2심 재판이 진행중입니다. 잠수병을 앓는 대부분의 잠수사들도 치료를 계속해야 합니다. 대학에 진학한 생존 학생들은 참사의 상처를 극복하는 과제와 참사의 증인으로 살아갈 몫을 함께 가지고 있습니다. 유가족 중엔 이 참사의 진상이 규명되는 기간을 30년보다 더 길게 잡는 분도 있습니다. 광주 민주화 운동을 예로 들며, 지금부터라도 장기전을 치를 준비를 하자고도 합니다. 많은 유가족이 사망 신고를 하지 않고 있습니다. 사망 신고를 하지 않고 살겠다는 그 마음을 감히 상상해 보곤 합니다. 이대로 떠나보낼 수 없다는, 떠나보내지 않겠다는 다짐이겠지요.

저는 잘 지냅니다. 만나면 반갑게 인사하는 유가족도 생겼습니다. 윤태식 씨처럼, 먼저 연락해서 함께 동거차도로 가 보자고 권하는 분도 있습니다. 하지만 저 역시 완쾌되진 않았습니다. 몸도 마음도 더 추스르고 더 고쳐야 합니다. 최주철 선생님과도 정기적으로 만나 이야길 나누고 있습니다. 맹골수도에서 망가진 부분도 있지만, 이미 망가졌으되 드러나지 않았던 상처가 그것과 더불어 터졌단 생각도 듭니다. 앞뒤가 꽉 막힌 채 제멋대로 살아온 인생이었으니까요.

불면증은 많이 좋아졌습니다. 환청과 환영의 횟수나 강도도 줄었습니다. 그런데 이 밤은 누워서 아무리 잠을 청해도 머리가 맑아지기만 합니다. 덥기도 하고 모기가 극성인 탓도 있지만 내일 팽목항에서 만날 사람 때문이기도 합니다. 류창대 잠수사가 제게 말도 않고 지난 3월 일부러 그녀를 찾아가서 만났더군요. 보나마나 제 욕을 엄청 했겠지만, 그 욕의 영험함은 여전한지, 동거차도에 도착하자마자 문자를 받았습니다. 넉 달이나 망설인 끝에 제게 마음을 아주 조금 열어 보인 겁니다. 서울에 올라가서 보자고 답문자를 했더니, 팽목항에 내려오겠다는군요. 징글징글한 제 이름과 나란히 거론되는 그곳에 꼭 한번 가 보고 싶었다고 합니다. 어쩌면 그녀와 단둘이 맹골수도를 둘러보러 다시 올지도 모르겠습니다. 팽목항 등대 옆 하늘나라 우체통을 재회 장소로 점찍어 두고 있습니다. 제가 먼저 안진 않겠지만, 박세희 씨가 안기려고 하면 그것까지 마다하진 않을 겁니다.

이제 그만 적겠습니다. 이번에도 글이 길어졌네요. 송 변호사가 보면 반의반으로 줄이라 타박할 듯합니다. 재판장님은 제가 쓴 탄원서에 관해선 끝까지 언급하지 않으셨지만, 류창대 잠수사를 비롯한 민간 잠수사들의 증언을 충분히 듣고 자료를 검토해 주셔서 감사드립니다. 빨리 판결이 나오지 않는다고 짜증을 낸 적도 있지만, 무죄 판결을 받고 나서 생각하니, 재판장님 덕분에 잠수사들이 법정에 나가 맹골수도에서 겪은 일들을 털어놓을 수 있었습니다. 재판이 시작될 때만 해도 유죄 판결이 난다는 소문이 많았습니다. 잠수사들 스스로도 패배감이랄까 자괴감에 빠졌던 때이기도 합니다. 저 역시 비밀유지 서약을 깨고 민간 잠수사의 실상을 세상에 알렸지만, 류창대 잠수사의 무죄를 자신하진 못했습니다.

맹골수도에서 모시고 나온 실종자들과 그 유가족 앞에서 떳떳할 수 있도록 판결해 주셔서 감사드립니다. 이렇게라도 인사를 꼭 드리고 싶어 수첩을 펼쳤는지 모르겠습니다.

"나 잠! 여태 안 잤어?"

송은택 변호사가 벗어 뒀던 안경을 쓰곤 제 옆에 엎드립니다. 저는 수첩을 서둘러 덮습니다. 윤태식 씨가 몸을 뒤척였기 때문에 우린 잠시 천막 밖으로 나가서 바지선 불빛을 쳐다보며 나란히 섰습니다.

"아직도 탄원할 게 남았어?"

"아냐. 그냥 메모 좀 했어."

"나 참 그거 알아? 탄원서를 쓰기 시작한 뒤로 나 참 엄청 많이 메모한다는 거?"

"그랬나, 내가?"

"그랬어. 오늘은 뭘 적었어?"

"기도 하나."

"교회를 다녔던가?"

"종교 없어."

"그런데 새삼스레 무슨 기도를?"

인양 현장을 가리키며 답했습니다.

"저 불빛이 마지막 거짓말이 되지 않게 해 달라고."

"마지막…… 거짓말?"

"저것까지 거짓말이면 어둠이 정말 길고 깊지 않겠어?"

"만에 하나 그렇다 쳐도, 무엇이 참이고 무엇이 거짓인지 가려서 기억하는 싸움을 엄마, 아빠 들은 계속 할걸."

"알아. 그래서 더 마음이 아프고. 벌써 몇 번 실패했지만 이번엔 꼭 바라는 소식을 들었으면 싶어."

"나도 그래."

송 변호사가 기도하듯 두 손을 모았습니다. 우린 다시 천막으로 들어갔습니다.

후드득!

소나기라도 내리기 시작하려는 걸까요. 빗방울이 둥근 천막을 두드리는 소리가 유난히 맑게 들립니다. 잠들긴 글렀으니, 두 눈 크게 뜨고 맹골수도의 불빛을 바라보며, 저 바다에서 목숨을 잃은 304명의 이름을 천천히 소리 내어 다시 부르렵니다. 304명의 이름을 모두 부르고도 어둠이 사라지지 않으면 또다시 처음으로 돌아가렵니다. 잠수를 기다리며 도면을 보고 미수습자의 이름을 되뇌던 그 새벽처럼.

작가의 말, 감사의 글

포옹하는
인간

2016년 6월 19일 오후, 벽제중앙 추모공원을 나서는데, 유서 한 장 없이 갔다는 소곤거림이 들렸다. 어리석게도 나는 비로소, 장편 『거짓말이다』가 김관홍 잠수사의 긴 유서일 수도 있겠단 생각을 했다.

*

쓰고 싶다고 다 쓸 수 있는 것이 아니다. 어떤 작품은 간절히 원하지만 평생 시작할 기회도 못 잡고, 어떤 작품은 기회가 막상 와도 스스로 포기한다.

6월 24일 새벽, 탈고 후 책상에 흩어진 원고를 모아 챙기고, 종이 뭉치 위에 백호 한 마리 올려놓은 뒤에야 여기가 어딘가 싶었다. 정말 다 쓴 걸까. 여기가 김관홍 잠수사가 설명하던, 맹골수도에 침몰한 세월호의 좌현이 묻힌 수중 48미터 시야 제로의 심해일까. 눈앞이 막막하다고 두려워 말고 손을 쭉 뻗어 주변을 더듬으라고 했다. 귀 기울여 듣고 코 평수를 넓혀 냄새를 맡으라고. 여긴 육상과 완전히 다르다고.

*

'작가의 말'은 최대한 짧게 써 왔다. 소설로 이미 다 말했는데 작가의 말이 왜 또 필요하냐며 편집자에게 따진 적도 있었다. 지금 내가 쓰는 이 글이 '작가의 말'일까. 작가의 말과 다르게 들려도 상관없다. 초혼굿의 북 장단이어도, 때늦은 호곡號哭이어도, 빈 탁자에 놓인 소주 한 잔이어도.

*

서연書緣, 책의 인연에서부터 이야기를 시작해야 할까 보다.

2015년과 2016년은 장편 작가인 내게 특별한 해다. 구상부터 출간까지 최소한 3년은 집중한다는 원칙을 깼기 때문이다. 2014년 4월 16일 세월호 참사가 없었다면, 2015년 2월 장편『목격자들』은 출간되지 않았을 것이다. 이 어처구니없는 참사 앞에서 한동안 글을 쓰지 못했고, 다시 작업을 해야겠다는 생각이 들었을 땐 참사 이전에 계획한 장편을 이어가기 어려웠다. 우리 역사에서 세월호 참사와 같은 대형 해난 사고를 찾아 그 원인을 분석하고 잘잘못을 따지는 소설을 쓰기 시작했다.

　조선 후기 조운선 침몰 사건을 다룬 장편『목격자들』을 낸 후 더 허탈했다. 소설 속에서는 조선 명탐정이 조운선의 침몰 원인을 밝히고 범인을 색출하며 정조가 참사에 대해 책임을 지는 자세까지 보이건만, 소설 밖 세월호의 진상 규명은 지지부진했다. 현재를 반성하는 거울로 과거가 놓이긴 하지만, 은유나 상징의 한계를 벗어나기 어려웠던 것이다. 그렇다고 내가 유가족이나 생존자 혹은 잠수사를 만날 엄두를 내진 못했다.

　그때 416기억저장소 관계자로부터 연락을 받았다. 2015년 9월 22일, '불문학자 황현산과 함께하는 보들레르 낭독의 밤' 뒤풀이 자리에서였다. 『목격자들』을 쓴 소설가이기 때문에 전화를 걸었다고 했다. 세월호 유가족이 출연하는 팟캐스트를 준비하고 있는데, 사회자로 참여할 수 있겠느냐고. 이렇게 저렇게 재지도 않고 하겠다고 했다. 왜 그렇게 곧바로 승낙했을까. 아쉽고 답답하고 이 참사에 대해 더 많이 알고 싶었던 것 같다.

*

　'416의 목소리'로 팟캐스트 제목을 정했다. 피디 정혜윤, 작가 겸 사회 오현주로 중심을 잡고, 시인 함성호 씨와 내가 번갈아 사회를 맡기로 팀을 짠 것이다. 제목 그대로 우리는 이 참사로 고통받는 이들의 목소리를 하나하나 집중해서 듣고자 했다.

2016년 1월 11일부터 4월 4일까지 매주 월요일마다 녹음했다. 처음엔 격주로 모일 예정이었지만, 녹음을 시작하자 매주 만나도 시간이 부족했다. 내가 사회를 보지 않는 회도 녹음실 밖에서 목소리를 전부 들었다. 나중에 이런 작업 방식을 김관홍 잠수사에게 설명했더니, 피식 웃으며 한마디 했다.

"팀으로 움직인 거네. 우리도 맹골수도에서 딱 그랬어요."

*

팟캐스트를 하는 동안엔 딴 작업을 하기 힘들었다. 14명의 목소리를 담고, 그 목소리를 모아 라디오용 다큐멘터리를 완성하고 나니, 어느새 2016년 4월 16일, 세월호 2주기였다.

첫 녹음부터 무엇인가를 계속 노트에 끼적이긴 했다. 방송은 한 시간 내외로 편집하여 나갔지만, 녹음은 서너 시간을 훌쩍 넘겼다. 그 시간 동안 단 한 사람의 목소리를 듣고 있노라면 수많은 장면과 이야기들이 떠올랐다. 잠깐 쉴 때 사람들이 옥상으로 담배 피우러 간 사이, 나는 노트에 그 단상들을 단어든 문장이든 썼다. 단상은 나날이 쌓였지만 단편으로도 옮기진 못했다. 이 짙고 무거운 목소리를 어떻게 소설로 옮긴단 말인가. 내겐 목소리 하나하나가 수십억 광년 거리를 두고 떨어진 은하계였다. 그 사이엔 암흑 물질이 가득했다.

*

　쓰기 전에 소설의 수준은 결정된다고 말한 적이 있다. 작가가 초고를 쓰기 전 어딜 가는가, 무엇을 읽는가, 누굴 만나는가에 따라 소설의 내용과 형식이 완전히 달라지는 법이다.

*

　녹음실에서 얼굴을 마주 보며 목소리를 듣고 있으면, 습하고 어둡고 탁한 짐승의 배 속에 들어온 착각이 일었다. 요나가 고래 배 속에서 보낸 나날도 떠올랐고, 작년에 낸 『목격자들』과 이 목소리의 거리가 얼마나 먼가를 가늠하기도 했다.

*

　팟캐스트를 묶어 책으로 내는 것이 유행 아닌 유행이었다. 우리도 잠깐 이 문제를 의논했지만 결국 출간하지 않기로 했다. 목소리가 지닌 생생함을 모두 살려 종이에 담을 자신이 없었다. 떨림, 흐느낌, 한숨, 가슴을 치는 주먹, 주먹, 주먹들.

*

    3월 2일 김관홍 잠수사가 녹음실로 왔다. 함성호 시인과 오현주 작가가 사회를 맡았고, 나는 녹음실 밖에서 그의 목소리를 들었다. 그날 나는 아무것도 적지 않았다. 대신 그의 목소리를 중심으로 이곳을 다녀간 다른 출연자들의 목소리가 행성처럼 도는 느낌을 받았다. 그리고 어쩌면 이 느낌을 살려 무엇인가를 쓸 수 있겠단 생각이 들었다.

    김관홍 잠수사의 목소리를 그날 듣지 않았다면, 『거짓말이다』를 쓸 수 없었을까. 그렇다고 망설임 없이 답하겠다. 5년 혹은 10년 뒤 내 단상들이 소설에 포함될 순 있겠지만, 지금처럼 이런 꼴은 결코 아닐 것이다. 그는 적어도 이 소설과 관련해선 특별한 '한 사람'이다.

*

    삶도 그렇고 소설도 그렇지만 한 사람이 중요하다. 세월호 유가족이 내내 강조하듯이, 해경이든 선원이든, 한 사람만 선내로 들어가서, 가만있지 말고 빨리 다 나오라고 했다면, 304명이나 목숨을 잃진 않았을 것이다. 대부분 살아서 탈출했을 것이다. 2014년 4월 16일 아침엔 그 한 사람이 없었다.

*

"곡괭이는 제가 들겠습니다."

"지게는 제가 지겠습니다."

"고기는 제가 굽겠습니다."

　김관홍 잠수사는 이렇게 늘 앞장서는 스타일이지만, 몇 번 내 뒤에 서 있었던 적이 있다. 그때 그는 나를 보면서 또한 자신을 들여다보고 있었다. 깊이를 아는 잠수사만이 가능한 눈길.

*

　2016년 4월 16일, 김관홍 잠수사와 함께 안산 하늘 추모공원에 갔다. 주차장까지 운전을 한 그는 따라 걷지 못한 채 머뭇거렸다. 힘들면 여기서 쉬고 있으라 하곤 '416의 목소리' 팀만 희생 학생들을 모셔 놓은 곳으로 걸어갔다. 납골함 벽에 붙은 사진들을 들여다보고 있는데, 그가 슬쩍 내 뒤에 섰다. 바닥을 향하던 그의 시선이 천천히 올라와선 희생 학생들로 가득 찬 벽을 쳐다보다가 다시 아래로 내려갔다. 긴 한숨이 내 등을 떠밀었다. 그날 우리는 서호와 효원, 추모공원 두 군데를 더 갔다. 그는 서호에서 하늘보다 두 걸음 더 다가섰고, 효원에선 서호보다 두 걸음 더 다가섰다. 주차장으로 돌아가선 담배를 연이어 피긴 했지만, 그는 스스로 어떤 거리를 좁히는 중이었다.

*

5월 16일, 동거차도와 팽목항에서 이틀을 묵고 상경하는 길에 전북 고창 고인돌 공원에 들렀다. 전날 울돌목이 내려다보이는 카페에선 이순신 장군에 관한 이야기를 한참 했고, 다음 날 운림 삼별초 공원 안내판을 보자, 삼별초의 대몽항쟁에 관한 이야기를 또 시작했다. 그는 역사 속 인물에 관해 이야기 나누는 것을 즐겼다. 역사교사가 되었어도 학생들을 이끌고 신나게 답사 다니며 지냈을 것이다.

선사시대 고인돌 유적지에선 또 어찌 말하려나. 햇볕 좋은 언덕에 가득 놓인 돌들을 조용히 바라보려나. 그러나 역시 김관홍은 김관홍이었다. 돌 하나를 지날 때마다 이야기를 한 무더기씩 쏟아놓았다. 돌 하나를 놓고 이렇게 오래 떠들다니, 어쩌면 역사교사보다 작가가 더 어울릴지도 몰랐다.

그런 그가 문득 조용해졌다. 언덕에 올라 고인돌들을 한 바퀴 보고난 뒤 빠져나오는데, 갑자기 그의 목소리가 뚝 끊긴 것이다. 돌아보니 공원 입구에 가득 핀 나무쑥갓 하얀 꽃들을 보고 있었다. 입구에 서서 그가 따라오기까지 기다렸다. 내가 먼저 묻지도 않았는데도 쑥스러운 듯 말했다.

"그때도 여긴 이렇게 꽃이 피었을 것 같아요. 보세요, 잘 어울리잖아요. 저 꽃을 꺾어 돌 앞에 놓았을 수도 있고, 또 그냥 그대로 두고 쳐다봤을 수도 있어요. 꽃이 죽은 자 가까이 놓이는 이유가 뭘까요?"

*

"호랑이 얘길 왜 그렇게 많이 해?"

"멋지잖아요. 백두산과 만주 평원을 달리는 호랑이. 저랑 딱 맞는 것 같습니다. 호랑이 얘기 더 해 드릴까요? 지금도 백두산 위쪽 중국 땅과 러시아 땅엔 시베리아 호랑이들이 있는데요……."

내가 장편 『밀림무정』을 쓴 줄도 모르고, 김관홍 잠수사는 20분 넘게 호랑이 얘기만 했다.

"근데 왜 명함에는 Sea Turtle 바다 거북이라고 썼어?"

"그거야 호랑이를 알기 전이죠. 잠수할 땐 바닷속만 보니까, 호랑이를 생각할 틈이 없었어요. 그런데 맹골수도 다녀오고 나서, 이런저런 일 겪다 보니 호랑이가 끌려요."

나는 호랑이와 소설가의 공통점 네 가지를 알려 줬다. 혼자 지내고, 평생 돌아다니고, 집요하게 먹잇감을 추격하며, 한 방에 먹이를 사냥하는 맹수. 그는 내 설명을 듣자, 더 좋아했다. 그건 호랑이와 소설가의 공통점이 아니라, 호랑이와 김관홍의 공통점이라고. 그의 야생화 가게에 가서, 『밀림무정』 한 질을 선물하며, '바다호랑이 김관홍'이라고 적었다. 그는 기분이 좋은지 이걸 자기 별명으로 삼겠다고, 다음엔 명함 찍을 때 바다 거북이가 아니라 바다호랑이로 닉네임을 바꾸겠다고 했다.

*

5월 25일, 책에 사인을 하고 나오니, 김관홍 잠수사는 개인 장비들을 가게 앞에 가득 늘어놓았다. 책과 자료를 통해 잠수 장비들을 확인했지만, 실물을 직접 보고 싶어 온 것이다. 그가 하나하나 들어 보이며 설명했다. 이건 드라이 슈트, 이건 수중 전화기, 이건 생명줄, 이건 물갈퀴, 이건 풀페이스 마스크.

나는 잠수복을 입고 벗는 과정을 동영상에 담고 싶다고 했다. 그는 체온을 유지하는 데 필요한 내피를 입고 오겠다며 잠시 가게로 들어갔다. 그리고 다시 나와선 진지하게 드라이 슈트를 입기 시작했다. 일체형 부츠에 발을 넣고 방수 씰이 달린 소매로 손목을 뺐다. 그때 열한 살 큰딸이 와서 물었다.

"아빠 뭐해?"

그가 대답 없이 계속 슈트를 입자, 딸이 다시 물었다.

"아빠, 또 바다 가?"

"아냐."

그는 짧게 답하곤, 등에 난 드라이 지퍼를 잠그고, 후드를 머리에 쓰고, 풀페이스 마스크를 또 그 위에 썼다. 밴드를 당겨 목과 머리를 꽉 조여 묶었다. 그렇게 자세를 취한 뒤 마스크를 살짝 들곤 말했다.

"에어Air를 생명줄에 넣지 않은 상태니까, 지금 이대론 숨을 못 쉽니다."

오케이 사인이 나고 나서야 그는 풀페이스 마스크를 급히 벗었다. 얼굴이 벌겋게 상기되고, 이마는 물론 짧은 머리까지 땀이 줄줄 흘렀다. 나는 정지 버튼을 누르곤 반쯤 돌아서서 방금 촬영한 영상을 확인했다. 그때 나는 보았다. 그가 잠수복을 벗지도 않고 천천히 고개를 돌려 가게 안을 살피다가 옅은 미소와 함께 고개 젓는 것을. 가게 안 야생화 화분 사이를 오가는 딸을 향해 다시 설명한 것이다. 아빠, 아무 데도 안 가!

*

그리고 열흘 남짓 김관홍 잠수사를 만나지 못했다. 미뤄 놓은 수중 장면 퇴고에 집중하기 위해서였다. 탈고하고 어느 정도 작업이 마무리되면 함께 제주도에 내려가기로 했다. 그는 미리 말했다.

"안주는 제가 직접 잠수해서 마련해 오겠습니다. 바닷가에서 편히 쉬고 계시면 됩니다."

*

6월 4일 토요일 밤 10시에 김관홍 잠수사에게서 문자가 왔다.

−주무세요?

―이제 시작인데.

―주말에도 일하세요?

―작가가 주말이 어디 있어?

대리운전으로 손님을 모시고 온 곳이 목동 현대백화점 근처라
고 했다. 거기서 가까운 이자카야 한 군데를 알려 줬다. 30분 뒤
마주 보고 앉자마자, 그가 기분 좋게 웃으며 물었다.

"나오시라고 연락드린 건 아니에요. 저 때문에 오늘 작업 못 하
면 어떻게 해요?"

"잘 왔어. 묻고 싶은 것도 있고."

술은 금방 골랐지만 안주는 까다롭게 굴었다. 그는 오늘 이 가
게에 준비된 재료들에 대한 점검과 품평을 한 후, 갑오징어가 제
철이라며 주문했다. 첫잔을 부딪친 후 내가 물었다.

"불면증도 좀 있고, 겨우 잠이 들더라도 1시간 안에 갑자기 깨.
꿈을 잔뜩 꾸는데, 깨고 나면 하나도 떠오르지 않고."

그가 내 얼굴을 빤히 쳐다보다가 답했다.

"저는 2년 넘게 매일 그래요. 약간의 술이 도움이 될 수도 있어
요. 아니면 전문의와 상담해서 약을 처방받으셔도 되고요."

"둘 다 싫은데……."

"그럼 최대한 빨리 탈고하시고, 바다 생각 아예 나지 않는 곳으
로만 좀 돌아다니세요."

"그런 데가 있어? 그럼 너부터 거기로 가."

"······없어요, 그런 곳."

내겐 갑오징어가 입에 맞았지만, 그는 맛이 살짝 갔다며 먹지 말라고 했다. 그리고 이번엔 연어를 시켰다.

"형님! 수중 장면들 집중해서 고친다고 하셨죠?"

"맞아."

"그럼 소설을 끝까지 다 쓰시긴 한 거네요?"

"초고는 마쳤지. 아직 많이 거칠긴 하지만."

"탄원서를 쓴 민간 잠수사는 나중에 어떻게 돼요?"

이번엔 내가 그의 얼굴을 쳐다보았다. 등장인물의 모델이 되는 이들에겐 소설 내용을 자세히 알리지 않는 것이 원칙이었다. 결말까지 밝히면, 이런저런 의견이 나올 테고, 그것이 내 상상력을 제약할 수도 있었다. 술을 몇 잔 마신 탓일까. 아니면 오늘 밤 남은 대리운전을 포기한 채 내 앞에 앉아 두 눈을 말똥말똥 뜨고 답을 기다리는 사내의 바람을 외면하기 어려워서였을까.

"소설은 2016년 7월에 끝나. 잠수사는 유가족과 함께 동거차도로 들어가고. 아직 인양 전이니까, 거기서 맹골수도를 바라보며 미수습자들 이름을 하나씩 부르지. 그 정도로 잡고 있어."

그가 곧 받았다.

"좋네요. 7월이면 모기가 극성이라 힘들겠지만, 함께 가시죠."

"소설에서 그렇게 한다고, 진짜 또 가자는 게 아니라······."

"소설에서도 가고 진짜로도 가요. 소설 출간될 때까지 인양을 마치면 다행이지만, 아무래도 그건 어려워 보이잖아요?"

결말을 마음에 들어 하는 것만도 다행이었다. 나는 말머리를 돌렸다.

"그런데 넌 정말 앞으로 뭐부터 시작할 거야?"

*

새벽 3시에 술자리를 마쳤다. 그가 쓰고 왔던 하얀 남성용 페도라가 내 머리에 얹혀 있었다. 그는 머리를 짧게 잘랐고, 힘든 일이 있으면 더 짧게 자른다고 했다.

"드릴게요. 마법의 모자예요. 두통이 있거나 잠이 안 올 땐 쓰윽 지금처럼 쓰세요."

"좀 작네."

"작은 맛에 쓰는 거예요."

"넌?"

"저는 이런 모자 열 개나 있어요."

그에게 받은 처음이자 마지막 선물이었다.

"형님, 그런데 소설 제목을 왜 '거짓말이다'라고 지었어요?"

"내가 민간 잠수사에 대해 이런저런 질문했을 때, 관홍이 네가 대답하며 가장 자주 썼던 말이잖아? '416의 목소리'에 출연한 유가족들에게 제일 많이 들은 말이기도 하고."

"그랬나요, 제가?"

"응! 어렴풋이 아는 건 아는 게 아니라고."

"……그랬군요. 맞아요. 2년 동안 거짓말을 너무 많이 들었어요."

가게를 나와 택시를 잡으려는데 내 등을 밀었다.

"먼저 가세요."

"네가 택시 타는 거 보고 갈게."

"저는 조금만 걷다 갈게요."

"늦었어."

"딱 한잔만 더 하고 싶은데, 너무 늦었죠? 형님! 탈고하고 다시마셔요, 우리. 들어가세요. 저는 그만 가겠습니다."

그가 90도 가까이 절을 하곤, 먼저 파리 공원 방향으로 걸어 내려갔다. 나는 멀어지는 그의 뒷모습을 보다가 페도라를 고쳐 쓰곤 돌아섰다. 오늘은 술에 취해 숙면을 취할 듯했다.

예닐곱 걸음쯤 걸었을까. 목덜미가 가려워 긁으면서 슬쩍 고개를 반만 돌렸다. 그가 가던 길을 멈추고 돌아선 채 나를 보며 서 있었다. 이 거리에서 내가 먼저 사라지는 것을 보려는 것이다. 나는 모자를 슬쩍 들어 흔들어 보였다. 그도 손을 머리 위까지 번쩍 들곤 과장스럽게 흔들었다.

*

넉 달 넘게 그를 관찰했다. 소설가의 못된 직업병이다.

등 뒤에서 김관홍 잠수사가 어떤 표정을 짓고 어떻게 움직였는지 아는 것은, 내가 의식적으로 그를 살폈기 때문이다. 내 앞에서뿐만 아니라 뒤에서, 잠수 경력 21년 산업 잠수사의 언행을 파악하고 싶었던 것이다. 등 뒤에서, 김관홍 잠수사는 조용했으며 시선을 내리 깔곤 침잠했다.

*

6월 4일 이자카야에서도 그랬지만, 그는 내 앞에서 계속 '미래'를 이야기했다. 해상 안전교육에 대한 계획, 은평구 자원봉사자들과 하고 싶은 일들, 잠수사들의 처우 개선을 위해 만들어 보고 싶은 프로그램, 동거차도 어민들을 위해 하고 싶은 일들. 그 이야기들을 할 땐 힘이 넘쳤고 말은 빨라졌고 눈은 빛났다. 그와 내가 같이 할 일을 구체적으로 정하진 않았지만, 그 많은 미래에 대한 계획을 듣곤 나도 그에게 이런 문자를 보냈다.

─혼자서도 하고, 우리랑 같이도 하자고. 그게 사는 거지.

*

'미래 기억'에 관한 칼럼을 읽었다. 했던 일을 기억하는 것이 아니라 해야 할 일을 기억하는 것. 내 마음이 오래 맴돌았다.

아직 다가오지 않은 시간을 상상하기 위하여 자신이 가진 과거

기억에 의존하는 것은 자연스럽다. 미래에 대한 상상은 내가 찾을 수 있는 관련 기억들이 합쳐져 구성되기 때문이다. 오래된 기억을 조합함으로써 가장 그럴듯한 가능성을 선택할 수 있는 무한한 조합을 만드는 것이다. 미래 기억을 가능하게 하는 과거 기억은 단순한 과거의 경험에 대한 생각이 아니라 후회와 깨달음을 동반한 적극적인 삶에 대한 경험, 즉 통찰을 수반한 마음의 일이다.

_이고은, 「미래를 사는 사람」(2016.06.23.), 사이언스온.

*

3월 2일 녹음실에서 김관홍 잠수사의 이야기를 들으며, 또 3월 9일 저녁 내 작업실에서 다시 만나 아주 긴 인터뷰를 따로 한 뒤, 나는 탄원서를 작성하는 민간 잠수사를 중심에 놓고 장편을 쓸 수 있겠다는, 쓰고 싶다는 생각이 들었다. 돌이켜 짚어 보자면, 그가 지닌 몇 가지 특별함 때문이었다. 이후 다른 민간 잠수사들을 더 만나 인터뷰를 했지만, 첫 착상은 바뀌지 않았다. 산업 잠수사란 직업에서 비롯되었으되 김관홍만의 통찰이 깃든 자리였다.

*

김관홍 잠수사는 산을 오르는 인간이 아니라, 바다로 내려가는 인간이었다. 무엇인가를 배우고 익히면, 보통은 경쟁하여 한 단계 한 단계 올라가기 마련이다. 그런데 그는 계속 내려가고 있었다. 산꼭대기에서 세상 풍경을 내려다보는 즐거움보다는 수면 아래에서 홀로 잠영하며 뛰노는 자유가 더 좋다고도 했다. 누가 더 깊이 내려가는지 경쟁하는 영화를 본 적도 있지만, 그는 그런 시합엔 관심이 없었다.

*

팟캐스트 '416의 목소리'를 준비하고 듣고 정리하며 반년을 보냈다. 마음을 찌르는 문장들이 많았다. 그중에서 예은 아빠 유경근 씨가 강조한 이 말이 내내 가슴에 남았다.

"아이들은 함께 살아서 나오려고 최선을 다한 겁니다."

아이들이 철이 없어 위험을 감지하지 못한 것이 아니라, 충분히 위험을 감지했고 두려웠지만 친구들과 함께 세월호에서 살아 나오려고, 선내 방송에 따라 질서 있게 기다린 것이다.

*

김관홍 잠수사는 '함께'란 단어를 좋아하고 즐겨 썼다. 그가 계획한 미래엔 각종 사람들과 함께 할 일들로 가득했다. 처음 녹음실에 왔을 때도, 그는 벌써 다양한 사람들과 무엇인가를 도모하는 중이었다. 그는 유가족들에게 스스로 찾아가서 함께 머문 최초의 잠수사였다. 광화문 광장, 동거차도, 단원고 교실에도 그는 가서 함께 시간을 보냈다. 그는 왜 동료 잠수사들 속에 가만있지 않고, 이렇게 낯선 곳으로 가서 낯선 사람들과 만났을까. 그의 궤적을 따라가면, 세월호와 관련된 사람들을 두루 그려 볼 수 있을 듯했다.

*

'함께'란 단어를 중심으로 그가 들려준 이야기들을 찾았다.

"표면 공급식 후카 잠수란 게 함께일 수밖에 없습니다. 슈퍼바이저, 텐더, 통화수, 기록수 등 최소한 대여섯 명이 잠수사를 도와야 해요. 체임버와 에어 컴프레서, 생명줄, 수중 통화기까지도 제 생명을 함께 지켜 주지요."

"민간 잠수사는 알파 팀과 브라보 팀이 있었습니다. 실종자 수색과 수습은 기본적으로 팀 작업이에요. 통로를 개척하느라 근육이 찢어지고 인대가 상한 잠수사가 한둘이 아닙니다. 그러니까 당신은 몇 명이나 수습했느냐고 물어보면 안 되는 겁니다. 제가 한 게 아니에요. 팀이 함께 한 거죠."

"선내에서 실종자를 발견한 다음엔 어떻게 해야 하겠습니까? 함께 끌어안고 나와야 합니다. 사망한 실종자가 도와주지 않으면 결코 그 좁고 어두운 선내에서 나올 수 없다고, 잠수사들은 모두 그렇게 믿었습니다."

*

    하늘, 서호, 효원 추모공원을 다녀왔을 때도, 팽목항에서 하룻
밤을 유숙할 때도, 김관홍 잠수사는 말했다.
    "힘들긴 하지만, 함께 곁에 있어 주셔서, 괜찮았어요."
    『거짓말이다』에선 잠수사를 희생 학생 생일 모임에까지 참석시
켰다. 아직 김관홍 잠수사는 거기까진 자신이 없다고 했다. 그의
미래 기억엔 이것까지 나와 함께 해 볼 마음이 있었을까.

*

    4월 16일 밤, 세 군데 추모공원을 돌고 광화문으로 와서 미리
저녁을 먹었다. 비가 추적추적 내렸기 때문에 2주기 추모식에 얼
마나 사람들이 모일지 예측하기 어려웠다. 광화문 광장이 가까웠
을 때, 그가 고함을 지르며 우비 입은 몸을 춤추듯 흔들면서 기뻐
했다. 광장이 가득 차고 넘쳤던 것이다.
    "이렇게 많이 세월호를 잊지 않는단 거죠? 이렇게 많이 함께한
다는 거죠?"
    인파 속을 헤집고 신나게 돌아다녔다. 정말 그날 그는 한 마리
바다호랑이였다.

*

   또 하나 김관홍 잠수사는 과정을 중요하게 여기는 사람이었다.
심해 잠수를 무사히 마치기 위해선 전체 과정에 문제가 조금도 없
어야 하는 것이다. 그는 머릿속으로 그 과정을 그려 보고 납득이
되지 않거나 이상한 부분은 직접 확인하여 챙긴다고 했다.

   그는 우리가 상식으로 받아들이는 결과나 사실에 문제 제기를
했다. 그의 질문은 미래를 향해서도 현재를 향해서도 과거를 향해
서도 날아들었다. 이순신 장군이 왜 위대한지, 삼별초의 항쟁은
왜 실패로 끝났는지를, 결과가 아니라 과정 속에서 이해하려고 했
다. 지식이 충분하지 않을 때면 종종 상상의 나래를 펴 그 부분을
메우기도 했다. 말은 길어지고 다루는 이야기는 광범위해졌다.

   그는 자신이 모르는 과정들에 대해 묻고 토론하기를 주저하지
않았다. 미래에 하고픈 계획들과 과거에 일어났던 역사적 사실들
이 그와 머무는 자리에선 순간적으로 아무렇지도 않게 교차되고
뒤섞였다. 그는 왜 이렇게 많은 것을 한꺼번에 알려고 했을까.

*

   그리고 김관홍 잠수사는 분노했다. 잘못된 결과에도 화를 냈지
만, 그 과정에 끼어든 거짓말에 치를 떨었다.

*

   나는 김관홍 잠수사가 새롭게 시작하고 있다고 생각했다. 맹골수도에서 철수한 후 새로 만난 이들과 함께, 보통 사람은 알지 못하는 아주 깊은 곳까지 내려갈 것이라고, 그리고 가까운 미래에 내게 와서 그 깊은 곳의 요모조모를 차근차근 전부 설명하리라 믿은 것이다. 6월 16일 밤에도 그는 세월호 유가족과 함께, 은평구에서 만난 자원봉사자들과 함께 있었다.

*

   열흘 동안 작업실에 틀어박혀 소설을 퇴고할 것이 아니라, 김관홍 잠수사와 만나서 이 소설 속에 담긴 문제들을 더 논의했더라면, 그랬더라면…….

*

   김관홍 잠수사 덕분에 시야 제로인 심해에서도 무엇인가를 찾아 함께 머무는 법을 배웠다. 손을 뻗어 만지면서 머릿속으로 그려 볼 것, 그리고 끌어안을 것.

*

『거짓말이다』1부 첫머리에 소제목으로 삼은 질문이 '나는 왜 갔을까'이다. 이자카야에서 모자를 선물받을 때까지도 나는 이 질문의 답을 정확히 몰랐다. 그를 영원히 보내고 돌아와 탈고한 24일 새벽, 그런 생각이 들었다. 그는 높이가 아니라 깊이를 아는 인간이기 때문에 갔던 것이라고. 함께 더 깊이 내려가기 위해, 그 과정에서 거짓과 참을 낱낱이 찾아내기 위해, 그는 맹골수도로 갔고, 광화문 광장과 동거차도와 단원고 교실과 또 내게로 왔던 것이라고. 그리고 그는 너무 많은 이와 포옹하는 바람에 아무도 모르는 깊이까지 내려간 뒤 우리를 기다리고 있는 것이라고. 깊은 인간은 스스로를 드러내지 않은 채, 중첩된 어둠 속에서 침묵하는 법이라고. 그러나 결코 가만히 있지 않고, 만지며 냄새 맡으며 귀 기울이고 있다고. 그것이 영원히 미완성으로 남는 완성이라고.

*

국회의원 선거 운동 기간 내내 박주민 후보의 차를 운전한 이유를 물었던 적이 있다.

"2014년 4월 23일 맹골수도로 내려갈 때와 똑같습니다."

"똑같다니? 뭐가?"

"두 가지만 스스로에게 묻는 겁니다. 이게 옳은 일인가 그리고 내가 할 수 있는 일인가. 실종자를 하루라도 빨리 수습하는 것이 옳고 또 제가 심해 잠수 기술을 지녔으니 가서 한 겁니다. 박 변호사를 도운 것도 마찬가지예요. 세월호 진상 규명을 위해선 박주민 후보가 당선되는 것이 옳고, 또 제가 대리운전을 할 정도로 실력을 지녔으니 가서 한 겁니다. 형님도 마찬가지 아닌가요?"

"내가 뭘?"

"형님도 세월호 유가족과 연대하는 것이 옳고, 또 이야기 만드는 기술을 가졌으니, 장편소설을 쓰고 계신 거잖아요?"

*

소설 쓰는 기술이나마 지녔으니 다행인 걸까. 현실은 소설보다 훨씬 참혹하다. 6월 17일 아침 비보를 접하고 19일 장례를 마친 뒤 작업실로 돌아왔다. 『거짓말이다』의 에필로그가 지나치게 낙관적이라는 생각부터 들었다. 우리 앞에 닥친 이 모습처럼, 탄원서를 작성한 잠수사의 죽음으로 결말을 고칠까도 고민했지만, 김관홍 잠수사가 듣고 좋아했던 그대로 두기로 했다. 가장 현실적인 풍경으로 동거차도의 여름을 떠올린 것이었는데, 이제 그의 마지막 바람이 깃드는 풍경이 되었다.

김관홍 잠수사라면, 이 여름부터 맹골수도에서 세월호가 인양될 때까지, 동거차도 감시 천막 앞 돌 리본 옆에 두 눈 크게 뜨고 서 있을 것이다.

*

뜨겁게 읽고 차갑게 분노하라.

2016년 7월

김탁환

작가의
말

『거짓말이다』를 출간하고 9년이 지났다. 김관홍 잠수사가 세상을 떠나고 9년이 흘렀다는 뜻이기도 하다.

독자들이 젖은 눈으로 책을 내밀 때마다 나는 '진실을 인양하라'고 적었다. 김관홍 잠수사가 세월호 민간 잠수사들과 함께 활동한 2014년부터 2016년까진, 세월호도 참사의 진실도 인양되지 않았다. 2017년 세월호는 인양했지만, 참사의 진실이 우리 앞에 선명하게 떠오른 적이 있는가.

침몰한 세월호 선체로 들어가 희생자를 모시고 나온 민간 잠수사들의 포옹을 잊은 적이 없다. 참사 현장으로 달려온 이들의 이타적인 삶은 어디에서 비롯되었을까. 누구를 만나고 무엇을 듣거나 읽거나 보고 어떻게 생각하고 느끼며 지냈기에, 걸음걸음 나아와 피해자들을 꽉 끌어안은 걸까.

처음부터 끝까지 전부 쓰겠다고 덤비는 건 소설가의 만용이다. 내가 상상한 처음보다 훨씬 앞에 누군가의 처음이 자리 잡듯이,

세상 사람들이 추측한 끝보다 훨씬 뒤까지 누군가의 끝은 나아간다. 픽션을 넘어 논픽션을 넘어 글자를 넘어 이미지를 넘어 소리를 넘어, 흩어지고 뒤집히고 치솟고 뭉치며, 처음과 끝이 거듭거듭 우릴 기다린다.

김관홍 잠수사와 같이 동거차도와 팽목항과 고창 고인돌 유적지와 안산 단원고와 광화문 광장엔 갔었다. 5년 전부터 내가 머무는 곡성 섬진강을 나란히 산책한 적은 없다. 초록이 짙은 습지를 진군하는 버드나무들을 바라보고 섰노라면, 그에게 들려줄 이야기가 백로처럼 고라니처럼 수달처럼 나타났다. 달아나기 전에 재빨리 수첩에 옮겼다.

이 책을 읽는 동안, 독자들에게도 새로운 이야기가 찾아들었으면 한다. 그 남쪽 바다에서부터 저마다의 가슴 깊숙이 흐르는 강까지.

2025년 5월
김탁환

2판 1쇄 발행 2025년 6월 18일

지은이　　　　김탁환

　　　　발행편집인　　김홍민 · 최내현
　　　　책임편집　　　조미희
　　　　편집　　　　　김하나
　　　　표지디자인　　이혜경디자인
　　　　마케터　　　　마리
　　　　용지　　　　　한승
　　　　출력(CTP)　　블루엔
　　　　인쇄 제본　　　대원문화사
　　　　독자교정　　　미경, 박은경, 신관호, 이가희

펴낸곳　　　　도서출판 북스피어
출판등록　　　2005년 6월 18일 제105-90-91700호
주소　　　　　(10595) 경기도 고양시 덕양구 동송로 23-28 305동 2201호
전화　　　　　02) 518-0427
팩스　　　　　02) 701-0428
홈페이지　　　https://blog.naver.com/hongminkkk
전자우편　　　editor@booksfear.com

　　　　ISBN 978-89-98791-54-4 (03810)

거
짓
말
이
다